人《じん》渣《さ》反《はん》派《ぱ》自《じ》救《きゅう》系《けい》统《とう》
クズ悪役の自己救済システム
墨香銅臭【著】
呉聖華【訳】 さくらもち【絵】
動物、沼落とし妖怪【監修】
すばる舎
プレアデスプレス
THE SCUM VILLAIN'S SELF-SAVING SYSTEM I

人渣反派自救系統
［もくじ］

The Scum Villain's Self-Saving System
contents

Book Design
金澤浩二

Illustrations
さくらもち

第一回 人渣《クズ》

『狂傲仙魔途《きょうごうせんまと》』は、小説、つまり妄想色の強いハーレム小説である。

具体的に言うと、『狂傲仙魔途』とは果てしなく長く、主人公がチート無双し、後宮《ハーレム》入りした女性は三桁に迫り、登場キャラで生物学的に女であれば必ず主人公に惚《ほ》れる、そんな痛快ステップアップ修真《しゅうしん》[1]作品だ。

間違いなく、今年の人気ナンバーワン種馬小説である！

本作は、小説投稿サイトの終点文学網《しゅうてんぶんがくもう》[2]であまたの読者の心を惹きつけてやまず、二番煎じのＹＹ小説もあとを絶たない。その主人公・洛氷河《ルオビンハー》が辿《たど》ったのは、龍傲天《ロンアオティエン》[3]のような俺様最強ルートでも、とことん落ちこぼれと軽視された主人公が底辺から這《は》い上がるという一発逆転ルートでもなかった。

彼が辿ったのは闇堕《やみお》ちルートである。

まあ、闇堕ちする前の洛氷河《ルオビンハー》は、相次ぐ不幸に見舞われては読者のお涙を頂戴する主人公ルートを邁進《まいしん》していたのだが……。

1 仙人になることを目指して修行すること。
2 中国初のＷｅｂ小説投稿サイト『起点中文網』をパロディにしたもの。
3 中国のネット小説における最強チート主人公の代名詞的存在。

さて、ここからは、本作をよく知る読者であるこの沈垣《シェンユエン》が、数々のサービスシーンをすっ飛ばしつつ、数千万字に及ぶ超大作を超簡単にまとめるとしよう。

洛氷河《ルオビンハー》は、生まれてすぐ両親に捨てられた。赤ん坊だった彼は白い布にくるまれ、木のたらいに入れられて川に流されたのだ。

一年で最も寒かったその日、川漁師に拾われなければ、そのまま凍え死んでいただろう。たらいが浮かんでいた川は洛川《らくせん》といい、川面《かわも》が薄い氷で覆われていたことから、彼は「洛氷河《ルオビンハー》」と名付けられた。

幼い洛氷河《ルオビンハー》は食べるものにも着る服にも事欠き、暗然たる流浪の日々の中で幼少期を過ごした。そんなある日、金持ちの家に住み込みで働いていた独り身の洗濯女が、彼の境遇を哀れに思って養子に迎え、我が子のように育てるようになった。しかし暮らしは貧しく、親子は金持ちの家でさまざまな嫌がらせに遭い、辛酸を嘗《な》めた。

恵まれない環境で育ったことは、のちの洛氷河《ルオビンハー》の歪《ゆが》んだ性格――些細《ささい》なことでもあげつらい、どんな小さな恨みでも復讐《ふくしゅう》し、表面上はニコニコとうなずきながらも心の中では相手を八つ裂きにしている――の原因となった。

死の床にある養母に食べさせようと、すっかりぬるくなった肉粥《にくがゆ》一杯を手に入れるために、屋敷の公子《ボンボン》たちから暴力を振るわれる、なんてこともあった。しかも暴力に耐えなんとか養母のもとへ駆けつけたものの一歩間に合わず、結局お粥の一口も食べさせてやれずに養母は息を引き取ってしまう。

そのあと縁あって、洛氷河《ルオビンハー》は四大修真門派の一つである蒼穹《そうきゅう》山派に選ばれ、「修雅《しゅうが》剣」こと沈清秋《シェンチンチウ》の門下に入った。

これでようやくまともな人生を歩めると洛氷河《ルオビンハー》は思った。ところが、沈清秋《シェンチンチウ》が優れて見えるのは上辺だけで、中身はもはや下劣といっても過言ではない人物だったのだ。洛氷河《ルオビンハー》の世に二つとない類《たぐ》い稀《まれ》な資質に嫉妬した彼は、日々目覚ましい速さで修為《しゅうい》[4]を高めていくこの弟子を恐れた。そして、いつも洛氷河《ルオビンハー》にあれこれと嫌みを浴びせ、ありとあらゆる侮辱をした。そのうち、ほかの門下生まで一緒になって洛氷河《ルオビンハー》を見下すようになったのである。

洛氷河《ルオビンハー》は何年もその身に降りかかる屈辱に耐え忍びながら、勉学と修行に励み努力を重ねた。これもまた、辛《つら》く苦しい血涙を絞る日々であった。

このようにままならない身の上にもがきながらも、洛《ルオ》氷河《ビンハー》はなんとか十七歳になり、四年に一度の修真界の一大イベント――仙盟《せんめい》大会を迎えた。しかしこの仙盟大会で、洛氷河《ルオビンハー》は沈清秋《シェンチンチウ》の暗躍により、魔界と人間界の境界にある裂け目――無間深淵《むげんしんえん》へと落とされてしまう。

そう！　全てはここから始まる！

洛氷河《ルオビンハー》は無間深淵で絶命するどころか、自身が使いこなすことになる絶世の奇剣「心魔《しんま》」を見つけ、やがて自らの身の上を知ることとなる。

洛氷河《ルオビンハー》はなんと、魔界の君主と人間の女性との間に生まれた子であり、その体には古《いにしえ》に堕天した魔族と人間の血が流れていたのだ。実父である天琅君《ティエンランジュン》はとある高山の下に封じ込められ、永遠に外へ出ることが許されない。実母は修真門派の正統な名門の出であったが、魔族とひそかに関係を持ってしまったがために破門され、洛氷河《ルオビンハー》を産み落とした時の大量出血がもとで亡くなった。息絶える寸前、彼女は我が子をたらいに入れて乗っていた小舟から川へ流した。

4　修行によって手に入れる力。

そのおかげで洛氷河《ルオビンハー》は九死に一生を得ることができたというわけだ。

洛氷河《ルオビンハー》は心魔剣によって自らの体に流れる魔族の血の封印を解き、闇に包まれた深淵でひたすら修練に打ち込んだ。そこで不世出の功法《こうほう》[5]を創り上げることに成功し、蒼穹山派へと舞い戻ったのである。

そして、洛氷河《ルオビンハー》は過去を顧みることなく、ただひたすら前だけを見て、一歩ずつ着実に闇堕ちルートを突き進み始めた。

かつての仇《かたき》は、彼の手によって一人残らず苦しみを味わわされた末に、情け容赦なく惨殺された。洛氷河《ルオビンハー》の嘘《うそ》はますます巧妙になり、人心を掌握するため表と裏の顔を器用に使い分けた。一旦相手に服従したように見せかけ、すっかり信頼を得たあとで権力を奪い、着実に頂点へ上りつめると、猛烈な血の雨を降らせたのだ。物語が進んでも、その残虐さはとどまるところを知らずにエスカレートする一方だった。魔界に戻って君主の座を継いだだけでは飽き足らず、人間界の名だたる修真門派も片っ端から血で染め上げ、楯突《たてつ》く声を上げた者は一人残らず消し去った。

5　法術とそれを操るための修練方法。

ついには当代の仙魔《せんま》という伝説的存在になった洛氷河《ルオビンハー》は、人間界、魔界、仙界の三界《さんがい》を統一した。そして、無数の女性を懐に抱《いだ》いて、子々孫々まで栄華を極めたのである！

「三流作家のクッッソ駄作！」

これは沈垣《シェンユエン》が今際《いまわ》の際《きわ》に遺《のこ》せた、唯一にして最後の暴言だった。

想像してみてほしい。きっちり正規版に課金した好青年が、死の直前まで粘り強く読み続けた超大作。それが蓋を開けてみればあまりにもしょうもなく、怒り心頭になって言葉も出なくなるぐらい、宣伝に偽りがある主人公最強設定もりもりの種馬小説だったのだ。文句を言わずにいられるか？

『狂傲仙魔途』作者：向天打飛機《シアンティエンダーフェイジー》

この字面を見るだけでも、卑猥《ひわい》[6]な匂いがプンプンしてくる。文章力は小学生レベル、地雷表現てんこもり。ストーリーすら雑で、作者が創り上げためちゃくちゃな設定でもって「修真モノ」小説だなんて、口にするのも小恥ずか

6　飛行機を撃ち落とす、もしくは空に向かって自慰をするという意味。

しい。

　ほかで見たことあるか？　修真モノなのに、日常の移動手段が馬や馬車とか、辟穀《へきこく》[7]をマスターしているくせに普通に寝食するとか、修真モノ作家なら知ってて当然の築基《ちくき》と元嬰《げんえい》[8]すら間違えているとか！

　そのうえ、主人公を前にすると誰もがその最強《さいつよ》〝主人公オーラ〟にやられてしまい知能指数が下がる。特に洛氷河《ルオビンハー》の師父、あの沈清秋《シェンチンチウ》とやらはもはやアホ・オブ・アホ、クズ中のクズだった！　あいつの存在意義は「自分で墓穴を掘ること」と言ってもいいくらいだ。しかもその穴を掘りきれずに、結局主人公に殺されてるし。

　ではなぜ、この俺・沈垣《シェンユエン》はこんなどうしようもない小説を最後まで読んだのか？

　誤解しないでほしい。俺だって何もこの小説が面白くて読破したわけではない。ならなぜかって……考えるだけで、やるせなさが込み上げてくる。

　この小説には無数の伏線が張り巡らされ、あちこちにフラグが乱立し、大量の謎が山積みされている。なのに、結局――ただの一つも回収されずに話が終わるのである！

　あぁ、マジで空に向かって血反吐《ちへど》を吐きそう。

　なんで珍しい草だの、仙丹《せんたん》だの妙薬だのに加えて、絶世の美女がそこかしこにゴロゴロ転がってるんだ？　悪役の死亡フラグの立て方や死に際の台詞《せりふ》、あまつさえその死に様までもが全部一緒なのはどうして？　一目見ただけでもテンションが上がるレベルの女の子たちを後宮に加えると言っていたくせに、そのかわいこちゃんたちはいずこへ？

……まあ、これはとりあえずスルーするとして――それなら、一連の惨殺事件の犯人はいったい誰だったんだ？　その世界なら誰もが名前を知っている、桁違いの強さを持っているって煽《あお》ってたキャラ、なんのために作ったんだよ！　てか、結局出てこなかったよな⁉　マジで強キャラだったのか、見せてくれよ！

　向天兄《シアンティエン》さん、飛機兄《フェイジー》さん、作家大先生！　頼むからさ、フラグは！　回収！　しようぜ！　なっ⁉

　沈垣《シェンユエン》は怒りのあまり生き返りそうだった。

＊　＊　＊

7　食事をせずに、天地から霊気を取り込むことで生きる術。
8　ともに、修練の段階の一つ。築基は全ての基礎であり、これが終わって初めて正式に修真の道へと踏み出せる。その後金丹期を経て、元嬰期に入る。

果てしない闇の中、ふと機械的な声が耳元に響いた。

【アクティベーションコード：三流作家のクッツソ駄作。システム起動します】

「どちらさま？」

なんかグーグル翻訳の読み上げ機能みたいな口ぶりだな。

沈垣《シェンユエン》は周りを見渡した。彼は仮想空間のような場所に浮いており、手を伸ばしても指先は見えないが、その声だけはあらゆる方向から聞こえてくる。

【システムをご利用いただき、ありがとうございます。本システムは「YOU CAN YOU UP,《文句があるならやってみろ》 NO CAN NO BB《できないなら黙ってろ》」という理念の下に開発されました。あなた様に最上級の体験を提供いたします。今回の体験の中で、このクッツソ駄作をあなた様の思うまま、ハイエンドにして、ハイグレードな伝説的名作へと作り変えていただけますよう、心から願っております。では、ごゆっくりどうぞ】

めまいのする中、そっと耳元に男性の声が響く。

「……師弟？[9] 聞こえるかい？」

沈垣《シェンユエン》はビクリと体を震わせ、心を落ち着けると、なんとか重い瞼《まぶた》を持ち上げた。風に舞う花びらや葉のようにバラバラだった風景が、視界の中でだんだんと一つにまとまり、色々なものが鮮明に見えるようになった。

沈垣《シェンユエン》はベッドに横たわっていた。

上を見れば、白い紗《うすぎぬ》がひらひらと揺れ、細やかな刺繍《ししゅう》がほどこされた匂い袋が四隅にぶら下がったベッドの天蓋が目に入る。

視線を下げていくと、古めかしい雰囲気の白い衣をまとった自分の体があり、枕元には一本の扇子が立て掛けられている。

左を見れば、黒い礼服を着た、優雅で端整な顔の青年がベッドの横に座り、心配そうにこちらを見ていた。

沈垣《シェンユエン》は目を閉じ、いきなり手を伸ばして扇子を取る。そして、サッと音を立ててそれを開くと、額を流れ落ちる滝のような冷や汗を扇《あお》いだ。

青年は目に嬉《うれ》しさをにじませながら聞いてきた。

「やっと目を覚ましたね、師弟。まだどこか具合の悪いところはあるかい？」

沈垣《シェンユエン》はとりすまして「大丈夫だ」と答える。

そんなわけない。情報量が多すぎる。状況がまったく飲

9 弟弟子のこと。同様に兄弟子は師兄、姉弟子は師姉、妹弟子は師妹。

み込めない。とりあえず体を起こそうとすると、青年はすぐさま沈垣《シェンユエン》の背中を支え、ヘッドボードにもたれ掛けさせてくれた。

　終点文学網でたくさんの転生系小説を読んできた沈垣《シェンユエン》は、昔から心に決めていたことがあった。もしわけの分からない場所で目を覚ましても、状況をきっちり把握するまでは、アホ面でヘラヘラしながら「えっ、これドラマの撮影？　小道具とかもめちゃくちゃリアルですねぇ！　ここの撮影現場はすごいなあ！」みたいな、自らを安心させるための頭の悪い台詞は口が裂けても言うまい、と。そういうわけで、沈垣《シェンユエン》は目覚めたばかりでぼんやりしているふうを装って、「ここは……いったい？」と問い掛けるだけにとどめた。

　青年は呆気《あっけ》に取られた様子で返事をする。

「寝ぼけているのかい？　ここは清静《せいせい》峰、君が住んでいるところじゃないか」

　沈垣《シェンユエン》はドキリとしながら、まだめまいがしているふりで問いを重ねる。

「私はなぜ……これほど長く眠って……？」

「それはこっちが聞きたいくらいだ。突然高熱を出して寝込むなんて。仙盟大会も近いし、弟子に名を上げてもらうため、懸命に指導していたんだろう？　でも、今の蒼穹山派は体制も名声も磐石だ。今回弟子を一人も参加させずとも、誰も文句を言うまい。ましてや外の者の言葉など、気に掛けるまでもないよ」

　聞けば聞くほど、妙だ。

　めちゃくちゃ耳なじみのあるワードのオンパレード。

　いや、ていうかこの設定、どっかで聞いたことがある気がする……。

　青年から続けて発せられた親しげな言葉に、ついに沈垣《シェンユエン》の疑念は確信へと変わった。

「清秋《チンチウ》師弟、この師兄の話を聞いているかい？」

「ピロン」と夢の中で聞いた、あのグーグル翻訳の読み上げ機能のような機械音声が再び響き始めた。

【システムを起動しました！　連携キャラクター：洛氷河《ルオビンハー》の師にして、蒼穹《そうきゅう》山派清静峰の峰主、「沈清秋《シェンチンチウ》」。武器：修雅剣。

初期B格ポイント[10]：100】

10　中国語「装逼（ジュアンビー）」に由来している。ネット用語でカッコつけランクなどを指す。

『おいおいおい！　待て、なんなんだお前は！　なんで俺の脳内に直接語りかけてきてるんだ？　てか、これ、完全に『狂傲仙魔途』のパクリだぞ！　向天打飛機《シアンティエンダーフェイジー》の許可は取ってるのか⁉』

　もちろん、沈垣《シェンユエン》は頭の中で言語化しただけで、口に出したわけではない。しかし、すぐにその音声から答えが返ってくる。

【あなたはシステムのアクティベーションコードを入力し、キャラクター「沈清秋《シェンチンチウ》」と連携されました。ストーリーが進むにつれて、さらに多くのパラメータが随時アンロックされていきます。ただし、いずれかのパラメータが0を下回ると、システムから自動的にペナルティが課せられます】

　そこまで！　もう十分だ。

　沈垣《シェンユエン》はようやく事態を把握した。

　ビンゴだ。俺、転生してる！

　読み終わったばかりの、さんざんあれこれとツッコミを入れまくった闇堕ち系種馬小説の世界に転生するなんて。

　しかも、システムとかいう謎のおまけつき。文学の新時代と呼ばれる終点文学網でＶＩＰ重課金読者として、沈垣《シェンユエン》はこれまで、過去に戻るやり直し転生モノやら、奪舎《だっしゃ》[11]系のＹＹ小説を色々と読んできている。そんな沈垣《シェンユエン》であれば、本来この事実を喜びとともにすんなり受け入れたはずである。しかし悲しいかな、転生先の体はあの、主人公にとってクズ悪役な師尊・沈清秋《シェンチンチウ》なのだ。

　これは……ちょっとフクザツだ。

　隣にいる話しやすそうな好青年は、蒼穹山派を司《つかさど》る現掌門《しょうもん》にして沈清秋《シェンチンチウ》の師兄、「玄粛剣《げんしゅくけん》」こと岳清源《ユエチンユエン》その人で間違いない。

　なんてこった。

　岳清源《ユエチンユエン》に対して「なんてこった」と思わず漏らしてしまったのには大きな理由がある――原作の岳清源《ユエチンユエン》は、彼の素晴らしい師弟である沈清秋《シェンチンチウ》のせいで死んでしまうのだから！

　しかも、その死に方がまあ惨《むご》かった。

　なんと無数の矢に射抜かれて、屍《しかばね》すら残らないのだ！

　なのに今、当の被害者が自分という〝元凶〟をあれこれと気遣っているなんて。

　いや、プレッシャーがマジでハンパないんですけど。

11　他人の肉体を乗っ取り、自分が蘇ること。

ただこの状況から判断するに、ストーリーはまだそこまで進んではいないらしい。岳清源《ユエチンユエン》がまだ元気でいるということは、沈清秋《シェンチンチウ》もまた、まだ偽善者の化けの皮が剥がされたわけでも、名声が地に落ちたわけでもないようだ。

岳清源《ユエチンユエン》自身は典型的な〝お人好《ひとよ》し〟であり、恐れるような人物ではない。確かにちょっと悲惨な人生だったかもしれないが、小説を読んでいた時、沈垣《シェンユエン》は結構このキャラを気に入っていた。だが、ホッとしたのもつかの間、沈垣《シェンユエン》の脳裏に、身の毛もよだつおぞましい文章がよみがえる。

……真っ暗な部屋の中。梁《はり》から鉄の鎖が一本垂れ下がり、その先端には鉄枷《てつかせ》の輪がついている。輪はとある人物の腰につけられていた。まだそれを〝人〟と呼べるなら、であるが。その〝人〟は乱れた髪と垢《あか》まみれの顔で、正気を失っているように見える。何よりも恐ろしいのは、彼の四肢が全て切り落とされていることだ。肩と太ももは、もはや四つの膨らみでしかなく、触れると「あぁ」と声にならない呻《うめ》きが発せられる。彼は舌までもが根本からもがれているせいで、言葉をきちんと発することができないのだ。

――『狂傲仙魔途』より抜粋・沈清秋《シェンチンチウ》の最期

沈垣《シェンユエン》、いや、沈清秋《シェンチンチウ》は頭を抱えた。

他人の死に方が惨いなんてしみじみ言っている場合か！

一番惨いのは俺じゃないか！

マズい、マズいぞ……何がなんでも回避しないと！

☑何かやらかす前に、フラグをへし折る！

☑今から全力で、主人公に媚《こ》びる！

☑懇切丁寧に優しく指導する最良の師にして最高の友に、俺はなる！　そして何から何まで尽くしまくって、徹底して主人公の力になってやるのだ！

そう決意した途端、長く連続した警告音が沈清秋《シェンチンチウ》の脳内で炸裂《さくれつ》する。まるでサイレンのかわりに百頭の神獣《アルパカ》を乗せた百台のパトカーが、甲高い鳴き声を上げながら脳内を通り抜けたかのようで、沈清秋《シェンチンチウ》は思わずビクリと身をすくませた。苦しげに頭を押さえていると、岳清源《ユエチンユエン》が心配そうに聞いてきた。

「師弟、まだ頭が痛むかい？」

沈清秋《シェンチンチウ》はそれには答えず、歯を食いしばった。

システムが鋭く警告を発する。

【警告。先ほどの考えはとても危険です。違反行為に当たるため、実行した場合はシステムから自動でペナルティが課せられま

す】

『どこが違反行為なんだよ？』

【現在あなたは初期レベルにつき、ＯＯＣ機能はロックされています。機能をアンロックするためには、初級クエストをクリアする必要があります。アンロック前に「沈清秋《シェンチンチウ》」のキャラクター設定に反する行為をした場合、一定のＢ格ポイントが引かれます】

半リア充半オタクの沈清秋《シェンチンチウ》は、同人誌なども多少たしなんでおり、当然ＯＯＣとは何かを知っていた。それは、アウト（Ｏｕｔ）・オブ（Ｏｆ）・キャラクター（Ｃｈａｒａｃｔｅｒ）の頭文字を取った略語、いわばキャラ崩壊のことである。すなわち、原作の登場人物の性格とはそぐわない言動を意味しているのだ。

『……要するに、そのなんとかっていう機能をアンロックするまでは、何をするにも、「沈清秋《シェンチンチウ》」が取らなそうな行動はしちゃいけないってことか？』

【そのとおりです】

すでに別人の自分が沈清秋《シェンチンチウ》の体に生まれ変わっているのだから、ＯＯＣなんて細かいこと、気にする必要などないのでは？

沈清秋《シェンチンチウ》はまた問い掛けた。

『さっきさ、なんか……パラメータがゼロを下回っちゃいけないとかって言ってたよな？　下回ったらどうなるんだよ？』

【あなたは自動的にもとの世界へ送り返されます】

もとの世界？　しかし、もとの世界では沈垣《シェンユエン》の肉体はすでに死んでいる。ということはつまり、あのＢ格とかいうものがゼロになった時点で、沈垣《シェンユエン》は本当に死ぬことになるのだ。

なら、主人公をガン無視して、何もしなけりゃいいよな？

沈清秋《シェンチンチウ》は顔を上げ、周りを見渡す。控えていた弟子たちの中に洛氷河《ルオビンハー》らしき姿を見つけられず、何気ないふうを装って「洛氷河《ルオビンハー》はどこに？」と聞いた。

岳清源《ユエチンユエン》は一瞬固まったあと、妙な視線を沈清秋《シェンチンチウ》へ向けた。

沈清秋《シェンチンチウ》は顔色一つ変えなかったが、内心では大喜びだった。

もしかしてまだそこまで話が進んでなくて、主人公もまだ蒼穹山の弟子になっていないとか？

すると、岳清源《ユエチンユエン》が口を開いた。

「師弟、もうそれくらいにしたらどうだい」

沈清秋《シェンチンチウ》の心に、じわじわと嫌な予感が広がる。

岳清源《ユエチンユエン》はため息をついた。

「君が彼を好ましく思っていないのは知っている。ただ、あの子も十分努力はしているし、さほど大きな過ちを犯したわけでもないのだから、これ以上罰するのは」

その言葉にみるみる水分を失っていく唇を舐《な》め、沈清秋《シェンチンチウ》はもう一度尋ねた。

「……はっきり言ってくれ、あいつは今どこにいる？」

少しの沈黙のあと、岳清源《ユエチンユエン》が答える。

「君があの子を吊《つ》るし上げて折檻《せっかん》したあとは、いつも薪小《まきご》屋《や》に閉じ込めているだろう？」

沈清秋《シェンチンチウ》は目の前が真っ暗になった。

＊　＊　＊

前世、沈《シェン》家は裕福であり、沈垣《シェンユエン》もちょっとしたお坊ちゃまだった。上には将来家業を継ぐ予定の兄が二人いて、下には甘やかされている妹が一人いる。一家はとても仲が良く、彼は幼いうちから、たとえ一生何もせずダラダラ過ごしていても、食いっぱぐれることはないと確信していた。


同時に、競争やプレッシャーのない環境でのびのびと育ったため、沈垣《シェンユエン》はずっと、参加人数が十人以上いる競争なら、十位以内は全部好成績だと思っていた。

そんなこともあって、沈垣《シェンユエン》は沈清秋《シェンチンチウ》のようなクズ悪役が自ら墓穴を掘ってでも誰かを追い落とそうとする心理など、まったく理解できないのだ。

原作の沈清秋《シェンチンチウ》という人は、修為もあれば実績もあり、いっぱしの学問修養だって積んでいる。地位も名声も何一つ欠けずに持っていて、天下一の名だたる門派に養われているため金にも困っていない。それなのに、少しも仙人のような風采を持つ人物らしくない。それどころか、昔話に出てくる金持ちの家に囲われている性根の腐ったお妾《めかけ》さんよろしく、ささやかに暮らしている主人公に何かと難癖をつけては嫌がらせをする毎日だ。頭の中で考えていることといえば、どうやって主人公を貶《おとし》めるか、あるいは、どうやって他人を使って主人公をいたぶるか、である。

洛氷河《ルオビンハー》が生まれつき他人より優れた資質を持っていて、極めて賢く、とんだチート野郎だったとしても……そこまで嫉妬する必要、あるか？

しかし、沈清秋《シェンチンチウ》のせいにしてはいけない。元はと言えば作者のせいなのだから。この作品には彼のようにひねくれた性格の悪役が次から次へと出てくる。ただ、その中でも沈清秋《シェンチンチウ》は、悪行が詳細に描かれているうえに、著しく品性にも欠けているが。

とはいえ、現時点でできそうなことは何もない。この小説における最強のボスキャラは洛氷河《ルオビンハー》なのだ。オリジナルの沈清秋《シェンチンチウ》のような蛍の光のごとき小物は、月や太陽の光にかなうはずがない。

修真界で「修雅剣」と敬われているほどだから、沈清秋《シェンチンチウ》の姿かたちは当然、そこまで悪くはない。

沈清秋《シェンチンチウ》は銅鏡をじっくりと覗《のぞ》き込んだ。鏡面はドロドロのお粥のようにぼやけていたが、自分の見た目にはおおむね満足だ。

端整な顔立ちで、黒い眉目、細い鼻筋に薄い唇。温和で優雅な雰囲気をまとって、すらりとした体形で脚も長い。美男子の部類に入ると言っても過言ではないだろう。実際の年齢は分からないが、本作は修真小説であるため、金丹《きんたん》中期レベルの修為を持つ沈清秋《シェンチンチウ》は、青年時の容貌を完璧に保っている。とにかく、本を読んでいた時に頭に思い浮かべていたイメージより何倍もイケメンだった。

ま、それでも洛氷河《ルオビンハー》とは比べ物にならないだろうけど。

洛氷河《ルオビンハー》のことを考えただけで、沈清秋《シェンチンチウ》の頭の奥がズキズキと痛んだ。薪小屋に閉じ込められている洛氷河《ルオビンハー》に会いに行こうと足を一歩踏み出した途端、脳内に再びあのけたたましい警告音が響いた。

【警告！　OOC警告！　「沈清秋《シェンチンチウ》」は積極的に洛氷河《ルオビンハー》の様子を見に行きません】

沈清秋《シェンチンチウ》はムッとして答える。

『分かったよ、誰かを呼びに行かせればいいんだろ』

少し考え、沈清秋《シェンチンチウ》は「明帆《ミンファン》！」と声を上げた。

すぐに部屋の外から、十六歳くらいの、背の高い痩せた少年が入ってくる。

「お呼びでしょうか。ご用命がございましたら、なんなりと」

沈清秋《シェンチンチウ》は思わずまじまじと明帆《ミンファン》──悪くはない見た目だが、ちょっと口がとがっていて、頬がこけている──を見つめ、つくづく感心した。

（なるほど、いかにも使い捨てキャラって顔だな）

これが、原作における沈清秋《シェンチンチウ》の一番弟子にして、洛氷河《ルオビンハー》の師兄・明帆《ミンファン》。

そして、伝説の最底辺使い捨てキャラ！

深夜に洛氷河《ルオビンハー》を部屋の外に締め出したり、わざと間違った入門書を渡したりといった程度の低い嫌がらせは、もれなく明帆《ミンファン》の手によるものだ。彼は沈清秋《シェンチンチウ》が思いつきで洛氷河《ルオビンハー》をいじめようとする時に一番役に立つ助手であり、最も積極的な協力者である。

原作での明帆《ミンファン》の末路も、自分に勝るとも劣らない惨めなものだったため、沈清秋《シェンチンチウ》が少年を見る目にはおのずと同情がこもる。

「氷河《ビンハー》をここへ連れてきなさい」

明帆《ミンファン》は内心でいぶかしむ。

（普段、師尊が洛氷河《ルオビンハー》を呼ぶ時は、いつも「あの小僧」や「罰当たり」、「あいつ」とか「ガキ」とか、まともに名前を口にしないのに、なんで急にこんな親しげなんだ？）

かといって、師の命令に疑問を呈するわけにもいかない。明帆《ミンファン》は直ちに小走りで薪小屋へ向かい、扉を二度蹴った。

「出てこい！　師尊がお呼びだ！」

一方その頃、沈清秋《シェンチンチウ》は部屋の中をウロウロしていた。頭の中で、システムからより詳しい情報を引き出そうと格闘していたのだ。

【B格ポイントとは、カッコつけに成功した時に上昇するパラメータです。B格ポイントが貯《た》まるほど、ハイエンドでハイグレードな伝説的名作へと近付いていきます】

『だったら、そのB格ポイントはどうやって上げるんだ？』

【方法は以下のとおりです。一、クオリティの低いストーリーを改変し、悪役と脇役のIQを上げる。二、読者が没頭できる読書体験を妨げるような地雷部分を避ける。三、主人公の爽快ポイントをキープする。四、隠されたストーリーを見つけてクリアする】

沈清秋《シェンチンチウ》は一つひとつの条件をより詳しく検討した。

つまり、オリジナルの沈清秋《シェンチンチウ》がドッサリ残した諸々《もろもろ》の禍根を片付けるだけでなく、ほかのキャラが面倒事を起こさないように気を配る必要もある、というわけだ。

自分の命を守れるかどうかだって怪しいのに、主人公がしっかりチート無双して目立てるようにしながら、ヒロインまでもれなく確保してやらないといけないなんて。

しかも作者が残した未解決の謎や穴だらけのストーリーも、作者に代わって自分が文字どおり粉骨砕身して、一つずつ丁寧に解決していかねばならないのだ。

なんてこった……。

かつて向天打飛機《シアンティエンダーフェイジー》大先生が語っていたが、『狂傲仙魔途』の狙いは単純明快で、その一字一句の全ては読者が「スカッとする」ためにある。

特に闇堕ちしたチート主人公が清廉潔白を装い、権力者や力のある者を弱者の立場から追い詰め、ついには倒してその地位や富を奪う、いじめた奴《やつ》らにやり返したりする場面なんて、もう胸スカ要素全部盛りだ。だからこそ、この作品は驚異的な人気を得て、どんどん長くなっていったのだ。それはもう纏足《てんそく》[12]用の布よりも長ったらしく、つまらないぐらいに。

これだけのストーリーを覚えておくだけでもかなりの負担なのに、いたる所に地雷があるのだ。全部避けられるか、とてもじゃないが保証できない！

『どんなストーリーなら低クオリティじゃないんだ？』

【具体的な基準はありません。読者の感じ方によって決まります】

『それなら、どれだけポイントが貯まれば、初級クエストが発生する？』

【具体的な状況次第です。条件を満たした際に、システムから自動的に通知されます】

具体的、具体的ってずいぶんと都合がいい言葉だな。タイガーバーム[13]かよ。沈清秋《シェンチンチウ》は冷ややかに笑うと、扉が開く音に気付いて振り向く。一人の少年が、ゆっくりと部屋に入ってくるところだった。

少し足元がおぼつかないものの、少年は必死に背筋を伸ばして沈清秋《シェンチンチウ》を呼んだ。

「師尊」

沈清秋《シェンチンチウ》はかすかな笑みを浮かべたままフリーズする。

やっちまった！　将来的に、女とあらば上は八十のばあさんから下はおむつをはいた赤ん坊まで魅了し、メアリー・スー[14]の男版といっても過言ではない主人公の顔をこんなにするなんて、終わった、マジで人生終わった！

さんざん痛めつけられ傷だらけの顔でも、主人公はさすが主人公だ。洛氷河《ルオビンハー》の瞳は、怪我《けが》をしていても明けの明星のごとく輝き、ピチピチのイケメンの卵だと一目で分かる。

12　かつての中国の風習。女性の足が大きくならないように布をきつく巻きつけていた。
13　塗り薬の名称。中国ではさまざまな用途に使える、便利な薬として有名。
14　創作において作者の理想をつめ込んで創り上げた魅力的な女性。

芯の強さを感じさせつつも控えめな表情は、高潔にして不屈の精神を持ち合わせていることの表れ。まっすぐ伸びた背筋は、誰にも屈服しない誇り高さの証《あかし》！

一瞬にして、沈清秋《シェンチンチウ》の心に美辞麗句が山ほど浮かび上がった。次から次へと生み出される賛美の言葉がうっかり口から飛び出しそうになる。

幸いなことに、沈清秋《シェンチンチウ》はギリギリのところでなんとか踏みとどまることができた。

ヤバいヤバい、主人公オーラが強すぎて、こっちが保《も》たないところだった！

足を引きずりながら部屋へ入ってきた洛氷河《ルオビンハー》は、なんとか跪《ひざまず》こうとする。それを見た沈清秋《シェンチンチウ》は口元をひくり、と引きつらせた。

本当にやめてくれ。あなた様を今ここで跪かせたりしたら、いつの日か俺の膝蓋骨《しつがいこつ》がえぐられるかもしれない。

そう考え、沈清秋《シェンチンチウ》はすぐさま手を振って押しとどめた。

「その必要はない」

そして「薬だ」と小瓶を放り投げると、皮肉を込めた口調でつけ足す。

「誰かに見られでもしたら、この私が清静峰で弟子を虐待している、などと誤解されかねないからな」

沈清秋《シェンチンチウ》はすぐにキャラになりきった。しかも、薬を渡すという大胆な振る舞いに嫌みな台詞を組み合わせることで、沈清秋《シェンチンチウ》本来の「悪事を働くものの他人にはそうと気付かれたくない偽善者」としての体裁を保ったまま、主人公からも恨みを買いにくいというウルトラCを決めたのだ。

果たして、システムはOOC警告を出さなかった。沈清《シェンチン》秋《チウ》はホッと胸をなで下ろす。

〝指導〟の続きのために呼ばれたのだとばかり思っていた洛氷河《ルオビンハー》は、薬をもらえるとは予想だにしておらず、呆気に取られる。そして恭しく両手で小瓶を拾い上げ、心から「師尊、ありがとうございます」と感謝した。

洛氷河《ルオビンハー》の顔立ちはまだ幼さを残しており、まっすぐで一点の曇りもない穏やかな笑顔は昇ったばかりの太陽のようだった。沈清秋《シェンチンチウ》は少しだけそれを見つめてから、顔を背ける。

闇堕ちする前の主人公は、純粋な心根を持った少年だった。ちょっと光を当てるだけで眩《まばゆ》く輝き、一を与えれば十を返すような、そんな尋常ではないほど良くできた子なのだ。その純粋さは無垢《むく》な子羊と言っても、過言ではないだろう。

洛氷河《ルオビンハー》は嬉しそうに続ける。

「この洛氷河《ルオビンハー》、必ずやもっと努力を重ね、師尊を失望させないように励みます」

あー、いや。もっと努力を重ねたりなんてしたら、お前のもともとの師尊は失望すると思うぞー……。

もし沈清秋《シェンチンチウ》が『狂傲仙魔途』を読まずにこのワンシーンを見ていたら、きっと胸に込み上げる悲しみに耐え切れず、洛氷河《ルオビンハー》のために同情の涙を流していたことだろう。

しかし沈清秋《シェンチンチウ》は物語の始めから終わりまで、読者という神の視点で、闇堕ち後の洛氷河《ルオビンハー》がたどる豊富で多彩な心の動きを見届けている。だから分かっているのだ。今の洛氷河《ルオビンハー》が可哀想であればあるほど、将来、彼が他人を踏みにじる時の笑顔が、一層凶暴で歪んだものになるということを。誰にでも優しく、厳しく自分を律する君子の姿は見せかけで、内心はいかにして相手の筋を抜き、骨を引きずり出し、皮を剥いで日の下にさらしてやろうかという邪悪な考えで満たされているのだ。

洛氷河《ルオビンハー》は微笑《ほほえ》む。

「この弟子がかつて受けてきた屈辱を、今日は百倍にして返すために参りました。私の手足を傷つけた者は、必ず四肢を断ち、骨を灰にしてばら撒《ま》きましょう」

——『狂傲仙魔途』より抜粋・その二
そのあと、洛氷河《ルオビンハー》は本当に沈清秋《シェンチンチウ》の手足を切り落とし、文字どおりの〝だるま〟にした。

紫檀《したん》の椅子に座った沈清秋《シェンチンチウ》は、親しすぎない口調で問いかける。

「氷河《ビンハー》、入門心法《しんぽう》[15]の修練はどうだ?」

自分から口に出したとはいえ、「氷河《ビンハー》」という響きに、沈清秋《シェンチンチウ》はゾワッと全身に鳥肌が立つのを感じた。それは洛氷河《ルオビンハー》も同じだったようだが、彼は軽く身をすくませただけで、きまりが悪そうに笑みを浮かべて答えた。

「この弟子は覚えが悪く、まだ……要領を得ておりません」

そりゃそうだ。偽の入門書を渡されているのだから。強靭《きょうじん》な主人公でなければ今ごろ走火入魔《そうかにゅうま》[16]まっしぐら。あれで要領を得られるほうがおかしい。

沈清秋《シェンチンチウ》は内心で叫んでいた。

(少年よ、俺についてきたまえ!　この師が正しい心法を

15　基礎的な霊力の運び方。
16　修練の途中で正道から外れ、それによって異常状態に陥ること。

伝授してやるぞ！）

　すると妖魔の叫びにも似た、あの警告音が再び狂ったような大音量で脳内に響き渡る。沈清秋《シェンチンチウ》は『考えただけだって。違反なのはちゃんと分かってるから！』とシステムに告げ、何気なく洛氷河《ルオビンハー》に問いかける。

「この師が今日そなたを罰したのは、焦りの表れだった。歳月は人を待たず、ともいうからな。ところで、そなたが私の弟子になってから短くはないはず。今、歳《とし》はいくつだ？」

　洛氷河《ルオビンハー》は素直に「数えで十四になります」と答えた。

　なるほど、十四か。

　つまり、今の沈清秋《シェンチンチウ》、洛氷河《ルオビンハー》の二人は、すでに「山門での跪かせ体罰事件」、「清静峰の同門による集団リンチ事件」「師尊への〝楯突き〟に対する吊るし上げ折檻事件」、「法器《ほうき》破損による懲罰労働事件」……などなどの、世にも素晴らしいイベントの数々を終えたあとというわけだ。

　さらば、俺の安らかな日々。（バイバイの絵文字）

　沈清秋《シェンチンチウ》は額をおさえ、洛氷河《ルオビンハー》に手を振った。

「……少し一人になりたい」

＊＊＊

　沈垣《シェンユエン》は流れに身を任せる主義である。

　すでに自分の意識は『狂傲仙魔途』の世界に転生しているし、そのうえ、もとの世界での肉体はポックリ逝っているのだから、なんとなく日々を過ごせればいい、と思った。

　修真世界にやってきて、なんの苦労もなくそこそこの腕前と剣術のスキルを身につけ、名門正派の出身という立場も手に入れた。何ごとかを成し遂げたければいつでもできるし、逆に何もせずにこもっていたいなら、蒼穹山の清静峰にいれば俗世と関わらずに済む。悪いことなど何もない。ただ女の子との出会いに関してだけは、ちょっと難アリだが。

　この手の種馬YY小説において、およそ女子というものは、見た目が良ければ必ず主人公のモノになる。これはもはや暗黙の了解だ。

　もちろん、沈清秋《シェンチンチウ》も贅沢《ぜいたく》は言わない。この世界でダラダラと過ごして、引退したらのんびりと隠居生活を楽しむ。これでもう十分だ。いずれにせよ前世で過ごしていた日々となんら変わりないのだから。

ただし、洛氷河《ルオビンハー》がいるとなると話は別である。作者が創造したこの大陸にいるかぎり、しゃしゃり出るどころか世俗を遠く離れた桃源郷のような場所に身を潜めようとも、洛氷河《ルオビンハー》が世界を統一したら探し出されて〝だるま〟にされるだろう。

（主人公に媚びたくないわけじゃないけどさ！　でもなんでよりによってこいつは闇堕ち系、しかも仇は倍返しならぬ千倍返しタイプなんだよ！）

いつものように向天打飛機大先生《シアンティエンダーフェイジー》にツッコミを入れてから、沈清秋《シェンチンチウ》はすばやく目標を定めた。

とにかく、まずは環境に慣れることだ。なるべくたくさんシステムとやり取りをして、コツコツと実績を積み重ね、B格ポイントを増やして、さっさとOOC機能をアンロックする。もし風向きが怪しいと感じたら、すぐにルート変更して、別の道を探すとしよう。

蒼穹山にある十二の峰は、天と地が創り出した十二本の剣のように高くて険しい。雄大で独特な見た目をしており、まっすぐ空に向かって突き立っている。

沈清秋《シェンチンチウ》が住む清静峰の標高は一番高いというわけではないが、十二峰の中で最も趣があって静かだ。緑が生い茂って優雅な雰囲気があり、あちこちで長く伸びた竹の葉の擦れ合う音が聞こえてくる。加えて、沈清秋《シェンチンチウ》の弟子たちは基本的に全員が琴や碁、書画といったものを習得しなくてはならないので、時折朗読の声やかすかな琴の調べが響く。まさしく、古代の意識高い系若者たちにとっての楽園であり、オリジナルのキザな沈清秋《シェンチンチウ》のキャラ設定にふさわしい。

通りすがりの弟子たちは沈清秋《シェンチンチウ》に礼儀正しく挨拶をする。手を後ろで組んだ沈清秋《シェンチンチウ》はオリジナルならどう応えるのが正解かを模索し、進む足は止めずに澄まし顔で軽くうなずくだけにした。なんとか取り繕えたものの、内心では小説に出てくる名前と行き交う顔を、どう結びつけたらよいものか悩んでいた。

ただ、これはひとまず脇に置いておいて問題ない。自分の身を守るためには、まずオリジナルの法術《ほうじゅつ》と剣術のスキルを全部使いこなせるようにならないと。

記憶違いでなければ、洛氷河《ルオビンハー》が闇堕ちするまでに、蒼穹山派は何度か大きな事件に見舞われるはず。ちょっかいを出してくる魔族やら仙盟大会やら、沈清秋《シェンチンチウ》自らがうまく立ち回らないといけないイベントが多い。ガワが沈清秋《シェンチンチウ》であったとしても本物の修為がなければ、ストーリーの進行に関係なく、主人公に手を下されるまでもなくそこら辺のザコ妖魔に殺されて終わりだ。

沈清秋《シェンチンチウ》は一人、竹林の奥へ進んだ。周りに誰もいないのを確認してから、腰にぶら下げた剣を手に取る。左手で鞘《さや》を握り、右手で柄《つか》を持つと、ゆっくり剣を引き抜いた。

修雅剣は沈清秋《シェンチンチウ》が若くして名を成した時から佩《お》びている、非常に有名な剣だ。剣が放つ白く清らかな光は控えめで眩《まぶ》しすぎず、まごうことなき一級品だと分かる。剣に霊力を注げば、刀身はかすかに輝き出すのだ。どうすれば〝霊力を注ぐ〟ことができるのだろうか、と沈清秋《シェンチンチウ》が考えていると、手中の剣はほんのりと白い光を放ち始めた。

どうやら、オリジナルの修為もスキルも、まとめて引き継がれているようだ。わざわざ思い出そうとしなくても、全て頭に入っている。威力を確かめるため、沈清秋《シェンチンチウ》は何気なく剣を振ってみた。

たったの一振りでこれほどの威力があろうとは、誰が予想できただろうか。剣を軽く振り払った瞬間、手の中から稲妻が飛び出したかのごとく眩い光が放たれ、あまりの眩しさに沈清秋《シェンチンチウ》は慌てて目をつむった。そうして再び瞼を持ち上げると、目の前には、雷でも落ちたのかと錯覚するほど深くえぐられた溝ができているではないか。

（な、なんてこった……！）

表情にこそ出さなかったが、沈清秋《シェンチンチウ》の内心は爽快感に満ちあふれた。

ヤバい、カッコよすぎる！

さすが一つの峰を統べる宗師《そうし》[17]級のキャラだ。これほどの修為があれば、あともう二十年くらい修練を重ねるだけで十分だろう。万が一どうしようもなくなってチートキャラの洛氷河《ルオビンハー》と対峙《たいじ》することになっても、どさくさに紛れて逃げられるはず！

そう、どさくさに紛れて逃げてしまえばいいんだ！

もう少し練習を続けようとした沈清秋《シェンチンチウ》の耳に、枯れ枝を踏みつけるかすかな音が届く。

実のところ、その音自体はだいぶ離れた場所から発されたものだったが、沈清秋《シェンチンチウ》の五感は鋭く研ぎ澄まされているため、気付かないほうが難しかった。沈清秋《シェンチンチウ》は地面の深い溝を一瞥《いちべつ》して、シャッと剣を鞘に納めると、茂みのさらに奥へと身を隠した。

17　その分野で秀でており、師として尊敬される人。

どんどん近付く足音。どうやら一人だけではないようだ。

そうしてしばらくすると、まず現れたのは、生まれた時から光に照らされているような、洛氷河《ルオビンハー》のあの顔だった。それに続いて、柔らかく澄んだ少女の声が響く。

「阿洛《アールオ》、見てみて！　地面にすっごく大きい溝があるよ！」

その声が聞こえた時、暗がりにいた沈清秋《シェンチンチウ》は危うくずっこけそうになる。

【沈清秋《シェンチンチウ》の一番若い女弟子、寧嬰嬰《ニンインイン》です】

とシステムが簡単な紹介をした。

『その紹介、いるか？』

たまらず沈清秋《シェンチンチウ》はツッコミを入れた。

『あんなふうに洛氷河《ルオビンハー》を呼ぶのなんて、一人しかいないだろ！』

洛氷河《ルオビンハー》の後ろにいた愛らしい少女が顔を覗かせる。洛氷河《ルオビンハー》よりも少し幼く見える彼女は、雪のように色白で可愛《かわい》らしく、オレンジ色の紐《ひも》で結い上げられた髪は、彼女の動きに合わせてひょこひょこと揺れる。その天真爛漫《てんしんらんまん》な様子は、洛氷河《ルオビンハー》の師姉とはいえ、修真小説に出てくる典型的な愛され師妹キャラそのものだ。

この師妹キャラの登場は、沈清秋《シェンチンチウ》をちょっと複雑な気分にさせた。

彼が、正確にはオリジナルの沈清秋《シェンチンチウ》が、寧嬰嬰《ニンインイン》に対して下心を抱いていたからだ。

沈清秋《シェンチンチウ》は陰険な偽善者というキャラ設定である。そのようなキャラは往々にして、さも肉欲など抱いたことのない、品行方正な人物であるかのように振る舞うが、その実、色欲まみれで道徳もへったくれもない品性の下劣なクソ野郎というのがお約束パターンだ。師父のくせに、明るく元気な幼い弟子にいやらしい欲望を抱き、何度も手を出そうとして成功しかけたこともあった。

主人公の女に手を出そうとするなんて、その結末は言わずもがなである。

小説を読んでいた時から、沈清秋《シェンチンチウ》は若干不思議に思っていた。

復讐する際、洛氷河《ルオビンハー》はどうしてこいつを去勢しなかったんだ？　氷哥《ビンアニキ》による数々の凶悪な仕打ちからすると物足りない！

そう思ったからこそ、彼はほかの読者がコメント欄に立てた「沈清秋《シェンチンチウ》を去勢しろ！　でなきゃ金はもう一銭も払わない！」という長いスレッドにも加わったのである。

今にして思えば股間がすくみ上がる。あの時の訴えを作者が聞き入れていたら……今ごろスレに書き込んだ自分の手をぶった切っているところだ。

洛氷河《ルオビンハー》は地面の溝をちらりと見ると、曖昧な笑みを浮かべるだけにとどめた。しかし寧嬰嬰《ニンインイン》はまだ洛氷河《ルオビンハー》にまとわりついていたいのだろう、無理やり適当な話題を振って、相手の気を引こうとする。

「阿洛《アールオ》、この溝、どの師兄が剣芒《けんぼう》[18]の修練をしてたんだろうね？」

洛氷河《ルオビンハー》は斧《おの》を振り上げ、木を伐《き》り始める。

「清静峰でこれほどの修為をお持ちなのは、おそらく師尊だけです」

そっけなく答えて、洛氷河《ルオビンハー》は寧嬰嬰《ニンインイン》に構うことなく手を動かし、黙々と作業に集中した。

ここの木はどれも太く、斧も若干錆《さ》びている。わずか十四歳でしかない洛氷河《ルオビンハー》にとってかなり体力を使う作業で、見る間に彼の額からは汗がにじみ出した。倒れている老木の幹に座った寧嬰嬰《ニンインイン》は頬杖《ほおづえ》をついて洛氷河《ルオビンハー》を見つめていたが、つまらなくなって再び甘えた口調で話しかける。

18　剣から光を放つ技。またその光。

「ねえねえ、阿洛《アールオ》ってば、一緒に遊ぼうよー！」

額の汗を拭う暇もなく、洛氷河《ルオビンハー》は斧を振り続ける。

「できません。師兄の言いつけで、今日の薪割りを終えたら、水も汲《く》みにいかないと。それに、早く終わらせられれば、多少打坐《だざ》[19]をする時間ができるので」

寧嬰嬰《ニンインイン》は唇をとがらせた。

「師兄たちったら、本当にひどい人ばっかり！　いっつも阿洛《アールオ》にあれこれやらせてるの、絶対わざとだし、こんなのいじめだよ！　フンッ、帰ったら師尊に言いつけてやるんだから。そしたらあの人たちも二度とこんな意地悪はしないはず！」

沈清秋《シェンチンチウ》は、実写版『狂傲仙魔途』の撮影現場にたまたま通りかかった通行人のような気分で、幼馴染《おさななじみ》同士の他愛もないじゃれあいを楽しく見ていたのだが、この言葉を聞くなりたちまち青ざめた。

（やめろマジで本気でやめてくれ！　絶対俺のところには来るな！　言われたところで、俺もどうしたらいいか分かんないって！　ＯＯＣはできないし、どっちを怒ればいいんだよ！）

19　胡坐（あぐら）を組んで修練すること。

今の洛氷河《ルオビンハー》少年は、人の世の辛酸を嘗め尽くしてもなお、白蓮華《しろれんげ》のごときピュアな心を持っている。彼は寧嬰嬰《ニンインイン》の言葉に首を横に振った。

「どうかやめてください。こんな些細なことで、師尊を困らせたくないんです。それに、師兄たちもきっと悪意があるわけではありません。きっと私が未熟だから、実践の機会を与えてくれているだけですよ」

一瞬、沈清秋《シェンチンチウ》は洛氷河《ルオビンハー》の背後から眩い光が放たれるのを見た気がして、思わず二、三歩後ずさる——これほど優れた心根と高尚な精神を持ち合わせた主人公なんて、眩しすぎて直視できない！

ぺちゃくちゃとおしゃべりしている寧嬰嬰《ニンインイン》をよそに、必要な分の薪を割り終えた洛氷河《ルオビンハー》は斧を丁寧に置いた。それから、比較的汚れのましな場所を見つけると、足を組んで目を閉じ、打坐を始めた。

沈清秋《シェンチンチウ》は心の中で大きなため息をつく。

実を言えば、洛氷河《ルオビンハー》のチート属性は、物語前半の哀れみを誘う主人公パートから、すでにその片鱗《へんりん》を見せていた。明帆《ミンファン》が洛氷河《ルオビンハー》に与えた入門心法は偽物で、修練すればするほど的外れな結果に向かってしまうはずだった。ところが、洛氷河《ルオビンハー》は類い稀な才能と体内に潜む魔族の血によって、無茶な修行のはずがなぜか正攻法にしてしまい、自分なりの道を切り開いたのだ……こんなの、非ィ科学的だぁ！

感嘆していると、また複数の足音が聞こえてきた。

途端に、沈清秋《シェンチンチウ》はマズいことになると直感した。

下っ端の弟子たちを数人従えて現れた明帆《ミンファン》は、寧嬰嬰《ニンインイン》を見るやいなや、喜びをあらわにその手を引こうとした。

「小師妹！　ここにいたのか。なんで何も言わずにこんな場所へ？　裏山は広いし、うっかり猛獣や毒蛇に出くわしたらどうするんだ？　あっ、そうだ。この師兄が珍しいものを見せてあげよう！」

当然、明帆《ミンファン》の目には黙々と打坐に励む洛氷河《ルオビンハー》の姿も映っているはずだが、空気のように無視した。一方の洛氷河《ルオビンハー》は礼儀正しく、目を開けて「師兄」と明帆《ミンファン》に挨拶をした。

寧嬰嬰《ニンインイン》はクスクスと笑いながら答えた。

「毒蛇なんて怖くないもん。それに、阿洛《アールオ》が一緒にいてくれるから」

明帆《ミンファン》は洛氷河《ルオビンハー》を横目で一瞥すると、フンッと鼻を鳴らす。明帆《ミンファン》が何を考えているのか、沈清秋《シェンチンチウ》には手に取るように分かる。寧嬰嬰《ニンインイン》が洛氷河《ルオビンハー》を親しげに呼ぶものだから、一段と気に食わないのだろう。だがまだ子どもの寧嬰嬰《ニンインイン》にはこの微妙な空気を察することができず、首をかしげると明帆《ミンファン》をせかした。

「そういえば師兄、珍しいものって？　早く見せて」

明帆《ミンファン》は再び満面の笑みを顔に貼りつけて、腰に提げた青みがかった緑色の玉佩《ぎょくはい》[20]をほどくと寧嬰嬰《ニンインイン》に差し出す。

「家族が会いにきてくれてさ、上等で珍しいお土産をたくさん持ってきてくれたんだ。これなんてすごく綺麗《きれい》だし、小師妹にあげるよ！」

寧嬰嬰《ニンインイン》は受け取った玉佩を木々の間から差し込んだ日の光に当て、じっくりと眺めた。明帆《ミンファン》はそわそわと「どうだ？　気に入ってくれたか？」と問いかける。

ここまで覗き見して、沈清秋《シェンチンチウ》はようやく思い出した。このシーンは、まさか！

（ヤバい、俺、ここにいたらだめだ、危険だ！）

沈清秋《シェンチンチウ》が忘れていたのも無理はない。「三流作家のクッッソ駄作」とまで罵った人物に向かって、連載期間四年、作中で二百年を跨《また》ぐ小説の序盤の内容を思い出せなんて、あまりにも無茶な話である。

20　玉（ぎょく）製の装身具。

（前半を読み終えるだけで二十日もかかったんだからな。洛氷河《ルオビンハー》が入門したての頃の、読者に興味を持ってもらうためだけに書かれた虐待シーンなんて、とっくに忘れてるって！）

寧嬰嬰《ニンインイン》に玉佩の良し悪しなど分かるはずもなく、ちょっと眺め回したかと思うと明帆《ミンファン》へ「何これ、汚い色」と投げ返した。笑顔が凍りつく明帆《ミンファン》に構わず、寧嬰嬰《ニンインイン》はむぅっと唇をとがらせて「阿洛《アールオ》が持ってるもののほうが断然綺麗！」と何気なく言い放った。

その瞬間、明帆《ミンファン》の表情が険しくなっただけでなく、静かに気配を消していた洛氷河《ルオビンハー》もまたピクリと体を震わせ、すばやく目を開けた。

明帆《ミンファン》は、「……師弟もこんなものを？」と声を絞り出す。

洛氷河《ルオビンハー》が答えをためらっていると、寧嬰嬰《ニンインイン》が口を挟んだ。

「そうだよ。毎日欠かさず首から下げて、すっごく大事にしてるんだから。見せてって言っても、全然見せてくれないくらい！」

どれだけ洛氷河《ルオビンハー》が冷静沈着な性格でも、この言葉にはさすがに顔色を失い、服の上から首にかけた玉観音《ぎょくかんのん》の飾りを握りしめた。

（お嬢ちゃん、ＩＱとＥＱ[21]が家出しちゃったのかな？　主人公は何もしてないのに、とんだとばっちりだぞ！）

寧嬰嬰《ニンインイン》は自分が放った言葉によってどんな事態が招かれるかなど、まるで考えていなかった。意中の相手である洛氷河《ルオビンハー》が、いつも肌身離さず持ち歩いている玉観音。恋する乙女として、彼女は思いを寄せる人が大事にしているものを、どうしても手に入れてみたかった。そうすることによって「自分は特別」という満足感を味わいたかったのだ。ところが、洛氷河《ルオビンハー》はそれをくれるどころか、見せることすら頑《かたく》なに拒んだので、悔しがった寧嬰嬰《ニンインイン》は甘え半分、わがまま半分で洛氷河《ルオビンハー》の宝物を話題に出してみたのだ。

（あ・げ・る・わ・け・ないだろうがーーー！）

あの玉観音は、洛氷河《ルオビンハー》の養母が長い間お金を貯め、やっとのことで息子のために手に入れた、霊験あらたかな宝器《ほうき》だ。暗い運命を背負って生きる洛氷河《ルオビンハー》のそばにいつでも寄り添っていてくれた小さな温もりであり、物語後半でダークサイドの崖っぷちにいた時も、かすかに残った人間性を思い出させるきっかけになったキーアイテムだ。そんな大事なものをおいそれと他人にやるなど、絶対にありえない。

21　自分や他人の感情を感じ取る能力。

明帆《ミンファン》は怒りと嫉妬に駆られ、一歩前に出て声を荒げた。

「洛《ルオ》師弟、それはずいぶんと意地の悪い仕打ちじゃないか？　小師妹はちょっと玉佩を見ようとしただけだろう？　そんなことさえケチるような奴は、仲間が強い敵に襲われた時に助けを求めても、冷たく見捨てるんだろうな！」

（少年よ、その台詞の前半と後半、一ミリも繋《つな》がってないぞ！）

こうなるとは思ってもみなかった寧嬰嬰《ニンインイン》は、地団駄を踏んだ。

「嫌ならもういいから。師兄、阿洛《アールオ》をいじめないで！」

今の洛氷河《ルオビンハー》では当然、明帆《ミンファン》には勝てない。明帆《ミンファン》の手下の弟子たちに囲まれ、あれよあれよという間に洛氷河《ルオビンハー》が首から下げていた玉観音は明帆《ミンファン》の手に渡った。明帆《ミンファン》はそれを持ち上げると、ちょっと見ただけでいきなり大笑いし始める。

寧嬰嬰《ニンインイン》はいぶかしがった。

「な……何がおかしいの？」

明帆《ミンファン》は玉観音を寧嬰嬰《ニンインイン》に放り投げて、得意げに説明した。

「大事にしているというからどんなすごいお宝かと思えば。小師妹、これ、なんだと思う？　〝間抜《まぬ》けの買い物〟だぞ、あはははっ……」

寧嬰嬰《ニンインイン》はよく分からない様子で、「間抜けの買い物？それって何？」と首をかしげる。

洛氷河《ルオビンハー》の拳に少しずつ力がこもり、その瞳には暗い色が蠢《うごめ》いていた。そして地の底から響くような低い声で「返せ」と発した。

その様子を傍観していた沈清秋《シェンチンチウ》も、無意識のうちに拳を開いたり閉じたりしていた。

もちろん沈清秋《シェンチンチウ》は〝間抜けの買い物〟と呼ばれたあの玉観音が偽物《まがいもの》であることも、洛氷河《ルオビンハー》の逆鱗《げきりん》そのものであることも知っている。

当時、養母は食費を切り詰めてやっとの思いで玉観音を手にしたのだが、学がなかったために騙《だま》され、偽物を高値でつかまされてしまったのだ。悲しみのあまり、彼女の体調はそのあと、雪崩を打ったように悪くなっていった。言うまでもなく、この件は洛氷河《ルオビンハー》にとって一生消えないわだかまりとなり、玉観音に他人が触れることはタブーとなったのである。

傍観者の沈清秋《シェンチンチウ》は、できることなら明帆《ミンファン》をボコボコにして玉観音を取り戻し、洛氷河《ルオビンハー》へ返してやりたくてたまらなかった。そうすれば明帆《ミンファン》も洛氷河《ルオビンハー》から恨まれることなく、復讐リスト入りせずに済むかもしれない。

【OOCです】

『ご親切にどーも。黙ってな』

明帆《ミンファン》は再び寧嬰嬰《ニンインイン》の手から玉観音を指でつまみあげると、面倒くさそうに言い放った。

「分かったよ、返せばいいんだろ。どこぞの露店で買った安物かも分からないし、こんなもの、小師妹の綺麗な手が汚れちまう」

口ではそう言いながらも、明帆《ミンファン》は返そうとする素振りを見せない。

洛氷河《ルオビンハー》は顔をこわばらせ、両手の拳を突き出して、自分を拘束していた弟子たちを殴った。

怒りに駆られると、人の動きは突拍子もなくなる。洛氷河《ルオビンハー》はただ憤怒に任せて、がむしゃらに拳を振り回すだけだった。弟子たちも、はじめこそ威勢に驚いたものの、すぐに洛氷河《ルオビンハー》はめちゃくちゃに動いているだけだと気付き、恐るるに足らずと察した。そばにいた明帆《ミンファン》が声を上げる。

「ぼうっとするな！　師兄に向かって暴力をふるうとは。お前ら、長幼《ちょうよう》の序《じょ》ってものを教えてやれ！」

弟子たちはすぐに気を取り直し、洛氷河《ルオビンハー》を囲んで拳の雨を降らせた。

寧嬰嬰《ニンインイン》は呆気に取られる。

彼女の残念な脳みそでは、なぜ今こんなことになっているのか理解できず、大声で叫んだ。

「師兄！　なんでこんなことするの！　早くやめさせて！　でないと……私……私、もう師兄なんか知らない！」

それを聞いて、明帆《ミンファン》は焦った。

「小師妹、そんな怒るなって。今やめさせ……」

言い終えぬうちに、洛氷河《ルオビンハー》が隙をついて自分を囲んでいる弟子たちの輪から抜け出す。そして、明帆《ミンファン》に飛びかかると鼻めがけて強烈な一打をお見舞いした。

「いってぇ！」

悲鳴をあげた明帆《ミンファン》の鼻孔から、すぐさま二筋の鮮血があふれ出す。

瞳をうるうるさせて、今にも泣き出しそうだった寧嬰嬰《ニンインイン》だが、その光景には思わず「ぷっ！」と吹き出してしまった。

（……おいおい、お嬢ちゃん、洛氷河《ルオビンハー》が好きなんだよな？　こいつを苦しめたいわけじゃないんだよな？）

先ほどまでの明帆《ミンファン》には洛氷河《ルオビンハー》を見逃す心づもりがあったが、好きな相手の前で恥をかかされた以上、もはや見過ごすことなどできない。

二人は取っ組み合いを始めた。卓越した才能があるとはいえ、洛氷河《ルオビンハー》はまだ年若く、本物の心法書で学んでいない。一方的に殴られるばかりだったが、それでも歯を食いしばって声は上げなかった。反射的に助けに行こうとした沈清秋《シェンチンチウ》に、システムが命に関わりそうな最大級の警告音を轟《とどろ》かせる。

【超ＯＯＣ警告！　超ＯＯＣ警告！　超ＯＯＣ警告！　大事なことなので三回言いました！　この状況における「沈清秋《シェンチンチウ》」の選択肢は、微笑みながら高みの見物をする、もしくは、明帆《ミンファン》に加勢しに行く、です！】

児童虐待を傍観しろとはなかなかに非人道的な……しかし、やみくもに危険を冒すわけにもいかない。焦っていた沈清秋《シェンチンチウ》だが、ふと、折衷案を思いついた。

蒼穹山派には「摘葉飛花《てきようひか》」という名のちょっとした法術がある。

美しくて人目を引く以外、あまり役に立たないように思えるが、原作では洛氷河《ルオビンハー》がこれを使って、彼にとって何人目かの女性の心をいとも簡単に鷲掴《わしづか》みにした、と書かれていた。この世界に転生してから今日まで、沈清秋《シェンチンチウ》はさまざまな書物をむさぼるように読んでおり、この法術について書かれた書物にも目を通していた。

　彼はその辺の葉を一枚手に取り、少し霊力を注いでみる。一枚目の葉は霊力を注ぎすぎてしまい、バラバラになった。二枚目でようやく成功すると、それを指の間に挟み、「フッ」と小さく息を吹きかけて手を放す。すると葉は刃《やいば》のごとく、明帆《ミンファン》めがけてまっすぐに飛んでいった。すぐに明帆《ミンファン》の長い悲鳴が聞こえて、沈清秋《シェンチンチウ》はふぅ、と額ににじんだ一滴の汗を軽く手で払った。

　達人なら花の一輪、枝の一本でも人を傷つけられる、とはよく言ったものだ。

　というか、まさかとは思うけど、これで明帆《ミンファン》を殺《や》っちゃってないよな……？

　ひたすら殴る蹴るされていた洛氷河《ルオビンハー》は、不意に明帆《ミンファン》がふらつきながら後ずさったのに気付いた。顔を上げた洛氷河《ルオビンハー》の額からは血が垂れ、瞼の上を流れ落ちていく。明帆《ミンファン》はとっさに手を前へ伸ばしたが、驚いたことに彼の掌《てのひら》も血まみれだった。

　明帆《ミンファン》は我が目を疑う。

「お前、刃物でこの俺を傷つけたのか!?」

　激しくなった喧嘩《けんか》が恐ろしくて遠巻きに見ていた寧嬰嬰《ニンインイン》は、慌てて二人の間に割って入る。

「ううん、違うよ。阿洛《アールオ》は刃物なんて使ってないもん、絶対に阿洛《アールオ》がやったんじゃないから！」

　洛氷河《ルオビンハー》も状況を飲み込めていなかったので、唇をきつく一文字《いちもんじ》に結んで、顔についた血を拭った。明帆《ミンファン》の背中は鋭い剣の切っ先で切りつけられたかのように鮮血で染まっている。明帆《ミンファン》はほかの弟子たちに問いかけた。

「お前たち、ちゃんと見てたか？　こいつは刃物を使ったのか？」

　師弟たちは互いに顔を見合わせたが、首を横に振る者もいればうなずく者もいて、場は混乱を極めた。

　明帆《ミンファン》は甘やかされて育った良家の公子である。生まれてから今まで、一度もこれほどの怪我をしたことがなく、血に染まった掌を見て内心うろたえていた。

　さらに奇妙なことに、地面を見ても、洛氷河《ルオビンハー》の痩せこけた体を見ても、鋭利な刃物が一つも見当たらない。武器が消えるなんて、あり得るのだろうか？

　一方、沈清秋《シェンチンチウ》は息をのんでいた。視界が突然赤く点滅し、目の前に大きな文字が一行、ポン、と飛び出したからだ。

ドキリとするほど真っ赤な文字には、こう記されている。

【違反：OOC。B格ポイント、マイナス10。現在のB格ポイント：90】

沈清秋《シェンチンチウ》は一気に胸をなで下ろした。五十近く引かれてしまうか、あるいは全部なくなるかもと最悪のケースまで予想していたのだが、たったのマイナス十とは。想像していたよりもずっとマシだ。この程度であれば、いずれ取り戻せるだろう。しかし、ホッとしたのもつかの間、明帆《ミンファン》が洛氷河《ルオビンハー》を指さし、「お前ら、やれ！」と叫んだのだ。

沈清秋《シェンチンチウ》は危うく血反吐《ちへど》を吐きかけた。

数名の弟子が明帆《ミンファン》の命令に従い、洛氷河《ルオビンハー》に飛びかかる。気がつくと、沈清秋《シェンチンチウ》は数枚の葉を手に取り、「ヒュッ」と全て飛ばしていた。しかしその直後に、彼は後悔を覚えた。

（何してんだ、俺は！　洛氷河《ルオビンハー》は堂々たる主人公なんだぞ！　集団リンチなんて、前にもあっただろ！　どうせ死なないんだから、アホみたいに心配する必要ないってのに！）

さっきのはまだ誤魔化せたが、二度目ともなると、そううまくはいかない。その場にいる誰もが何かがおかしいと気付いた。

弟子たちは揃《そろ》って血を流しながら、洛氷河《ルオビンハー》から距離を取って、不安そうに明帆《ミンファン》のそばに集まった。

「師兄、これ、どうなってるんですか？」

「俺も刃物で切られたみたいです！」

明帆《ミンファン》は真っ青になって黙り込み、しばらくしてからようやく「行くぞ！」と一言を絞り出した。そして尻を押さえたり、腕を抱えたりしている金魚のフンたちとともに、ガヤガヤとその場をあとにした。来るのも去るのも風のごとしとは、まさしくこのことだろう。残された寧嬰嬰《ニンインイン》は、ポカンとしばし突っ立ってから声を上げた。

「阿洛《アールオ》、いま師兄たちを追い返したのって、あなたなの？」

洛氷河《ルオビンハー》は暗い顔で首を横に振り、なんとか姿勢を正す。ところが、にわかに緊張した面持ちになると、再び腰を曲げ、頭を低くして何かを探し始めた。落ち葉や枯れ枝、泥すらも何度も何度もひっくり返す。

洛氷河《ルオビンハー》が何を探しているのか、沈清秋《シェンチンチウ》には分かっていた。言うまでもない、さっきの揉《も》み合いの最中で失《な》くしてしまった玉観音だろう。

殴り合いになる前に明帆《ミンファン》が何気なく手を振った時、沈清秋《シェンチンチウ》には赤い紐が舞い上がって、頭上の高い梢《こずえ》に引っかかったのがはっきりと見えていた。しかし、これ以上彼らに干渉するわけにはいかない。先ほど数枚の葉を飛ばしたあと、システムから心臓に直撃するような通知が来たからだ。

【違反：OOC。B格ポイント、マイナス10×6。現在のB格ポイント：30】

一瞬にして、ポイントが半分以上も減ってしまった。

（葉っぱ一枚でマイナス十ポイント？　マジで!?　計算が乱暴すぎるだろ！）

寧嬰嬰《ニンインイン》は何も言わずに黙っていた。自分が事の発端だということを察しているのだろう。もしあの時余計なことを言わなければ、洛氷河《ルオビンハー》が大事なものを失くすことも、暴行を受けることもなかった。だから、すぐに寧嬰嬰《ニンインイン》も洛氷河《ルオビンハー》を手伝い、あちこち探し始める。

空が徐々に暗くなり始めても、当然、二人は何も見つけられなかった。

洛氷河《ルオビンハー》はぼんやりとその場に立ち尽くし、ぐちゃぐちゃになった地面へ視線を向ける。土までひっくり返して探したのに、結局見つけられなかった。

寧嬰嬰《ニンインイン》は茫然《ぼうぜん》自失する洛氷河《ルオビンハー》が少し怖くなり、彼の手を握った。

「阿洛《アールオ》、見つからないんだし、もう諦めよ？　ごめんね。お詫《わ》びに今度、新しいのを買ってあげるから。ね？」

洛氷河《ルオビンハー》は寧嬰嬰《ニンインイン》に構わず、ゆっくり手を引き抜くと、うつむいたまま竹林の外へ向かう。寧嬰嬰《ニンインイン》は慌ててその後ろを追いかけた。

沈清秋《シェンチンチウ》は呆《あき》れるのをとおり越して、自分自身に感心すらしていた。夕方近くまで探し物をする子ども二人を、ずっと見守っていたなんて……びっくりするぐらい暇人、としか言いようがない。

二人が遠ざかるのを待ち、沈清秋《シェンチンチウ》は隠れていた場所から姿を現した。ちらりと上を見て、足でトン、と地面を蹴る。小説などでよく見かける「燕《つばめ》のように軽やかな身のこなし」で跳躍し、軽々と梢に引っかかっている玉観音を手に取った。

こっそり洛氷河《ルオビンハー》に返してやりたいのはやまやまだが、システムのえげつない謎判定のことだ。どうせ違反認定してくるだろう。これ以上、B格ポイントを無駄にはできない。

少し考えてから、沈清秋《シェンチンチウ》はひとまず玉観音をしまっておくことにした。

これは今後かなり役に立つかもしれない。たとえば絶体絶命の危機に瀕《ひん》した時に、命と引き換えにしてもらうとか。

沈清秋《シェンチンチウ》は真剣にその可能性を検討した。

その時、立体感あふれる緑色の大きな文字が目の前にポンと現れた。

【おめでとうございます！　キーアイテム「偽玉観音」を入手しました。ストーリーの改変により、「沈清秋《シェンチンチウ》」のＩＱプラス１００。現在のＢ格ポイント：１３０。引き続き頑張ってください】

さっき引かれたポイントが戻ってきたばかりか、前より増えるなんて！　それにこの玉観音が、洛氷河《ルオビンハー》にとってどれだけ重要なものかを考えると、間違いなくＳＳＲ《超貴重なレア》アイテム、これさえあれば命が助かる！　まさに棚ぼたじゃないか！

沈清秋《シェンチンチウ》はとても爽快な気分だった。薄暗い場所に午後いっぱいうずくまっていたことで悶々《もんもん》としていたが、それも全て消し飛んだ。あのグーグル翻訳の読み上げ機能にそっくりでぶん殴りたくなるようなシステムの声ですらも、なんだか耳に心地いい気がする。

一方、竹林の外では、裏山から出た洛氷河《ルオビンハー》がゆっくりと握りしめていた拳を開いた。

その手のひらには数枚の葉が横たわっている。形を保ったままの葉は縁が鋭く、乾いた血がこびりついていた。

＊＊＊

沈清秋《シェンチンチウ》が謎の高熱から目覚めて、〝療養〟していたここ数日の間、岳清源《ユエチンユエン》は何度も彼を見舞いに訪れていた。岳清源《ユエチンユエン》は天下一の修真門派の掌門、言い換えれば修真総合高等教育学府の学長なのだから、仕事が忙しくないはずがない。なのに、この師弟《じぶん》をここまで気に掛けてくれるなんて。見慣れない土地で知り合いもいない沈清秋《シェンチンチウ》は、感激のあまりむせび泣きそうだった。

オリジナルの沈清秋《シェンチンチウ》はこんな素晴らしい上司かつ同門に対しても知らん顔で見捨てるのだから、まったく、なんというクズ野郎なんだ！

岳清源《ユエチンユエン》は沈清秋《シェンチンチウ》の竹舎《ちくしゃ》[22]で出された陶製の白い茶器を持ち、心配をあらわにしている。

「師弟、目覚めてからこれまで、体の具合はどうだい？」

22　竹で作られた家屋。

兄弟のように温かい同門の雰囲気に包まれながら、沈清秋《シェンチンチウ》は扇子を軽く揺らした。

「私ならもう大丈夫だ。心配をかけてすまない」

「それなら、そろそろ下山する頃合いだね。何か必要なものは？」

扇子を揺らしていた沈清秋《シェンチンチウ》の手がピタリと止まる。

「下山？」

岳清源《ユエチンユエン》は首をかしげる。

「もしや病のせいで忘れてしまったかい？　前に君が言っていただろう、弟子たちの実践がてら、双湖《そうこ》城[23]の一件は任せてほしい、と」

なるほど、オリジナルが引き受けた面倒事か。

しかし、いくら修為やスキルが引き継がれているとはいえ、今の沈清秋《シェンチンチウ》はまだそれらを自由に使いこなせてはいない。この状態で弟子を連れて下山し、実践をするなどもってのほかである。ここは面の皮を厚くして「やっぱりまだ体調が悪いから」と言ってしまおう。そう思った途端、システムの冷酷な通知音が脳の隅々にまで響き渡った。

【初級クエストが発生しました。目的地：双湖城。クリア条件：実践の完遂。行動を選んでください】

音声と同時に、目の前にはクエストの概要が浮かび上がる。その下には二つの選択肢があり、左側は「受注する」、右側は「拒否する」と書かれている。

これが噂《うわさ》の初級クエストか。

沈清秋《シェンチンチウ》は「受注する」をじっと見つめた。すると、選択肢が緑色に変わり、「ピロン」という音とともにシステムの通知が聞こえた。

【クエストを受注しました。資料をよく読み、ご準備ください。成功をお祈りします】

沈清秋《シェンチンチウ》は我に返り、岳清源《ユエチンユエン》へ笑いかける。

「もちろん、覚えている。ただ、最近骨休めをしすぎたようで、危うく忘れるところだった。近いうちに出発する」

岳清源《ユエチンユエン》がうなずく。

「もしも体調が戻っていないのなら、無理は禁物だ。弟子が実践をするからといって焦ることはないし、そもそもこの件はわざわざ君が出向くようなものでもないからね」

沈清秋《シェンチンチウ》は微笑みながら同意を示すも、我慢できずに岳清源《ユエチンユエン》をチラチラと見た。

（掌門師兄、いまの台詞、クエストを説明するNPC《ノンプレイヤーキャラクター》そっ

23　城とは、城壁で囲まれた区域であり町のことを指す。

くりだぞ……）

清静峰での仕事は、大なり小なり全て腹心《ふくしん》である明帆《ミンファン》に任せている。沈清秋《シェンチンチウ》は、この少年は洛氷河《ルオビンハー》とは関係ない事柄であれば仕事の要領も良く、ＩＱも驚くほど高いということに気付いた。おかげで翌日には出発できるくらい、準備が整っていた。

清静峰を発《た》つ前、沈清秋《シェンチンチウ》は自らの出《い》で立《た》ちを確認した。浅葱《あさぎ》色の服に帯を緩めに締め、左の腰には剣を提げ、右手には扇子を持っている。

優雅で上品、スマートで頼りになりそうなこの佇《たたず》まい！

完璧に浮世離れした大物らしいこの雰囲気！

とにかく、絶対にＯＯＣにならないパーフェクトな姿だ！

百段近くもある長々とした石段を下りた山門のそばには、沈清秋《シェンチンチウ》用の馬車と随行する数名の弟子たちのための馬が用意されている。

『冗談だよな？　修真世界のお話なんだろ？　なんで御剣《ぎょけん》[24]で移動しないんだ？』

システムはすげなく答える。

【『ハリー・ポッター』のような魔法世界の設定でも、魔法使いたちがみんな毎回ほうきに乗って出かけるわけではありません。目立ちすぎてしまいます】

『ずいぶんとお詳しいことで。以前は『ハリー・ポッター』のあたりでお仕事を？』

沈清秋《シェンチンチウ》のつぶやきに、システムは宙に大きく【……】と表示するのみだった。

長年稼働してきたシステムにとって、馴《な》れ馴《な》れしく無駄話をする余裕がある人間など、おそらく沈清秋《シェンチンチウ》が初めてなのだろう。

ただ、と沈清秋《シェンチンチウ》は考え直す。確かに、今回の下山は実践にはもってこいだ。弟子たちのほとんどはまだ年若く経験が浅いうえに、自分専用の剣もまだ見つけていない。蒼穹山派の慣例によると、弟子たちは修為がある程度の段階まで達した時に初めて、十二峰の一つ、万剣峰《ばんけん》でふさわしい剣を選べるのだ。

剣を選ぶのは人だと思われがちだが、実のところ剣も人を選ぶ。まったく才能のない者が天地の霊気を凝縮した極上の名剣を選ぼうとしても、美女と野獣、掃き溜《だ》めに鶴というもの。つまり、その剣がいくらほしくても、剣自身が

24　剣に乗って空を飛ぶこと。

嫌がることもあるのだ。

洛氷河《ルオビンハー》のチート無双だって、まさに彼があの奇剣「心魔」を見つけた時に始まったのだから。


沈清秋《シェンチンチウ》は馬車に乗り込んだ。外観はさほど華やかではないものの、中は広くゆったりとしており、小さな香炉からはゆらゆらと煙が立ちのぼっている。着席したあと、沈清秋《シェンチンチウ》ははたと違和感を覚え、扇子で簾《すだれ》を持ち上げた。外を覗いた途端、視界に飛び込んできた光景に目の前が暗くなる。


馬車の周りをせわしなく行ったり来たりする後ろ姿に見覚えがあると思ったら……みんなにあれこれパシられているのは、主人公の洛氷河様《ルオビンハー》じゃないか！

ちょうどその時、洛氷河《ルオビンハー》は最後の荷物——沈清秋《シェンチンチウ》が出かける時に必ず持ち歩く（ただし、使うことはない）白い玉石でできた囲碁盤——を馬車に載せているところだった。沈清秋《シェンチンチウ》が複雑な表情で自分を見ているのに気付き、洛氷河《ルオビンハー》は一瞬動きを止めると、すぐに恭しく「師尊」と呼んだ。

オリジナルの沈清秋《シェンチンチウ》に折檻された傷はほとんど治っており、顔のあざも消えたので、ようやくその顔立ちがはっきりと見てとれた。顔のつくりは年相応の幼さを残しているものの、目元からにじみ出る際立った美しさは少しもくすんではいない。加えて、洛氷河《ルオビンハー》の朗らかな様子からは、清静峰で長年雨風にさらされている可哀想な蕾《つぼみ》だなんて、誰ひとり思いもよらないだろう。物を運ぶような単純な雑用でも真剣に取り組んでおり、彼の真面目な様子には心動かされないほうが難しい。ましてや今の沈清秋《シェンチンチウ》のような、もとから主人公に対して好感を抱いている者なら、なおさらである。

沈清秋《シェンチンチウ》は、「決断力があって、自分に仇なす者にはとことんやり返す一方で、恩義にはしっかり報いる」というタイプの主人公がとても好きなのだ。洛氷河《ルオビンハー》を少しの間見つめてから、沈清秋《シェンチンチウ》は「うむ」とだけ言い残して扇子を引っ込め、簾を下ろした。

さすが主人公と言うべきか。確かに、物語の前半における洛氷河《ルオビンハー》には後ろ盾もなく、輝かしい未来も期待できず、愛してくれる両親もいなくて惨めである。それでも、ヒロインその一、その二、その三、その四といったキャラクターたちが、次から次へと彼の胸に飛び込もうとするのも無理はない。

世の中、結局顔が全てというわけだ！

あの顔面なら、あまたのモブキャラが洛氷河《ルオビンハー》にちょっかいを出し、顔が腫れ上がるまで殴りつけて鬱憤を晴らしてやろうという気になるのも理解できる。

ふと、沈清秋《シェンチンチウ》はまた別の違和感に気付いた。おかしい。随行する弟子は洛氷河《ルオビンハー》を入れて十人のはず。なのに、さっき外にいた馬は九頭。一頭足らないではないか。

まあ考えるまでもなく、誰がやったのかは明白である。

案の定、悪意に満ちた笑い声と共に、明帆《ミンファン》の得意げな声が聞こえてきた。

「本当に馬の数が足りないんだ。悪いけど今回はちょっと我慢してくれよ、師弟。でもまあ、お前は基礎がなってないし、修練を積むいい機会だよな」

なーにが「馬の数が足りない」だ！　ここ数年の蒼穹山派は修真界でも、業界シェアナンバーワンの一大門派なんだぞ。湯水のごとく富があるとまでは言わないが、馬のもう一頭くらいは用意できるだろ!?

使い捨てキャラとして墓穴の掘り方を知り尽くしている明帆《ミンファン》は、そこで一旦言葉を切ってから「ん？　なんだその顔は？　不満か？」と問いかける。

だが、洛氷河《ルオビンハー》はいたって普通の態度で、穏やかに「いいえ」と答えた。

そんな時、鈴を転がすような少女の笑い声が聞こえてくる。寧嬰嬰《ニンインイン》がやってきたのだ。

「師兄、なんの話をしてるの？」

沈清秋《シェンチンチウ》は思わず額を押さえた。

お嬢ちゃん、登場のタイミングもバッチリだな！

寧嬰嬰《ニンインイン》は、明帆《ミンファン》と洛氷河《ルオビンハー》の溝を深める強力な促進剤だ。彼女が登場すれば洛氷河《ルオビンハー》は必ず辛い目に遭うし、明帆《ミンファン》もいつも墓穴を掘る。

沈清秋《シェンチンチウ》はもう一度恐る恐る簾をちょっと持ち上げてみた。何か言うべきかと迷っていると、予想どおり、寧嬰嬰《ニンインイン》が嬉しそうに手招きをした。

「阿洛《アールオ》、馬が足りないの？　なら、私と一緒に乗ろうよ！」

（……ああ、これで洛氷河《ルオビンハー》はいじめられ役確定だ）

惨めな主人公が美人にえこひいきされる、というストーリー展開は確かに終点文学網の小説でよくある、読者が自分を当てはめてスカッとするシーンだ。しかし、同時にほかの登場人物からの嫉妬を買いやすく、軋轢《あつれき》を生むきっかけにもなる。もしここで洛氷河《ルオビンハー》が寧嬰嬰《ニンインイン》の提案を受け入れたら、今回の旅路はきっと穏やかとは程遠いものになるだろう。

それ以上見ていられず、沈清秋《シェンチンチウ》は口を挟んだ。

「嬰嬰《インイン》、やめなさい。男女は交わりを親しくせずと言うだろう。師弟とのふれあいであっても節度は弁《わきま》えるのだ。明帆《ミンファン》、何をこんなにぐずぐずしている？　まだ出発しないのか？」

明帆《ミンファン》は、やっぱり師尊は俺の味方をしてくださるんだ、と内心で大喜びしながら隊列に出発を促した。寧嬰嬰《ニンインイン》は唇をとがらせ、黙り込んでしまう。

こうしたいざこざは些細なことだ、と気を取り直した沈清秋《シェンチンチウ》は、そのまま小卓《しょうたく》に広げた資料へ黙々と目を通し始める。

今回の遠出は下山して進める記念すべき初ストーリーというだけではない。OOC機能をアンロックできるかどうかが掛かっている、大事な初級クエストでもあるのだ。真剣にならずにいられようか。

資料によれば、目的地は蒼穹山から数十里[25]ほど離れている小さな町だ。その町では最近、凶悪な連続殺人事件が起こり、すでに九人が命を落としている。

死者たちにはとある共通点があった——丁寧に、全身の皮膚を剥がされているのだ。その剥がし方は見事なまでに完璧で、頭のてっぺんからつま先まで、あたかもはじめから死者の体に皮膚など存在していなかったかのように感じられるほどであった。そのおぞましい凶行ゆえに、犯人は「皮剥ぎ魔」と呼ばれるようになった。

また、皮剥ぎ魔が手にかけたのが全員若く美しい女性だったことから、双湖城において娘や若妻、美しい妾がいる家では、夜になると戸締りを徹底するようになった。にもかかわらず、皮剥ぎ魔は縦横無尽に現れ、その凶行は防げずにいた。

九人もの女性が立て続けに惨殺されているのに、役所では手も足も出ない。町中には不安が渦巻き、亡者の霊の仕業ではないか、と噂する者も出るほどだった——そうでなければ、こうも神出鬼没なのはありえない、と。

町の有力者たちが集まり、最終的に蒼穹山へ人を送り、修真者へ助けを求めようということになった。

沈清秋《シェンチンチウ》はすでに何度もこの資料を読んでいる。しかし、繰り返し目を通しても、わずかなヒントも得られなかった。

25　一里は約五百メートル。

皮剥ぎ魔ってナニ⁉　んなの聞いたこともないんだけど！　これはあれか、追加ストーリーってやつ？　それとも隠しルート⁉　危ないのでは⁉　皮剥ぎ魔とやらは強いのか⁉　俺、マジでやれるのか⁉　てか、話と違うじゃねえかぁあ！

そうやって詰め寄った時、システムはこう答えていた。

【何もおかしなことはありません。以前のあなたは〝小説の読者〟でした。小説とは芸術的な創作の一種であり、芸術的な創作には取捨選択があって当然です。省略されるべきものは省略されるのです。ですが、現在のあなたは〝この世界の一部〟です。どんなに些細なことでも、当然、身をもって経験しなくてはいけませんし、原作でカットされたストーリーもきちんと進めなければいけません】

そう言われてしまうと、沈清秋《シェンチンチウ》はぐうの音も出ない。だからこの数日間、彼は一日でも早く自在に力を使えるようになろうと、必死で修練に励んだのだ。主人公の足元で死ぬより先に名前すら聞いたことがないレベルのザコ妖魔に殺され、かの諸葛孔明のように志半ばで倒れるなんてことになったらたまったものではない。

洛氷河《ルオビンハー》がまだ馬車の外にいるので、沈清秋《シェンチンチウ》はずっと気を引き締めていた。物音に気を配りながら、ゴソゴソと身の周りを漁《あさ》ってみる。すると、馬車の中にはなんでもあるどころか、異なるデザインや素材違いの茶器が五、六セットも出てきた。呆れてものも言えなくなる。前世、確かに沈清秋《シェンチンチウ》も裕福な家のお坊ちゃまだったが、これほどまでに成金をこじらせたような、節度に欠ける贅沢はしたことがない。

その時、馬車の外からどっと笑い声が聞こえてきた。沈清秋《シェンチンチウ》は外を一瞥する。

洛氷河《ルオビンハー》は一人ぽつんと隊列の最後尾にいた。少し歩いては少し走る彼の周りを時折馬が囲み、わざと土を蹴ってはほこりをかぶせていせた。

沈清秋《シェンチンチウ》は思わず扇子の柄を強く握る。かすかに指の関節が疼《うず》いた。

これはただの小説で、ここにいる人たちは全員創作されただけの虚構のキャラクターだと、沈清秋《シェンチンチウ》も頭ではちゃんと分かっている……しかしそれでも、目の前で生きて動いている人物がいじめられ、侮辱されているのを見て、少しも心が動かない、というのはさすがに無理な話だ。

そして寧嬰嬰《ニンインイン》も、幾たびもの制止が徒労に終わったことで、ようやく自らの介入が余計な反感を招くのだと察した。彼女は急いで馬を馬車に寄せると、中へ向かって叫んだ。

「師尊、見てください！　師兄たちが！」

心臓がドクンと脈打つも、沈清秋《シェンチンチウ》はそれを表情に出さずに、淡々と「あいつらがどうした？」と返した。

寧嬰嬰《ニンインイン》が悔しさたっぷりの声で抗議する。

「あんなに阿洛《アールオ》のことをいじめて……叱ってやってくださいよ。このままじゃ……師尊の弟子たちは、みんなどうにかなっちゃいます！」

告げ口をされているのは明らかだったが、明帆《ミンファン》たちは少しも動じなかった。こういった行為は以前から沈清秋《シェンチンチウ》に黙認されている。それに、洛氷河《ルオビンハー》を手ひどく痛めつけるほど師尊は喜ぶと思い込んでいる彼らが、ここで引き下がるはずもない。

弟子の中でも、明帆《ミンファン》は相当ご機嫌だった。あの裏山での一件はやはり洛氷河《ルオビンハー》の仕業に違いない。あの時はどこぞで学んだ妖術《ようじゅつ》だかなんだか姑息《こそく》な手段を使ってきたが、今日は師尊がいらっしゃる。もうあんな小細工はできないはずだ！

沈清秋《シェンチンチウ》は「あぁ」とだけ返すと、一言だけ告げた。

「洛氷河《ルオビンハー》、こちらへ来なさい」

いつものことだろうと、洛氷河《ルオビンハー》は顔色を変えずに、「はい」と返事をして前へ進み出る。

洛氷河《ルオビンハー》がそばに来たら、師尊はきっとあいつの耳を引っ張って叱りつけるおつもりだ。

そう思って弟子たちはニヤニヤと笑みを浮かべていたが、次の瞬間、全員の予想を覆すようなことが起きた。

沈清秋《シェンチンチウ》は扇子で簾を持ち上げると、洛氷河《ルオビンハー》に向けてクイ、と尊大に顎をしゃくり、馬車の中へと視線を向けたのだ。言葉を発しなくても、その動きが何を意味しているのか、誰の目にも明らかだ。

寧嬰嬰《ニンインイン》が嬉しそうに声を上げる。

「阿洛《アールオ》、早く乗りなよ！　師尊が一緒に乗っていいって！」

これぞまさに、青《せい》！　天《てん》！　の！　霹《へき》！　靂《れき》！

自らの師尊が修練の結果、とうに非凡の領域に達していることを知っていなければ、明帆《ミンファン》たちは今ごろ、沈清秋《シェンチンチウ》が妖魔に取り憑《つ》かれているのではないかと疑っていただろう！

洛氷河《ルオビンハー》も呆気に取られて固まった。しかし、彼はすぐ我に返ると、ためらうことなく「ありがとうございます、師尊」と答えて馬車に乗り込んだ。そして隅っこのほうにちょこんとかしこまると、手足を丁寧に揃える。つぎはぎだらけの服で馬車を汚すのを恐れているようだった。

【警告……】

『異議あり。俺はOOCはしていない』

【「沈清秋《シェンチンチウ》」は洛氷河《ルオビンハー》を助けるような行動を取りません。判定：OOC度100%】

『あのなあ、ちゃんとこのキャラの複雑な心の内まで考察したか？　もちろん、ただ単に洛氷河《ルオビンハー》を助けるっていうだけならありえないだろうけど、俺の目的は「寧嬰嬰《ニンインイン》が師尊《おれ》に失望しないようにすること」だぞ。嬰嬰《インイン》は俺が一番可愛がっている弟子なんだし、あの子のお願いを無下にはできないだろ？』

【……】

『だから俺の行動は、完全に「沈清秋《シェンチンチウ》」というキャラクターのロジックに合ってるんだ。よって、警告は無効！』

最近のやり取りで、沈清秋《シェンチンチウ》は少しずつではあるがコツを掴み始めていた。システムはルールに則っているが、結構柔軟なのである。それなら、駆け引きの余地もそれなりにある、というわけだ。

狙いどおり、システムはすぐに反論する言葉が見つからなかったらしく、初バトルは沈清秋《シェンチンチウ》の勝利で幕を閉じた。あまりの爽快感に、沈清秋《シェンチンチウ》は思わず笑いだした。

静かに馬車の座席に腰掛け、目を閉じて瞑想《めいそう》しているようにも見えた沈清秋《シェンチンチウ》が突然声を上げて笑ったため、洛氷河《ルオビンハー》は我慢できずにちらりと視線を向けた。

洛氷河《ルオビンハー》が驚かなかったと言えば嘘になる。沈清秋《シェンチンチウ》のことは尊敬してやまないが、師尊から見て自分がどのような存在で、どのような扱いをされているか、自覚があったからだ。

そのため馬車に呼んだのは、もっとひどい仕打ちをするためだろうと、覚悟もしていた。なのに、あろうことか沈清秋《シェンチンチウ》は彼に構うことなく、一人でさっさと打坐を始めてしまったのだ。

洛氷河《ルオビンハー》はしばし考える。これほど近くでじっくりと沈清秋《シェンチンチウ》を見たのは、おそらく今回が初めてだろう。顔立ちでいえば、沈清秋《シェンチンチウ》は本当に文句なしの容姿をしている。極上の美男子、とまではいかないかもしれないが、美しく、見ていて飽きない。横を向いた顔の輪郭は川や山の泉の水で磨かれたようで、冷たく険しい表情さえしなければ、その顔立ちは優しげで柔和な印象を与える。

目を開けた沈清秋《シェンチンチウ》は、洛氷河《ルオビンハー》がこちらを見つめていることに気がついた。洛氷河《ルオビンハー》の顔には、近い将来「寒星《かんせい》のような瞳を持ち、白い歯を見せて穏やかに微笑んで話をしている」という、主人公専用の描写がぴったり当てはまるようになるだろうと予感させるものがあった。

盗み見ていたことを知られた洛氷河《ルオビンハー》が、どうしたらいいのか逡巡《しゅんじゅん》していた一瞬のことだった。沈清秋《シェンチンチウ》が彼に向かって、フッと笑いかけたのだ。

それは、ただの無意識な笑みにすぎない。しかし、洛氷河《ルオビンハー》は小さな棘《とげ》を刺されたように感じて、慌てて視線を逸らす。気まずさは増すばかりで、なんとも形容しがたい気分になった。

だが一方の沈清秋《シェンチンチウ》は、すぐに笑っている場合ではなくなった。

システムの通知音が聞こえたからだ。

【違反:OOC。B格ポイント、マイナス5。現在のB格ポイント:165】

『……いや、ちょっと笑っただけで減点すんのかよ?』

システムはその問いを情け容赦なく一刀両断した。

【OOCはOOCです】

第二回 任務《クエスト》

先の件で教訓を得た沈清秋《シェンチンチウ》は、それからの道中を仏頂面でやり過ごし、どうにか無事に双湖城《そうこ》へ辿《たど》り着いた。

この町は大きくはないものの、それなりに栄えている。町へ入った一行は、町一番の金持ちであり、蒼穹山派《そうきゅう》へ人を送り助けを求めてきた張本人である地主の陳氏《チエン》の邸宅に滞在することになった。

陳氏《チエン》は愛する妾《めかけ》を二人も皮剥ぎ魔に殺されていたので、沈清秋《シェンチンチウ》が来るのを今か今かと待ちわびていた。

美しい顔立ちをした三人目の妾の、白い玉のごとく小さな手をなでながら、陳氏《チエン》はしきりにため息をこぼしては、はらはらと涙を流して悲しみに暮れている。

「どうか我らをお助けください！　少しでも目を離したら、あの忌々《いまいま》しい妖魔にこの蝶児《ディエアル》も殺されてしまうのではと心配で心配で、片時もそばから離せないのです！」

そのNPC感たっぷりな台詞《せりふ》に既視感を覚えて、沈清秋《シェンチンチウ》は顔を引きつらせた。

六十代のおっさんと十代の女の子が目の前でイチャイチャしてるとこなんて、ぜんっぜん見たくないんだけど！

幸いなことに、沈清秋《シェンチンチウ》は大物らしいオーラをまとっている。陳氏《チエン》と軽く顔合わせをしただけで、あとの相手は明帆《ミンファン》に任せ、取り澄ました顔で部屋へと戻ることができた。大物には特権があるとはよく言ったもので、お高くとまっていても文句を言われることはない。それどころか高慢でいればいるほど、さらに尊敬の眼差《まなざ》しを向けられるのだ。

寧嬰嬰《ニンインイン》が扉を叩《たた》き、部屋に入るなり愛らしい声で問いかける。

「師尊、今から市《いち》を見に行こうと思っているんです。一緒に行きましょうよ！」

正直に言って、可愛い女の子が自分に甘えてきて嬉《うれ》しくない男なんているだろうか。沈清秋《シェンチンチウ》ははじめ彼女に背を向けていたので、少女の姿は目にしていないが、その声だけで心が半分溶けかけた。彼は、もう半分の心をかき集めて寧嬰嬰《ニンインイン》のほうへ向き直る。今さっき本から顔を上げたといわんばかりの、澄ましきった無欲で高潔な知識人顔を作って、淡々と返事をする。

「嬰嬰《インイン》、外へ遊びに行きたいのなら、師兄か師弟に付き添ってもらいなさい。あの皮剥ぎ魔と対峙《たいじ》する前に、この師にはやらねばならないことがあるのだ」

寧嬰嬰《ニンインイン》がこのあと誰を誘うかなんて、考えなくても分かる。

沈清秋《シェンチンチウ》とて遊びに行きたいのは山々だ。今までは清静《せいせい》峰の竹舎《ちくしゃ》に引きこもり、毎日キザったらしい文人気取りの師尊としてカッコつけ、何をするにも〝淡々と〟していた。淡々と話し、淡々と笑い、淡々と剣の稽古をして、淡々とカッコつける。その淡々たる薄味ぶりは、自分の顔めがけて塩を一握り撒《ま》きたくなる勢いだった。キツすぎる！

せっかく山を下りられたと思ったのに、今度はシステムからの【オリジナルの「沈清秋《シェンチンチウ》」は静けさを好み、人が多く賑《にぎ》やかなところへは行きたがりません】という一言で部屋にこもる羽目になった。もはや打坐《だざ》のフリをする気力もなく、沈清秋《シェンチンチウ》は死んだように寝台へ横たわった。日も暮れようという頃になってようやく、明帆《ミンファン》が報告のために部屋を訪れた。

やっと誰かと話ができる。沈清秋《シェンチンチウ》は涙がちょちょぎれそうになった。おいしい思いは主人公のもので、寂しい思いは脇役のものだ。可愛い子と一緒に町を巡って飾り灯籠を眺めるという素敵なボーナスが使い捨てキャラ《われわれ》に回ってくるなんてことは、永遠にない。

明帆《ミンファン》は「亡骸《なきがら》を詳細に調べてまいりました」と、厳かな態度で手の中のものを掲げてみせた。

沈清秋《シェンチンチウ》がじっくり見てみると、それは朱砂《しゅしゃ》[26]で文字が書かれた黄色い紙製の二枚の札《ふだ》で、表面はすでに爛《ただ》れて黒くなっていた。

「この札で、亡骸の魔気を探ってみたのか？」

「さすが師尊は全てお見通しでいらっしゃいます。これらの札を、この弟子は二カ所で使ってみました。一枚はすでに埋葬された女性の墓周辺の土に、もう一枚は検死役人のところのまだ埋葬されていない遺体に対して使ったものです」

墓の周りの土にまでこのように魔気が染みついているのならば、確認するまでもなく、あの皮剥ぎ魔の正体は妖魔で間違いない。ようやく沈清秋《シェンチンチウ》は、これから対峙するものが何かを知った。

沈清秋《シェンチンチウ》は咳払《せきばら》いをして、続く「フン」という一声をより冷淡に聞こえるよう響かせた。

「大胆にも蒼穹山派から百里も離れていないところで、膝元の民の命を奪うとはな。魔界の小物がしゃしゃり出てくるというのなら、我が門派の弟子たちが天誅《てんちゅう》を下すほかあるまい」

26　赤い鉱物で作られた顔料。

信じてほしい。本当にちっともこんな場当たり的で陳腐な台詞なんて言いたくはない。でも言わないとOOCになっちゃうんだよ！

明帆《ミンファン》は尊敬の眼差しを向けてきた。

「ご英断です、師尊！　師尊のお力をもってすれば、此度のような魔物など一撃で打ちのめし、必ずや民の苦しみを取り除けましょう！」

「……」

この師父と弟子のコンビは、どうやら今までずっと「師尊に絶対的な忠誠と崇拝を」というスタイルでやってきたらしい。ずいぶんと楽しい、いいコンビではないか。

実のところ、沈清秋《シェンチンチウ》からしてみれば、明帆《ミンファン》はとてもいい弟子だといえる。裕福な家のお坊ちゃまらしく、横暴でわがままなところはあるが、そのわがままぶりを師の前では少しも見せたりしない。それどころか、いつも従順につき従い、敬意をもって接してくれる。男たるもの、そばにいる人間から自分を神のように敬ってもらったら嫌な気はしない。今回の遠征についても、道中の準備や宿、食事の手配にいたるまで、明帆《ミンファン》が一手に引き受けていた。主人公と同じ空間にいれば、主人公オーラの不可抗力によってＩＱもＥＱもどん底まで下がり、極悪人のいじめっ子と化すが、その時を除けば立派な若者そのものではないか！

それにこの、最終的に洛氷河《ルオビンハー》によって虫だらけの穴へ放り込まれ、無数の蟻《あり》に全身を蝕《むしば》まれて死ぬ使い捨てキャラの弟子に対して、沈清秋《シェンチンチウ》は同じ使い捨てキャラとして、妙な仲間意識を感じているのだ……。

「今回山を下りたのは、実践のためだ。やむを得ぬ事態がなければ、この師は手を出さない。明帆《ミンファン》、そなたは弟子の中の序列でいえば一番上にあたる。慎重に手筈《てはず》を整え、あの魔物に同門たちが傷つけられることのないようにな」

「はい！　この弟子はすでに陣を敷いております。あとはあの妖魔が……」

明帆《ミンファン》が言い終える前に、誰かが部屋に飛び込んできて、続く言葉を遮った。

「師尊！」

そう叫んだのは、顔面蒼白《そうはく》の洛氷河《ルオビンハー》である。

沈清秋《シェンチンチウ》は内心でドキリとしたものの、おくびにも出さずに冷静さを装う。

「そのように大声で騒ぐとは、何事だ？」

洛氷河《ルオビンハー》は言う。

「寧嬰嬰《ニンインイン》師姉は日中、この弟子とともに町中の市へ行っておりました。夕方になり、師姉に戻りましょうと言ったのですが断られてしまい、目を離した隙に姿が見当たらなくなってしまったのです。この弟子は……通りをもれなく探したのですが見つけられず、もはや師尊にお助けいただくほかはないと戻ってまいりました」

こんな大事な時に行方不明など、冗談では済まされない。もう日も暮れるというのに！　明帆《ミンファン》はすぐに腰を浮かした。

「洛氷河《ルオビンハー》、このっ……！」

沈清秋《シェンチンチウ》はとっさに袖を振った。途端、卓《つくえ》の上に置いてあった茶器が爆発した。こうすれば威圧感を与えてOOCにならないだけでなく、同時に明帆《ミンファン》が自らの首を絞めるのを阻止することもできる。

沈清秋《シェンチンチウ》は怒りを堪《こら》えているフリをしつつ告げる。

「我々が今ここで話し合っていてもなんの役にも立たない。洛氷河《ルオビンハー》、ついてこい。明帆《ミンファン》、そなたは師弟たちを数名連れて陳《チェン》氏に協力を仰ぎ、そなたの師妹の行方をともに捜すのだ」

明帆《ミンファン》はまだ物言いたげながらもうなずくと、急いで部屋をあとにした。洛氷河《ルオビンハー》は低く首《こうべ》を垂れ、一言も発さない。

だが沈清秋《シェンチンチウ》は知っている。これは決して洛氷河《ルオビンハー》のせいではない。なぜなら寧嬰嬰《ニンインイン》は可愛く甘えん坊な女性キャラクターというだけでなく、同時に墓穴を掘って足を引っぱるトラブルメーカーでもあるからだ。原作においても今回のような突然の失踪事件や、肝心な時にやらかしたりしくじったりすることで、数多くのトラブルが引き起こされ、向天打飛機《シアンティエンダーフェイジー》に提供した物語は少なく見積っても百章分はくだらない。沈清秋《シェンチンチウ》は時々、洛氷河《ルオビンハー》に感嘆の念すら抱《いだ》くことがある。後宮に女性たちを囲う勢いたるや山河を飲み干さんとするほどで、来るもの拒まずなのだが、こんなトラブルメーカーまで引き込んでおいて、まだ命を落とさずにいるなんて。さすが眩《まぶ》しいほどにクール、ヤバいくらいにチートな主人公サマというものである。こんな絶世の美人は、常人の手には負えないシロモノだ。

洛氷河《ルオビンハー》は、沈清秋《シェンチンチウ》が己をこの場に残したのは折檻《せっかん》するためだと思い、小声で言った。

「今回の件、全てこの弟子の過ちです。師尊がどのような罰をお与えになろうと、この弟子は恨みも後悔もいたしません。ただ寧《ニン》師姉が無事に戻ることだけを願っております」

沈清秋《シェンチンチウ》はなんだかこの少年が可哀想に思えてきて、頭をよしよしとなでてやりたい衝動に駆られる。しかしすぐにシステムの存在を思い出し、ぐっとその気持ちにフタをして、冷ややかに言い放った。

「そなたが師姉とはぐれた場所へ連れて行け」

洛氷河《ルオビンハー》と寧嬰嬰《ニンインイン》がはぐれたのは、市の中でも一番賑やかな一帯だった。

沈清秋《シェンチンチウ》が目を閉じると、あるかないかの魔気を一筋感じた。今にも消えてしまいそうな魔気を辿って進み、再び目を開けた時、沈清秋《シェンチンチウ》は自分が化粧品を売る店の前にいることに気付いた。

「……」

沈清秋《シェンチンチウ》は黙り込む。

まさか、犯人はこの店の奴《やつ》か？　こんなにあっさり分かっていいのか？

しかし店に入ると、魔気は途切れて気配すら感じられなくなった。

あるいは犯人は店の中に潜んでいるのではなく、ここ最近ちょっと立ち寄っただけとか？　化粧品店に入ったってことは……皮剥ぎ魔は女性か？

沈清秋《シェンチンチウ》は一通り考えを巡らせ、洛氷河《ルオビンハー》にも店の者にいくつか質問させてみたが、成果はなかった。

これは沈清秋《シェンチンチウ》がレベルアップしてOOC機能をアンロックするためだけに発生したクエストなので、原作のストーリーは参考にならない。それに沈清秋《シェンチンチウ》は、自分が頭脳明晰《めいせき》で、一を聞いて十を知るような名探偵ではないことも分かっている。かつて脱出ゲームや推理ゲームで遊んだこともあるが、ただ自分の脳みそを苦しませただけだった。悩んでいたその時、システムが心を読んだかのようにヒントを出してきた。

【お困りのようですね。100B格ポイントを消費して、イージーモードを起動しますか？】

『そういうモードがあるなら早く言ってくれよ！　今すぐ起動してくれ！』

沈清秋《シェンチンチウ》が「はい」の選択肢を三秒ほど見つめていると、選択肢が緑色に変化して消えた。すると、先ほどの気配をまた感じて、沈清秋《シェンチンチウ》は皮膚が粟立《あわだ》ち背筋が震えた。

な、なんという濃厚な魔気！

もはやターゲットを見逃すなと言っているようなものだ！

イージーモード、さすがだな！

沈清秋《シェンチンチウ》はイージーモード使用を少しも恥じることなく、喜び勇んで魔気を辿って歩き出した。五百歩ほど進むと、町の中心部からはずれた、一軒の廃屋の前にやってきた。

間違いない、ここだ！　あの真っ白な提灯《ちょうちん》！　ボロボロの門！　どこからどう見ても、お化け屋敷そのものじゃないか！

沈清秋《シェンチンチウ》は表情を整えてから、黙ってついてきていた洛氷河《ルオビンハー》に言付ける。

「そなたは陳《チェン》家に戻り、明帆《ミンファン》へ知らせろ。あらゆる法器《ほうき》と師兄弟たち全員を連れて、ここへ来いと」

洛氷河《ルオビンハー》が返事をしようと口を開きかけた瞬間、その瞳孔が収縮した。

沈清秋《シェンチンチウ》は彼が自分の背後を凝視しているのを見て、しまったと思った。

けれどもあと一歩間に合わず、一陣の冷たい風が吹き抜けると、扉が「バンッ」と勢いよく開かれた。

＊　＊　＊

「師尊！　起きてください、師尊！」

沈清秋《シェンチンチウ》は目を覚ました。

瞼《まぶた》を持ち上げるとすぐに、焦った顔の洛氷河《ルオビンハー》が、向かい側の柱にがんじがらめに括《くく》りつけられているのが見えた。

沈清秋《シェンチンチウ》が目を覚ましたのを見て、洛氷河《ルオビンハー》はホッと安堵《あんど》のため息をもらし、目を輝かせてもう一度「師尊」と呼んだ。

寧嬰嬰《ニンインイン》も洛氷河《ルオビンハー》と一緒に縛られており、同じように泣きそうな表情で「師尊」と声を上げた。

沈清秋《シェンチンチウ》は少しめまいを感じていた。あの魔物が吹きつけてきた謎の物質による後遺症かもしれない。

とにかく、彼はかなり不機嫌だった。

イージーモードって、本当に安直で適当だな！　この任務におけるボスのところに直接送り込むなんて！

最悪なのは、堂々たる清静峰の主《あるじ》ともあろう者が弟子たちの前でこんな小物ごときにあっさりと気絶させられたことである。すると、意識を取り戻したばかりの沈清秋《シェンチンチウ》に、システムが耳障りな通知を送ってきた。

【OOC、B格ポイントマイナス50】

先ほどイージーモードを起動するために一〇〇ポイントを差し出したばかりなのに、あっという間にまた五〇ポイント減らされるとは、心が痛まないわけがない。

オリジナルの沈清秋《シェンチンチウ》の実力をもってすれば、これしきの妖魔など、赤子の手をひねるくらい余裕のはずだった。だが情けないことに、こちらが手をひねられ、赤子同然に転がされてしまっている。

しかもすぐに、沈清秋《シェンチンチウ》はさらに不機嫌になる事実に気がついた。

どうも体の感覚が妙なのだ。スースーするし、ちょっと痛い。視線を下げてみると、危うく「なんじゃこりゃ！」という一言が口から飛び出そうになった。

なんで！　俺！　裸！　なんだ！

裸に剥《む》かれているのは上半身だけとはいえ、これは非常にいただけない。

仮にも一つの峰を司《つかさど》る主なのに！　上半身裸で、身につけているものは下穿《したばき》と白い靴だけ。しかも細い麻縄で手足をがっちり縛られ、地面に転がされているのだ。

マジでどういうことだよこれ！　浮気現場を押さえられたひ弱な間男か！　そりゃシステムも一気に五〇ポイント引くわ！　いや、全部引かれたって文句言えないって！

沈清秋《シェンチンチウ》の顔色は赤くなったり青くなったりと、大忙しだ。今すぐ剣で地面に穴でも掘って自分を埋めてしまいたい。しかし、その剣もいつの間にか消えてしまっている。

どうりで洛氷河《ルオビンハー》が先ほどからちょっと気まずそうで、それでいて心配でたまらない、みたいな顔をするわけだ。彼はきっと、沈清秋《シェンチンチウ》のこんな体たらくを見てしまったのだから、帰ったら報復として手ひどい折檻を受けるとでも思っているのだろう。

一方の寧嬰嬰《ニンインイン》は泣いている。

「師尊、やっと目を覚ましたんですね。嬰嬰《インイン》、すっごく怖くて……」

怖い？　だったら最初っからうろちょろするなよ、お嬢ちゃん！

沈清秋《シェンチンチウ》は呆《あき》れた。

その時、背後から「ケケケッ」と奇妙な笑い声が聞こえてきた。一筋の黒い人影が闇の中から浮かび上がる。

「蒼穹山だの清静峰の主だのと名乗っておいて、所詮はこの程度だとは。天下一を自称する蒼穹山派がこんな奴《やつ》ばかりなら、アタシたち魔族が人間界を征服する日も近いわねぇ」

そう言い終えると、再び狂気に満ちた笑い声を上げる。

その人物は頭部をすっぽりと黒い紗《うすぎぬ》で覆っており、声はかすれて聞き取りづらい。まるでアヘンで喉をつぶしたかのようだ。

沈清秋《シェンチンチウ》は軽く目を細める。

「皮剥ぎ魔か？」

「ご名答！　アタシこそが皮剥ぎ魔よ！　かの有名な修《しゅう》雅剣《が》が手に堕《お》ちるなんて、愉快なことこのうえないわ！　沈清秋《シェンチンチウ》、アナタの残念なお頭《つむ》でいくら考えても、アタシの正体は分からないだろうねぇ！」

「そんなの簡単だ」

「……」

沈清秋《シェンチンチウ》の言葉に、皮剥ぎ魔は黙り込む。

「そなたは蝶児《ディエアル》だろう」

「……」

一瞬の沈黙のあと、皮剥ぎ魔はバッと黒紗を脱ぎ捨て、苛立《いらだ》ちもあらわに叫んだ。

「ありえない！　どうして分かった！」

沈清秋《シェンチンチウ》は言葉を失う。

いや、俺の目が節穴だとでも？　まずその体つき！　男は顔よりも先にまず体形に目がいく。ボンキュッボンなその体形、女性に決まってるだろ。それから、このいかにもな成金趣味の内装は、めったにお目にかかれるものじゃない。陳《チェン》家に連れ戻されたんだってさすがの俺でも分かるわ。陳《チェン》家は確かに女性ばかりだが俺が実際に会ったのはたったの数人で、名前まで聞かされたのは蝶児《ディエアル》ただ一人だけ。誰か当てろと言われたら、当然、蝶児《ディエアル》の名前を口にするしかない。ほかの奴らは名前すら知らないんだから、当てろっていうほうが無理な話だ！　でもまさか一発で当たるなんて思ってなかったし、まさかお前がそんなに動揺して、言い逃れの一つもせずに、自分からその神秘のベールをむしり取ってくれるとは思ってなかったけどな！

なんて口に出して言えるわけもない。だから沈清秋《シェンチンチウ》は黙りこくって内情を探られたくないですよ感全開の態度を取るほかなかった。蝶児《ディエアル》改め皮剥ぎ魔は、すぐさま調子を取り戻すと、陳《チェン》氏の愛する妾の顔のまま、妖艶で得意げな笑みを浮かべてみせる。

「そう、アタシよ！　沈清秋《シェンチンチウ》、アンタの可哀想なお頭じゃ想像もつかないでしょうね、どうしてアタシのようなか弱い女子《おなご》が皮剥ぎ魔であるのか！」

沈清秋《シェンチンチウ》は崩れていた姿勢を正して座り、少しでも格好のつく、今できる中でベストの体勢を取った。

ボスには己の罪を告白するモノローグタイムがあるのがお約束だ。せめてそれくらいの面子《めんつ》は立ててやらないと。

蝶児《ディエアル》は沈清秋《シェンチンチウ》の思いなど意に介さず、一人でベラベラとしゃべり始めた。

「皮剥ぎ魔が神出鬼没なのは、空を飛んだり地に潜ったりする力があるからじゃない。殺したら毎回、新しい皮に着替えるからよ。殺した女の皮をかぶって、振る舞いを真似《まね》るの。そうして誰にも気付かれずに人間たちに紛れ込み、次の獲物を探すのよ」

「それはおかしい」

「何が？」

蝶児《ディエアル》は表情を曇らせた。

「そなたが殺人のたびに皮を替えていたとしよう。たとえば蝶児《ディエアル》を殺してその皮を身に着ければ、そなたは確かに「蝶児《ディエアル》」になれる。だが、皮を剥がれた蝶児《ディエアル》の死体は残る。蝶児《ディエアル》が二人いることを、ほかの者は怪しまないのか？」

しかし少し考えて、沈清秋《シェンチンチウ》はハッとする。

この世界にはＤＮＡ鑑定なんて技術は存在しないのだ。皮を剥いでしまえば、ソレはもはや血まみれの肉の塊でしかない。いったい誰のものかなんて、判別はつかないだろう。

蝶児《ディエアル》は答えた。

「アンタにも分かったみたいね。そう、アタシは殺したばかりの女の死体を、一つ前の女の死体として仕立て上げるのよ。アタシが蝶児《ディエアル》を殺した時、アタシが身に着けていたのは香児《シアンアル》の皮。だから周囲の人間はその時まで、香児《シアンアル》が生きていたと思い込む。蝶児《ディエアル》の皮を身に着けたあと、アタシは蝶児《ディエアル》の死体を香児《シアンアル》のものに偽装する。あとは誰かにそれを見つけさせるだけ」

沈清秋《シェンチンチウ》は本当にこの妖魔に称賛の拍手を送りたくなっていた。自分の細やかな心情を描写するだけでなく、犯行の一部始終までご丁寧に解説してくれるとは。なんて非の打ちどころのないプロ意識。分かりやすい具体例に、自分自身の体験を交えた解説……大学受験の指導をする予備校講師顔負けの至れり尽くせり具合じゃないか！

洛氷河《ルオビンハー》は二人のやり取りをずっと黙って聞いていたが、その目には光が煌《きら》めき、ひそかな怒りが隠されている。少年特有の正義感が、この狂気じみた皮剥ぎ魔の残忍な手口によって刺激されたのだ。一方の寧嬰嬰《ニンインイン》は香児《シアンアル》だの蝶児《ディエアル》だので、すっかり頭がこんがらがっている。完全に話を見失っていたが、彼女に口を挟む勇気もなかった。

沈清秋《シェンチンチウ》は問いかける。

「たびたび皮を取り替えるのは気まぐれか？　それとも仕方なく？」

蝶児《ディエアル》は冷ややかに笑って答える。

「それ、アタシが教えてやるとでも？」

いやもう、ここまででだいぶ色々と教えてくれているんだけどね、お姉さん！（それとも、お兄さんと呼ぶべきか？）ここまでしゃべったんなら、もう一つくらいいいんじゃないか？

蝶児《ディエアル》は縛り上げていた寧嬰嬰《ニンインイン》と洛氷河《ルオビンハー》のほうへと近付く。洛氷河《ルオビンハー》は相変わらず落ち着きはらっていたが、寧嬰嬰《ニンインイン》は悲鳴を上げた。

「バケモノ！　こっちに来ないで！　師尊、助けて！」

蝶児《ディエアル》はせせら笑う。

「アンタの師尊は「梱仙索《こんせんさく》」に縛られて、身体に霊力を巡らせられないの。自分の身の安全すら守れないのに、どうやってアンタを救えるって？」

どうりで沈清秋《シェンチンチウ》が先ほどから何度試しても、いつものように霊力が満ちあふれる感覚がなく、何かに邪魔されているように感じたわけだ。

蝶児《ディエアル》はまたもやモノローグモードに突入した。

「クッ、修練を重ねたこの身体、傷を受けていなければ、取っかえひっかえ皮を取り替えて、人間の生気を吸収し続ける必要もないのに。小娘、アンタの肌はなめらかできめ細かいし、名門の弟子でしょう。その皮、長く使えそうね。アンタから生気を全部吸い上げたら、次はアンタの師父の番よ。このアタシが使ってあげるんだから修雅剣も本望でしょ」

「……」

洛氷河《ルオビンハー》も沈清秋《シェンチンチウ》も絶句する。

おいこら待て、さっきなんつった？　「それ、アタシが教えてやるとでも？」だっけ？

うん、ありがとう教えてくれて。全てを教えてくれただけでなく、言ってはいけないことまで言ってたし、重ね重ねありがとう。この先の計画まで赤裸々に打ち明けてくれるなんて、この世界の悪役のプロ意識は救いようがないな！

沈清秋《シェンチンチウ》はモノローグタイムを尻目に、システムに話しかける。

『あのさぁ……もしクエストの途中でミスとかして、俺がやられたら、一回リセットしてやり直したりとかってできるの？』

システムは答える。

【生命の安全が保障されるのは、主人公の特権です】

幸いにして悪役は元来〝質問には必ず答える〟という素晴らしい性質を持っている。沈清秋《シェンチンチウ》が時間稼ぎをしたければ、蝶児《ディエアル》にどんどん質問を投げかけるだけでいい。

「そなたは年若くて美しい女子だけを狙うのではないのか？」

「若くて綺麗《きれい》な女だけを選んで手にかけているわけじゃない。ただ見た目が良くて、肌のきめが細かい人間であれば、性別なんて関係ないの。ただまあ、男の皮よりたいていは女の皮のほうがいいし、老けている奴のものより若い奴のほうがいいに決まっている」

蝶児《ディエアル》はやはり滔々《とうとう》と途切れることなく語りだす。だが唐突に両目を輝かせると、涎《よだれ》を垂らしそうなほどの物欲しげな表情を浮かべ、爪を真っ赤に塗った手で沈清秋《シェンチンチウ》の上半身をなで回し始めた。

「だけど、仙術の修練を積んだ人間って一味違うわねぇ。男だっていうのに、こんなに肌がつややかできめ細かい。アタシ……もうずいぶん長いこと男の皮に戻っていないのよ……」

なでられた沈清秋《シェンチンチウ》は全身に鳥肌が立つのを感じたが、キャラ崩壊は厳禁、いつ・いかなる時も犯すべからず、清らかな存在であるように振る舞わなくてはならなかった。そしておぞましさを感じながら、同情もしていた。

思えばこの妖魔も少々可哀想だ。こうして見るとおそらく生物学的には、こいつはもともとオスだったのだ。修練のために長年女性の皮をかぶらねばならず、その結果、心まで歪《ゆが》んでしまったのだろう……。

とはいったものの、今現在の皮剥ぎ魔は美しく妖艶な妾の顔を張りつけている。こんなふうにあちこちなで回されては、さすがの沈清秋《シェンチンチウ》も弱ってしまい、思わず後ろへ身をよじった。

彼のその様子が洛氷河《ルオビンハー》の目に飛び込んだ時、その衝撃たるや尋常ではなかった。

これまで沈清秋《シェンチンチウ》の浮世離れした姿と意地悪く嫌みな表情ばかり見てきた。けれども今、沈清秋《シェンチンチウ》の頬は耐えがたさに赤らみ、視線を泳がせている。しかも、上半身には一糸もまとっておらず、幾重にも巻かれた梱仙索だけが、細いながらも強固にその体に絡みついている。縛られたところには赤い痕が浮き、漆黒の髪がはらりとこぼれ落ちたものの、もろ肌を隠せずにいた。

洛氷河《ルオビンハー》の胸中に、なんとも言葉にできないもどかしさが満ちる。

もしも沈清秋《シェンチンチウ》にその感覚をたとえさせたなら、動画でラブシーンを見ていたら、主役が毎日授業で自分を当ててきては、答えが言えないと手のひらを三百回も叩いてくる英語教師その人だと気付いた時のような衝撃だった、というだろう。つまり、世界観、人生観、価値観全てが砕かれ、心にダメージを負ったということだ！

沈清秋《シェンチンチウ》はふと、にやりと笑ってみせた。

「何を笑っている？」

警戒する蝶児《ディエアル》に、沈清秋《シェンチンチウ》は落ち着きはらって答える。

「そなたを笑っている。箱を買いて珠《たま》を還《かえ》す[27]、とはまさにこのことだ。ここにいる三人の中で、誰の皮が一番上等なのか、そなたはまったく気付いていない」

その言葉を聞き、洛氷河《ルオビンハー》はサッと顔色を変えた。

27　本当の値打ちがわからない、表面上の飾りだけに心がひかれること。

なぜ師尊はここで自分を生贄《いけにえ》に差し出そうとしているのだろう！

だが沈清秋《シェンチンチウ》は口から出まかせを言ったわけではない。

洛氷河《ルオビンハー》は何者か？　本当の素性は、上古の天魔——伝説によると堕ちた天人が魔と化した者——の末裔《まつえい》なのだ。つまりゆくゆくは魔族のプリンスであり、血統はいわば〝マジモン〟なのである。普通の妖魔が、彼の皮を手に入れたら、損傷箇所の修復などは言うまでもなく、世界はもう君の思うまま、である。

そう言われて初めて蝶児《ディエアル》は洛氷河《ルオビンハー》をしげしげと眺め回す。

洛氷河《ルオビンハー》はなんとか平静を装うが、内心ではどうすればよいのかと途方に暮れていた。いったいなぜ自分がいきなり話題の中心に置かれたのか、いくら頭をひねっても分からない。

蝶児《ディエアル》が口を開く。

「騙《だま》そうってんなら、もっとマシな嘘《うそ》にしな。このガキは確かに皮も中身も上物だし、若さだってある。でも金丹《きんたん》中期のアンタと比べられるわけないでしょ？」

沈清秋《シェンチンチウ》は笑う。

「その程度の眼力だから、そなたはいくら修練しても、物にならないのだ。考えてもみろ、この私、沈清秋《シェンチンチウ》がいかなる人物か。もしこの子が本当に資質と容姿に優れているだけで、ほかになんの取り柄もないのであれば、はなから弟子になどしていない。資質と見目の良い弟子を取りたければ、蒼穹山派には毎年、才能ある者たちが入門を求めて押し寄せてくるのだ。その中から満足いく者を選べばいいだけのこと。まあ、秘すれば花だ、他人に話すことでもない」

蝶児《ディエアル》はたちまち動揺した。いいぞ、やはりこの悪役はIQがすこぶる低く、実に騙しやすい。こんな場当たり的で出まかせの言葉を、少し信じ始めているのか！

鉄は熱いうちに打てとばかりに、沈清秋《シェンチンチウ》は畳みかけた。

「もしも疑っているのなら、いい方法がある。私の話が本当だと証明する方法を教えてやろう。ほら、あの子の頭に一撃をくれてみるといい。それで私が嘘をついていないと分かるはずだ」

洛氷河《ルオビンハー》は一瞬にして青ざめた。早熟とはいえ、彼はまだ子どもである。たとえ大の大人であっても、死を目前にすれば落ち着いていられるはずもない。ましてや洛氷河《ルオビンハー》は、まだたったの十四歳なのだ。

沈清秋《シェンチンチウ》はなるべく彼を見ないようにしながら、心の中ではひたすら猛虎落地勢《もうこらくちせい》[28]を繰りだし続けた。

氷哥《ビンアニキ》どうか寛大なるお慈悲で俺をお許しください、これきりいい加減なことを言うのも裏切りも、もう二度といたしません、後日必ず恩返しをいたしますので何とぞ！

寧嬰嬰《ニンインイン》も仰天していた。

「し、師尊……う、嘘……ですよね？」

いまや沈清秋《シェンチンチウ》の心は張り詰めた糸のようだったので、彼女に構っている余裕などなく、ただひたすら蝶児《ディエアル》に向かって微笑《ほほえ》みかけた。

「本当かどうか、試せばすぐに分かること。なに、子どもの頭を一度叩いてみるだけだ。私が嘘をついていたとしても、そなたに損はないだろう？　それとも、私の言葉が本当だった時が怖いから、できないのか？」

この場に真相を知るものはおらず、沈清秋《シェンチンチウ》がみすみす洛氷河《ルオビンハー》を死地へ追いやろうとしているようにしか聞こえない。

洛氷河《ルオビンハー》は信じられなかった。彼は茫然《ぼうぜん》と考える。

自分はこんなにも沈清秋《シェンチンチウ》に嫌われていたのか？　それな

28　『らんま1／2』に登場する架空の奥義。大地に両手をつき、目標に向かってひたすら頭を下げる。つまり、ただの土下座。

らばなぜ、ここに来るまでの道すがら、沈清秋《シェンチンチウ》は優しく接してきたのだろうか？

洛氷河《ルオビンハー》は思わず力を込めてもがく。だが絡みついた縄は解《ほど》けるどころか、締めつけを増すばかりだ。引っぱられた寧嬰嬰《ニンインイン》も痛みを感じていたが、声を上げる勇気もないのか、ただしくしくと泣き続けるほかない。

沈清秋《シェンチンチウ》の言葉や口調には十分な説得力があった。

蝶児《ディエアル》は少し考えて、確かに沈清秋《シェンチンチウ》の言うとおりだと思った。これまで散々人を殺してきたのだ、一掌打つくらい恐るるに足らず！

蝶児《ディエアル》は鼻を鳴らす。

「だったら見せてもらおうか、アンタが何を企《たくら》んでいるのかを！」

そう言うなり大股で洛氷河《ルオビンハー》に近付き、手を振りかぶった！

チャンスはこの一瞬だけだ！　沈清秋《シェンチンチウ》の瞳孔が収縮する。

今まさに一撃が振り下ろされるというその時、何かしらの力が働いたのか、部屋の梁《はり》がぼきりと折れた……。

もしも沈清秋《シェンチンチウ》が今も『狂傲仙魔途《きょうごうせんまと》』の読者であったなら、ここまで読んだところで、絶対にスマートフォンをぶん投げて罵詈雑言《ばりぞうごん》を吐きまくっていたことだろう。

システムはすでに言っていた。未来永劫《えいごう》破られることのない鉄の掟《おきて》、それは〝主人公は死せず〟である。要するに、主人公に命の危機が迫った時、危害を加える側の死亡フラグが誘発されるということだ！

沈清秋《シェンチンチウ》がわざと蝶児《ディエアル》をそそのかし、洛氷河《ルオビンハー》を攻撃するようけしかけたのは、このルールを利用して、いわば他人の力で敵を倒してもらうためだった。まあ……なかなか姑息《こそく》な手である。しかし、洛氷河《ルオビンハー》に危害が及ぶことはたぶんないだろうし、こうでもしなければ、下手すると沈清秋《シェンチンチウ》はこの場でゲームオーバーだったかもしれない。長い目で見れば、ここで洛氷河《ルオビンハー》を落とし穴にはめたとしても、今後きっと好感度を取り戻すチャンスはある。

とはいえ。

(向天打飛機大先生《シアンティエンダーフェイジー》、読者をバカにしてんのか！　こんな豪華絢爛《ごうかけんらん》な新築のお屋敷で、いきなり梁がポッキリ折れるわけないだろうが！)

いくら主人公が九死に一生を得るためとはいえ、この展開はさすがに無理やりすぎる。くだらない三流ドラマで主人公カップルが故郷へ戻っていざ結婚という時に、暴走トラックが突っ込んできて強制バッドエンドと何が違うっていうんだ？　こんなもん、低評価だ！

　真新しい梁は寸分の狂いもなく、偶然蝶児《ディエアル》を直撃し、蝶児《ディエアル》の全身を地面に押しつぶし、起き上がれなくさせた。しかも、梁はなぜか柱にもぶつかって、洛氷河《ルオビンハー》と寧嬰嬰《ニンインイン》が縛りつけられていた部分を歪めたらしい。寧嬰嬰《ニンインイン》はすでに気を失っていたが、洛氷河《ルオビンハー》がもがくと、なんということでしょう。また偶然、縄まで解けた。

　一連の摩訶不思議《まかふしぎ》な出来事のあと、沈清秋《シェンチンチウ》は梱仙索に縛られたまま地面に座り、床でつぶれている蝶児《ディエアル》のそばで洛氷河《ルオビンハー》が呆気《あっけ》に取られているのを見ていた。謎の沈黙が流れる。

　これで……終わりか？

　彼がそう思った瞬間、蝶児《ディエアル》が梁をひっくり返して、ガバッと飛び起きた。

「沈清秋《シェンチンチウ》！　蒼穹山の人間はやはり厚顔無恥で卑しい奴らばかりだわ！　いったいどんな陰険な技を使って、背後から騙し打ちしたの!?」

　蝶児《ディエアル》はそう言って怒鳴ったが、完全に濡《ぬ》れ衣だ。誓って沈清秋《シェンチンチウ》とは無関係で、諸悪の根源と呼ぶべきは洛氷河《ルオビンハー》である。

　蝶児《ディエアル》は、なおもしつこく言い募る。

「やはり騙していたのね！　注意を引きつけておいて、不意打ちするなんて。そうでもなければ、こんな真新しい梁が落ちてきて、直撃したりするわけないわ！」

　賢くもストーリーの不合理な部分に気がつくとは、こいつのＩＱはまだ救いようがある！　沈清秋《シェンチンチウ》は少しホッとした。

　蝶児《ディエアル》は冷ややかに笑う。

「この程度でアタシを抑え込めるとでも？　寝言は寝て言いな。その梱仙索は仙家の宝剣でなければ断つことはできない。普通の方法で解けるとは思わないことね！」

　……褒めたばかりなのに、まーたそうやって余計なことを。お前さ、敵を自由にする方法なんて言うなよな！

　それと、もしかしてだけど、修雅剣をどこにやったか俺が分からないとでも思ってるのか？　マントのすきまから見せてペチペチ叩《たた》くなんて！

　沈清秋《シェンチンチウ》は激しく込み上げてくるツッコミを抑えきれず、隙を見てシステムにも尋ねてみた。

『ちょっと聞きたいんだけど。悪役ってみんなこんな感じなわけ？』

【初級クエストをスムーズにクリアできるよう、イージーモード起動後、悪役のIQが平均レベル以下に設定されます】

なるほど、ボスがみんなこんな単細胞というわけではないのか。沈清秋《シェンチンチウ》は少し残念に思ったが、それでも全力で心のいいねボタンを押した。

『このイージーモードは実に親切設計だな。いいね、高評価をやるよ！』

蝶児《ディエアル》は歯噛《はが》みしながら言い放った。

「これ以上何を言おうがもう聞く耳は持たない！　死ね、沈清秋《シェンチンチウ》！」

沈清秋《シェンチンチウ》は「最後に一つ！」と叫んだ。

イージーモードの威力が発揮されているので、蝶児《ディエアル》は動きを止めてしまう。

「遺言でもあるのか？」

沈清秋《シェンチンチウ》は少し考え、そして問いかけた。

「六十の爺《じい》さんと寝てみて、どんな気分だ？」

「……」

蝶児《ディエアル》の顔が怒りに歪み、全身がわなわなと震え出す。そのすきに蝶児《ディエアル》の背後にいた洛氷河《ルオビンハー》が突然飛びかかった！

彼は蝶児《ディエアル》が腰に提げていた修雅剣を奪うと、鞘《さや》から剣を引き抜く。刹那、雪のように真っ白な光が部屋を満たした。

同時に、銀色の影がサッと過り、沈清秋《シェンチンチウ》の体にまとわりついていた梱仙索がばさりと断ち落とされる。

これらは全て、この蝶児《ディエアル》というボスがイージーモードによってIQを平均以下にまで下げられた結果である。彼は洛氷河《ルオビンハー》という生きて動ける人間が背後に立っているのに、まるで物言わぬ存在だと思い込んでいたのだ。

蝶児《ディエアル》は驚愕《きょうがく》する。

「そんな、まさか――」

（もういい！　俺はそういうのは聞かないほう！　ボスが死ぬ前にやるお約束の自己分析なんて、俺は聞きたくない！）

沈清秋《シェンチンチウ》は口元をひくりと引きつらせ、全身の霊力を右手に集めると、蝶児《ディエアル》の胸元へ一撃を叩き込んだ。その瞬間、蝶児《ディエアル》の体は糸が切れた凧《たこ》のように、勢いよく吹き飛んだ。

沈清秋《シェンチンチウ》にとって、これは初めての殺人だ。だが、彼は少しも手加減はしなかった。なぜなら第一に、これは小説の世界だから。第二に、殺したのは数多くの人を手にかけた妖魔だから。そして第三に、殺さなければ死んでいたのは自分のほうだったから、以上。

沈清秋《シェンチンチウ》は四肢が折れ曲がり、顔中の穴という穴から血を流す〝蝶児《ディエアル》〟の惨状をちらっと見やる。そして目を背け、先ほどの三つの理由を脳内いっぱいに弾幕コメントとして流し、どうにかこうにか気持ちを抑えた。背筋を伸ばして呼吸を整え、姿勢を正してから、洛氷河《ルオビンハー》のほうへ向き直った。

「初めて見る「除魔衛道《じょまえいどう》」は、恐ろしかったか？」

洛氷河《ルオビンハー》の幼さが残る顔は、いまだに少し青ざめている。

沈清秋《シェンチンチウ》は冷静に続ける。

「〝衛《まも》〟りたければ必ず〝除《のぞ》〟かなくてはならない」

洛氷河《ルオビンハー》は口元を引き結んで、声を震わせた。

「師尊、恐れながらお尋ねします、先ほどは……」

だが後半まで言わせることなく、沈清秋《シェンチンチウ》は言った。

「そなたはこう尋ねたいのだろう。もし先ほど梁が突然落ちてこなかったら、この師はどうするつもりだったのか、と」

沈清秋《シェンチンチウ》は苦しい胸の内を飲み込んで耐えるしかなかった。

本当は、洛氷河《ルオビンハー》に告げてしまいたい。安心しろ、梁が落ちてこなければきっと壁が崩れただろうし、壁が崩れなかったら柱が折れたに違いないから、と。とどのつまり、お前は絶対に死なないし、ボスは必ず死ぬことになっているんだ……。

しかし、それを口に出すわけにもいかず、沈清秋《シェンチンチウ》は底知れぬ雰囲気を漂わせ、論点をすり替えて洛氷河《ルオビンハー》を誤魔化すことにした。

「それはつまり、この師を責めているのか？」

洛氷河《ルオビンハー》は首を振り、真剣に答える。

「いいえ。師尊のために命を捧《ささ》げられるのなら、この弟子は光栄に存じます」

……彼の白連華《しろれんげ》っぷりに、沈清秋《シェンチンチウ》は圧倒されてしまう。

少し考え、沈清秋《シェンチンチウ》はあいまいな言い方で真実を伝えることにした。

「では、この師もそなたに言っておこう。たとえこの師に何があろうと、そなたには何事も起こらない」

これは本気で本当の話である。沈清秋《シェンチンチウ》が百回、そう百回死ぬことがあったとしても、生命の安全が保障されている主人公の洛氷河《ルオビンハー》は平穏無事に生き残れるのだ！

沈清秋《シェンチンチウ》は落ち着きはらった表情で、少しも嘘などついていないという雰囲気のまま、きっぱりと言う。

「それだけは、絶対に嘘ではない」

洛氷河《ルオビンハー》はその話を聞き、ふつふつと気力を取り戻したようだ。先ほどまでちょっと萎《しお》れていたひまわりは、みるみる生気を取り戻した。彼は両手で持っていた剣を眉の高さまで掲げ、恭しく沈清秋《シェンチンチウ》へ差し出した。

「師尊、剣をどうぞ！」

沈清秋《シェンチンチウ》は剣を受け取る。心の中では冷や汗を拭っていた。

チョロい子でよかった。先ほどまで見捨てられたと思ってオロオロしていたのに、二言三言なにか言われただけであっさりＨＰ満タン、完全復活している。まあ、近いうちに、こうはうまくいかなくなるだろう。成長というのは本当に、茨の生い茂る道を進むように残酷なものだ……。

すると、そこへシステムから連続して通知を受け取り、沈清秋《シェンチンチウ》の気分は天にも昇るほど舞い上がった。

【寧嬰嬰《ニンインイン》の好感度がアップしました。主人公爽快ポイントプラス50】

【レアアイテム「梱仙索」を入手しました。悪役としての実力にプラス30】

【初級クエストをクリアしました。Ｂ格ポイントプラス２００。ＯＯＣ機能がアンロックされました。これ以降、あなたは完全に「沈清秋《シェンチンチウ》」というキャラクターを自在にコントロールできます。おめでとうございます！　引き続き頑張ってください】

沈清秋《シェンチンチウ》は、このようにギャンブルめいた一喜一憂の乱高下が、少しクセになりつつあった。

ＯＯＣ機能がアンロックされたということは、ついにここから始まるわけだ。

主人公に媚《こ》びて媚びて媚びまくるという、偉大にして名誉ある俺の一大事業計画が！

蒼穹山へ戻った沈清秋《シェンチンチウ》の最初の仕事は、掌門《しょうもん》が守っている穹頂峰《きゅうちょうほう》へ行き、岳清源《ユエチンユエン》に事件の顛末《てんまつ》を報告することだった。

以前の沈清秋《シェンチンチウ》はずっとこの掌門師兄を、クエストを説明するためのＮＰＣのような存在だと思っていた。だがその感覚は、彼が山門へ入った途端に跡形もなく消え失せた。

彼がまだ大広間に足を踏み入れぬうちから、岳清源《ユエチンユエン》は背後に穹頂峰の弟子たちを引き連れて迎えに出てきたのだ。

両者は顔を合わせるなり、言葉を交わすより先に笑みを浮かべる。そして岳清源《ユエチンユエン》は右手で沈清秋《シェンチンチウ》の脈を取った。

沈清秋《シェンチンチウ》は一瞬驚いたものの、岳清源《ユエチンユエン》はそれ以上の動きはせず、意識を集中させながら、微弱な霊力を流し込んできた。自身の体内をめぐる霊力を探っているだけだと気付き、沈清秋《シェンチンチウ》は安堵して肩の力を抜く。

ややあってから岳清源《ユエチンユエン》は手を離し、にこやかに笑いながら沈清秋《シェンチンチウ》とともに大広間へ入った。

「実践はどうだった？」

彼のこの、まるで一家の長男のような口ぶりに、沈清秋《シェンチンチウ》は自分の二人の兄を思い出す。ちょっと感傷的な気分になったが、それ以上に温かみを感じさせる声だったので、言い出しづらい話も気軽に口にすることができた。

「思うようには」

弟子たちは結局、あの皮剥ぎ魔の影すら見ることができなかったのだ。弟子の実践という視点に立ってみれば、確かに「思うような成果は挙げられなかった」と言うべきであろう。

「焦ることはない」

岳清源《ユエチンユエン》の言葉に沈清秋《シェンチンチウ》はうなずき、ふと話題を変える。

「掌門師兄、私は穹頂峰の裏山にある霊犀洞《れいさいどう》へ行き、閉関《へいかん》[29]をしたいと思っているのだ」

穹頂峰は十二峰の筆頭なので、おのずと天地の精気が集まってくる。その中でも霊犀洞は、修練するのに最もふさわしい場所であり、短時間の修練でも倍の効果が得られる。そのため、門派の中でも年長者や優秀な弟子ならば、掌門に願い出ることで洞内での閉関と修行ができる。ただし、掌門の許可なしに立ち入ることはできない。

沈清秋《シェンチンチウ》が霊犀洞で閉関をしたいと言えば、岳清源《ユエチンユエン》は当然のごとく断らずにうなずいてくれるだろう。ところが、彼は口元に浮かべていた笑みを少しこわばらせると、表情をかすかに曇らせた。

沈清秋《シェンチンチウ》は異変を察したが、その表情は一瞬過っただけで、岳清源《ユエチンユエン》はまた温和な声で問いかけてくる。

「それは仙盟《せんめい》大会のためかい？」

「まさしく」

沈清秋《シェンチンチウ》はそう答えたが、仙盟大会のためだけではない。今回の皮剥ぎ魔の一件で、沈清秋《シェンチンチウ》はますます修練を着実に積み重ねることの重要性を思い知った。この世界では、実力があって初めて、将来を考える資格が持てる。毎回イージーモードを選べるわけでも、毎回ＩＱが平均値以下のボスばかりでもないのだから。

閉関をする前に沈清秋《シェンチンチウ》は洛氷河《ルオビンハー》を呼び出し、入門者向けの正しい心法書《しんぽうしょ》を手渡した。

29　他人との交流を断ち、集中して修練を行うこと。

「師尊、なぜこの弟子にこれまでとまったく違う心法書を？」

沈清秋《シェンチンチウ》は大真面目な顔をして嘘八百を並べる。

「そなたの体質は人とは少々違っている。そのため、一般的な心法書を使って修行をしてはならないのだ」

沈清秋《オリジナル》が明帆《ミンファン》をそそのかし、洛氷河《ルオビンハー》に偽の心法書を渡すよう仕向けた事実など、自ら明らかにしたくはなかった。とはいえ、遅かれ早かれバレてしまうことなのだろうが。

遠ざかっていく沈清秋《シェンチンチウ》の背中を眺めながら、洛氷河《ルオビンハー》は心法書を押し抱き、胸の内を強く震わせていた。

これは師尊がわざわざ自分だけにくださった心法書なんだ！

沈清秋《シェンチンチウ》が偶然振り返ると、まだぼんやりとその場に立ち尽くしている洛氷河《ルオビンハー》が見えた。しかし、彼は眉間を軽く揉《も》んだだけで、そのまま歩き続けた。

洛氷河《ルオビンハー》が何を考えているかは分からないが、きっと余計なことを考えすぎているだろう……。

霊犀洞の中は、道が迷路のように入り組んでおり、ひっそりと静まり返っている。

数え切れないほどの角を曲がって進むと、浮世離れした別世界に着いた。風も吹かず、月も見えないにも関わらず、空気は澄み渡りひんやりとした静寂に包まれた空間だ。白い石は雲のごとく、緑色の石は翡翠《ひすい》のごとし。それらは大小さまざまな奇観と天然の石台を作り出していた。その中心には青く澄んだ水が溜《た》まり、鏡のように別天地を映し出していた。

唯一惜しむらくは、前回ここで閉関していたのが、おそらく公共施設をあまり大切にしない人物だったという点だ。壁のあちこちには刀や剣で斬りつけたような跡が縦横無尽に残されており、血の痕も石壁にこびりつき、すでに黒く変色している。

ここはあまたある洞窟の一つでしかない。殺人現場に見えなくもないが、沈清秋《シェンチンチウ》はおおむね満足だった。ほかの場所を探すつもりもなく、石台に腰を下ろすと、暗記してきた文献を思い返しながら修練に没頭した。

ところが、天は沈清秋《シェンチンチウ》にB格ポイントを稼がれるのが我慢ならないらしい。打坐を始めてまもなく、耳に異様な物音が届いた。

低い呻《うめ》き声だ。

人が苦しんでいる時に出すような、低い呻き声……。

同時に、沈清秋《シェンチンチウ》は今にも暴走しそうな霊力の波動を感じ取った。

なるほど。沈清秋《シェンチンチウ》は何が起きているのかを察した。

霊犀洞はこんなに広いのだ。当然、閉関を許可され修練している者は彼一人だけではない。そして……その誰かは走火入魔《そうかにゅうま》し、今まさに重大な局面に差しかかっている。

(俺は！　ただ！　閉関して！　修練して！　強く！　なりたい！　だけなのに！　なんでこんなことに？　な・ん・で・だっ!?)

沈清秋《シェンチンチウ》はカッと両目を見開くと、とりあえず様子を探ることにした。件《くだん》の声と霊力の波動が伝わってくる方向を辿って歩き出す。洞窟の中をうろうろと進むにしたがって、物音もどんどん大きくなっていく。

そうしてついに、沈清秋《シェンチンチウ》は声の出所である洞窟へと辿り着いた。一歩足を踏み入れた途端、視界に飛び込んできたのは、こちらに背を向けている白い衣を着た人影だった。そして、一本の長剣が柄ごと深々と岩に突き刺さっている。

洞窟内には剣気が乱れ飛び、手のつけようがない。白い衣に点々と血を飛び散らせているその人物は、まるで何かの事件に巻き込まれた被害者のようだった。だが一方でその動きを見ると、殺人鬼のようにも見えた。

この人の走火入魔っぷりは相当ヤバいな！

沈清秋《シェンチンチウ》は思案した。今の自己流で中途半端にしか力を扱えない状況で、果たしてここで苦しんでいる誰かの乱れた霊力を立て直すことができるのか。むしろ、危険にさらすことにならないか。

そう考えたその時、沈清秋《シェンチンチウ》はちらりと先ほどの剣に目をやった。

持ち主の霊力が暴走しているせいで、剣身も震えてやまず、じわじわと自ら岩壁から抜け出そうとしていた。耳を刺すような甲高い音を立て、銀色の光が柄の部分に目立たぬよう刻まれた呪文と鸞鳥《らんちょう》の模様に沿い、流れるように輝いている。

沈清秋《シェンチンチウ》は一目でそれがなんという名の剣で、誰の剣であるかを察した。

(クソッ！　なんでよりによってこいつなんだよ！)

つい先ほどまでは助けようという意思があったとしても、今残っているのは、この場から逃げ出したい気持ちだけである。

しかし、時すでに遅し。勢いよく振り返った白い衣の人物は、すでに沈清秋《シェンチンチウ》の存在に気付いていた。

この状況で「わーぉ、イケメン！」と褒めたたえる心の余裕はどこにもない。

いくらイケメンでも、両目を血走らせて青筋を立ててこちらをにらんできたら、誰でも逃げの一手を打つだろ!?

沈清秋《シェンチンチウ》が裾をひるがえして逃げ出そうとすると、白い衣の男は手のひらを石壁に叩きつけた。途端に石が飛び散り、長剣はついに岩から抜け出て宙を横切る。そして沈清秋《シェンチンチウ》の目の前に突き刺さり、彼の行く道を阻んだ。あと少しでも逃げ足が速かったら、止まりきれなかった沈清秋《シェンチンチウ》は首を断たれていたことだろう。その一瞬の間に、理性を失った白い衣の人物が沈清秋《シェンチンチウ》の前に立ち塞がっていた。

沈清秋《シェンチンチウ》は逃げきれぬと察し、腹をくくるしかない。霊力を右手に集めると、一か八かで相手の胸元へと放った。

もしもこの者が本当に伝説どおり、チート主人公と戦えるほどの戦闘力を持っているのなら、今繰り出した一撃などまったく役に立たないだろう。それどころか、ひょっとすると沈清秋《シェンチンチウ》は十メートル先まで弾き飛ばされて、口から血を吐いたりなんだりするかもしれない。

しかし、意外なことに十メートル先まで吹き飛ばされて、口から血を吐いたのは、驚くべきことに沈清秋《シェンチンチウ》ではなく、相手のほうだった！

その瞬間、沈清秋《シェンチンチウ》は自分の右手を目の高さまで上げ、己の一撃によって打ちのめされた白い衣の人物を見てしみじみと感慨にひたった。俺ってば、カッコつけなくてもこんなにメチャ強《つよ》なのか！

実をいうと、走火入魔した人間は錯乱ぶりこそ恐ろしいが、同時にかなり脆弱《ぜいじゃく》でもある。運が良ければ、おそらくたったの一撃であっさり破滅に追い込むことができるのだ。

沈清秋《シェンチンチウ》は複雑な表情を浮かべて、苦しげに地面へ片膝をつく相手を見やる。彼は沈清秋《シェンチンチウ》を引き裂いてやろうと無理にでも立ち上がろうとするが、繰り返し膝をつくだけだった。ついに沈清秋《シェンチンチウ》はため息をつき、彼に近付くとその背中に手を置いた。

「言っておくが」

沈清秋《シェンチンチウ》は相手が理解できるかどうかはお構いなしに、一人、語り続ける。

「あなたをいま助けなかったら手遅れになる。でも、このやり方は慣れてないんだ。だからその、万が一あなたが

……死んでも、手は尽くしたんだ。絶対に恨まないでくれよな」

どれほど経《た》ったのか、沈清秋《シェンチンチウ》は相手の体内を流れる霊力がだんだん落ち着いていきて、正常になっていくのを感じた。ホッと胸をなで下ろし、ゆっくりと手のひらも外した。あとはもう、一か八かの荒療治のせいで相手の修為《しゅうい》に何かしらの悪影響がないことを祈るばかりだ。

幸運にも一命をとりとめた白い衣の人物は首《こうべ》を垂れたまま、いまだに目を覚まさない。

沈清秋《シェンチンチウ》は実のところ、すでにこの人物の正体について見当がついていたのだが、システムの通知によってそれは確信に変わった。

【おめでとうございます！　ストーリー名「柳清歌《リウチンガー》の死」が改変されました。沈清秋《シェンチンチウ》の悪役としての死亡フラグ値および憎悪値ダウン。B格ポイントプラス200！】

やっぱりな。

沈清秋《シェンチンチウ》の同門の師弟にして、オリジナルの沈清秋《シェンチンチウ》の手にかかった哀れなキャラ。

彼は蒼穹山十二峰の一つ百戦峰《ひゃくせんほう》の主、柳清歌《リウチンガー》だ。

柳清歌《リウチンガー》は、実にぶっ飛んだキャラクターである。

蒼穹山十二峰の峰にはそれぞれ特色がある。

たとえば、主峰である穹頂峰は大局的に物事をおさめ、ほかの峰々を俯瞰《ふかん》している。

沈清秋《シェンチンチウ》が司る清静峰は、知識人や意識高いマンたちの楽園である。

万剣峰《ばんけん》は天の時、地の利、人の和が整い、古来より剣づくりの名匠を数多く輩出している。

苦行峰《くぎょう》はその名をひとたび聞けば何をするかはお察しのとおりで、鞭《むち》で打たれたとしても沈清秋《シェンチンチウ》は絶対に行きたくない。

一方で、仙姝峰《せんしゅ》は人々にとって垂涎《すいぜん》の的ともいうべき存在である。なぜならこの峰は女性の弟子しか取らないうえに、これまでの弟子たちはみな顔面偏差値が高く、美女がわんさかいるのだ。

想像力たくましい読者が手がけた同人作品は次から次へとアップロードされ、その中でも『わがまま仙姝にめっちゃ愛されている件』や『仙姝峰ハーレムデイズ』などの名作は頭一つ抜けているといっても過言ではない。文章力は小学生並み、エロシーンの艶《なまめ》かしさはとどまるところを知らず、拡散ぶりとその影響力の大きさは、もはや原作と肩を並べるほどであった。

そんな十二峰の中でも若者たちから最も人気を集め、最も崇拝され、最も志願者が多いのは、間違いなく柳清歌《リウチンガー》が司る百戦峰だ。

ここの人々は蒼穹山の中で最も武闘派であり、最強の戦闘力を誇っている。

百戦峰の歴代の峰主で剣術の達人でなかった者など一人もおらず、百戦すれば常勝、不敗神話を築き、実に熱血で、まさに羨望の的だ！

男性読者は、得てして強者に憧れる。柳清歌《リウチンガー》は回想や台詞の中でしか登場しなかったが、彼の強さに憧れるファンも多く、沈垣《シェンユエン》も心酔していた。彼が心の中に描いていた柳清歌《リウチンガー》は、強くて逞《たくま》しい切れ者の漢《おとこ》だ。なんてったって闘神なのだから！

沈清秋《シェンチンチウ》が視線を下げて、柳清歌《リウチンガー》の女性のように優美な顔を見た時、夢は砕け、魂の糸はプツリと切れた。ずっと心の中に抱いていた幻想は、いま儚《はかな》く消えた。

必勝不敗な百戦峰の主だろ。こんなお綺麗《きれい》な顔立ち……、イメージとかけ離れすぎでは!?　これ、どこからどー見ても花を生けたり柳の下で佇《たたず》むのが似合う風流な若い公子じゃないか！

あなたの強さに憧れてきたファンたちの脳内補完に対して、申し訳ないと思わないのか!?

しかし、ちょっと考えてみれば納得がいく部分もある。柳清歌《リウチンガー》といえば、第一正規ヒロインにして絶世の美女、柳溟煙《リウミンイエン》の兄なのだ。主人公の妻ならクオリティだって間違いなく折り紙つき、その遺伝子が強いのも必定である。

戦えば負け知らず、性格は尊大で、顔も良い。そんな人物なら、すでに氷哥《ビンアニキ》がいるのだから二人も必要ない。だからこそ飛機《フェイジー》大先生も早々に退場させたのだろう。

たかがサブキャラでここまで設定モリモリだったら、すぐに劣化して使い捨てられるか、あっさり死んでしまうかのどちらかだ。

先ほどはここまで考えが至らなかったが、改めて思うに、柳清歌《リウチンガー》を助けてしまったことは洛氷河《ルオビンハー》の爽快ポイントに影響しないのだろうか？

柳清歌《リウチンガー》に関する描写は多くないが、彼にはとある重要な存在意義がある。それは沈清秋《シェンチンチウ》のクズ悪役ぶりをより一層際立たせることだ。

この二人は同門の師兄弟でありながら、お互いの間には一向に埋まらぬ溝があった。

　これは先ほど沈清秋《シェンチンチウ》がなんとしても逃げようとした理由でもある。本来であれば平時から反りの合わない二人なのだ。一方が走火入魔したとあれば、柳清歌《リウチンガー》が追いかけてきて沈清秋《シェンチンチウ》を斬り殺すか、もしくは沈清秋《シェンチンチウ》が原作でやったように彼を手にかけるかのどちらかしかない。

　どれほど深い恨みがあったかは知る由もないが、オリジナルの沈清秋《シェンチンチウ》が柳清歌《リウチンガー》を殺した犯人だということは揺るぎない事実だ。

　そしてこの事件が明るみに出たことも、沈清秋《シェンチンチウ》が名声を地に落とし、身を滅ぼすような破滅に向かってひた走ることになる直接的な原因（の一つ）だった。原作で沈清秋《シェンチンチウ》が悪行を白状する描写は「修練の時に彼が見せた隙につけ入り、あろうことか手を出して死に追いやった」ということだったので、おそらくこの霊犀洞で手を下したということだろう。

　沈清秋《シェンチンチウ》はヒロインの唯一の肉親を殺したのだから、洛氷河《ルオビンハー》は当然、妻のために復讐《ふくしゅう》に走る。沈清秋《シェンチンチウ》というキャラクターが撒《ま》き散らした恨みは、本当にちょっとやそっとでは語り尽くせない！


沈清秋《シェンチンチウ》が己の未来についてあれこれ気を揉んでいる一方で、柳清歌《リウチンガー》は血を吐きつくしたのか、ついにゆっくりと意識を取り戻した。

　柳清歌《リウチンガー》が瞼を持ち上げると、沈清秋《シェンチンチウ》がひどく持て余したような顔で近くに座り、ふんぞり返って己を見ているのが視界に入った。その様子はどこからどう見ても好意的とは思えず、柳清歌《リウチンガー》は心の中で盛大に警鐘を鳴らすと、すかさず起き上がり防御姿勢を取ろうとした。ところが、その動きは重傷を負ったばかりの内臓に響いて、体内をめぐる霊力が大きく乱れる。柳清歌《リウチンガー》はまたもや口から血を吹き出した。

　かたや沈清秋《シェンチンチウ》は見物するかのように言った。

「師弟、あまり激高するな。息を整えたらどうだ。百戦峰の主ともあろう者が、これほど惨めな姿をどうしてさらすことができようか。ほら、これで拭きなさい」

　そう言いながら、手ぬぐいを渡す。

　柳清歌《リウチンガー》は血を吐き捨てながら言った。

「沈《シェン》……貴様はまた何を企んで……」

　沈清秋《シェンチンチウ》は柳清歌《リウチンガー》が本当に苦しそうなのを見て、その背中を軽く叩いた。

柳清歌《リウチンガー》は沈清秋《シェンチンチウ》が自分に危害を加えるつもりかと思ったが、逃げることができなかった。すると、沈清秋《シェンチンチウ》が触れた場所から、清らかで穏やかな霊力が流れ込んでくるのを感じた。やがてそれは四肢を規則正しく巡り、柳清歌《リウチンガー》の乱れた気息を整えていく。

沈清秋《シェンチンチウ》が陰で自分を陥れようとしていることに気付いた時よりも、柳清歌《リウチンガー》はさらに愕然《がくぜん》とした。陥れられることに関しては、とうに慣れているからだ。

沈清秋《シェンチンチウ》は彼の背中を軽く叩きながら、真心を込めて語りかける。

「柳《リウ》師弟、実は最近この師兄も閉関して、色々と感じることがあったのだ。先ほどそなたが命の危険にさらされ、あわや美人薄め……コホン、若くして命を落としてしまうのではないかと思ったら、これまでのことがさまざまに思い出されてな。これまでの行いが恥ずべきことであったと悟り、ひどく後悔したのだ」

柳清歌《リウチンガー》は吐血がよりひどくなったようだった。

沈清秋《シェンチンチウ》はやんわりと好意を示す。

「どうだろうか、過去の恨みを捨て、手を取り合って共に進むというのは。模範的な師兄弟、仲の良い同門になろうではないか。師弟、そなたの思いを聞かせてくれないか？」

直球な物言いは少々恥ずかしいが、今柳清歌《リウチンガー》を助けたことで、沈清秋《シェンチンチウ》の憎悪値マシマシストーリーはすでに変わっている。ならばいっそもっと徹底的に改変を加えて、ここでしっかりと柳清歌《リウチンガー》と良好な関係を築くべきでは？　もしかしたら柳《リウ》様が俺の後ろ盾になってくださるかもしれないだろ!?

柳清歌《リウチンガー》の表情が気味悪げになる。しばし沈清秋《シェンチンチウ》の目を見つめていたが、ついに耐えきれなくなったようで、こう言った。

「貴様、もっと離れろ」

まあそう言いたくなる気持ちも分かる。なんといっても長年お互いに嫌い合ってきたのだ。生半可なことでは、好感度を稼ぐことなどできないだろう。この件は焦らずに、ゆっくりやっていかないと。

沈清秋《シェンチンチウ》はコクリとうなずいて、言われるがままにその場を離れた。歩きながら、あえて振り返らず手をヒラヒラさせて告げる。

「師弟、修練の時にまた何か起きても、恥じ入ることはないぞ。この師兄を手伝いに呼べばよい。お互いすぐ近くにいるのだから、助け合わないとな」

柳清歌《リウチンガー》はまるで彼の言葉をあと二言でも聞いたら、再び血を吐いてしまうのではというほど、恐ろしい目つきになる。

沈清秋《シェンチンチウ》は空気を読んで口を閉じると「もっと離れ」た。残された柳清歌《リウチンガー》は一人、苦しげにまたひと口血を吐いた。

彼ら二人は常日頃から不仲で、若い頃から柳清歌《リウチンガー》は沈清秋《シェンチンチウ》の人となりが気に食わず、どちらも相手に対して強烈な嫌悪感を抱いていた。

この嫌悪感はライバルと見なしてたまにやり合う、という程度のものではない。本当にいきなり殴り合って、相手の命を奪おうとするほどなのだ。そんな沈清秋《シェンチンチウ》が弱みにつけ込まなかったこと自体、朝日が西からのぼったようなものだった。なのに彼を助けて手伝おうとするとは!?

だが、事実は眼前にあるとおりで、柳清歌《リウチンガー》は顔を歪ませずにはいられなかった。

彼の記憶は修練中に暴走する直前で途絶えていた。しかし今現在、霊力は穏やかだ。自我を失った状態で自ら霊力の流れを整えられたとは到底思えない。であれば必然的に、誰かの助けがあったことになる。


まさか、本当に沈清秋《シェンチンチウ》が俺を助けたのか？

その可能性を考えただけで、柳清歌《リウチンガー》は気分が悪くなって死んだほうがマシだとさえ思った。

一方その頃、苦労して助けた相手から気持ち悪がられている沈清秋《シェンチンチウ》は、むしろこれまでにない満足感を得ていた。

本来であれば己の手によって死ぬはずだった柳清歌《リウチンガー》を、ひょんなことから救うことができたのだ。

もし友好関係を築けたなら、洛氷河《ルオビンハー》を容姿端麗品行方正頭脳明晰文武両道に育成する計画に失敗したとしても、柳清歌《リウチンガー》が百戦峰の主として、ちょっとくらいは同門のよしみで俺を助けて守ってくれるかもしれないし！

少々打算的かもしれないが、命が懸かっているのだ。気骨がどうの、節操がどうのなどと気にしている場合じゃない……。

霊犀洞の中では太陽も月も見えず、時の流れを感じない。沈清秋《シェンチンチウ》は何かをやり遂げた感覚もてんでないまま、あっという間に閉関を終える日になった。

沈清秋《シェンチンチウ》は目を閉じ石台の上で打坐をしていた。最後の一筋の霊力が四肢や骨の隅々まで巡り終えるまで待ってから、目を見開いた。

修練に没頭して数カ月。沈清秋《シェンチンチウ》は霊力を自由自在に扱えるようになり、もとからあった基礎的な能力をさらに一段階レベルアップさせることもできた。この状態は、この体の制御権を百パーセント掌握したことを意味しており、最後まで残っていた一筋の不調和すら感じなくなっていた。沈清秋《シェンチンチウ》の両目は輝き、かつての自分とは心も体も見違えるようだった。

沈清秋《シェンチンチウ》は石台から飛び降りる。体はますます軽やかになり、四肢は清らかな風に吹かれるようで、軽快でありながらも力が漲《みなぎ》っていた。

むろん、これは単なる思い込みにすぎない可能性もある。なにしろ閉関の日々が過ぎる速さといったら、まるで動画の再生バーをスライドするようなものだったのだ。小説だったら、飛機《フェイジー》大先生のように水増し描写をしなければ、たった一章で書き終わるだろう。

去り際に、沈清秋《シェンチンチウ》は壁を隔てたお隣さんにも挨拶をしておくべきかと思い立ち、石壁を叩いた。

「師弟、そちらの状況はどうだ？　師兄は先に出るぞ」

沈清秋《シェンチンチウ》の声が、広々とした洞穴の中を響き渡る。さほど大きな声ではなかったが、柳清歌《リウチンガー》ほどの修為を持つ者であれば十分はっきりと聞き取れたことだろう。

相手からはやはりなんの反応もなかったが、沈清秋《シェンチンチウ》は気にすることもなく、己の真心(?)が伝わればそれでいいと思った。そうして衣の裾をひるがえすと、風に乗るような足取りで洞窟を出る。まもなく訪れるであろう、暴風雨のような波乱の一幕を待ち受けることにした。

時期を計算すると、そろそろ来る頃合いだ。これから発生するストーリーは非常に重要で、いわば『狂傲仙魔途』の前半における最初のハイライトなのである。

魔族が蒼穹山派に道場破りをしかけ、大騒動を巻き起こすのだ。

そしてこの小説におけるメインヒロイン二人も、圧倒的なオーラと共に登場し、洛氷河《ルオビンハー》の存在に気付き始める。

霊犀洞は外界と隔絶されており、洞内は静寂そのものであった。しかし、ひとたび外に出てみれば、穹頂峰全体が炎に包まれ、あちこちから煙がのぼっている。弟子たちは取り乱して走り回り、警戒を告げる鐘の音が一帯に鳴り響いていた。

沈清秋《シェンチンチウ》はすぐに理解した。

あいつら、もう来たんだな！

早く着くより時間どおりに来るのが良いとはよく言うが、本当に時間ぴったりに間に合った。

誰の門下かも分からない弟子たち数名が、沈清秋《シェンチンチウ》を見るなり駆け寄ってくる。

「沈《シェン》師伯[30]！　ついに閉関を終えられたのですね！　大変です、魔界の者どもが穹頂峰へ潜り込み、怪我人《けがにん》が多く出ています！」

沈清秋《シェンチンチウ》は両手で、それぞれの頭をなでてやる。

「落ち着きなさい。掌門師兄は？」

弟子Aは涙ながらに訴える。

「掌門師伯は大事なご用があると下山なさいました。そうでなければ、魔族の者どもがここまで入ってこられるはずがありません！」

弟子Bも怒りをあらわにする。

「魔族の奴らは、本当に卑怯《ひきょう》なんです！　隙をついて侵入しただけでなく、十二峰の間をつなぐ虹橋《こうきょう》を一つ残らず打ち壊しました！　しかも奇妙な結界まで張って、穹頂峰は今、ほかの峰々からの救援が入ってこられないんです！」

これらのことを沈清秋《シェンチンチウ》は全て知っていた。先ほどの質問も話の流れとして聞いてみただけだ。

この沈清秋《シェンチンチウ》、修練を積んだうえに、洛氷河《ルオビンハー》をめった打ちにし柳清歌《リウチンガー》を足蹴《あしげ》にした経験（えぇ……）まであるのだ！　もう怖いものなど何もない！　彼は豪気を漲らせながら言い放った。

「慌てることはない。我らが蒼穹山は堂々たる一流門派として、英傑を多く輩出してきた。たかが魔族の雑魚など、恐るるに足らず！」

弟子たちはたちまち救世主を見つけた心持ちになり、列車の車両よろしく沈清秋《シェンチンチウ》の後ろに続いた。進む道すがら、頭のない蝿《はえ》のようにあちこち走り回っていた者たちや、何が起きたのかすら分かっていない者たちまでもがついてきたので、穹頂殿に着くまでに隊列はどんどん伸びていった。

穹頂峰にいる蒼穹山の弟子たちは全員、奥深くまで入り込んだ魔族を討伐するためにやってきていた。清静峰の弟子たちもストーリーの都合上、閉関を終えた沈清秋《シェンチンチウ》を出迎えようと〝偶然〟穹頂峰に来ており、とっくにこの場に集結していた。沈清秋《シェンチンチウ》が真っ先に探したのは洛氷河《ルオビンハー》の姿だ。果たして、彼は人ごみの中に佇み、険しい表情を浮かべている。

30　師の兄弟子。

しばらく見ぬうちに、彼の背はずいぶん伸びていた。その姿はまるですらりと抜きん出た美しい青竹のようであり、綺麗な顔と相まって、非常に人目を引く。

主人公がすでに到着していることを確認すると、沈清秋《シェンチンチウ》は安堵して、敵のほうへと注意を向けた。

古めかしく立派な穹頂殿の前に、魔気を沸々とたぎらせた百名を超える魔族たちが集まっていた。そして今回の侵入を先導していた首謀者は、なんとまだ十五、六歳にしか見えない一人の少女であった。

沈清秋《シェンチンチウ》の胸が少し高鳴る。

(来た来た！　ついにお出ましだ！)

奇天烈《きてれつ》な服装を好む魔族の集団にあって、この少女のファッションセンスの奇抜さは群を抜いていた。

長く豊かな漆黒の髪を何本もの細い三つ編みに結い、肌は白く、目元には妖艶なメイクをほどこして、唇は異常なまでに赤い。いまはまだ年若いが、将来は艶麗と形容するにふさわしい容姿になるだろうことが分かる。真夏日といえどもひどく涼やかな格好で、赤い紗を数枚身にまとっているだけだ。手首や足首には銀製の腕輪や足輪をはめ、全身いたるところに小さな鈴をつけているので、彼女が少し動くたび、チリンチリンと音を立てた。

彼女は雪のように白い素足で直接地面を踏みしめていた。沈清秋《シェンチンチウ》は思わず横目で何度かチラ見してしまう。

だがそれはスケベ心からではなく、むしろ……。遠路はるばる魔界から山を越え海を越えここまでやってきただけでなく、裸足でこの高い山を登ってきたことに対してである。

お嬢さん、あのさぁ……足、マジで痛くないの!?

おっと違う。重要なのはそこじゃない！

重要なのは、彼女こそ、小説『狂傲仙魔途』において、最も人気のあるヒロイン(の一人)――魔族の聖女、紗華鈴《シャーホワリン》だということだ。

紗華鈴《シャーホワリン》は純粋な血統をもつ魔族である。冷酷非道で、意地の悪いわがままお嬢様的な性格もあいまって、洛氷河《ルオビンハー》を狂おしいほどに愛した。洛氷河《ルオビンハー》とデキてからは、彼のためならば人殺しなどいうまでもなく、魔族を裏切るような大逆無道なことまでやってのけたのである。

当然、こういった物事を深く考えず恋愛にのめり込むタイプのヒロインは現在だと叩かれがちだが、仕方がない。それ以上に多くの男性読者が、彼女のような女性を好いているのだ。ただ悲しいかな、こういう超がつくほどセクシーな女性は主人公サマにしか手に負えない。

沈清秋《シェンチンチウ》は我慢できずに洛氷河《ルオビンハー》をちらりと見る。洛氷河《ルオビンハー》もちょうど、何気なしに沈清秋《シェンチンチウ》のほうを見たところだった。両者の視線がぶつかり、お互いに驚いてしまう。洛氷河《ルオビンハー》は何かを言おうとしてやめ、沈清秋《シェンチンチウ》は彼に向かって軽くうなずいてみせた。

この時、虹橋はすでに破壊され、それぞれの峰の峰主は思い思いのことをしていた。寝ている者もいれば、閉関する者、街をぶらつく者、出張に行った者もいる。

そんな中で沈清秋《シェンチンチウ》のような年長者の登場は、疑いようもなく強力な強心剤となり、弟子たちはたちまち心強くなる。

中でも明帆《ミンファン》は真っ先に声を上げた。

「妖女め！　師尊がお越しになったからには、これ以上好き勝手はさせないからな！」

ますます多くの者が集まってきて、いまや数百名もの弟子たちが同じ色味の服をまとい、怒りもあらわに侵入者たちを正殿の前へ囲い込もうとしていた。

幾人かの魔族が包囲網を突破しようと試みたが、彼らはちょうど閉関の成果を試したかった沈清秋《シェンチンチウ》の腕試しに利用された。無造作に一塊に掴《つか》まれて持ち上げられると、紗華鈴《シャーホワリン》の足元へと放り投げ返された。

紗華鈴《シャーホワリン》は普段から聡明《そうめい》かつ機敏だ。先ほどまで居丈高な態度だったのは、四大修真門派の最上位に長く君臨している蒼穹山の守備がお粗末なものだと笑いものにするためだった。だからこそ岳清源《ユエチンユエン》が公務で外出している、穹頂峰から場を収められる年長者が不在になる隙を狙っていたのだ。

ところが、ここにきて形勢が不利だと気付き、彼女は直ちに口調を改めた。

「今回私たち一族が山を登ってまいりましたのは、戦うためではございません。ただ、蒼穹山は素晴らしい人材を数多く輩出しているとかねがね聞いておりましたので、好奇心に駆られ、実際のところはどうなのか確かめたく、お手合わせを願えればと思った次第です」

沈清秋《シェンチンチウ》は扇子を揺らして言う。

「それはそれは。だが、手合わせをしたいのなら、なぜ掌門が不在の時に来た？　なんのために虹橋を壊した？　またなぜ我が門派の弟子たちを傷つけた？　このように無礼な手合わせの申し入れなど初めてだ」

紗華鈴《シャーホワリン》は唇を軽く噛むと、少女だけが使える武器を使うことにした。頬にはらりとこぼれ落ちた乱れ髪を指先ですくいあげると、ゆったりとした口調で言った。

「そちらの方はきっと、天下に名を轟《とどろ》かす「修雅剣《し》」こと沈清秋《シェンチンチウ》、沈《シェン》先輩ですわね。まさに百聞は一見に如かず。この鈴児《リンアル》は未熟で、いまだ配下をきちんと御することができません。もし何か行き違いでご無礼があっても、どうぞ大目に見てください」

いくら彼女が声音や口調を和らげようとも、沈清秋《シェンチンチウ》は少しも心を動かされなかった。この騒ぎの理由を、ほかの誰よりも詳しく知っているからだ。

はっきり言ってしまえば、この騒ぎは紗華鈴《シャーホワリン》がごく最近、「魔族の聖女」という称号を与えられたことが原因なのである。傲岸不遜な彼女は甚だ思い上がっており、蒼穹山の第一峰へ攻め入って、穹頂殿に掲げられている扁額《へんがく》を戦利品にしようとしていた。魔族に対しては手柄をみせびらかし、同時に人間界には自らの力を示そうとしたのだ。

「それで、どうする？」

沈清秋《シェンチンチウ》の言葉に、紗華鈴《シャーホワリン》は口を引き結んで笑う。

「確かに今の我らは劣勢ですが、それは単純に数の問題です。多勢に無勢、この鈴児《リンアル》には判断ができませんわ」

沈清秋《シェンチンチウ》は水を得た魚のように、上手に年長者風を吹かせながら問う。

「ほう？　ではどうすれば判断が下せる？」

紗華鈴《シャーホワリン》は赤い唇をうっすらと開き、さも公明正大に思える方法を提案した。

「おのおの代表者を三名ずつ選び、一対一の三本勝負で行うのはいかがでしょう？」

この方法は、悪くない。

なぜなら人間と魔族はすでに長年の間、危ういバランスを保ちながら、いたずらに関係を壊すことなく、なんとかやってきた。ここで紗華鈴《シャーホワリン》と彼女の配下である烏合《うごう》の衆《しゅう》をひとまとめに消してしまってもいいが、そのような軽率なことをすれば、本格的な争いの火種となりかねない。魔族はきっとみすみす彼女を消させたりはせず、それを理由にさらなる争いを引き起こすだろう。そうなっては逆効果だ。

かといって彼らをこのまま見逃すというのも、また癪《しゃく》ではあるし、そもそもこのような魔族たちに穹頂峰に自由に出入りさせるなんてもってのほかだ。

どこまでやるのかきっちり線引きをしたうえで手合わせ

をし、相手をちょっと懲らしめてから、それぞれの面子のために一歩引く。おそらく、これ以上の良策はないだろう。

原作の中でこの一幕はちょっとした山場だったため、沈清秋《シェンチンチウ》も結構はっきりと覚えている。

第一試合は、沈清秋《シェンチンチウ》VS片腕の魔族、独臂《ドゥービー》長老だ。沈清秋《シェンチンチウ》の悪役っぷりを際立たせるために、彼は当然、卑怯な手段でもって勝利する必要があった。そうすることで、第三試合における洛氷河《ルオビンハー》の正々堂々とした戦いぶりと対比させ、読者に二人の違いをより強烈に印象付けられるというわけだ。

だがこの場において、沈清秋《シェンチンチウ》が意味もなく自分のイメージを壊すわけなどない。

独臂《ドゥービー》長老は全身を紫がかった黒色の鎧《よろい》で包んでいる。むっつりと押し黙ったまま紗華鈴《シャーホワリン》の指令を聞くと、前方の開けた場所へ進み出た。

こちらの弟子たちはみな、沈《シェン》師伯のためにと声を上げて応援している。沈清秋《シェンチンチウ》は独臂《ドゥービー》長老の実力のほどを知っていたので、微笑みながら言った。

「そなたは腕が片方しかない。このまま私が勝っても、不公平であろう」

すると紗華鈴《シャーホワリン》が手で口元を覆いながら言う。

「あら？　でしたら、この鈴児《リンアル》にはいい考えがあります。どうでしょう……ご自分の腕を切り落とされては？　そうすれば公平でしょう」

周囲で怒号が飛び交う。だが沈清秋《シェンチンチウ》は気に留めることなく微笑みを浮かべると、ゆったりと手元の扇子を広げた。

「片腕すら使わない、というのは？」

この一言が出るなり、辺りが騒然となる。人々の中にいる洛氷河《ルオビンハー》も、呆気に取られた。

片腕すら使わない？

紗華鈴《シャーホワリン》は、フンと鼻を鳴らす。ずいぶん舐《な》めた口をきくものねと思いながらも、内心ほくそ笑む。

それでやすやすと一勝が取れるのであれば、願ったりかなったりではないか？

そう思った彼女は性急に口を開く。

「沈《シェン》先輩がそのようにおっしゃるのでしたら、さっそく始めましょう！」

傍観者たちは、この女の面の皮は非常に分厚い、と思った。見た目こそ天真爛漫《てんしんらんまん》だが、言葉の端々には悪辣さと陰険さがにじんでいる。しかも己の利益になることにはすぐに飛びつくのだ。

沈清秋《シェンチンチウ》も小説を読んでいた時は、物語を楽しむ一読者としてそう感じていたが、今こうして中の人になってみると、また別の感情が湧いてくる。彼はそもそもとして、紗華鈴《シャーホワリン》のようなやり口が気に食わない。ただ、彼女はまだ幼く、可愛らしい見た目をしていたので、キャラ特有の可愛いわがままだと思ってなんとかギリギリ許容していたのだ。

人々が注視する中、沈清秋《シェンチンチウ》は宣言どおり剣を抜かずに手にした扇子を弄びながら、独臂長老《ドゥービー》へフッと微笑みかけた。

独臂長老《ドゥービー》には片腕しかないが、持っている鬼頭刀《きとうとう》を振り上げるのになんの不自由もない。だが、彼が振り下ろした猛烈な一撃は、あろうことか目標には命中しなかった。サッと振り向くと、沈清秋《シェンチンチウ》はニコニコしながら——微笑みすぎて顔が痛かったが——すでに別の場所に立っているではないか。

一方の修雅剣はすでに鞘から抜き放たれている。

沈清秋《シェンチンチウ》は直接手で触れることなく、左手でひそかに結んだ剣訣《けんけつ》[31]で修雅剣を操る。修雅剣は宙を舞い飛んだ。

独臂長老《ドゥービー》は雪のように白く眩《まばゆ》い剣光に目を眩ませられ痛みを感じつつも、急いで今一度斬りかかった。

刀と剣がぶつかり合う。キンキンという金属音が絶えず響き、火花が舞い散った。

衆人の目は釘付けになった。この試合は純粋な戦いとしての見応えがあるだけでなく、なかなかに魅せどころがあるからだ。前者は本物の武器を用いた文字どおりの生死をかけた真剣勝負に対する賞賛だ。そして後者は、視覚効果の華麗さを称《たた》えたもので、その最たるものが沈清秋《シェンチンチウ》だ。彼は巧みに技を繰り出し、飛び交う刀剣の輝きの合間でも、文人のような清らかな雰囲気を漂わせている。ゆったりと落ち着いており、軽く扇子まで揺らして、今にも七歩の間に詩を一首吟じそうな勢いだ[32]。その振る舞いの息をのむような美しさ！　いや、もはやキザが服を着て歩いているようなものじゃないか！

その様子を見ていた洛氷河《ルオビンハー》は、目の前で華麗に剣を交わしている師尊に思いを馳《は》せ、心を震わせた。沈清秋《シェンチンチウ》が凄腕《すごうで》であるということは知っていたが、まさかこれほどの高みにまで至っているとは、思ってもみなかったのだ。

31　剣を制御するための手印。

32　魏（ぎ）王が曹植（そうしょく）に「七歩歩く間に詩を作らなければ殺す」と告げ、曹植が実際に作り出した故事から。

こんなにお強いのか！

蒼穹山派の弟子たちの歓喜の声が響く中、沈清秋《シェンチンチウ》は最初の試合に圧勝した。

その瞬間、沈清秋《シェンチンチウ》はオリジナルが患っていた〝カッコつけなければ死ぬ病〟をちょっとだけ理解できた。

だってマジで気持ちいいからね！

周囲の弟子たちから寄せられるキラキラとした尊敬の眼差し。沈清秋《シェンチンチウ》は凄まじい達成感を抱いた。

クズな悪役だって、人望を獲得できる！

同時に、システムからも喜ばしい通知が入った。

【魔族の仙山《せんざん》襲撃における第一試合は、沈清秋《シェンチンチウ》の勝利です。戦闘力プラス50。B格ポイントプラス50】

だが沈清秋《シェンチンチウ》の満足げな笑顔は長続きしなかった。システムから横っ面をひっぱたかれるような通知が続いたからだ。

【警告メッセージ：洛氷河《ルオビンハー》が試合に参加しなかった場合、主人公爽快ポイントは1000ポイントマイナスされます】

『はあ!?』

心の準備をこれっぽっちもしていなかった沈清秋《シェンチンチウ》は、盛大に青ざめた。

これまでゼェハァ言いながら、老牛がオンボロ車を引くように時間をかけて貯《た》めてきた爽快ポイントですら、まだ三〇〇ちょっとでしかないというのに。たった一回で一〇〇〇もマイナスされるだと!?

システム、俺を殺す気か!?

この試合は、確かに重要ではある。ストーリー前半におけるちょっとした山場であると同時に、二人のヒロインによる美の競演、子分の入手、秘伝の書の獲得などといった、重要事項が目白押しなのだ。もしもここで洛氷河《ルオビンハー》を出場させなければ、彼はきっと頭角を現すこともないだろうし、人々から注目されることもないので、爽快ポイントマイナス一〇〇〇も妥当といえる……。

だからって蒼穹山派の代表として戦わせるなんて、それこそ何をしてるんだって話になるだろ!?

オリジナルが洛氷河《ルオビンハー》を指名できたのは、恥知らずだったからだ！　あいつにとっては門派の評判なんてどうでもよかったんだ！　奴は洛氷河《ルオビンハー》への恨みが骨髄に沁み込むあまりに、魔族の手を借りてまであの子を虐げようとしたんだ！

だがしかし、今のこの沈清秋《シェンチンチウ》は、オリジナルの考えとは何一つ合っていない。というか、なんで堂々たる主人公の爽快ポイントを他人に背負わせるんだよ！

沈清秋《シェンチンチウ》がシステムの不合理さに文句を言っている間に、二試合目がまもなく始まろうとしていた。

紗華鈴《シャーホワリン》は沈清秋《シェンチンチウ》一人によって三人が倒される完全試合を恐れて、慌てて告げる。

「もし三試合とも同じ方が出場してしまったら、手合わせの意味がありませんわ。それでは、こちらから出場させる第二の相手は、この私自身といたしましょう」

彼女がここで出場するのには二つの理由がある。一つは自分の実力に確固たる自信があるからで、もう一つは沈清秋《シェンチンチウ》がきっと年長者という立場から目下の者をいじめるような真似はしないと踏んだからだ。

とはいえ、沈清秋《シェンチンチウ》にとってそんな小娘の悪知恵などどうでもよかった。一人で三人をのして、この機に攻撃力アップと人望を一気に得てしまおうなんて意気込んだところで、先ほどのシステムの非情な通知を前にしたら一瞬で萎えるというもの。

さておき、この第二試合も、非常に興味深く見どころがある。

沈清秋《シェンチンチウ》は口を開く。

「彼女の話はそなたたちにも聞こえただろう。この重責を担おうという者はいるか？」

問いかけこそ全ての弟子たちに向けてのものだったが、沈清秋《シェンチンチウ》の視線はある一角に注がれていた。

そこには、揃《そろ》いも揃って見目麗しい女弟子たちがいた。間違いなく、仙姝峰の弟子たちである。誰も彼もが色白の顔と美しい佇まいをした仙姝峰の娘たちの中に、ひときわ目を引く面紗《めんしゃ》で顔を隠した人物がいる。

沈清秋《シェンチンチウ》の問い掛けに応えるように、彼女はゆっくりと前へ進み出てきた。

沈清秋《シェンチンチウ》は自制するのが難しいほどの興奮を感じた。

来た！　来たコレ！　本書における二大ヒロインの初タイマン！

柳溟煙《リウミンイエン》は、天地が揺れて鬼神すらも涙するほどの超絶美人である。古来より美女を輩出してきた仙姝峰にあってすら、彼女の美しさは異次元レベルだった。

彼女の兄はすでに百戦峰の主だが、彼女はまだ年若く入門も遅かったため、仙姝峰で一つ下の世代の弟子になったのである。

一目見るだけで魂を奪われかねない殺人兵器ばりの美貌

のせいで、いつも面紗で顔を隠さなくてはならず、まさしく高嶺《たかね》の花、凡人にはとても手の届かない存在である。とにかく、向天打飛機《シアンティエンダーフェイジー》大先生がこのキャラクターの外見を描写するにあたっては、小学校から高校までの間に習ってきたであろうありとあらゆる褒め言葉や四字熟語を使っており、実に彼の苦悩が偲《しの》ばれる。

沈清秋《シェンチンチウ》はこのヒロインが大のお気に入りだった。それは柳溟煙《リウミンイエン》が誰よりも優れた美貌を持っていたからというだけではない。彼女は寛容で分別もあり、大局を読むことができる。何をするにも公明正大で、洛氷河《ルオビンハー》の広大な後宮においても、知性と品性を兼ね備えた稀有《けう》な夫人だったのだ。

それと、もう一つ。

柳溟煙《リウミンイエン》は作中で唯一、向天打飛機《シアンティエンダーフェイジー》によって一線を越える過程が詳細に描かれていないキャラクターである。このやり方は非常に多くの読者に不満を抱かせ、それどころか感想スレッドには狂ったように批判コメントが書き込まれた。しかしその一方で、柳溟煙《リウミンイエン》はほかの多くのヒロインが持ちえないものを手に入れることになった。そう、彼女は純潔で神聖な存在なのだ！

仕方がない、手に入れられないものほど、良いものに思えるからな。╯(￣▽￣)╰

この一戦の見どころとは、まさにこの点に尽きる。

魔族のアンモラルな妖女と、清廉潔白な聖女。どんな男も一度くらいは天使と悪魔に挟まれて右往左往してみたいという夢を見るのだ。女の子たちが自分のためにやきもちをやいたかと思えば、次の瞬間には自分のために命すらも投げ出してみせる。そういうのがオスという生き物にとって至高にして無上の王道シチュエーションである。邪悪な妖女が醸し出す凶暴で奔放な魅力に男たちはメロメロに酔いしれ、清純な聖女が嫌がりながらも受け入れる禁欲感に、心がメチャクチャに掻《か》き乱されてしまうのだ！

さすが、飛機《フェイジー》大先生はよく分かっていらっしゃる！

沈清秋《シェンチンチウ》は思わずまた洛氷河《ルオビンハー》をちらりと見てしまう。

洛氷河《ルオビンハー》はその視線が気になって仕方がなかった。

沈清秋《シェンチンチウ》は、なぜずっとこんなにもこちらを気にしているのだろうか？

もしかして師尊は本当にそれほどまでに……自分のことを気に掛けてくださっている？

向天打飛機《シアンティエンダーフェイジー》大先生の筆力では、残念ながら女性キャラクター同士の戦いは、男を巡る痴情のもつれ以外、あまり見どころはない――いや、よくよく考えてみたら、大先生の語彙力ではどんな戦闘シーンも似たり寄ったりで読むに値しないものだった。やれ、「白光が一閃《いっせん》した」だの、「七色の虹のような」だの、「色とりどりの剣気が」とか、「このうえなく恐ろしかった」とかばかりなのだ。

お香が数本燃え尽きるほどの時間が経ち、柳溟煙《リウミンイエン》は敗北した。今の彼女はまだ万剣峰で自分自身の剣を見つけていない。力を尽くしたとはいえ、いかんせん使える武器はいたって普通の細身の剣である。一方で紗華鈴《シャーホワリン》はすでに魔族の聖女という称号を得ており、全身に魔族の聖器を装備していた。そんな二人では、実力の差があって当然である。

柳溟煙《リウミンイエン》は沈清秋《シェンチンチウ》の前に出る。

「この弟子の負けです。沈《シェン》師伯、頂いた使命を果たせませんでした。どうか罰をお与えください」

沈清秋《シェンチンチウ》は答える。

「誰も名乗り出なかった中で、名乗りを上げた。その勇気ある献身自体、すでに得がたいものだ。勝敗とは得失のようなもの。それ以上の意味はないのだから、気にすることはない。今度また勝てばいいだけのことだ」

紗華鈴《シャーホワリン》は一試合を取り返したことで、意気揚々と顔を輝かせ、艶めかしい笑みを浮かべる。

「次の三試合目で、勝負の決着がつきますね！　はてさて次はいったいどなたを出場させるのです？　今度は慎重にお選びくださいね」

沈清秋《シェンチンチウ》は後ろ手を組んで、含みのある言い方で答えた。

「お嬢さん、心配は無用だ。とうに次の人選は決めている。勝ち負けにかかわらず、その者はきっとそなたにとって天敵になる」

紗華鈴《シャーホワリン》は沈清秋《シェンチンチウ》の大げさなハッタリだろうと思って、手を打ち鳴らして告げた。

「どんな勇士が第三試合に出場なさるのかしら？」

魔族の中からは、ゆったりとした歩調で一人の巨大な長老が前へ出てきた。

巨大といったのは、本当に彼の身長がずば抜けて高かったからだ。

絶ッ対に三メートルは超えてるっつーの！

がっしりと逞《たくま》しい体つき、そしてボサボサの髪の毛。男は、全身を上から下まで棘《とげ》に覆われた鎧で包み、鋼鉄製の巨大な鎚《つち》を手にしていた。彼が一歩踏み出すたびに、沈清秋《シェンチンチウ》は地面がかすかに震えているようにすら思えた。

紗華鈴《シャーホワリン》は得意げに言った。

「皆様にはあらかじめ申し上げておきますが、この天鎚長《ティエンチュイ》老の鎧の棘にはたっぷりと猛毒が塗られています。この猛毒は魔族には効果がありませんが、もし人間に刺さったら、解毒薬はございませんわ」

この言葉を聞いた沈清秋《シェンチンチウ》は、まず最初にこう思った。

（ボキャ貧向天打飛機大先生《シアンティエンダーフェイジー》よ、ネーミングセンスがお粗末すぎるだろ！）

片腕だから独臂《ドゥービー》長老、武器が大きな鎚だから天鎚《ティエンチュイ》長老って。真面目に名前をつける気あんのか!?

一方で周囲の人々から沸き起こったのは、激しい怒りであった。

「妖女め！　毒まで使うなんて、どこが公平だというんだ！」

すると紗華鈴《シャーホワリン》が言い返す。

「だから今言ってあげてるんでしょう。もし不公平だと思われるなら、あるいは毒で命を落としたくないのなら、試合を放棄して負けを認めればよいかと。魔族とて人族をあざ笑ったりしませんわ。命を惜しむのは、人の常《つね》ですから。まあ、我が一族は命よりも名誉こそ大事だと考えておりますけれど！」

魔族のあざ笑う声と弟子たちの非難の声が飛び交う中、沈清秋《シェンチンチウ》は眉間を軽く揉むと、声もなくため息をこぼした。

紗華鈴《シャーホワリン》のような女性は、読者が主役視点で妄想できる時には、それはもう超がつくほど大好きだし、超がつくほど楽しいだろう。だが、実際に彼女が目の前にいるとなると、話は別である。コレを好きになる人がいるのなら、むしろ見てみたいくらいだ！

これは小説の中の描写と差があるとかいう話ではない。実際のところ、最悪なのはまさに〝そのまますぎる〟という点だ！

残忍で悪辣な性格に加え、脳みそをどこかに置いてきたのかというほどの恋愛至上主義ぶりでは、主人公でもなければさっさと見切りをつけて関係を断ち切ったほうがいい。

彼女は、自身がもしくは洛氷河《ルオビンハー》のちょーっとした利益を脅かす存在だと認定したら最後、「手足を切り落とす」や「目玉をほじくり出す」というオプションもなく、真っ先に命を奪いに行くだろう。実の父親でも気をつけなければならないくらいだ。それというのも、原作で洛氷河《ルオビンハー》に魔界での地位を得させるため、彼女が陥れたのはほかでもなく自らの父だったのだから……。

沈清秋《シェンチンチウ》は紗華鈴《シャーホワリン》の挑発に少しも動じることなく、しばしの間を置き、集まった魔族たちに威圧感を与えるだけの時間を取った。そうしてくるりと体ごと向きを変えると、とある人物がいる方向をじっと見つめた。

「洛氷河《ルオビンハー》、来なさい」

峰の弟子たちが、にわかに騒然となる。

そのほかの弟子たちが騒ぎ立てなかったのは、彼らが清静峰の事情には詳しくないからだ。ここで指名されるということはきっと沈清秋《シェンチンチウ》が目を掛けている弟子であり、才能があるに違いない。だからこそ外見から察するに数百歳を超えていそうな魔族の長老の対戦相手にも選ばれたのだろう、と思っていた。奇妙な点があるとすれば、これまでに彼の名前を聞いたことがないということと、見たかぎりではまだ年も若そうだということだった。

しかし、清静峰の弟子たちが、洛氷河《ルオビンハー》の実力をきちんと知らないことなどあり得るのだろうか？

明帆《ミンファン》は顔面蒼白になって、言葉を詰まらせながら口を開く。

「師尊……この馬のほ……いえ、洛《ルオ》師弟を出場させるのは、ふさわしくないのでは？」

「ほう、ではそなたが行くか？」

沈清秋《シェンチンチウ》の言葉に、明帆《ミンファン》はブンブンと首を横に振る。もちろん出場などしたくないし、洛氷河《ルオビンハー》が打ちのめされに行くのは願ってもないことだ。だが、これは蒼穹山派の名誉に関わる。攻め入られて扁額を狙われたうえに、試合にも負けたとあっては、蒼穹山派の面子はもちろん、清静峰の面目までもが丸つぶれになってしまう！

寧嬰嬰《ニンインイン》も慌てふためくあまり、目からは涙がこぼれ、駄々をこねるように洛氷河《ルオビンハー》の腕に縋《すが》りついて、地団駄を踏んでは「やだやだやだ！」と叫んでいる。

洛氷河《ルオビンハー》には実戦経験がない。かたや魔族の長老は全身に毒を帯びた棘をまとっており、持っている鎚はゆうに数百斤[33]はある。殴られたら死なないほうがおかしいくらいだ！

お前たち、俺が本気でこの子を出場させたがってるとでも思っているのか？　俺だって必要に迫られて仕方なくやってるんだよ！

沈清秋《シェンチンチウ》は言う。

「出場させると決めたのだ、つべこべ言うな。そなたたち

33　一斤は約五百グラム。

はこの師の決定に何か不満でもあるのか？　嬰嬰《インイン》、手を放しなさい」

寧嬰嬰《ニンインイン》は師父の仏頂面を見て、もはや打つ手がないと悟った。

洛氷河《ルオビンハー》は安心させるように彼女の肩をポンポンと叩くと、青ざめながらもしっかりとした口調で言った。

「師姉、ご心配には及びません。私は役立たずですが、師尊がお望みとあらば、全力で挑みます。命を懸けても、門派の顔に泥は塗らせませんから」

寧嬰嬰《ニンインイン》は涙をぬぐって洛氷河《ルオビンハー》の腕を放すと、意中の人が打ちのめされるのを見ていられないとばかりに数度足踏みをして「ふぇえ」と泣きながらどこかへ走り去ってしまった。

その光景に、沈清秋《シェンチンチウ》は大喜びだ。

（よくぞいなくなってくれた！　これで、このあと寧嬰嬰《ニンインイン》が巻き起こすはずのトラブルが起きなくなるからな！）

周囲の人々は前へ出てきた少年を眺める。

確かに身なりは端正で、基礎もしっかりしているようだが明らかに若く、修行不足だ。その一方で、魔族が出してきたあの天鎚《ティエンチュイ》とかいう名の長老は、筋骨隆々としてどっしり構えている。発育途中の洛氷河《ルオビンハー》の体格と比べると格段に圧迫感があり、全身から真っ黒な魔気を立ちのぼらせている。

周囲の人々はためらう。もしや隠された真の実力があるのではと推測する者もいたが、実際に戦いが始まると、全員が言葉を失った。

何が隠された真の実力だ！　彼は見た目どおりの無力な少年じゃないか！

これのどこが試合なんだ！　ただの一方的な暴力だ！

戦いの場に進み出てからというもの、洛氷河《ルオビンハー》は攻撃する機会をまったく得られずにいた。

魔族の長老の力は比類なく、すさまじい勢いで鎚を振り回している。洛氷河《ルオビンハー》は力を尽くして直撃を避け、隙を突いては攻撃する機会を探るも、鎚が時折その体に当たる。

蒼穹山側の人々が呆気に取られているだけでなく、魔族側までもが驚きを隠せない。

（これはあまりにも惨《むご》すぎる……）

誰かが小声でつぶやいた。

「もう負けは決まっただろ……これ以上何を争うんだよ……？」

大鎚、違った、天鎚《ティエンチュイ》長老は天を仰いで豪快な笑い声を上げると、割れ鐘のような声で言った。

「そのとおりだ！　小僧、さっさと負けを認めて引っ込むことだな。そうすれば命だけは見逃してやってもよいぞ」

だが沈清秋《シェンチンチウ》は淡々と告げる。

「あいつは勝てる」

たわ言を。チート主人公なんだから、勝つに決まっているだろ。ただ、勝つまでの道のりが険しく厳しいだけだ。

沈清秋《シェンチンチウ》の声量は大きくも小さくもなかったが、しっかり試合の場の中央にまで届いた。

洛氷河《ルオビンハー》は痛烈な攻撃を正面からまともに食らって、血が喉から出かかっていた。しかし、沈清秋《シェンチンチウ》の揺るぎない一言が耳に入ると、どういうわけか、せり上がった血を飲み下した。

勝てる……のか？

師尊は本気で自分が勝てると思ったから、試合に出る機会を与えてくださったのか？

周囲にいる魔族たちは大笑いしながら、さっさと負けを認めてしまえと彼を囃《はや》したてている。

だが洛氷河《ルオビンハー》は彼らの意のままになるつもりはなかった。続けざまに攻撃を数度受けたが、そのたびに落ち着きを増し、外界の野次などまったく耳に入らなくなっていた。足取りもますます軽やかになっていく。天鎚《ティエンチュイ》長老の巨大な鎚の攻撃も、十回に一回くらいしか掠《かす》らなくなってきていた。

天鎚《ティエンチュイ》長老の体で唯一毒の棘鎧《とげよろい》に覆われていないのは、彼の顔と拳だけだった。だが、それがなんらかの良い知らせというわけではない。というのも、この二つの場所は徹底的に鍛え上げられており、毒の棘鎧でわざわざ保護しなくても不利にはならないことを意味しているのだから。

しかし同時に、ここだけが可能性のある、唯一の突破口だ！

洛氷河《ルオビンハー》は呼吸の速度を落とし、意識を集中させて細部までよく観察する。

師尊が自分を出場させたのは、一見すると虐げるためのように思える。だが、裏を返せば、もしもこの一戦で負けてしまえば、見る影もないほど顔面に泥を塗られることになるのは彼だけでは済まず、門派全体、ひいては彼を勝負に出すと決めた沈清秋《シェンチンチウ》までもが巻き添えを食らう。

師尊は本当に自分が勝つと確信されている。だからこそ自分を勝負の場に出されたのだ！

洛氷河《ルオビンハー》くんは豊かな想像力によって脳内補完を行い、とんでもない誤解をすることに成功したのであった。

今まで、こんなにも自分を信じてくれた人などいなかった。

これほどまでに大きな信頼を託されたのだ。必ずや勝利してこの場にいる全員に見せつけなければ！

例の大鎚が、風を切り裂くようなずしりとした音を立てて再度襲いかかってくる。洛氷河《ルオビンハー》は瞳孔を収縮させ、手のひらに霊力を集めると、一気に固めて印を結んだ！

この場にいる全員が粘り強く戦う少年の姿に目を奪われていた。いまだに洛氷河《ルオビンハー》は反撃の糸口を見つけられずにいたが、諦めることなく虎視眈々《こしたんたん》と反撃の機会をうかがっている。

そして次の刹那、ついに攻撃の時がやって来た。

洛氷河《ルオビンハー》はその好機を逃すことなく見事に捉える。

膠着《こうちゃく》すること半時辰《はんじしん》[34]近く。第三試合はついに決着を迎えた。

沈清秋《シェンチンチウ》以外には、この場にいる誰もが予想していなかった結末だった。

34　一時辰は現代の二時間程度。

百年の功力《こうりょく》[35]を持ち、全身に毒の棘の鎧をまとった天鎚《ティエンチュイ》長老が、あろうことか十五歳の少年一人に打ち負かされたのだ！

柳溟煙《リウミンイエン》と紗華鈴《シャーホワリン》はシナリオどおり洛氷河《ルオビンハー》に興味を抱き、四つの美しい瞳が揃って洛氷河《ルオビンハー》の姿に釘付けになって、一向にそらされる気配がなかった。

【柳溟煙《リウミンイエン》&紗華鈴《シャーホワリン》からの注目を獲得しました。蒼穹山派は魔族侵入による戦闘において名声を獲得しました。主人公爽快ポイントプラス５００】

沈清秋《シェンチンチウ》は激怒した。

どういうことだ！　マイナスする時は一〇〇〇引くとか言ってたくせに、プラスする時はたったの五〇〇とか、このダブスタ悪徳システムめ！

それはさておき、今この場にいる全員の心に浮かんでいるのは同じような内容だった。

洛氷河《ルオビンハー》、あいつはいったい何者だ！

沈清秋《シェンチンチウ》、恐ろしいまでの底知れなさ！

紗華鈴《シャーホワリン》はしばらく押し黙っていたが、ついに絞り出すように言葉を発した。

35　修行で得た力。

「蒼穹山は才能ある方が多く、年若い英雄も輩出されているのですね。この鈴児《リンアル》は……感服いたしました」

沈清秋《シェンチンチウ》は答える。

「それはそれは。すでに手合わせは決着がついた。そちらの配下を連れてお帰りいただけるか？　ご覧のとおり蒼穹山は取り込み中で、遠方からの客人をもてなす暇はないのだ」

遠回しに……ではなく、沈清秋《シェンチンチウ》は分かりやすくはっきりと相手を追い返そうとしていた。

紗華鈴《シャーホワリン》はやり場のない怒りを持て余し、指先で身にまとった赤い紗を弄っていたが、突然怒りを爆発させた。

彼女は猛烈な勢いと力で天鎚《ティエンチュイ》長老の横っ面を張り飛ばし、艶やかな声で叱りつけた。

「沈《シェン》先輩門下のこんな若い弟子と対戦して、あんな見苦しい負け方をするなんて、お前のせいで魔族の面目が丸つぶれだわ！」

天鎚《ティエンチュイ》長老も哀れだが、魔界では厳しい階級制度がある。紗華鈴《シャーホワリン》は高貴な生まれの聖女なので、天鎚《ティエンチュイ》長老は横っ面を張り飛ばされても、唯々諾々《いいだくだく》と受け止めるだけで反抗などはできず、ただこう繰り返すしかなかった。

「無能で申し訳ございません。どうか罰してください！」

沈清秋《シェンチンチウ》は見ていられずに声を掛ける。

「配下を教え諭したいのであれば、どこか別の場所でやっていただきたい。穹頂峰はそなたらが威厳を見せつける場所ではない」

紗華鈴《シャーホワリン》は平手打ちしたことで、やっと鬱憤が晴れたようだ。くるりと振り返り、満面の笑みを浮かべる。

「沈《シェン》先輩のおっしゃることはごもっともですわ。そちらの門下の方が才気にあふれていらっしゃるのに対して、己の配下の役立たずぶりに、失望してしまっただけです。うっかり我を失いましたが、どうか笑わないでくださいまし」

紗華鈴《シャーホワリン》は再び表情を一変させると、天鎚《ティエンチュイ》長老に向かって継母《ままはは》のように冷ややかな顔を向けた。

「独臂《ドゥービー》長老が沈《シェン》先輩と対戦して負けたのはまだしも、お前までもが負けるなんてね。私がこれ以上言わずとも、分かってるでしょ？」

ここでいう「分かってるでしょ」が何を意味するのか、当然天鎚《ティエンチュイ》が理解していないはずはない。

彼は途端に絶望した。もとより穹頂峰には沈清秋《シェンチンチウ》を除けば半人前の小僧か、修為の浅い弟子しかいないと思っていたのだ。だからこそ、ここでひと稼ぎして、新たな聖女にいいところを見せようとしていた。それなのに、まさかこんな無様な姿をさらし、命すら危うい状態になるとは。

彼は視線を動かし、洛氷河《ルオビンハー》が人々の中心に立ち、あれこれと気遣われているのを見て、にわかに悪意が芽生える。

沈清秋《シェンチンチウ》をどうにかすることはできないが、己をここまで惨めにさせたあの小僧は、なんとしてでも道連れにしなくては！

沈清秋《シェンチンチウ》はこの魔族たちの動きと様子に細心の注意をはらっていた。天鎚《ティエンチュイ》の目に一瞬過った悪意など、見落とすはずもない。

魔族というのは本当に思うがままに動く種族である。やると決めたら考えの浮かんだ一秒後には行動に移し、鎚を持って洛氷河《ルオビンハー》に突進していた。

天鎚《ティエンチュイ》長老は大柄で、すばやく接近する様子は、鉄の山が飛んでくるかのようだった。洛氷河《ルオビンハー》は軽くはない怪我を負っていたため反応が遅れ、今にも天鎚《ティエンチュイ》長老がぶつかりそうになっている。だが、沈清秋《シェンチンチウ》は冷ややかにフンと鼻を鳴らすと、サッと移動して、扇子の先端で天鎚《ティエンチュイ》長老の膝裏のある一点を突いた。

天鎚《ティエンチュイ》長老はたちまちその場に膝をつく。

本当に文字通り膝をついたのだ！

巨体は地面に倒れ、天鎚《ティエンチュイ》長老はそのまま気絶した。手にしていた鎚は沈清秋《シェンチンチウ》によって拾い上げられ、その手の中で弄ばれる。確かにちょっと重い。

だが沈清秋《シェンチンチウ》はすぐに、優雅なイメージのある自分がこんな巨大なハンマーを持っているのはスタイリッシュではないなと思い、魔族が集まっている場所に放り投げた。鎚の先端が「ドォン」というこもった轟音とともに地面にめり込んだ。重さもさることながら、その音もなかなかに恐ろしいものである。

沈清秋《シェンチンチウ》は笑みを浮かべたが、その目は笑っていない。

「殺すつもりだったのか？　我が門下の弟子に手出しできるなど、金輪際思わないことだ」

堂々と気迫たっぷりに放たれた台詞。魔族たちはなんと答えればいいか分からず、当の沈清秋《シェンチンチウ》も心の中で赤面していた。

仙師、まさにあなた様ご自身がその弟子を虐待現場に送り出したのでは!?

洛氷河《ルオビンハー》は己を庇《かば》うようにして立った青衣の人物の後ろ姿

を見ており、感謝の言葉すら忘れていた。ただこれだけは分かる、師尊はまたもや彼を救ったのだ。

師尊はいつもそうだ。厳しく接してきたかと思えば、最も危険が迫った時にはいつだって、前に立ちはだかって守ってくれる。

沈清秋《シェンチンチウ》は肩越しに振り返り、洛氷河《ルオビンハー》をちらりと見やる。

「無事か？」

後ろめたいけど、ちょこっと好感度を上げさせてもらおう……。

洛氷河《ルオビンハー》は慌てて答える。

「この弟子は無事です！　命を救ってくださり、ありがとうございます」

あららら、この子はなんて天然でバカわいいんだ。沈清《シェンチン》秋《チウ》は皮が厚いはずの面が赤くなってしまいそうで、急いで前に向き直ると、紗華鈴《シャーホワリン》に告げた。

「紗《シャー》殿、配下のしつけがなっていないようだな。負けるのが嫌なら、はじめから三試合の手合わせなどと言い出さなければよいものを」

紗華鈴《シャーホワリン》もこんな展開になるとは思ってもみなかったので、わずかに気まずさを感じ、とりあえず何かを言って場を取り繕おうとする。けれども誰が想像しえたのか、まさにこの時、異変が起きた。

先ほどまで死んだように地面に倒れ伏し、身じろぎ一つすらしなかった天鎚長老《ティエンチュイ》がなんの前触れもなく飛び上がり、懲りずに再び洛氷河《ルオビンハー》に向かって突進してきたのだ！

天鎚長老《ティエンチュイ》の大鎚はすでに沈清秋《シェンチンチウ》によって放り投げられている。まさかその巨体で洛氷河《ルオビンハー》を圧死させる気か？　天鎚長老《ティエンチュイ》はその両腕を広げ、洛氷河《ルオビンハー》を抱き込もうとしているようだ。

沈清秋《シェンチンチウ》は脳裏に突如電流が幾筋も走り、どっと冷や汗が吹き出る！

（おいおいマジかよ嘘だろ冗談だよな！　あの野郎、毒の棘の鎧で突進する気か！）

その瞬間、沈清秋《シェンチンチウ》は完全に忘れていた。洛氷河《ルオビンハー》は生命の安全が保障されており、不死身のルールが適用されるということを。あわや間一髪のところで、彼は無意識のうちに再び洛氷河《ルオビンハー》と天鎚長老《ティエンチュイ》の間に立ちふさがっていた。

修雅剣が鞘から飛び出す。剣光が雪のように白く輝き、まっすぐに天鎚長老《ティエンチュイ》の鈍重な巨体へ突き刺さった。しかし、天鎚長老《ティエンチュイ》は凶暴さを全開にし、刺し貫かれた場所に穴

が空こうとも引き下がらなかった。それどころか、大喜びの様子で猛烈に突進し、そのまま無理やり修雅剣を己の背中まで突き通させる。そうして獰猛《どうもう》な笑みを満面に浮かべ、沈清秋《シェンチンチウ》へ狙いを変えて飛びかかっていった。

沈清秋《シェンチンチウ》はとっさの判断ですぐさま手を引いたが、残念ながら間に合わなかった。

右手からズキズキと刺すような痛みが伝わってきて、沈清秋《シェンチンチウ》はたちまち全身から血の気が引くのを感じた。

天錐長老《ティエンチュイ》は地面に倒れ込むと、「ペッ」と口から血を吐き出し、狂ったように笑った。

「沈清秋《シェンチンチウ》を道連れにしてやった、ハハハハ！　よい、実によいぞ！」

「師尊！」

洛氷河《ルオビンハー》が勢いよく沈清秋《シェンチンチウ》の右手を掴む。

「刺されたのですか!?」

沈清秋《シェンチンチウ》は彼の手を振り払って答える。

「大丈夫だ。刺さってはいない。あいつのたわ言など真に受けるな」

そう言いながら、視線を下げてちらりと見てみると、脳内で「クソがあああ」と書かれた弾幕コメントが飛ぶように流れていった。

手の甲から腕にかけて、針穴のように小さな斑点がびっしりと並んでいるではないか！　しかもすでに赤くなり始めている！

幸いなことに沈清秋《シェンチンチウ》は集合体恐怖症ではなかった。しかし洛氷河《ルオビンハー》はといえば、沈清秋《シェンチンチウ》の様子を見た途端、顔が真っ青になった。

荒れ狂う海がごとき沈清秋《シェンチンチウ》の胸の内を知る者はいない。

（ああもう、主人公にハメられたのこれで何度目だ!?　知ってただろ、あいつは死なないったら、死なないんだって！　なのにこんな慌ててあいつを助けに行くとか何してんだよもう！　クソクソクソッ！）

天錐長老《ティエンチュイ》はやっとのことで道連れを、それも最上級の道連れを捕まえたので、少しも気落ちすることなく得意げに言った。

「わしはたわ言など言わん。この毒に解毒薬はない。ないと言ったらないのだ。沈《シェン》峰主、安心して死を待つがよい！」

一閃する剣の光。洛氷河《ルオビンハー》は修雅剣を引き抜くと天錐長《ティエンチュイ》老の首に押し当てた。その動作があまりにも速かったので、沈清秋《シェンチンチウ》は危うく見逃すところだった。

洛氷河《ルオビンハー》は一瞬にして中身が別人にでも変わったかのように、冷ややかに言い放った。

「絶対、方法があるはずだ。解毒薬を出せ、出さなければ先に貴様を殺す！」

そこへ突然、紗華鈴《シャーホワリン》が口を挟む。

「そちらの方、天鎚《ティエンチュイ》は本当に嘘などついておりませんわ。その毒は名を「不治毒《ふじどく》」と申します。お伝えしましたとおり、人間に対しては本当に解毒薬がありませんのよ。勝負に負けたうえ、このようなことをしでかしたのです。こいつはどうあれ死ぬしかありません。今さらあなたが死をちらつかせたところで、こいつを脅せるとお思いですの？」

「不治毒」！

今までの人生でこれほど適当な毒薬の名前なんて聞いたことないぞ！

もちろん原作小説を読んでいるのでこの奇妙な毒については知っていた。それでも沈清秋《シェンチンチウ》は向天打飛機大先生《シアンティエンダーフェイジー》の実用主義的なネーミングセンスに対してツッコミを入れずにはいられなかった。

紗華鈴《シャーホワリン》は目をきらりと光らせる。明らかに形勢が変化したのを見て、また良からぬ算段を立てているようだ。

沈清秋《シェンチンチウ》は紗華鈴《シャーホワリン》というキャラクターの性格を知らないわけではないので、霊力を操りながら、右手から絶え間なく伝わってくるジワジワとした痛みと引きつれる感覚を抑えつけ、その一方で口元には微笑みをたたえて、なんでもないふうを装って言った。

「仮にそれが真実だとして、忘れているようだな。私ほど長らく修練を積んだ金丹中期の修真者が、そこらの凡人と同じだとでも？」

紗華鈴《シャーホワリン》は一瞬だけ顔色を変えたが、しかし、すぐに落ち着きを取り戻すと、にっこりと笑って言った。

「そこらの人間かどうか、私は存じ上げません。ただ私が存じ上げているのは、沈《シェン》先輩が本当に毒に侵されているかどうかを判定する方法だけですわ。「不治毒」に侵された人は、傷口から症状が始まるのですが、霊力の流れが途切れるようになります。それはゆっくりと全身へ広がっていって、最後はまったく霊気を感知できなくなるだけでなく、血流も停滞するようになりますの。ですから、右手で霊力の暴撃を放ってみてくださいまし、それではっきりと分かりますわ」

霊力の暴撃とはその名のとおり、大量の霊力を一点に集めたあとに勢いよく爆発させ、激しく振動する霊力波でダメージを与える、という技だ。拳銃の引き金を引いて銃弾が飛び出すような、あるいは手から小型爆弾を投げつけるぐらいの威力がある。また、具体的な威力の強弱は暴撃を放った者の修為次第だ。

沈清秋《シェンチンチウ》もこっそり試してみたことがある。彼の能力ならば手榴弾《しゅりゅうだん》を投げた時と同程度の威力が出せる。とはいえ今、彼の右手はまるで誰かに電気回路の一部を壊された精密機器のようで、どうにか力を込めることはできても、霊力の流れは完全に阻まれた状態だった。

(嘘だろマジかよ。まさかこのまま俺の右手、使えなくなるんじゃないだろうな!)

洛氷河《ルオビンハー》は「不治毒」の詳細を聞き、唇をぴくりと震わせた。

この時、沈清秋《シェンチンチウ》から受けた惨い仕打ちが全て、彼の心の内から抹消された。

今ここではっきりしていることは、師尊が、師尊だけが、魔族のせいで力を全て失くすどころか、死んでしまうかもしれないということだけだった。

そしてそれは、全て自分のせいなのだ。

沈清秋《シェンチンチウ》は洛氷河《ルオビンハー》の顔色がくるくる変わるのを見て、ついつい無意識にその頭をなでてしまった。

「案ずるな」

沈清秋《シェンチンチウ》は顔を上げると、意味ありげな笑みを浮かべてみせる。

「使ってみても構わないが、ただ使うというわけにはいかない。紗《シャー》殿、今日はこの穹頂峰でずいぶんと好き勝手してくれたな。ここまで我慢してきたが、やはり考えを改めることにする。誰も彼も自由に行き来されてしまっては、我が蒼穹山派はいい笑い種《ぐさ》になってしまう。我々が手を打ち合わせ、生死を賭けて誓いを交わす、というのはどうだろう? いかなる怪我を負っても自己責任だ。同時に、どんな結果になろうとも咎《とが》めない。どうだ?」

今ここで弱みを見せることはできない!

今穹頂峰を支えているのは、年長者である沈清秋《シェンチンチウ》だけだ。残酷な紗華鈴《シャーホワリン》のことだから、沈清秋《シェンチンチウ》が倒れてしまえば、魔族たちに穹頂殿を破壊させ、題字の扁額と山門は魔界に持ち去られ、門派の名声は地に落ちるだろう。これぐらいで済めばまだマシだが、最悪の場合、ここにいる者全員が虐殺されてしまう!

この女ならどんな非道なことでも必ずやってのける。間違いない。

　それなら危ない橋を渡ってでも、賭けに出たほうがマシだ！　最後にちょっと、紗華鈴《シャーホワリン》を打ち倒すくらいは難しくないはず！

　沈清秋《シェンチンチウ》は気付いていなかった。知らず知らずのうちに、彼は周囲にいる弟子たち——不安に駆られる者、心を決めている者、怒っている者、うろたえている者など——を、小説の中にいるだけの、せいぜい数単語で描写されるだけのモブキャラだとは、もはや思えなくなっていたのだ。

　紗華鈴《シャーホワリン》は唇を噛みしめ、判断しかねている様子だった。

　もし沈清秋《シェンチンチウ》が本当に毒に侵されていないのであれば、両者による一撃の打ち合いは、そのまま霊力の衝突となり、自身の死は確実だろう。しかし、もしも彼がただ単に虚勢を張っているだけなら？　穹頂峰を一気に壊滅させられるという絶好の機会をみすみす逃すことになり、一生後悔するだろう。

　沈清秋《シェンチンチウ》は平然とした顔で彼女を見ている。なんの期待も感じられなければ、この場から逃げたいという恐れもなく、ただ彼女が結論を出すのを待っているだけという表情だった。


　洛氷河《ルオビンハー》が沈清秋《シェンチンチウ》の袖を引く。

「師尊、この弟子は師尊に代わり、その一撃を受けたく思います」

　沈清秋《シェンチンチウ》が袖を引き戻すと、落ち着いた声音で言った。

「弟子が師の代わりに矢面に立つなど、聞いたことがないぞ」

「ですが師尊はこの弟子のせいでお怪我を……」

　沈清秋《シェンチンチウ》は彼をジロリとにらんだ。

「そなたのためだと分かっているのなら、そなたは自分の命をきちんと大切にしろ」

　洛氷河《ルオビンハー》は心に重い一撃を受けた。言葉が出なくなり、目元が赤く染まる。

　そしてついに、紗華鈴《シャーホワリン》は思い切って「それでは沈《シェン》先輩、失礼いたします！」と告げた。

　沈清秋《シェンチンチウ》もそれに応える。

「さあ来い！　手加減は無用、生死は天命次第だ！」

　紗華鈴《シャーホワリン》の心臓がドクンドクンと狂ったように脈打ち、もはや返事をする余裕もない。炎のように真っ赤な姿で跳躍すると、雪のように白い手のひらに強烈な黒い魔気を集めて襲い掛かってくる！

沈清秋《シェンチンチウ》は洛氷河《ルオビンハー》を脇へと蹴り飛ばす。準備はできた、この一撃で、両者相打ちとなるだろう！

ところが、彼は紗華鈴《シャーホワリン》の一撃で吹き飛ばされることもなければ、口から鮮血を吐いて肉体が爆散して死ぬこともなかった。

殺気をふつふつと立ちのぼらせ、鞘から剣を抜き放った百戦峰の主が、指先一つ動かすことなく、その身から放たれる爆発的な霊力だけで、全力の攻撃を仕掛けてきた紗華鈴《シャーホワリン》を弾き飛ばしたからだ。

わずかな沈黙の時が流れ、それから穹頂峰全体が沸き立った。

「柳《リウ》師叔！」

「柳《リウ》師叔が閉関を終えられた！」

「百戦峰の闘神が閉関を終えられたぞ！　魔界の化け物どもめ、もう好き勝手はできないだろ！」

今まで必死にカッコつけてきた沈清秋《シェンチンチウ》に向けられたものよりも、さらに大きい歓声。沈清秋《シェンチンチウ》の心に涙の雨が降り注いだ。

（くっそー見せつけやがって！　死にゃしないんだから、来るならもっと早く来いっての！　てか、ちょっとくらい俺にオイシイところを残してくれたっていいだろ!?）

そして、さすがサービスカットが満載の種馬小説だ。弾き飛ばされたあと、紗華鈴《シャーホワリン》は「キャッ」という可愛らしい悲鳴を上げた。身にまとっていた覆い隠す部分が実に少ない赤い紗はビリビリに破れ、周囲からは驚きの声が上がる。彼女は美しい姿勢で一回転して勢いを削《そ》ぐと、立ち上がった。

魔族はやはり奔放な民族なのだろう。全身にモザイク処理が入りそうな状況でも紗華鈴《シャーホワリン》はさして気に留めず、ただ憎々しげに配下の一人から羽織を奪うと、それを適当に羽織って言った。

「皆様、本日は私の見込み違いでした。また後日、お会いする機会もありましょう！　さあ、帰るわよ！」

柳清歌《リウチンガー》は冷ややかに笑う。

「来たい時に来て、帰りたい時に帰るだと？　ずいぶん厚かましいものだな。甘い！」

柳清歌《リウチンガー》が前に出ると、背後の乗鸞剣《じょうらん》は一気に宙へ飛び上がり、剣気が実体を持って数千にも分かれる。それは光の陣を敷くと、雨か雹《ひょう》のように魔族の面々へ降り注いだ。

紗華鈴《シャーホワリン》は手下を率いて逃げながら、手に持っていた赤い紗を回す。そうして赤い雲のようになった紗を宙へ放り投げた。しかし、鋭く破竹の勢いで飛び交う剣気を遮ることはまったくできず、紗はすぐに穴だらけになった。それに加えて、蒼穹山派の弟子たちに囲まれ、魔族の大半は怪我を負ったり、捕らえられたりした。

紗華鈴《シャーホワリン》にくっついて行った一部の腹心だけが、ほうほうのていで山から脱出した。

柳清歌《リウチンガー》は戻ってきた剣を鞘へおさめると、険しい顔で身をひるがえし沈清秋《シェンチンチウ》の手にできた傷を調べた。清静峰の弟子たちも二人を取り囲み、皆一様に緊張の色を浮かべている。

沈清秋《シェンチンチウ》はため息をつく。

「嬰嬰《インイン》に雪《シュエ》おばさんよろしく[36]霊犀洞の壁を叩かせて、そなたが出てくるまで泣きわめかせたのは、まさしく正しい選択だったわけだな」

「雪《シュエ》おばさんとは誰だ？」

柳清歌《リウチンガー》の問いに沈清秋《シェンチンチウ》が答える。

「この世で一番の美人だ。それで、私はどうなる？」

柳清歌《リウチンガー》は鼻を鳴らして答える。

「しばらくは死なん」

口ではそう言いながらも、彼の左手からは絶えず沈清秋《シェンチンチウ》の体へ霊力が注ぎ込まれており、顔つきもどんどん険しくなっていく。沈清秋《シェンチンチウ》が彼の手を見ていると、柳清歌《リウチンガー》はわざわざ言い放った。

「霊犀洞での借りを返しているだけだ！」

なんというツンデレ！

柳清歌《リウチンガー》をお仲間に引き入れる計画は、どうやら見込みアリみたいだな！

けれども、沈清秋《シェンチンチウ》の全身を流れる霊脈の動きはジク、ジクと引きつれるようになり、彼は笑みを浮かべることすらできなくなる。

洛氷河《ルオビンハー》が問いかける。

「柳《リウ》師叔、「不治毒」というこの毒は、本当に解毒方法がないのですか？」

柳清歌《リウチンガー》は洛氷河《ルオビンハー》を一瞥する。彼が答えるよりも先に、突然、沈清秋《シェンチンチウ》の膝の力が抜けてあわやその場に崩れ落ちそうになる。幸い洛氷河《ルオビンハー》がずっと支えてくれていたのだが、沈清秋《シェンチンチウ》はもはや立っていられず、手を振った。

36　ドラマ『情深深雨濛濛』(原題)にて、ワン・リン演じる雪琴こと雪おばさんが扉を叩いて主人公の母親をなじったシーンにちなんだネットミーム。

「横にならせてくれ……しばし横になりたい……」

洛氷河《ルオビンハー》はこれほどまでに弱った姿の沈清秋《シェンチンチウ》を見たことがなかった。沈清秋《シェンチンチウ》のそばに跪くと、目を真っ赤に充血させ、言葉を詰まらせる。

「……師尊」

沈清秋《シェンチンチウ》はどうにか片腕を上げると、ずっとなでてみたいと思っていた氷哥《ビンアニキ》の頭を軽くなでた。するとこれまで堪えていた胸中の鮮血が、ついに全身のわななきとともに外へ吐き出された。

　こんな状況にあってさえ、沈清秋《シェンチンチウ》はまだ強く毅然《きぜん》とした態度で洛氷河《ルオビンハー》の好感度を上げるための大事な台詞を言い切った。

「私には分かっていた……そなたなら、きっと勝てると」

　その言葉を聞くと、洛氷河《ルオビンハー》は全身を震わせた。

　あとになって思えば、沈清秋《シェンチンチウ》が読者としての三人称全知視点でこの状況を見ていたら、

「なんだこのキャラ、ちょっと殴ったかと思えば今度は命を助けてみたり、なんかおかしいのか!?　頭イカれちゃったか!?」と感じていただろう。

　その時、システムから通知が入った。


【沈清秋《シェンチンチウ》というキャラクターの複雑度プラス20、キャラクターの深さプラス20、キャラクターの神秘性プラス10、合計でB格ポイントプラス50】

……沈清秋《シェンチンチウ》はゾッとした。キャラクターの深さって、こんなふうに計算されんの?

　それになんか奇妙なパラメータまで勝手にアンロックすんなよ!　どうも!

　視界が黒く染まっていく。沈清秋《シェンチンチウ》が顔を上げると、洛氷河《ルオビンハー》の目から真珠のような涙が、まるで糸の切れたネックレスからこぼれるかのようにポロポロと落ちていっているような気がした。

　錯覚だよな。

　それが、彼が意識を失う瞬間に思ったことだった。

第三回 好感

どれほど眠っただろうか。沈清秋《シェンチンチウ》はもう死ぬのではないかと思うほどの気持ち悪さを感じながら目を覚ました。

瞼《まぶた》を持ち上げて視界に入ってきたのは、見慣れた白い紗《うすぎぬ》。すぐに、ここが清静峰《せいせい》の我が家、清静舎だと気付く。深く息を吸って伸びをしようとしたその時、いきなり扉が開き、誰かが入ってきた。

その誰かとは明帆《ミンファン》だった。沈清秋《シェンチンチウ》が目を覚ましているのを見るや否や、手に持っていたお盆を卓《つくえ》の上に放り出して叫んだ。

「師尊、やっとお目覚めになったのですね！」

扉の外にはもう一人いた。洛氷河《ルオビンハー》だ。彼は中に入ってよいものか、逡巡《しゅんじゅん》している様子である。

明帆《ミンファン》は、しばらくおいおいと泣いて布団の一角を濡《ぬ》らすと、洛氷河《ルオビンハー》のほうを振り返った。

「お前、なんでまだここにいるんだよ？　お前がいると師尊は苛立《いらだ》ってお気が休まらないってことぐらい分からないのか！」

怒鳴ってから、明帆《ミンファン》は沈清秋《シェンチンチウ》へ向き直る。

「あいつが何を考えているのかまったく分かりませんが、何がなんでもあそこから離れようとしなくて。棒みたいにあそこに突っ立って、何十回と追い払ってもどきやしないんです！」

沈清秋《シェンチンチウ》は軽く手を上げて制し、「構わない、好きなようにさせておけばいい」と言った。

「あっ、今すぐ柳《リウ》師叔と掌門《しょうもん》師伯、それから木《ムー》師叔をお呼びいたします！　師尊が目覚めたら知らせてほしいとおっしゃっていたので！」

そう言い終えるなり明帆《ミンファン》は素早く立ち上がり、慌ただしく出て行った。

岳清源《ユエチンユエン》がすでに帰ってきているということは、ずいぶん長いこと眠ってしまっていたようだ……。明帆《ミンファン》の言う「木《ムー》師叔」とは、千草峰《せんそう》の木清芳《ムーチンファン》のことだと思ってまず間違いない。千草峰は薬や医術に長《た》けた峰なので、ここで登場するのもうなずける。

洛氷河《ルオビンハー》は端に寄って明帆《ミンファン》に道を空けた。しかし、明帆《ミンファン》が遠ざかっても彼は微動だにせず、ただ拳を固く握り締め、じっと部屋の中を見つめ続けるだけだった。

沈清秋《シェンチンチウ》はゆっくりと体を起こす。

「何か言いたいことがあるのなら、入りなさい」

その言葉に従って部屋に入った洛氷河《ルオビンハー》は、沈清秋《シェンチンチウ》の寝台の前まで来ると、出し抜けにドサッと音を立てて跪《ひざまず》いた。

「……!!」

沈清秋《シェンチンチウ》は驚きを隠せない。

（おーいシステムよ、ちょっと待て!?　これ、どーゆーこと？　俺、ちょーっとばかし眠ってただけだよな？　なんで目を覚ました途端こんなことに？　俺、いったい全体どんだけ寝てたの？　まさか、目が覚めたら十年後ってやつ？）

洛氷河《ルオビンハー》が顔を上げた。その瞳には昂《たかぶ》る感情が燃え、自責の念に満ちている。

「師尊、どうかこの弟子の、今までの無知蒙昧《むちもうまい》をお許しください」

無知蒙昧。誰が言ってもいいけど、洛氷河《ルオビンハー》だけは使っちゃダメなんじゃない？

「実を申しますと、師尊はこの弟子のことなどそこまで気に掛けてはいらっしゃらないのだと思っておりました。しかし第三試合を終えてやっと、全ては師尊がこの弟子のことを思えばこそのお心遣いだったのだと気付いたのです」

（いやいやいや！　お前のもともとの師尊は本当にお前のことなんかどうでもいいし、なんならさっさと死ねってって思ってたから、マジで……で、俺のお心遣いって、いったいどんなお心遣いなんだ？　言ってみろよ、逆に気になるわ！）

沈清秋《シェンチンチウ》の心の叫びが届くことはなく、洛氷河《ルオビンハー》はそれ以上「お心遣い」について掘り下げず、真剣な表情で続ける。

「今後、この弟子は必ずや誠心誠意、師尊に尽くすと誓います。師尊の命じることであればどんなことであろうとも従います」

洛氷河《ルオビンハー》を見つめる沈清秋《シェンチンチウ》の表情は複雑だ。

一回助けただけで、昔いじめていたことが全部チャラになるのか？　好感度上げ、チョロすぎないか？

もちろん沈清秋《シェンチンチウ》には、この時の洛氷河《ルオビンハー》の複雑に絡み合う心の動きを理解できるはずもない。

沈清秋《シェンチンチウ》は少しの沈黙のあと、「分かればそれでよい。ひとまず立ちなさい」と言ったが、彼はこれっぽっちも理解していなかった。氷哥《ビンアニキ》よ、いったい何を悟ったんだ？

洛氷河《ルオビンハー》はゆっくりと立ち上がったが、まだ部屋を出ようとせず、もじもじと何か言いたげな様子である。沈清秋《シェンチンチウ》は問い掛けた。

「ほかに何か用でも？」

「師尊は何日も眠っておられて、先ほど目を覚まされたばかりだと十分承知しているのですが、その……食欲はおありでしょうか?」

厳密にいえば、沈清秋《シェンチンチウ》はとうに辟穀《へきこく》期を乗り越えているので、何も食べなくとも問題はない。とはいえ、美食を好む人の性《さが》には逆らえない。食事があると聞いた途端、沈清秋《シェンチンチウ》は目を輝かせた。

「ある、とてもな」

洛氷河《ルオビンハー》はすぐさま厨房《ちゅうぼう》へ走った。ここ数日、洛氷河《ルオビンハー》は一時辰《じしん》ごとにお粥《かゆ》を作り直していたのだが、その労力が報われる時が来たのだ。

まだホカホカと湯気が立ちのぼるお粥を卓に置くと、洛氷河《ルオビンハー》は沈清秋《シェンチンチウ》の体を支えて座らせた。今にも沈清秋《シェンチンチウ》に「あーん」して食べさせんばかりの甲斐甲斐《かいがい》しさに、沈清秋《シェンチンチウ》は肘から先の皮膚がぞわぞわと粟立《あわだ》つのを感じながら、匙《さじ》を手に取った。そのまま数口食べて顔を上げると、洛氷河《ルオビンハー》がまだ寝台の横で、じぃっとこちらを見ているのに気付いた。

沈清秋《シェンチンチウ》は少し考えたあと、ハッと気がつき、取り澄まして褒める。

「悪くない味だ」

悪くないどころではない。そもそも清静峰はその名のとおり、〝清らかで平淡〟な路線を邁進《まいしん》している。それは料理人の作る料理もしかりで、長い間、薄味料理を食べ続けてきた沈清秋《シェンチンチウ》は、もはや食べ物を味わうとはどんな行為だったかすら忘れかけていた。今この手の中にあるのは確かに同じくお粥と呼ばれるものだが、調味料や調理方法が違うのだろう。普段食べている、まるで水のようなお粥とは似て非なるものだった。

雪のように白く輝く米、細く刻まれた葱《ねぎ》、旨味《うまみ》あふれるひき肉、絶妙なあんばいの刻み生姜《しょうが》に、熱すぎず、ぬるすぎないベストな温度!

こんな旨味に満ちた食べ物は久々である。沈清秋《シェンチンチウ》の涙腺はもはや崩壊寸前だ。

褒められた洛氷河《ルオビンハー》は、途端に目を輝かせた。

「お口に合うようでしたら、毎日もっと色々なものをご馳走《ちそう》いたします」

沈清秋《シェンチンチウ》はたちまちむせた。

慌てて背中を叩《たた》く洛氷河《ルオビンハー》に、沈清秋《シェンチンチウ》は大丈夫だ、と手を振る。

ちょっと悪寒がひとっ走りしただけだ。

洛氷河《ルオビンハー》の卓越した料理スキルは、女子を口説く際に駆使する一撃必殺の武器だ。原作中、後宮でも数人の重要な女性キャラにしか味わう権利が与えられない「洛氷河《ルオビンハー》ごはん」。まさかそんな栄誉がこの身に降りかかる日が来ようとは。

何より沈清秋《シェンチンチウ》をゾッとさせたのは、さっきの台詞《せりふ》である。そう、あの台詞！「毎日もっと色々なもの（料理）をご用意する」は、洛氷河《ルオビンハー》がお嬢様系キャラたちを喜ばせて、自ら進んで後宮入りを承諾させたい時に言う台詞だよ！

変なことは言っちゃダメ、ゼッタイ！

微妙な表情の沈清秋《シェンチンチウ》に、洛氷河《ルオビンハー》は少し不安になる。

「師尊、お気に召しませんでしたか？」

極上のタダ飯を嫌がるなんてバカのすることだろう。そう思いながら、沈清秋《シェンチンチウ》はにこやかに答える。

「いや、かなり気に入った。今後、食事はそなたに任せるとしよう」

やっと味気ない食事とおさらばできる。清静峰の峰主たる者、特別待遇《せんようのりょうり》くらいあってしかるべきだ！

沈清秋《シェンチンチウ》に認められ、洛氷河《ルオビンハー》の表情は一変した。春に咲く花のように嬉《うれ》しそうな彼の様子に、沈清秋《シェンチンチウ》はまた無性にその頭をなでたくなる。

もしかして、氷哥《ビンアニキ》の頭には何か特殊な吸引力でもあるのだろうか？　そうでないなら、どうしていつも、この手がいうことを聞かなくなりそうになるのだろう？

（なんの見返りもない骨の折れる労働を引き受けたというのに）なぜか喜色満面な洛氷河《ルオビンハー》を帰らせたあと、沈清秋《シェンチンチウ》はシステムを呼び出した。

『あのさ、無間深淵《むげんしんえん》のとこのストーリーって、絶対やらなきゃいけない感じ？』

【もし洛氷河《ルオビンハー》が「無間深淵」のストーリーを逃した場合、主人公爽快ポイントはマイナス10000となります】

情け容赦ないポイントカットを告げられ、沈清秋《シェンチンチウ》はもはや習慣となった血反吐《ちへど》を天高く吹き出した。すっかり吐き終えると、口元を拭う。悲しいかな、何度も吐いているうちに、血反吐吐きはすっかり慣れっこになってしまった。

だが、システムの非情にも思える言葉は、当然と言えば当然である。無間深淵に落とされなければ、洛氷河《ルオビンハー》のチート能力は開花しない。主人公が覚醒しなかったら爽快ポイントどころの話ではない。

だから、無間深淵のストーリーは避けて通れないのだ。

そして、この小説で一番卑《いや》しくクズな悪役として、その名誉ある務めを果たすのは当然、必然、ほかの誰でもなくこの俺・沈清秋《シェンチンチウ》ということになる。

沈清秋《シェンチンチウ》はシステムに粘り強くもう一度問いかけた。まだ感傷に浸って、諦めきれない部分があるからだ。今の、この小さな太陽のようにほがらかな洛氷河《ルオビンハー》が、闇堕《やみお》ちして陰険で冷血な魔族の青年に豹変《ひょうへん》してしまう運命だなんて。それは小説の中に転生して当たり前のようにチートできる沈清秋《シェンチンチウ》をもってしても、変えられない事実だった。

それどころか沈清秋《シェンチンチウ》は主人公を無間深淵へ叩き落とし、洛氷河《ルオビンハー》の伝説的なチート能力開花の火蓋を切る男、という重要な役どころである！

この仕事、マジでお先真っ暗だ。

洛氷河《ルオビンハー》を無間深淵に落とさなければ、爽快ポイントは容赦なく一〇〇〇〇もさっ引かれ、絶体絶命になる。

しかし落としたら落としたで、闇堕ちしたチート野郎洛氷河《ルオビンハー》は、きっと自分を見逃しはしない。責任重大なミッションが待ち受けているというのに給料は少ないし、ボーナスも……皆無。こんなのやってられっかよ！


洛氷河《ルオビンハー》が去っていくらもしないうちに、沈清秋《シェンチンチウ》の師兄弟たちが見舞いに訪れた。

沈清秋《シェンチンチウ》はちょうど寝台に横たわり、『道徳経《どうとくきょう》』の中に話本《わほん》[37]をこっそり挟んで読んでいた。入ってきた岳清源《ユエチンユエン》に気付くと、何事もなくしれっと本を閉じて話本を布団へ隠し、『道徳経』の表紙だけを堂々と出した。そうして沈清秋《シェンチンチウ》は寝台から降りようとしたが、岳清源《ユエチンユエン》に慌てて押し止められた。

「動かずにそのままで。まだ寝台を離れてはいけないよ。横になっていればいいから」

そう言って岳清源《ユエチンユエン》は「木《ムー》師弟、診てやってくれ」と木清芳《ムーチンファン》を振り返った。

実は、意識不明になっていた間、木清芳《ムーチンファン》はすでに一度、沈清秋《シェンチンチウ》を診察している。今回は再診といったところだ。

沈清秋《シェンチンチウ》は相手に手首を差し出し、「手間をかける」と礼儀正しくつけ足す。

少々呆気《あっけ》に取られながら、木清芳《ムーチンファン》はコクリとうなずいた。寝台の横に腰かけて、沈清秋《シェンチンチウ》の脈を取る。千草峰の峰主の医術をもってすれば、どのような難病でもたちまちに診断

37 口語体で書かれた本。

を下し、治療法も導き出してくれるだろう。けれども今回、木清芳《ムーチンファン》は深刻な表情のまましばらく脈を取ったのち、ようやく指を退《ど》かした。

「どうだい？」

岳清源《ユエチンユエン》が尋ねる。

ほかでもない自分のことだ、沈清秋《シェンチンチウ》も遠慮せずに問いを重ねる。

「解毒する方法は本当にないのか？」

柳清歌《リウチンガー》は袖を一振りし、卓の脇にあった椅子に腰を下ろして鼻を鳴らす。

「『不治毒《ふじどく》』という名だ。聞くまでもないだろう」

沈清秋《シェンチンチウ》はため息をこぼして、さらに聞いた。

「それなら木《ムー》師弟よ、隠さず教えてくれ。私はあと何年もつ？　何カ月？　それとも、何日だ？」

木清芳《ムーチンファン》は首を横に振る。

「確かに解毒はできませんが、症状を抑える方法ならあります」

木清芳《ムーチンファン》の口ぶりは穏やかで、重くも軽くもなかったが、沈清秋《シェンチンチウ》はぼろ儲《もう》けした気分だ。

この毒は名前こそ「不治毒」だが、実をいえば治すことはできる。

なぜなら原作のあの見どころ満載の仙盟《せんめい》大会で、他派の色気ある婉約《えんやく》[38]な小師妹も、この珍しい毒にかかるのだから。

ただし、大きな違いがある。彼女は〝主人公の女〟なのだ。

この手の種馬小説の男性主人公が、自分の女を謎の毒でみすみす死なせるなんて展開、見たことがあるだろうか？

もしあるのなら、そいつには種馬小説の主人公たる資格はない！　小説もきっと、からっきし売れない駄作に違いない！

解毒方法はシンプルそのものだ！

さて、ここで原作の展開を振り返ってみよう。

不可抗力なストーリーの流れにより、婉約小師妹は知り合って一時辰にも満たない主人公を助けるため、魔族の陰険な罠《わな》にハメられ、珍しい毒に侵されてしまう。自分に全責任があると思い込んだ洛氷河《ルオビンハー》は、彼女のために、解毒薬を探すという重責を背負い込んだ。

運良く、仙盟大会が行われている地の山奥には、千年咲き続ける珍花があった。具体的な名前は「なんとか花」やら「うんたら草」かだったかで、残念なことに沈清秋《シェンチンチウ》はまっ

38　おしとやかという意味。

たく思い出せない。なぜなら『狂傲仙魔途《きょうごうせんまと》』にはさまざまな珍花が登場するからだ。

しかも、百種をゆうに超えるそれらの珍花は、もれなく千年以上の齢《よわい》を重ねている。そこにほかの珍しい草だの木だのも加えると……天才的な記憶力がなければ覚えていられるわけがない。

っつーか、向天打飛機《シアンティエンダーフェイジー》よ、珍花は叩き売りの白菜だとでも思ってるのか!? レアアイテムには、それ相応の扱いがあるだろ！

まあ、話を戻すとして。伝説の珍花であれば、婉約小師妹の毒を治せるはずだ。そう確信した洛氷河《ルオビンハー》は艱難辛苦《かんなんしんく》を乗り越え、彼女のために花を――それだけで三日（＝三十章分）かかったが――二人で一緒に採りに行った。

この三日の間、花を探しながら妖魔を倒し、目配せし合っているうちに、二人は生死を越えた深～い絆《きずな》で結ばれた。婉約小師妹の症状がますます悪化し、衰弱して全身に力も入らなくなったその時、ついに、洛氷河《ルオビンハー》は花を手に入れる。二人は大いに喜び、すぐさま婉約小師妹に生のまま食べさせた。

ところが、効かなかったのである！ そう、治らなかったのだ！

二人はすっかり意気消沈した。婉約小師妹は、もうすぐ死ぬのだから、最後に良い思い出を胸に刻んで悔いのない一生にしたい、と思った。どうせ残りわずかなこの命、これ以上自分の気持ちを抑えたくないと、衰弱して力の入らない体で洛氷河《ルオビンハー》を押し倒した……。

形ばかりの抵抗をする洛氷河《ルオビンハー》。しかし、彼女は自分のせいで死にそうになっているのに、最期のお願いを断るなんて残酷なことはできない、を建前に、グイグイ押されているうちに流されて……。

それでは、問題です。どうやって毒は治ったのでしょうか？

正解は、「エッチしたあと、いつの間にか小師妹の毒は消えていた」でした！

アホらしい？ ありきたり？ 無理筋すぎ？ でも、スカッとするだろ？ うわーってちょっと引くけど痛快だろ？ あはははは……。

なんてったって洛氷河《ルオビンハー》は人間と魔族の両方の血を持つ。しかも魔族のほうの血は歴代ナンバーワン君主、つまり上古の天魔から受け継いだものなのだ！ ちょっとやそっとの毒など、洛氷河《ルオビンハー》になんら影響を及ぼすはずもない。だから、二人がせっせと励んでいるうちに毒は洛氷河《ルオビンハー》に吸収され、綺麗《きれい》さっぱり浄化されてしまっていた。しかも、ついでに洛氷河《ルオビンハー》は小師妹が食べたばかりの珍花の養分まで吸収し、あろうことかさらなるパワーアップをするのである。

チクショウ、なんて奴《やつ》だ！

これがいわゆる、たとえ犬の糞《ふん》を踏んだとしても、中には秘伝書か仙丹が隠されているという、主人公特権なのだろう。

その部分の記憶がよみがえってきた沈清秋《シェンチンチウ》は、ひとりコロコロ表情を変えていた。周りから声を掛けても反応がなく、岳清源《ユエチンユエン》が何度も呼び掛けて、やっと沈清秋《シェンチンチウ》は我に返った。

「何か？」

木清芳《ムーチンファン》が一枚の紙を、沈清秋《シェンチンチウ》に差し出す。

「この四種類の生薬を毎月飲んでください。それから強い霊力を持つ者と霊力を通わせて、霊力が平時と同様に巡るように調整してもらってください。そうすれば、おそらく問題はないでしょうから」

そこで一旦言葉を切って木清芳《ムーチンファン》は続けた。

「ただ、沈《シェン》師兄は今後たまに霊力が滞る、もしくは突発的に霊力がうまく使えない状況に見舞われるかと」

室内にいた三人は、揃《そろ》って沈清秋《シェンチンチウ》の表情を注視していた。

修真者にとって、霊力の巡りが滞るというのは非常に恐ろしい問題である。特に強者同士の戦いでは、ちょっとした油断が命取りになる。ただ、三人は気付いていないが、沈清秋《シェンチンチウ》はこの見立てに意気消沈するどころか満足していた。

こんなクズな悪役キャラという立ち位置で、解毒薬のない珍しい毒にかかっているのに、すぐに死ぬようなことはないっていうんだから。十分、いや十二分な待遇と言っていい。

主人公と体を重ねれば解毒はできるが、そんな日が来るとでも？　永遠に来んわ！　大草原不可避！

岳清源《ユエチンユエン》はため息をこぼす。

「こうなると分かっていれば、私も山を下りなかったのに」

岳清源《ユエチンユエン》の重すぎる口調に気付いて、沈清秋《シェンチンチウ》は急いで言った。

「仙盟大会は各門派の掌門が協議しなければならない重大な行事なのだから、師兄が欠席するわけにはいかないだろう。今回は襲来してきた魔族が下劣で卑怯《ひきょう》だったのと、私自身の不注意が原因だ。師兄、くれぐれも自分に非があると思わないでほしい」
ここで釘《くぎ》を刺しておかなければ、岳清源《ユエチンユエン》の性格からして、このまま一生山にこもって蒼穹《そうきゅう》山派を死守しかねない。

ところが、そんな沈清秋《シェンチンチウ》の心の内などつゆ知らず、今度は木清芳《ムーチンファン》が申し訳なさそうに口を開いた。

「いえ、全て私のせいです。もしあの時もっと早く魔族の侵攻に気付けていれば……。せめて、沈《シェン》師兄を根本から治せるだけの腕が私にあれば、こんなことにはならなかったはずです」

「いやいや、二人には関係のないことだ。あぁ、そういえば、私もうっかり鎚《つち》で穹頂《きゅうちょう》殿の前の地面に大きな穴を……」

三人はもにょもにょと、互いに謝罪し合ったりなだめ合ったり、妙な空気になってしまったが、師兄弟二人の自分に対する扱いに、沈清秋《シェンチンチウ》は感動すると同時に気恥ずかしくなる。全身鳥肌が立ち、頭皮がゾワゾワとしてしまう。

その間、無表情で窓の外を眺めていた柳清歌《リウチンガー》だったが、沈清秋《シェンチンチウ》たちの謝罪合戦が落ち着くと、ようやく茶を一口飲んで口を開いた。

「この件は、十二峰の峰主以外に知られてはならない」

蒼穹山第二峰の峰主が致命的な弱点を抱えているなど、よそに知れたらきっとまずいことになる。そのことは、三人が口に出さずとも分かっていた。

岳清源《ユエチンユエン》が「清秋《チンチウ》、峰主の荷は重くないか？」と問いかけた。

こんな時、オリジナルの沈清秋《シェンチンチウ》であれば、大方、岳清源《ユエチンユエン》はこちらの権限を減らそうと企《たくら》んでいるのだと思うだろう。しかし今の沈清秋《シェンチンチウ》なら、岳清源《ユエチンユエン》は、自分が働きすぎてしっかり休養できないことを本気で心配しているのだと分かる。

「掌門師兄、本当に心配しないでくれ。そこまで何もできなくなったわけではない」

沈清秋《シェンチンチウ》は即答し、小さく笑ってみせる。

「今は手足も動くうえ、話もできる。修為《しゅうい》もまだある。あんな目に遭ってこれで済んだのなら、かなり満足だ」

そのあと、四人は魔族が襲ってきた日について情報を共有し、岳清源《ユエチンユエン》と木清芳《ムーチンファン》は先に帰って行った。

二人を見送り、沈清秋《シェンチンチウ》は面白おかしく思うと同時に、なんとも形容しがたい温もりと安らぎを得た気持ちになっていた。

蒼穹山の同門たちは十人十色だ。付き合いやすい者もいればそうでない者もいるが、全員、実の兄弟のようなものだ。十二峰に分かれて暮らしてはいるものの、何かあった時は頼れる家族（オリジナルの沈清秋《シェンチンチウ》を除き）である。

柳清歌《リウチンガー》は、すっかり冷えてしまった茶を置いた。

「お前から人ならざるものの気配を感じられないからいいが、でなければ奪舎《だっしゃ》されたのかと疑っていたぞ」

一人残ったこの男は、「そうでない者」に入る。

（その推測、ほぼ正解だけどな）

柳清歌《リウチンガー》が続ける。

「霊犀洞《れいさいどう》で俺を助けた時点で、すでにおかしかった。加えて、今回の魔族襲撃でも門下の無名な弟子を助け、危うく命を落としかけた。それに毒で霊力が傷つき、もっと血相を変えてもいいはずなのに、お前は落ち着きはらって気にした様子もない。ほかの誰がやってもおかしくはないが、お前に限ってそんなことをするなど、断じてありえん」

沈清秋《シェンチンチウ》は柳清歌《リウチンガー》と自らのＯＯＣについて語り合う気など毛頭ない。彼は明帆《ミンファン》を呼ぶと茶を淹《い》れ直させ、寝台の背もたれに寄りかかって笑った。

「無名？　それは今だけだ」

「あの弟子は確かに逸材だが、あの程度の者ならば毎年かなりの数、それぞれの大門派に弟子入りする。最終的に頭一つ抜け出せるのは、ほんの一握りもいない」

唐突に、沈清秋《シェンチンチウ》の中で危機感が芽生えた。

万が一、柳清歌《リウチンガー》が洛氷河《ルオビンハー》のチート人生において邪魔になり、二人が正面対決することになったら？　もし柳清歌《リウチンガー》が洛氷河《ルオビンハー》にあっさりＫＯされてしまったら？　みんなのためにも、ここは柳清歌《リウチンガー》にしっかり釘を刺しておかないと。

沈清秋《シェンチンチウ》は老婆心で言った。

「信じてくれ。あの弟子は、今後必ず大事《だいじ》を成《な》す。機会があれば、柳《リウ》師弟もどうかあいつを指導してやってほしい……」

明帆《ミンファン》は憂鬱で死にそうだった。茶を淹れ直しに来ただけなのに、自分同様、洛氷河《ルオビンハー》を敵と見なしていじめていたはずの師が、当の洛氷河《ルオビンハー》を褒めちぎっているのを目の当たりにさせられるとは……。その鬱屈とした気持ちといったら、「以前からさんざん一緒になってビッチと悪口を言っていた親友が、突然、当のビッチと付き合いだした時」ぐらいである。

すぐに明帆《ミンファン》は自身が感じたこのムカつきを、他人にも味わわせてやると心に決めた。

彼は嵐のような勢いで、厨房で沈清秋《シェンチンチウ》に出す翌朝の献立を思案している洛氷河《ルオビンハー》を見つけた。そして洛氷河《ルオビンハー》に向かって堰《せき》を切ったように大量の罵詈雑言《ばりぞうごん》を浴びせかけたあと、命令した。

「薪《まき》を割ってこい！　八十束だ！　薪小屋をいっぱいにしろ！　それから水も汲《く》んでこい！　師兄弟たちの部屋にある水がめが空っぽになってるのが見えないのか！」

洛氷河《ルオビンハー》が困惑する。

「ですが、師兄。薪小屋をいっぱいにしてしまうと、私の寝る場所がなくなってしまいます」

明帆《ミンファン》は片足で地面をダン、と踏みつけて唾を飛ばした。

「お前にはこの地面で十分だ、平らだから寝られるだろ!?」

「師兄たちの部屋の水がめは、今日いっぱいにしたばかりで……」

「あの水はもう古い。もう一回汲んでこい！　全部、入れ替えるんだ！」

以前までならば、洛氷河《ルオビンハー》はこの八つ当たりのような理不尽な言われように多少の悔しさ、あるいは怒りを感じただろう。しかし今、洛氷河《ルオビンハー》の心持ちは劇的に変化していた。

洛氷河《ルオビンハー》の目には、それらが全て自身に課せられた試練だと映っているのだ。

あれほどに優しく、何事も自分のためを思ってくれて、おまけに自分のために命まで投げ出してくれる師尊（えーっと……）がいる。受け入れられない試練など、耐えられない苦痛など、今の洛氷河《ルオビンハー》にはない。

洛氷河《ルオビンハー》は躊躇《ちゅうちょ》することなく、すぐさま踵《きびす》を返して明帆《ミンファン》の言いつけをこなそうと出て行く。

その様子に、明帆《ミンファン》は人をいじめる快感を欠片《かけら》も味わえず、ますます苛立ちが募るばかりだった。

「いったい全体、あのガキの何が師尊の目に留まったんだよ！　師尊がいきなり、あんなにあいつを評価するようになるなんて。『大事を成す』『頭一つ抜け出せる』だって？　たとえ師尊がクソガキに惑わされてるとしても、柳《リウ》師叔はあいつを指導したりなんてしないはず。夢でも見てろってんだ！　まったく……」

歩きながらブツブツと毒付く明帆《ミンファン》の声は大きくない。しかし、生まれつき鋭い五感を持つうえに、目下急成長中の洛氷河《ルオビンハー》がそれを聞き逃すはずもなかった。ほんの一言二言にすぎなかったが、要点は大体つかめたので、洛氷河《ルオビンハー》は容易にその情景を想像することができた。

柳《リウ》師叔の前で、師尊はそんなふうに自分のことを……。

自分の見ていない所で、これほどまでに大切に思ってくれる人がいる。その感覚は、今までに感じたことのない、不思議なものだった。

温かい何かがじわりと胸にあふれ出す。それは徐々に勢いを増し、ゆっくりと体全体を包み込んでいった。それは揺るぎない一筋の力が心の底のどこかに根を張り、芽吹いたかのようだ。重い木の水桶《みずおけ》を持つ手にも、自然と力が湧いてくる。

今、洛氷河《ルオビンハー》は師兄にいびられたとは感じていない。それどころか、彼は幸せで満ち足りた表情を浮かべている。もし沈清秋《シェンチンチウ》がこの様子を目撃していたら、実は洛氷河《ルオビンハー》は隠れドMなのでは、と思ったことだろう……。

ただ、この時の沈清秋《シェンチンチウ》は知る由もない。ポンコツなチームメイト・明帆《ミンファン》くんの不可能を可能にする神がかったアシストのお陰で、洛氷河《ルオビンハー》の沈清秋《シェンチンチウ》に対する好感度が、この瞬間にまた最高記録を更新したことを。

かたや、当の沈清秋《シェンチンチウ》は喜びを噛《か》みしめながら横になろうとしていた。

この日、いつもお高くとまっている清静峰の敷居は、すり減って平らになるのではと思うほど、幾度となく踏まれた。それぞれの峰の峰主が弟子たちを引き連れ、慰問の品を手に次々と見舞いに来たからだ。

なんといっても紗華鈴《シャーホワリン》一味が襲来した際、虹橋《こうきょう》を破壊されたうえに、穹頂峰は結界を張られたせいで外界から隔絶されたのだ。ほかの峰主は襲撃現場に間に合わず、全て年長者である沈清秋《シェンチンチウ》が一手に引き受けることになった。幸いなことに蒼穹山はそこまで面目をつぶされずに済んだが、普段の付き合いが良いにせよ乏しいにせよ、とにかく謝意を示さなければならない。

沈清秋《シェンチンチウ》は心置きなく彼らのお気持ちを受け取った。そしてこの機会に初めて会った何人かの峰主の顔を覚え、ついでに世間話をして距離を縮めた。

その夜、沈清秋《シェンチンチウ》はすっかりご機嫌だった。

(これでやっと、安心して眠れる)


二時辰後。


……「安心して眠れる」なんて、甘かったな～……。

混沌《こんとん》として寂れた空間の中、沈清秋《シェンチンチウ》は彼方に広がる果てしない地平線を遠い目で眺めていた。

穏やかな笑みを浮かべながら、寝台で心地良く眠りについたはずなのに。

なんでこんなとこにいるんだ？　誰か教えてくれよ!?

沈清秋《シェンチンチウ》は、叩けばシステムがジャーンと出てくるような銅鑼《どら》があればいいのに、と思う。そうすれば、いちいち『システム、聞こえるかー!?』と脳内で声を張り上げて呼ぶ必要もないのだから。

【二十四時間、サービスを提供しております】

『ここ、どこだよ？　どうなってんの？』

【ここは夢境《むきょう》の地、夢の中です】

『んなことは分かってんだよ。現実世界でこんな抽象派が描いたような景色なんて拝めないだろ。俺が聞きたいのは、なんで俺がここにいるのかってこと』

（頼むから、どうか俺の予想を裏切ってくれ）

しかし、その切なる願いはこの世界の無情な神には少しも届かない。「いやだ、やめて」と思った次の瞬間、沈清秋《シェンチンチウ》の目に飛び込んできたのは、ここのところ見慣れすぎているくらいに見慣れた人物の姿だった。

茫然自失《ぼうぜんじしつ》している洛氷河《ルオビンハー》が、前方の荒野の中央に立っている。沈清秋《シェンチンチウ》同様、自分がなぜこんなところにいるのか、さっぱり分からない様子だ。

洛氷河《ルオビンハー》は少しの間ぼんやりとしていたが、不意に沈清秋《シェンチンチウ》の姿を視界に捉えた。一瞬驚いたあと、彼はすぐさま母鳥を見つけたひよこ（なんつーたとえだ）のように、喜び全開でこちらへ駆け寄ってくる。

「師尊！」

実はこの時点で洛氷河《ルオビンハー》はすでに長いこと、この世界に閉じ込められていた。それもあって、沈清秋《シェンチンチウ》を見つけた興奮を抑えられず、少年は何度も何度も「師尊」と呼んだ。

洛氷河《ルオビンハー》を一目見た瞬間、沈清秋《シェンチンチウ》はここがどこで、これから何が待ち受けているのかを悟った。

たちまち沈清秋《シェンチンチウ》は絶望して、心に涙の雨を降らせた。彼は洛氷河《ルオビンハー》の肩をポンと叩く。

「聞こえている。そう何度も呼ぶな」

洛氷河《ルオビンハー》は間髪入れず返事をする。

「はい、師尊。ところでなぜ師尊もここに？　ここがどこかお分かりですか？」

沈清秋《シェンチンチウ》はズルをして、システムの台詞丸パクリで答えた。

「ここは、夢境の地だ」

洛氷河《ルオビンハー》が再度尋ねてくる。

「では、どうしてこの弟子もここに？」

「ほかの誰がいてもおかしいが、そなただけはここにいて当然だ。ここはそなたの夢境だからな」

「この弟子の？」

洛氷河《ルオビンハー》はポカンとしてから一歩後ろへ下がり、果てしない荒涼とした天地を眺めてつぶやいた。

「私の夢境は、こんなに……こんなにも荒れ果てた場所なのか……」

夢境は心から生まれる、と言われる。ただ、まさかまだ幼い洛氷河《ルオビンハー》の心にあるのが春のように美しい景色ではなく、これほど殺伐としたものだったとは。何やら考え込まずにはいられない。

沈清秋《シェンチンチウ》はしばらく考えるふりをしてから口を開いた。

「これは普通の夢境ではない。おそらくそなたは、いつの間にか誰かに細工でもされたのだろう。夢境では霊力の波動は強烈で不安定だ。この師も気付かぬうちに、そなたにここへ引き込まれたのだ」

洛氷河《ルオビンハー》は申し訳なさそうな表情を浮かべる。

「役立たずな弟子で申し訳ありません。また師尊を巻き込んでしまいました。しかし、この弟子の夢境に手を加えるなんて、いったい誰がそんなことを？」

そう言って、洛氷河《ルオビンハー》はじっくり考えを巡らせている様子だった。

沈清秋《シェンチンチウ》は種明かしをする側の楽しさをたっぷり味わいつつも、単刀直入に答える。

「深く考える必要はない。夢境の辺縁で魔気が渦巻いているうえに、手段も姑息《こそく》。となれば、魔族の仕業と思って間違いはないだろう」

その言葉に驚くことはなかったが、代わりに洛氷河《ルオビンハー》は、また魔族への憎悪を深めることとなった。

「奴らがやることは、やはり悪辣ですね」

自身も魔族の血を引いていると知ったあとに、この発言を思い出したら、洛氷河《ルオビンハー》はいったいどんな顔をするのだろう……。

「悪辣とは限らない。もしかしたら相手からすれば、むしろその逆のような……」

沈清秋《シェンチンチウ》は小さく笑って言った。

全知全能の三人称視点の言葉は、自分が見える範囲でしか物事を知り得ない当事者にとっては意味の分からないものである。洛氷河《ルオビンハー》も師の思わせぶりな言葉の意味を測りかねていた。「逆」とはいったいどういうことだろうか？意味深長に笑う沈清秋《シェンチンチウ》の語尾はつり上がっており、語調も幾分か、からかうような軽い調子で、聞いていると心が若干掻《か》き乱されてしまう。しかし、洛氷河《ルオビンハー》はそこまで考えてやめた。深く掘り下げる勇気はなかった。

　実のところ、沈清秋《シェンチンチウ》としてはそんなつもりはさらさらなく、それどころか自分ではかなり正直に話をしたほうだと思っている。洛氷河《ルオビンハー》の夢境に細工をしたのは、紗華鈴《シャーホワリン》その人だ。もちろん多少は危害を加えてやろうと思っているのだろうが、根っこにあるのはもっとありきたりな理由。そう、皆さんもご存じ、少女のひそかな恋慕である。

　だからこそほかの誰でもない、洛氷河《ルオビンハー》だけを狙ったのだ。魔族の妖女にとって、好きな人イコール手ひどくいじめるべき存在なのである。そして、相手が死なずに済んでようやく、自分にふさわしい相手だと納得するのだ。つまり、この程度のことで死んでしまうのであれば、それはただの役立たず、想うに値しないと判断するわけだ。

「この夢境はかなり厄介だぞ。通常の悪夢術であれば、少し念じればすぐに解けるから、私を閉じ込めるのは不可能だ。だが、これは相当緻密にできている。幻境[39]の核心部を破壊してしまったら最後、誰もここから出られなくなるだろう」

洛氷河《ルオビンハー》は焦りをにじませる。

「ということは、師尊が永遠に夢の中に閉じ込められてしまうのですか？」

沈清秋《シェンチンチウ》は洛氷河《ルオビンハー》を一瞥《いちべつ》して「そなたもな」と言った。

洛氷河《ルオビンハー》はドキリとする。その顔は赤くなったり、白くなったりと忙しい。

「……全部この弟子のせいです」

「気にするな。いくら謝ったところで、ここにいるという事実は変えられない。なるべく早く結界を破る方法を見つけて、ここから出よう」

洛氷河《ルオビンハー》は黙ってうなずき、沈清秋《シェンチンチウ》のあとに続いて夢境の辺縁へ向かった。

沈清秋《シェンチンチウ》は表情こそ穏やかだったが、脳内では怒涛《どとう》の如くシステムとバトルを繰り広げていた。

【これより重要なサブストーリー「夢魔《むま》の結界」が始まります。
洛氷河《ルオビンハー》が夢魔の幻境に打ち勝つようサポートしてください。

39　ここでは夢境において、誰かによって作り上げられた夢の中の幻。

失敗した場合、爽快ポイントマイナス１０００です】

まただ。まーたそうやって爽快ポイントをさも当然のように、しかも心臓発作を起こすレベルの量をごっそり持ってこうとするだろ。ここまで一生懸命頑張ってもコツコツとしか増やせてないのに、一回であっさり一〇〇〇も引くとか！　こんなのアリかよ⁉　本当に人として……いや、システムとしてどーなの⁉

何より、大事な部分に大きな誤りがあるぞ。原作と台本が違いすぎるだろ！

さて、本来の物語の流れを見てみよう。

夢魔の領域に押し込まれた洛氷河《ルオビンハー》。前触れもなく訪れた危機的状況において、彼は本能的に〝最も信頼を寄せる人〟を呼び寄せ、ともに結界に入るのだ。

沈清秋《シェンチンチウ》は大急ぎでシステムを呼んだ。

『システムさーん、システムさまーっ、システム大・閣・下！　マジでこれ、バグじゃねぇの？　ここって、洛氷河《ルオビンハー》が女の子とイイ感じになるためのシーンだろ。しかも、その子は洛氷河《ルオビンハー》の心のわだかまりを解いて、愛の力であいつが心魔《しんま》[40]に打ち勝つのを手伝うんだろ？　それがなんで俺になってんの⁉　女の子と心の交流を深めて気持ちを通わせ、その子を後宮に入れるって話だろ！　何があっても離れない一蓮托生《いちれんたくしょう》な師妹キャラはどこにいったんだよ⁉』

【セルフスキャンでもバグは検出されませんでした。システムは正常に作動しています】

バグがない、だと。ということは、今ここで沈清秋《シェンチンチウ》に残された道は二つ。与えられた役割を全うするか、死ぬかの二者択一。

バタフライエフェクトじゃん！

本来、悪夢に引きずり込まれるのは寧嬰嬰《ニンインイン》のはずだった。小説の前半部において清静峰で洛氷河《ルオビンハー》と一番親しくし、彼が最も信頼している者として、このサブストーリープラス親密度アップの仕事はどう考えても彼女がやるべきことだ。

なのに今のこの状況、なにゆえ？

〝一番親しく、信頼している者〟という栄誉ある称号が、俺に与えられるべき正当な理由がどこにも見当たらないんだが？

40　修行の障害になることや、より高い境地への到達を妨げることがある、心のわだかまり。

こんなスペシャルな栄誉、身に余りすぎてまったく受け取りたくない。

なんとも言えない表情の沈清秋《シェンチンチウ》に、洛氷河《ルオビンハー》は気遣って、

「師尊、いかがなさいましたか?」と問いかける。

沈清秋《シェンチンチウ》はすぐに我に返り、落ち着いた様子で答えた。

「いや、考えていたのだが、夢境を操る者は心の脆《もろ》い部分を攻撃するのに長けている。くれぐれも警戒を怠らないように」

洛氷河《ルオビンハー》はうなずき、決意に満ちた表情できっぱりと告げた。

「この弟子は二度と、師尊を巻き添えにいたしません」

辛《つら》すぎる。危険なストーリーに巻き込まれただけでなく、本来ならかわいこちゃんが果たすべき重要な任務まで果たさなければならないようである。主人公と火の中、水の中、危険を冒してこわーい夢魔様に立ち向かい、ついでに彼を庇《かば》って無料の心理カウンセラーまで……そんなこと、これっぽっちもやりたくないんだが……。

とはいえ、これ以上愚痴をこぼしてばかりもいられない。以前の沈清秋《シェンチンチウ》だったなら、お決まりのように向天打飛機《シアンティエンダーフェイジー》にツッコミを入れていただろう。しかし、よく考えてみれば、飛機《フェイジー》大先生も結構なとばっちりである。清く正しい種馬小説作家として、きっと自分の作品でこんな状況——クズな悪役が可愛い女の子の代打をこなしている場面——など、見たくはないはずだし、普通は嫌だろう。読者もしかり、読んでいた本を地面に叩きつけて当然の展開だ。


混沌とした状況の中、二人は進み続けた。頭上の雲と空は周りの景色と同じく、万華鏡のように引き伸ばされたり歪《ゆが》んだり、細々とした無数の欠片《かけら》に割れたりと、目まぐるしく姿を変え続けている。そんな世界とそこを歩く沈清秋《シェンチンチウ》と洛氷河《ルオビンハー》の存在とは、相容《あいい》れないものがあった。登場人物をダ・ヴィンチ、背景をピカソが描いたかのような、画風の違いがもたらす違和感はすこぶる強烈である。

ふと、黒く垂れ込めた雲の合間から、建物らしき影が垣間見《かいまみ》えた。どうやら町のようだ。

二人は足を止める。洛氷河《ルオビンハー》は沈清秋《シェンチンチウ》をひたと見据えて指示を待つ。

沈清秋《シェンチンチウ》は低くつぶやいた。

「兵が攻めて来れば将で防ぎ、大水が来れば土で塞ぐ。何が来ても柔軟に対処しよう。入るぞ」

城門に辿《たど》り着いて、洛氷河《ルオビンハー》は視線を上げた。その表情ににじむのは、かすかな困惑。

沈清秋《シェンチンチウ》はその理由をよく知っている。ここは洛氷河《ルオビンハー》にとって見覚えのある場所だったからだ。

それもそのはず。この町こそ、洛氷河《ルオビンハー》が幼い頃にさまよっていたところなのだから。

閉じた城門の前に衛兵はいなかったが、それはゆっくりとひとりでに開いた。沈清秋《シェンチンチウ》は洛氷河《ルオビンハー》を連れて中へと足を進める。

この夢境という場所は恐ろしいほどにリアルである。抽象的な時はただの不規則な色の塊にすぎなかったが、具体的な時は一気に現実そっくりになる。町の大通りも市《いち》も、民家も屋台も、全てがゾッとするくらい精巧にできているのだ。煌々《こうこう》とした明かりの下で行き交う人々。遠目に見れば賑《にぎ》やかだが、いざ近くまで寄ってみると、心の準備をしていた沈清秋《シェンチンチウ》でさえ思わずドキッとした。

動き回っている〝人〟たちが、全員のっぺらぼうなのだ。

彼らの顔面は、靄《もや》がかかっているようで顔のつくりもぼやけていて声もない。生きているようにはとても見えないが、彼らはせわしなく歩き回っている。町全体が死んだように静まり返っているにもかかわらず、視覚からの情報では不気味なほどに賑わっているのだ。

このような場面に初めて遭遇した洛氷河《ルオビンハー》は、愕然《がくぜん》とした。

「師尊、これはいったい？」

沈清秋《シェンチンチウ》はあまりの気味悪さに少々怖気《おじけ》付いていたが、それでも百科事典としての役割を果たすべく解説する。

「ここは、悪夢で作られた幻影の町だ。夢境では家屋や樹木などの死物は作れるが、生きている人間は生み出せない。作れるのはせいぜい今見えているような鼻も目もなく、話すこともできない怪物だけだ。とはいえ、夢境を使ってこれだけの規模で、しかも本物と見まがうほどのものを作り出せるのは、おそらくあの者しかいないだろう」

洛氷河《ルオビンハー》は謙虚に「誰です？」と教えを乞う。

「夢魔だ」

夢魔。このサブストーリーのボスである。

夢魔はもともと、魔族の間でも名の知れた大物だった。数百年前の天劫《てんごう》[41]で肉体こそ失ってしまったが、その強大な元神《たましい》が傷つくことはなかった。以来、他人の夢に寄生して霊力と精気を吸って生き続けている。

41　天から試練として与えられる罰や災い。

それだけではない。夢魔は魔の道へ進んだ主人公を教え導く先生の一人でもあるのだ。もっと親しみのある呼び方をするならば、いつでもそばにいて適切なアドバイスをくれる〝便利なポータブルじいちゃん〟だ。

夢魔こそ、洛氷河《ルオビンハー》が結界を破ったあと、テンプレのように主人公と初対面なのに意気投合し、テンプレのように自分がもつ絶学《ぜつがく》、つまり失われたスキルを主人公に伝授し、それからまたテンプレのように、時折ザコを倒すためのヒントをくれたりする存在である。

洛氷河《ルオビンハー》はまだ質問し足りない様子だったが、無意識に群衆を一瞥して、一瞬動きを止めた。

「どうした？」

沈清秋《シェンチンチウ》が素知らぬふりで問う。

「顔です、師尊！」

洛氷河《ルオビンハー》は勢いのままに答えた。

「さっき、顔がある人を見た気がします！」

沈清秋《シェンチンチウ》は言葉少なに「追うぞ」とだけ言った。

二人はすぐさま、周囲の者と相容れない画風をもつ数人のあとに続いた。町の中で何度も角を曲がって方向を変え、ようやく小さな路地の入口で立ち止まる。

顔があるのは、全部で五人。全員少年というべき年頃に見えて目鼻もしっかりあり、もやがかったようなそれではない。五人のうち背の高い四人の少年は、地面にうずくまる一人を囲み、口汚く罵っている。「雑種」だの「馬鹿」だのと罵声が響き渡り、後ろを追いかけてきた沈清秋《シェンチンチウ》たちには少しも気付かない。

「彼らにはこちらが見えていないようですね」

そう言いながら沈清秋《シェンチンチウ》を見る洛氷河《ルオビンハー》の瞳には、「夢魔は顔がある人を作れないはずでは？」という疑問が浮かんでいる。

シリアスな辛いシーンがまた始まる！

沈清秋《シェンチンチウ》は心の中でため息をこぼして、口を開いた。

「夢魔は確かに悪夢の中で人を作れないが、この〝人〟たちは夢魔が作ったものではない。洛氷河《ルオビンハー》、彼らの顔をよく見てみなさい」

洛氷河《ルオビンハー》は視線をゆっくりと少年たちのほうへ向ける。大きく表情を変えることはなかったが、すぐに一滴の冷や汗が、つうっとその額を伝った。

沈清秋《シェンチンチウ》は続ける。

「彼らは夢魔が作り出した幻影ではない。そなたの記憶の中にある実在の人間たちの投影だ。夢魔はただ、そなたの心の奥底に眠っていたものを呼び覚ましただけにすぎない」

しかし、その言葉はもう洛氷河《ルオビンハー》には届いていない。頭が痛むのか、彼はこめかみを手で押さえている。

沈清秋《シェンチンチウ》には分かっていた。洛氷河《ルオビンハー》の心魔が、早くも襲いかかってきているのだ。

ガラの悪い四人の少年は、四、五歳程度にしか見えない子どもを囲み、口だけでなく手まで出して殴る蹴るを繰り返している。ボロボロの服を着た小さな子どもは両手で頭を抱えて地面に縮こまり、声も出さずにされるがままになっていた。一切の手加減もない様子に殴り殺されてしまうのではないかと、思わず心配になるほどだ。

「ケッ！　この雑種め！　目が見えねぇのか、オレたちの縄張りで仕事を横取りしようなんて！」

「死にてぇのか！」

「お前ら、踏め！　可哀想なんだろ？　食うもんもなくて腹減ってんだろ？　死ねば楽になれるぜ！」

洛氷河《ルオビンハー》の頭がかち割れんばかりに痛んだ。

地面にうずくまるあの小さく弱々しい子どもは、過去の幼い洛氷河《ルオビンハー》自身である。ボサボサに乱れた髪に血まみれの顔。眩《まばゆ》い星のような瞳から放たれる視線は、剣のように鋭くまっすぐ現在の洛氷河《ルオビンハー》に突き刺さる。

洛氷河《ルオビンハー》は凍りついたようになって、目を逸《そ》らすことすらできない。

沈清秋《シェンチンチウ》は落ち着いた声でなだめてやる。

「落ち着きなさい。あれはただの幻だ」

しかし、これこそが夢魔の恐ろしいところである。夢魔は人の心に潜む最も原始的な恐怖、憤怒、苦痛を呼び覚まし、相手の心理的防御を打ち砕くのに何より長けているのだ。

もしチートスイッチが入ったあとの洛氷河《ルオビンハー》であれば、たとえ一万の夢魔が束になってかかってきても片手、いや指一本でいなしてしまうだろう。ところが今の洛氷河《ルオビンハー》は、魔族の血を覚醒させる前の状態である。すでに鬱々とした記憶と夢境に囚《とら》われてしまったその両目は、自らの無力さを映すのみなのだ。

突然、二人のいる路地の景色がぐにゃりと歪み、別の場所に変わった。

（マズい。不意を突かれた、追い討ちか！）

沈清秋《シェンチンチウ》と洛氷河《ルオビンハー》は小さなあばら家にいた。家の中には寝台が一つ、薄暗い灯火を載せた歪《いびつ》な形の小ぶりな卓が一つ、そして小さな椅子一脚があるのみだ。

寝台には痩せ衰えた年配の女性が横たわっている。彼女はなんとか体を起こそうとするものの、それができずにいた。

そこへ小さな影が部屋の中に飛び込んでくる。十歳かそこらぐらいの、あどけない顔の洛氷河《ルオビンハー》だ。彼は婦人の体を支える。その首には例の玉観音《ぎょくかんのん》が下げられていた。

幼い洛氷河《ルオビンハー》は焦った口調で言う。

「お母さん、なんでまた起きようとするの？　休んでてって言ったでしょ？」

婦人は咳込《せきこ》みながら答えた。

「横になってても良くなるわけじゃないし……いっそ起きて、洗濯でもしようかと思ってね」

「洗濯はもう終わってるよ。薬を煎じてくるから、横になって待ってて。それを飲んで体調が良くなってから働けばいいんだから」

婦人の顔色は悪い。その病はすでに手の施しようがないほどに悪く、残された時間はあとわずかである。それでも彼女は微笑《ほほえ》みを浮かべて洛氷河《ルオビンハー》の頭をなでる。

「氷河《ビンハー》は本当に、いい子ね」

幼い洛氷河《ルオビンハー》は顔を上げ、なんとか作り笑顔を浮かべて問いかけた。

「お母さん、何か食べたいものは？」

「最近、ますます食欲がなくなってきたわ」

婦人は一旦言葉を切ってから、ためらいがちに続ける。

「この前、若様が捨ててたあの白粥。あれならちょっと食べてみたいわね。厨房にまだ残りがあるかしら」

幼い洛氷河《ルオビンハー》は「お母さん待ってて！　聞いてくる！」と力強くうなずいた。

「聞くだけでいいからね」

婦人は再三、念を押す。

「なければ何か適当にあっさりした味の汁物でも作ってくれればいいわ。お腹が膨れれば、それで十分。料理人さんには絶対おねだりしちゃだめよ」

洛氷河《ルオビンハー》は二つ返事で引き受け、バタバタと嵐のように部屋から走り去った。婦人はしばらく横になっていたが、今度は枕の下から針と糸を取り出すと針仕事を始めた。

部屋の明かりは徐々に暗くなっていく。混濁する意識の中、洛氷河《ルオビンハー》は何かを掴《つか》もうと手を伸ばした。沈清秋《シェンチンチウ》はその手をグッと握り、厳しい声で言い放つ。

「洛氷河《ルオビンハー》！　よく見ろ、あれはそなたの母親ではない。それに、そなたもう、あのいじめられてもやり返せないような幼子《おさなご》ではないぞ！」

悪夢によって死に至ることもあるのは、囚われた者の気持ちが昂れば昂るほど、その精神が受ける傷も深まるからである。今の洛氷河《ルオビンハー》のように不安定極まりない状態では、その元神が被るダメージは極めて大きい。そして何よりも忘れてはいけないのは、夢境に出てくる〝人〟に向けて攻撃してはいけないということだ。

ここにいる人間は皆、夢境の主自身の意識と精神でできている。彼らを攻撃することは、自らの脳を攻撃するのに等しい。これを知らず、もしくは気持ちを抑えられず、夢境で自分を傷つけた〝人〟を攻撃してしまい、そのあと、昏睡《こんすい》状態に陥ってしまう者も多い。そして、もし洛氷河《ルオビンハー》がそうなってしまえば、当然、沈清秋《シェンチンチウ》も彼と一緒にこの夢の中に閉じ込められることになる。

周囲の景色が次から次へと変わっていく。この悪夢はまさしく洛氷河《ルオビンハー》の、たった十数年の人生で起きた不遇と心の傷の寄せ集めだった。

養母に食べさせるためのお粥を恵んでほしいと、幼い洛氷河《ルオビンハー》が料理人に頼み込んだところを、主家の幼い公子に見つかり、皮肉を言われる場面が現れた。

そうかと思えば再び場面は変わり、清静峰に入門したばかりの頃、師兄たちが洛氷河《ルオビンハー》をのけ者にしたり、いじめたりしている時のものに変わった。痩せ細った洛氷河《ルオビンハー》が苦労しながら錆《さ》びた斧《おの》を振り下ろしたり、水の入った桶を担いで長い階段を上ったりしている。上へ行けば行くほど、足取りは重くなっていく。

場面は次々に移り変わり、今度は洛氷河《ルオビンハー》が唯一大事にしていた玉観音を奪われ、見つからなかった場面に……。

ありとあらゆる情景が、綯《な》い交ぜになりながらどんどん積み上げられていく。

今の洛氷河《ルオビンハー》には、目の前に次々と現れては消える忌まわしい記憶の断片以外、何も見えないし聞こえていない。爆《は》ぜてぐちゃぐちゃになった当時の怨恨、絶望、苦痛、無力、憤怒ばかりが、その頭と胸の中で激しく渦巻いていた。

この悪夢から抜け出す唯一の方法は、心のわだかまりをなくすことである。そうすれば、攻撃などせずとも悪夢はおのずと崩壊するのだ。

けれども、洛氷河《ルオビンハー》の拳は固く握りしめられ、そこに込められた力はどんどん強くなり、指の骨もパキパキと音を立てている。息はますます乱れ、両目も異常なほどに赤くなった。かすかな霊力が体の周囲を巡り、今にも攻撃しかねない様子だ。

沈清秋《シェンチンチウ》は、この状態の洛氷河《ルオビンハー》のそばにいるのは非常に危険だと感じて声を荒げた。

「手を出すな！　攻撃が当たったとしても、傷つくのはそなた自身だぞ！」

ところが、洛氷河《ルオビンハー》の耳にはもう届かない。洛氷河《ルオビンハー》は右手を持ち上げ、掌から強力な暴撃を放つ。それは幻の中で狂ったように笑う〝人〟たち目がけて飛んでいった。

沈清秋《シェンチンチウ》は内心悲鳴を上げ、絶対やりたくないと思いつつ、体は大人しく空気を読んで前へ出た。そのまま幻の〝人〟たちを庇って洛氷河《ルオビンハー》の一撃をなんとか受け止める。ちょうど下腹部に命中した。

一瞬にして、象の足にでも蹴られたかのような衝撃が走り、沈清秋《シェンチンチウ》は目の前がガクンと暗くなるのを感じた。夢境でなければ、今頃ドバドバと盛大に血を吐き出し続けていることだろう……。

さすが、主人公！

沈清秋《シェンチンチウ》はあふれ出す涙で頬をしとどに濡らした。洛氷河《ルオビンハー》は、まだ大した修練もしてないはずなのに、なんでこんなにも強力な暴撃を放てるんだ？　というか、せっかくOOC機能をアンロックしたのに、何一つ成し遂げていないどころか、誰かの代わりに攻撃を受け止めるか、攻撃を受け止めるか、攻撃を受け止めるか……しかしていない気がする。

俺は他人のために自分を犠牲にする、素晴らしい盾かっての！

洛氷河《ルオビンハー》のこの一撃とともに、周囲の幻境は砕けた。人も物も、全てがガラスのように砕け散り、無数の欠片になる。

二人がいる場所も辺鄙《へんぴ》な山林に変わった。深い青色の空が広がり、頭上には金色の月がポツンと懸かっている。

途端に、洛氷河《ルオビンハー》の意識は覚醒した。片膝をついたまま立ち上がれない沈清秋《シェンチンチウ》をポカンと見つめてから、自らの掌へ視線を向ける。その指先にはまだ一縷《いちる》の霊力が残っていた。そこでようやく先ほど自分が何をしたのかをぼんやりと思い出し、洛氷河《ルオビンハー》は顔面蒼白《そうはく》になって、沈清秋《シェンチンチウ》のそばに飛びついて体を支えた。そして、焦りと後悔がにじむ声で言う。

「師尊！　ど、どうして打ち返さないんですか！」

沈清秋《シェンチンチウ》の霊力なら、さっきの攻撃を打ち返すなど造作もないことだ。二つの霊力がぶつかり合えば、当然強いほうが勝つ。洛氷河《ルオビンハー》の攻撃を無効化できるだけでなく、反射させて洛氷河《ルオビンハー》に痛手を与えることだってできたはずなのに。

沈清秋《シェンチンチウ》は「馬鹿な子だ」と慰めるように言い、力なく続ける。

「……そなたを傷つけないためにしたことだ。打ち返して怪我《けが》なんてさせたら、元も子もないだろう？」

弱った沈清秋《シェンチンチウ》の声に、洛氷河《ルオビンハー》はさっきまでの自分を力の限りぶん殴ってやりたくなる。

「でも師尊を傷つけてしまったではないですか！」

魔族襲撃からまだそれほど経《た》っていないのに、また自分のせいで師尊に怪我をさせてしまった。しかも今回は、ほかでもない自らの手で！

顔中に浮かんだ自責と悲しみが今にもあふれ出しそうな少年を見て、沈清秋《シェンチンチウ》は忍びなくなってなだめた。

「そなたと私の修為は比べものにならない。あと何発か受け止めたとしても大事ないぞ」

洛氷河《ルオビンハー》にしてみれば、沈清秋《シェンチンチウ》が昔のように手ひどく自分を打つか罵るかで気を晴らしたり、無視するか皮肉を言ったりしてくれたほうがマシだった。なのに沈清秋《シェンチンチウ》の声音は変わらず温かくて優しい。洛氷河《ルオビンハー》は頭が真っ白になり、なんの言葉も浮かばなかった。どうしていいのか、まったく分からない。

しばらくして洛氷河《ルオビンハー》はようやく絞り出すように、「全部この弟子のせいです」と言った。

小説の前半、洛氷河《ルオビンハー》は確かにありきたりな萌《も》えキャラ系の、心温かく可愛い白蓮華《しろれんげ》ルートを邁進していた。彼がまたお人好《ひとよ》しからくる葛藤と自責に陥っているのだと思い、沈清秋《シェンチンチウ》は辛抱強く言い聞かせることにした。

「そなたのせいではない。魔族のやることは予測もつかず、いくら防いでも防ぎきれない。ただ、今後また同じような目に遭いたくなければ、強くなりなさい」

この言葉は沈清秋《シェンチンチウ》の率直な感想だった。ここは仙人やら妖魔やらがいる弱肉強食の世界。強くなることは、流れ流されて最終的に使い捨てキャラに成り下がるのを防ぐ、唯一の方法なのだ！

洛氷河《ルオビンハー》は何かを思いついたようだ。何も言わずに勢いよく顔を上げ、じっと沈清秋《シェンチンチウ》を見つめた。

沈清秋《シェンチンチウ》はドキリとする。

洛氷河《ルオビンハー》の黒曜石のような漆黒の瞳は、水面に揺れる星や月の光よりも、さらに目を奪うような輝きを放っていた。

コッ……この目は！

〃確固たる信念〃、〃燃え上がる闘志〃に満ちあふれた主人公の目！

（まさか……俺、主人公の今後の人生を導く、賢者的な存在《メンター》になっちゃったのか!?）

洛氷河《ルオビンハー》は沈清秋《シェンチンチウ》のそばで膝をついてきちんと座り、「私、決めました」と力強く言い放った。

（待て待て、お前、今度は何を「決めた」んだ？　ていうか、毎回話を中途半端なところで止めるな！　最後までちゃんと言えよ！）

沈清秋《シェンチンチウ》は、洛氷河《ルオビンハー》が自身を「この弟子」と言わなかったことには気付かなかった。洛氷河《ルオビンハー》は固く拳を握り締め、ひと言ひと言、噛み締めるように続けた。

「このようなこと……二度と起こらないようにいたします」

師尊に無力で弱い自分を守ってもらうことも、そのせいで師尊が怪我を負うことも……こんなこと、二度と起こさせやしない！

沈清秋《シェンチンチウ》は「うむ」とだけ返事をした。

（……どういうことだ。この〃主人公が守ってくれてすごく安心〃みたいな感覚はなんなんだ!?　てか、安心すんなよ、俺！　こいつはいずれ、俺の手足を切り落としてだるまにする奴なんだぞ！　正気に戻れ！）

沈清秋《シェンチンチウ》はこのうえなく複雑な気分だった。

クソ。本来であれば、「大事な人を守るために強くなる」という決意は、自分を助けるために怪我をした可哀想なヒロインの、ゼーハーと肩で息をして弱りきった姿にたまらなくなった主人公が抱くものだ。システムは……ヒロインの役割を全部、この俺に押しつけたってことか？

ここはさすがに間違えちゃいけないところだろ！　てか、仕事増やすならロケ弁くらい差し入れてくれよな！

主役級の長ったらしく退屈な台詞を散々言わされて、エキストラ程度の薄給だなんて、労働搾取もいいところじゃないか！

そんな内心とは裏腹に、沈清秋《シェンチンチウ》は私欲に駆られ、どうにか手を持ち上げて洛氷河《ルオビンハー》の頭をわしゃりとなでた。瞳に強い意志を宿していた洛氷河《ルオビンハー》はキョトンとする。まるで沸々とくすぶる怒りの炎を、一杯の清らかな泉の水によって鎮火させられたかのように。

少し間を置いて、沈清秋《シェンチンチウ》は優しく諭した。

「まあ、そこまで気負わなくていい。強くなれなければ、私がそなたのそばにいて守ってやればいいだけだ」

世界の破滅を己の使命とする、イカれた闇堕ち青年になってしまうくらいなら、いっそこのまま憐憫《れんびん》を誘う儚い白蓮華でいてほしい。沈清秋《シェンチンチウ》は洛氷河《ルオビンハー》の面倒を一生見ることになってもまったく構わなかった。

このように沈清秋《シェンチンチウ》的には単純極まりない考えから出た一言だったが、聞くほうはそうは捉えなかった。洛氷河《ルオビンハー》は完全に固まってしまう。

今まで洛氷河《ルオビンハー》は誰かからこれほどまっすぐで、親身で思いやりに満ちた言葉をかけられたことはない。

世界は広しと言えど、あまた存在する人の中で、「強くならなくてもいい。私がいるのだから、誰にもそなたをいじめさせはしない」などと言ってくれる人が、いったいどれほどいるだろうか？

しかも、師尊の言葉に嘘偽りはない。師尊は言えば必ずやるお方だ。それはこれまでに幾度も実際の行動でもって証明されてきたことだし、師尊自身がひどい傷を負おうとも、自分には傷一つつけさせなかった。

そうは言っても、この言葉の端々に感じられる甘やかすような響き……少し度を過ぎているのではないだろうか。

怒涛のごとく押し寄せ、全身を包んでいた温もりが落ち着いたかと思えば、急にジリジリとした熱が洛氷河《ルオビンハー》の顔に広がった。

沈清秋《シェンチンチウ》はしばらく咳込んだ。夢境では吐血しないのか、辛いなどと思いながら洛氷河《ルオビンハー》の腕を軽くきゅっとつまむ。

「ほら、もういいだろう。まずは私が起き上がるのを手伝ってくれ」

つままれた部分は痛くも痒《かゆ》くもない。しかし、洛氷河《ルオビンハー》はそこが妙にジン、と疼《うず》くのを感じた。すぐに自らの気持ちが一線を超えたものであると気付き、心の中で自分を罵った。こんな時に余計なことを考えるなんて、師尊に対して不敬にもほどがある。慌てて気持ちを切り替えて、洛氷河《ルオビンハー》は言われたとおり沈清秋《シェンチンチウ》を助け起こす。

唐突に、どこからともなく年老いたしわがれ声が響く。

その声は「ん？」といぶかしがったあと、不思議そうに続けた。

「小童《こわっぱ》、ワシの結界を破るとは。なかなかやりおるな」

エコーのかかった声が二人を包む。反響のせいでどこから声がするのか判別できない。

やれやれ、やっとこのサブストーリーのボスのお出ましか！

洛氷河《ルオビンハー》は沈清秋《シェンチンチウ》を支えたまま立ち上がらず、警戒して周囲に目を光らせる。沈清秋《シェンチンチウ》が怪我をしているこの状況の中、夢魔の出現で二人は窮地に追い込まれてしまったと言えるだろう。洛氷河《ルオビンハー》は心を決めた。自分には微々たる力しかないが、夢魔が襲ってきたら持てる力を振り絞って相対し、沈清秋《シェンチンチウ》が生き延びる可能性を少しでも増やすためにもがいてみよう、と。

そう決心した次の瞬間、再び声が響いた。

「こちらへ来てよく見せておくれ。このようなことができる若き英雄とは、いかなる者なのか」

洛氷河《ルオビンハー》は沈清秋《シェンチンチウ》を見やる。沈清秋《シェンチンチウ》は、ああやっと友情出演も終わりだな、撮影終了だよしよし、と解放感に浸っていた。そのため、洛氷河《ルオビンハー》をからかう余裕まで出てきた。

「先輩が聞いているぞ、若き英雄殿。応えたらどうだ？」

からかわれた洛氷河《ルオビンハー》は顔を真っ赤にしながらも、くるりと振り返って朗々と告げる。

「英雄などと大それた者ではありません。結界を解いたのは、師尊ですから」

声は軽蔑の色もあらわにフン、と鼻を鳴らした。

沈清秋《シェンチンチウ》はその「フン」の意味するところを知っている。確かに洛氷河《ルオビンハー》を庇って一撃食らったが、ここは洛氷河《ルオビンハー》の夢境である。洛氷河《ルオビンハー》が意識の主導権を取り戻したからこそ悪夢は破られたのだ。とはいえ、わざわざ言う必要もないので黙っておくが。

声の主が続ける。

「こちらへ来いと言っとるのじゃ、小童よ。だがそこにいる蒼穹山の平凡な修真者に、ワシらの会話を聞かれたくはないからのう。そやつには、しばし眠っていてもらおう」

やはり原作の寧嬰嬰《ニンインイン》同様、洛氷河《ルオビンハー》以外の者は退場させられるようだ。沈清秋《シェンチンチウ》は頭に痛みを感じたかと思うと、そのままドサリと倒れた。

洛氷河《ルオビンハー》はうろたえ、慌てて沈清秋《シェンチンチウ》を抱えて「師尊？　師尊！」と叫んだ。

夢魔が諭す。

「案ずるでない。ワシはそやつを夢の中の夢、夢中夢《むちゅうむ》に送り、眠りを深めただけにすぎん。さて、おぬしの番じゃ。さっさと来るがよい」

今度は、西の方角にある真っ黒な洞窟から声が発せられているのが分かった。

目を開けない沈清秋《シェンチンチウ》をそっと地面に横たえ、声のするほうに目を向ける。

「師尊があなたを『先輩』と呼んだので、当然私も礼儀をもってあなたに接しますが、どうか師尊に危害を加えないでいただきたく存じます」

夢魔が笑う。

「小童よ、おぬしの記憶を見たぞ。そこにいる師尊とやらは、優しい人間とは言えんようじゃ。いっそのこと、ワシにそやつを消させればよいものを。なぜ、させんのじゃ？　おぬしを手伝ってやろうと言っとるのだぞ」

おそらく、オリジナルの沈清秋《シェンチンチウ》時代の記憶を見たのだろう。事実、それらの記憶が大半を占めているわけだが……。

洛氷河《ルオビンハー》は首を横に振る。

「師尊は、そのようなお方ではありません。それに何があっても、師尊は師尊です。どんなことをされても構いませんし、弟子として不敬を働くわけにはいきませんから」

夢魔が鼻を鳴らした。

「笑止！　人の世における正道は、全てこのような欺瞞《ぎまん》ばかりじゃ。師だろうが尊だろうが、害を及ぼす者であれば殺すべきぞ！　そやつはおぬしの修為では天鎚《ティエンチュイ》の相手にならんと知っていながら、おぬしを試合へ出した。どのような思惑か、分からんわけでもあるまいに」

「あの時は、自分でも勝てると思っていませんでした。しかし、師尊は私を信用して機会をくださっただけでなく、戦いの途中でも励ましてくださいました。それに、最終的に私も勝利を収めることができました」

言いたいことはもう一つあったが、洛氷河《ルオビンハー》は口には出さず、そっと心の中でつぶやいた。

師尊は俺を助けるために、二回も庇ってくれた。本当に、師尊は心から俺のことを思ってくれている。

夢魔は過去の場面をいくつかかいつまんで見ただけで、沈清秋《シェンチンチウ》の人となりを理解しているわけではなく、それ以上このことについて掘り下げたくもなかった。とはいえ、夢魔は洛氷河《ルオビンハー》の態度に大いに満足していた。

「小童のくせして、義理人情を重んじておるな」

「師尊が、私へ向けてくださったものの足元にも及びませんが」

夢魔に顔があれば、今頃口角を引きつらせていたことだろう。夢魔は話題を変えることにし、しばし考えたのち、こう切り出した。

「おぬしから、何かが抑え込まれているような気配がかすかにする。それが何かは分からんが、おそらく極めて並外れたものじゃ」

洛氷河《ルオビンハー》は少しいぶかしんで、問いかける。

「いったいどのようなものですか？　あなたにも分からないなんて」

夢魔は笑った。

「我が一族は有能な者を多く輩出しとるのじゃ。ワシよりも優れた魔族がおぬしの体に何かを封じるなど、造作もないこと」

数百年の経歴をもつ夢魔である。たわむれに十数歳の普通の少年を騙《だま》して遊ぶほど恥知らずではない。洛氷河《ルオビンハー》は我が耳を疑った。

「つまり、私の体に宿るものは……魔族と関係があると？」

夢魔はあざける。

「なんだ、気に食わんのか？　今すぐにでも、魔族とは無関係であると証明したいか？」

洛氷河《ルオビンハー》は衝撃からすぐに立ち直った。素早く考えを巡らせ、力強く断言した。

「魔族は悪事ばかり働き、何度も師尊を傷つけました。関わりなど、当然あってはならないことです」

夢魔はだんだん面倒くさくなってきた。

「小童よ、少しくらいその師尊から離れられんのか？　この調子なら、どうせ『それを体から取り除く方法はありますか』とか聞くつもりじゃろう？」

洛氷河《ルオビンハー》は苦笑いする。

「聞いたところで、答えてくださるのですか？」

夢魔は豪快に笑った。

「教えたくないわけじゃあないが、これぱかりはワシでは本当に力になれん。正体すら分からんのに、取り除くことなどできるわけがなかろう？　おぬしにはまだ謎に包まれた部分があるから生かしておるが、でなければ、とうにおぬしら二人、まとめて殺しておったぞ。それに、こんなに長々と話す趣味なんぞ、あるはずがあるまい。このワシが暇を持て余しているとでも思っとるのか？」

洛氷河《ルオビンハー》は黙り込んだが、内心では、

（実体もなく、他人の夢境に寄生している虚影にすぎないのだから、暇ではない、なんて嘘だろうな）

などと考えていた。

洛氷河《ルオビンハー》に心の中で見くびられているとはつゆほども知らずに、夢魔は続ける。

「まあ、取り除くことは確かに叶《かな》わんが、抑え込む方法ならあるぞ」

洛氷河《ルオビンハー》は試しに尋ねる。

「その方法を教えてくださるのですか？」

「抑え込む方法だけではない」

夢魔が誘った。

「それ以上のことも、教えてやれるぞ」

あまりにも露骨な暗示である。その真意を察し、洛氷河《ルオビンハー》の心は沈んだ。

「魔道を修練しろということですか？」

洛氷河《ルオビンハー》の語調が急激に冷めたのに気付き、夢魔は少し腹を立てた。

「魔道を修練することのどこが悪い？　さすれば、その体にあるものは、おぬしの修為に大いに役立つ。それこそ一日千里の勢いで進歩できるのだ！　万人を凌駕《りょうが》するのだって夢ではない。ゆくゆくは、おぬしが三界《さんがい》を縦横して天地を覆し、向かうところ敵なしになるのも容易《たやす》いのだぞ！」

最後の一言に、洛氷河《ルオビンハー》の心は動いた。

一日千里、万人を凌駕するだけでなく、三界を縦横して向かうところ敵なし。平たく言えば……とんでもなく強く、それも天下最強になれる！

けれどもすぐに、洛氷河《ルオビンハー》はそうした自分の考えを否定した。

妖やら魔やらは、沈清秋《シェンチンチウ》が一番憎悪している類いのものだ。もし夢魔の誘惑に負けて魔道に堕ちてしまったら、今後どんな顔で沈清秋《シェンチンチウ》と会えばいい？　怒髪天をついている沈清秋《シェンチンチウ》も、落ち込んでいる沈清秋《シェンチンチウ》も、どちらも絶対に見たくない。

「できません」

洛氷河《ルオビンハー》がきっぱり断ると、夢魔は冷ややかに笑った。

「ワシの教えがなければ、その体の魔気を抑えられぬやもしれん。今でこそ体の奥深くに封印されて、表には出てきとらんが、おぬしにかけられた封印が弱まっておるのは感じ取れるぞ。いつかその魔気が封印を破って解放されれば、悪を憎み、除魔衛道《じょまえいどう》を己の使命としている素晴らしいおぬしの師は、どう思うだろうな？」

最も痛いところを突かれ、洛氷河《ルオビンハー》は歯噛《はが》みした。

「私は並みの修真者にすぎません。築基《ちくき》すらかなりの困難と危険が伴うのに、なぜそこまで私に修魔を迫るのです？」

相当ハイレベルな質問である。原作者以外、誰も分からないだろう。なぜ大物や達人は揃いも揃って、主人公をどうにかして自分の弟子、継承者、もしくは娘婿にしようとするのか。

いや、実のところ、これはおそらく大多数の原作者たちすらも答えを知らない、永遠の謎だ。

「小童め、つけあがるな！　おぬしには不思議な封印があるうえ、ワシも自らの絶学を肉体とともに消滅させたくなかった。だから、教えてやろうと声をかけてやったのじゃ。多くの者どもにとって、これは願ってもない機会じゃぞ！」

洛氷河《ルオビンハー》は表情一つ変えない。返事をしないその様子に、夢魔はふと嫌な予感を覚える。

果たして、洛氷河《ルオビンハー》は人畜無害な笑みをかすかに浮かべ、落ち着きはらって口を開いた。

「何やら焦っていますが、絶学の後継者がいないのを恐れているだけ、というわけではなさそうですね？」

まずい！　と夢魔は内心叫んだ。

「他人の夢境に寄生し、宿主を頻繁に変えていると、元神は遷移の合間に損なわれ、弱まります。一方で、同じ宿主のところに長期的にとどまることができれば、英気を養い、気力を蓄えられるうえに、元神も安定させられます」

そこで一旦言葉をきってから、洛氷河《ルオビンハー》は続ける。

「夢魔先輩、もしや限界が近付いているせいで、私を宿主として育成するほかないのでは？」

図星を突かれた夢魔は誤魔化すことも腹を立てることもなく、開き直って堂々と認めた。

「そのとおりじゃ！　小童のくせして、案外物知りのようじゃな。そのようなことまで知っておるとは」

落ち着きはらった表情の洛氷河《ルオビンハー》が何を考えているのか分からず、夢魔はさらに続ける。

「だが、おぬしはなんら特別ではない。魔族で天賦のある者など、山ほどおる。この栄誉にあずかれるなら、誰もが跪いて教えを乞うところじゃ！　おぬしのほうこそ、よーく考えることじゃな。このような機会、もう二度とないぞ」

実を言えば、夢魔の元神は長い年月を経て徐々に衰えてきている。もともと魔器の中で平穏に暮らし、あと一八〇年ほど大人しく修行すれば、完全復活できるはずだった。

ところが、そんな事情など知る由もない紗華鈴《シャーホワリン》が、ひょんなことからその魔器を手にし、武器として洛氷河《ルオビンハー》に使ってしまった。そのため、次の宿主を探す力はもう残されていないのだ。

しかし、絶体絶命の危機の中、夢魔は新たな宿主となったこの少年の体内と精神の奥底に、何やら強大な力が隠されているのに気付いた。その事実に小躍りしたいほど喜んでいるのだから、一度断られたぐらいで「ハイそうですか」とあっさり引き下がるはずもない。

夢魔はすでに心に決めていた。洛氷河《ルオビンハー》の決意がどれだけ固くとも、脅したりなだめすかしたりして必ず首を縦に振らせてやるのだ、と。ありとあらゆる手を使ってでも洛氷河《ルオビンハー》を説得し、自分のもとで魔族の技を学ばせ、己の宿主としてふさわしい肉体と精神に仕立て上げてやるのだ。

夢魔が言う。

「時間をやろう。しかと考えるがよい。しかし、ワシの申し出を断るならば、おぬしとおぬしの師尊の精神を、この夢境に永久に閉じ込めてやる。それくらい、今のワシでもできるからのう！」

洛氷河《ルオビンハー》はバッと顔を上げた。その瞬間、夢魔は少年の目に一瞬過った冷ややかな光に気圧《けお》された。

先ほどまでの穏やかさや謙虚さは姿を消し、洛氷河《ルオビンハー》は氷のように冷え切った声で言い放つ。

「今は私と交渉しているのですから、私のことはなんと言っても構いません。しかし、もし師尊を傷つけるようなことがあれば、これ以上話すことはありません！」

夢魔はやや呆気に取られてから、ようやく我に返る。人間界のちっぽけな修真者に気圧されたという事実に、驚きを隠せない。三界を数百年渡り歩いて、肉体を破壊されたあの苦しい戦いの時ですらも、気迫で圧倒されたことなどなかったのに。

もちろん、夢魔は知らない。この気迫こそ、後世で言う(主人公専用の)王者のオーラなのだと！

洞窟に突然、豪快な笑い声が響いた。

「小童め、なかなか気骨のある奴じゃ！」

老いた声がそう言い終えるや否や、洛氷河《ルオビンハー》は急に四肢が重たくなるのを感じた。周りの景色が激しく回転し、意識は暗闇の中へ落ちて行った。次の瞬間、洛氷河《ルオビンハー》は薪小屋で目を覚ました。その背中は汗でじっとりと濡れている。

時を同じくして、沈清秋《シェンチンチウ》も屍変《しへん》[42]の如く、寝台からガバッと跳ね起きた。

クラクラとめまいがする中、何度も喘《あえ》ぐように肩で息をし、沈清秋《シェンチンチウ》はようやく人心地がついた。

怖いし惨めだし、最悪だ！　この世のものとは思えない悲惨さのオンパレード！

なんで俺はこうなるんだよ！　原作の寧嬰嬰《ニンインイン》も同じように夢魔に夢中夢へ放り込まれてたけど、あの子は幼い頃の素敵な思い出――お父さんやお母さんがお花を摘んでくれたり、可愛いお馬さんに乗ったり――だったじゃん！

な・の・に！　なんで俺は拳サイズの人喰いバチに包囲されたあと、巨大な火の玉に追われながら、狭い墓の下の通路をあっちこっち走り回らなきゃいけねぇんだよ！

それはまだいい、何しろ夢中夢のラストで、夢魔は沈清秋《シェンチンチウ》にとってこの世で一番恐ろしい画《え》を見せたのだ！

暗く湿った地下牢《ちかろう》の中。沈清秋《シェンチンチウ》は丸い輪に胴体を通され、腰を支点にして宙吊りにされている。四肢の感覚はない。口を開けても声は出ず、為《な》す術《すべ》もなく「フー、スー」という息が漏れるのみ。頭のてっぺんからないはずのつま先まで、全身が燃えるようにズキズキと痛んでいた。

夢の中でどれほどの時間が経過したのか。地下牢の外から石の扉が開く音がした。ゆったりとした足音が徐々に近付き、誰かの影が前方の地面に映った。

墨で塗りつぶしたように真っ黒な袍《ほう》の裾には、銀糸で精巧な模様があしらわれている。その体から発せられる冷気をまとった威圧感は、すきま風すら入り込めないほど完璧な密室である地下牢の闇よりもなお圧倒されるものがある。

顔こそ鮮明に見えないが、それが誰なのかなど、考えなくとも分かる。

夢魔は、さすが魔族の中でもレジェンドクラスだ。沈清秋《シェンチンチウ》がいた夢境は現実かと見まがうぐらい実によくできていた。空気中に漂う湿った腐臭すらもリアルで、今もまだ鼻先に漂っているように感じて吐き気を催させる。

沈清秋《シェンチンチウ》はしばらくそのまま座って耐えていたが、そのうち本当に寝台から転がり落ち、えずき始めた。

【ピロン】

よりにもよってこんな時に、システムから通知が入った。

【おめでとうございます。サブストーリー「夢魔の結界」をクリアしました！　爽快ポイントプラス500！　引き続き頑

42　死体が急に起き上がること。

張ってください！】

沈清秋《シェンチンチウ》は「待て」のジェスチャーをした。まだシステムにクレームをつける余力はある。

『ちょーっと話し合おうか。お前、爽快ポイントを引くって脅してきた時、五〇〇やそこらじゃなかったよな？　なんであれも五〇〇にしない？　ペナルティと報酬のバランス、おかしくね？　マジでそれでいいのかよ？　それに、俺は追加で夢中夢のサブストーリーまでクリアしたんだぞ。なんでその分のB格ポイントをくれないんだ？　システム？　おーい、システム！　システムこの野郎！　死んだフリすんな、新しい契約を要求する！』

その時、誰かが竹舎《ちくしゃ》の扉をバンッと開き、部屋へ駆け込んできた。

「師尊！」

もう声だけで誰だか分かる。沈清秋《シェンチンチウ》は苦しそうに一度白目をむいた。

マジで勘弁してくれ、今はその顔、本当に見たくないんだよ！

しかし、洛氷河《ルオビンハー》はすでに沈清秋《シェンチンチウ》のそばに駆け寄って、ひどく緊張した様子で聞いてきた。

「師尊、大丈夫ですか？　どこかお加減の悪いところは？」

（悪くはないけど……もうちょっと離れていただければ、もっと具合も良くなるんですがね……）

沈清秋《シェンチンチウ》は顔を逸らし、気骨と風格をもって一人で立ち上がった。

「この師は、まったくもって無事だ」

支《の》えようとした洛氷河《ルオビンハー》だったが、差し出した手を自然に押し退けられ、思わず固まってしまう。

洛氷河《ルオビンハー》の気持ちの変化に気付くこともなく、沈清秋《シェンチンチウ》は身なりを整える。襦袢《じゅばん》しか身に着けていなかったが、「これでも師らしく見えるな、大丈夫」と確認してから、問い掛けた。

「夢魔はあのあと、そなたに何かしてきたか？」

なーんて、するわけがないよな。夢魔は本音では洛氷河《ルオビンハー》の足元に跪いて、彼の靴を舐《な》めたくてたまらないぐらいなのだから。そうと知ってはいたが、それでも沈清秋《シェンチンチウ》は尋ねた。

洛氷河《ルオビンハー》は少しためらってから答える。

「あの魔族の先輩は霊力が足りなくなったようで、この弟子は夢から追い出されました。師尊、夢中夢で何かあったのですか？」

沈清秋《シェンチンチウ》は大口を叩いた。

「何があっても、この師に対処できないことなどない！」

まあ、できなかったがな！

沈清秋《シェンチンチウ》には、まだ先ほどのだるまのトラウマが残っている。至近距離で佇む洛氷河《ルオビンハー》の存在に全身がゾワゾワとしてしまい、思わず心を落ち着かせるべく視線を逸らした。

洛氷河《ルオビンハー》は、なぜそのような態度を取られるのか分からない。けれども、なんとも言えない表情を浮かべ、いつものように泰然自若と自分を直視してくれない沈清秋《シェンチンチウ》に、洛氷河《ルオビンハー》は焦りと不安を覚えた。

幸いにも、沈清秋《シェンチンチウ》はすぐに気持ちを切り替えることができた。このような時、師として何をすべきかも分かっている。そういうわけで、次の瞬間には、沈清秋《シェンチンチウ》は洛氷河《ルオビンハー》の手首を掴み、真剣に語りかけた。

「魔族の侵襲は冗談では済まされないからな。影響がないか、きっちり調べないと。この師が診てやろう」

手首を握られた洛氷河《ルオビンハー》は素直に「はい」と返事をする。

ホッとしたのもつかの間、洛氷河《ルオビンハー》は再び不安を覚えた。

万が一、沈清秋《シェンチンチウ》が夢魔を見つけ出し、夢魔が封印の件をバラしてしまったら……。

沈清秋《シェンチンチウ》は律儀に洛氷河《ルオビンハー》を検査したが、結局なんら異常を見つけられなかった。それも当然だろう。夢魔が数百年にわたって蓄えた力と名声は少しも大げさなものではないのだ。ただ、形だけでも確認はしなければならない。異常を見つけられなかったとはいえ、沈清秋《シェンチンチウ》は洛氷河《ルオビンハー》に、明日千草峰と穹頂峰へ行って診てもらい、何かあったら必ず自分に伝えるよう念を押した。

沈清秋《シェンチンチウ》が全てを言い終えても、洛氷河《ルオビンハー》はその場から離れようとせず、何かひどく思い悩んでいる様子だった。何度か口を開きかけては閉じを繰り返してから、洛氷河《ルオビンハー》はようやく心を決めて尋ねた。

「師尊、魔族は……全員極悪非道で、直ちに皆殺しにされるべき存在なのでしょうか？」

沈清秋《シェンチンチウ》はすぐには答えなかった。立場からすれば、すぐには答えづらいものがある。

その場に立ちつくしている洛氷河《ルオビンハー》の体はこわばり、必死に平静を装いながらも、わずかな期待を込めて沈清秋《シェンチンチウ》の答えを待っている。沈清秋《シェンチンチウ》はゆっくりと口を開いた。

「人に善し悪しがあるのだから、魔族にも善悪があってしかるべきだ。魔族が人を害するのはよくあること。だが、人間が無実な魔族を傷つけることがあるのも事実。種族の違いにこだわりすぎるな」

師ほどの立場の人間からこうした解釈を聞くのは初めてで、洛氷河《ルオビンハー》は呆然とした。その心臓は「ドクンドクン」と激しく脈を打っている。

「つまり、魔族となんらかの関わりがあったとしても、その者は天地に受け入れられない存在だとは限らない、ということでしょうか？」

沈清秋《シェンチンチウ》が聞き返す。

「天地に受け入れられないなど、どこで聞いた話だ？　受け入れられないのならば、なぜ存在している？　それに、受け入れるか否かなど、誰が決めるというのだ？」

一連の反問に、洛氷河《ルオビンハー》の瞳は徐々に輝きを取り戻した。かすかに血が熱く滾《たぎ》っているような気配すらある。

締めくくるように、沈清秋《シェンチンチウ》は言い放った。

「洛氷河《ルオビンハー》、この師が今後そなたに告げる言葉は、聞き流す程度でいい。だが、今日ここで話したことは、しっかり覚えておきなさい。この世において、天地に受け入れられないものなど存在しない。あらゆる種族がそうであるように、むろん、人もだ」


この時の洛氷河《ルオビンハー》は正義感に満ちあふれた少年だが、頭まで正義で凝り固まっているわけではなかった。自分の中に封印されたものを取り除けないなら、利用してやればいい。

絶対に、強くなる！

二度と為す術がない状態に陥ることなく、何者からも師尊を守れるほどに、強くなってやる。

そんな心の動きなど知ることもなく、沈清秋《シェンチンチウ》は両目を輝かせている洛氷河《ルオビンハー》を見て、このうえなく複雑な気分だった。洛氷河《ルオビンハー》をなだめて導いたのは、単に主人公の人生のメンターを気取ったり、超然とした賢者ぶりたかったからではない。

この「天地は寛大である」という概念は、手垢《てあか》まみれで筋金入りの年季ものだ。それこそ歴史ドラマや武侠《ぶきょう》ドラマ、そして仙侠《せんきょう》ドラマにおいて、数十年間に渡って幾度となく繰り返し使われてきた。しかし、人間と魔族の間に海よりも深い憎しみが横たわり、相容れない存在として昔から大きな戦も絶えないこの世界では、かなり革新的な考えである。それどころか、下手をしたら重罪だと見なされる危険性すらある。

人間と魔族の血を受け継ぐ洛氷河《ルオビンハー》が、この種族間の対立にショックを受けずにいることは到底難しい。人生における不遇の半分以上がこれに起因するため、自身の存在は天にも地にも受け入れられない、生まれてくるべきではなかったと自暴自棄になることさえあった。

沈清秋《シェンチンチウ》は、自分が言い放った言葉が今から洛氷河《ルオビンハー》の心で育つ種となり、その視野を広げられるようにと願っていた。今後真実に直面した時でも、心を大きく構え、自身に流れる血が原因で心無い言葉を投げかけられても、聞き流せるようにと。そうすれば、もしかしたら原作に書かれているような過激な行動に出ることも、世界に対する復讐心に駆られることもなくなるのではないか。

やがて洛氷河《ルオビンハー》が無間深淵へ自身を蹴落とそうとする沈清秋《シェンチンチウ》と直面することになっても、それは自分のせいではないのだと分かってほしい。

もしそうなれば……たとえそこまでストーリーが進み、システムに迫られて「人魔は相容れない、種族の恨みは海よりも深く、その溝は埋まらないから、そなたはさっさと死ね」などと言い放ち、巨大な言葉のブーメランに空まで吹っ飛ばされてもまあ、諦めがつく！

一連のアドバイスのせいで部屋の空気が一変し、沈清秋《シェンチンチウ》はしまったカッコつけすぎたと、恥ずかしさのあまり一度咳払いをした。

「話を戻すが、魔族は生まれつき魔気が漲《みなぎ》っている。もしその力をうまく正義のために使えば、世にとっても悪いことではないだろう」

魔族が法術を体得する能力は、人間を凌駕《りょうが》している。種族が違えば、力の体系も違う。人族は霊気、魔族は魔気を頼りにするが、その色と呼び名が少し異なるだけで、実はだいたい似たようなものだろう、と沈清秋《シェンチンチウ》は思っている。

魔界は風水がいいせいなのだろうか。魔族のほとんどは魔気がフルゲージの状態で生まれてくるのだ。三歳で生きた人間を素手で引き裂き、八歳で山を割り石をくだ……ゲホン、ちょっと盛りすぎた。

ただ、資質が凡庸な人間の大部分は数十年修練しても魔族の赤ん坊レベルにしかなれない、というのは歴然とした事実である。そしてそれ以上に多いのは、霊力が枯渇した池のような状態、あるいは鶏の卵のような形のゼロ、つまり生まれつき霊力を持たない者たちだ。彼らは「霊根《れいこん》[43]がない」、もしくは「仙門《せんもん》と縁がない」人と呼ばれる。これ以

43　修練するのに必要な資質。

上に残念なことはない。魔族はもとより数が少なく、人間が相対的に繁殖を好んでいなければ、人間界は今頃とうに魔族の植民地になっていただろう。ぶっちゃけてしまえば、人間は単純に魔族の出産制限が厳しいことに助けられているだけなのだ。

想像を絶する出来事の連続で沈清秋《シェンチンチウ》はすっかり睡眠不足になっていて、すでに両目の下には隈《くま》が浮き出ていた。彼は軽く手を振る。

「もう夜も遅い。ほかに用がなければ、早く下がって休みなさい」

洛氷河《ルオビンハー》は素直に退出する旨を告げる。しかし、少しも行かぬうちに、背後から沈清秋《シェンチンチウ》が「戻ってこい」と呼び止める。洛氷河《ルオビンハー》はすぐに引き返す。

「師尊、ほかに何か？」

「部屋はあっちだろう。反対側へ行って何をするつもりだ？」

弟子たちが休む竹舎にしても薪小屋にしても、この部屋を出て左に曲がらなければならない。ところが、洛氷河《ルオビンハー》は右へ曲がった。

「厨房へ行き、師尊の明朝の食事を準備しておこうと思いまして」

沈清秋《シェンチンチウ》は困った。

洛氷河《ルオビンハー》の作る朝食は正直、ものすごく食べたい。けれども、今は真夜中。子どもを寝かせることなく、自分の食事の準備をさせるなど、まさしくシンデレラとその継母《ままはは》……どこからどう見ても人としてアウトだ。

最終的に、沈清秋《シェンチンチウ》の良識は食欲に打ち勝ち、彼は咳払いをした。

「ふざけたことを。夜中に食事の支度《したく》などやめて、部屋に戻って寝なさい」

師尊は、自分がちゃんと休めないことを心配しているのだと察した洛氷河《ルオビンハー》は、ニコニコとうなずくも、あとでこっそり厨房へ行こうと心に決めた。

沈清秋《シェンチンチウ》は、まだ薪小屋で寝ているのかと聞こうとした。しかし、若者には若者なりのプライドがあると思いとどまった。正面切って聞かれては、面目が丸つぶれになるかもしれない。

何よりも、弟子たちの部屋で寝るよう洛氷河《ルオビンハー》に言ったところで、明帆《ミンファン》の指示のもと、ほかの弟子たちは洛氷河《ルオビンハー》をのけ者にするだろう。布団を奪われたり靴を隠されたり、考えただけでなんとも可哀想になる。

「明日、荷物をまとめて私のところへ来なさい」

沈清秋《シェンチンチウ》の言葉の意図がすぐに理解できず、洛氷河《ルオビンハー》は「師尊？」と聞き返す。

「ここの隣に空き部屋が一つある。明日からそこに住みなさい」

近くにいれば、今後朝食を作らせたり、部屋の掃除をさせる時に何かと便利だろうし……。

沈清秋《シェンチンチウ》の順応能力は、相変わらず天元突破している。先ほどまでは、洛氷河《ルオビンハー》の顔を直視することすらできなかったのに、今ではひそかに主人公様に水や茶を運ばせたり、洗濯や布団を畳むといった雑用をさせようと企んでいるのだから。

沈清秋《シェンチンチウ》が洛氷河《ルオビンハー》の返事などそっちのけで、あれやこれやと考えを巡らせていると、いきなり洛氷河《ルオビンハー》は獲物に飛び掛かる虎のように、がばっと沈清秋《シェンチンチウ》に抱きついた。

不意を突かれて沈清秋《シェンチンチウ》は驚いたあと、頬をじんわり赤く染めた。

生まれて初めて、誰かに全身を丸っと抱きしめられたのに！　その相手は優しくいい香りがする玉《ぎょく》のような肌をもつ女の子ではなく、頭のてっぺんからつま先まで王者オーラがダダ漏れの少年だなんて、あぁああッ！

洛氷河《ルオビンハー》は嬉しくてたまらない様子で、沈清秋《シェンチンチウ》の首に腕を回したまま離れようとせず、耳元で「師尊！　師尊！」と呼び続けている。

沈清秋《シェンチンチウ》は手のやり場に困り、しばし迷ってから、やはりそれを洛氷河《ルオビンハー》の頭に置いて、わしゃわしゃとなでた。

「ほら、気は済んだか？　十歳の子どもじゃあるまいし、そんなに人の呼び名を連呼して抱きついたりして、はしたないぞ。いい大人なのだから、落ち着きなさい」

それまで洛氷河《ルオビンハー》はあまり意識していなかったが、沈清秋《シェンチンチウ》の言葉に急に照れくさくなったようだ。衝動的な激しい喜びに突き動かされなければ、普段手の届かないところにいる師尊に、こんな大胆なことなどできるはずもない。名残惜しさを覚えながらも、洛氷河《ルオビンハー》は顔を真っ赤にして、慌てて沈清秋《シェンチンチウ》から自らの体を引っぺがした。

「わた、この弟子、弁《わきま》えずに振る舞ってしまい、申し訳ありません」

いきなり抱きつくなど、十歳未満の子どもがやれば、まあ可愛いで済むが、十五歳の洛氷河《ルオビンハー》がやるのは……うむ、それも萌《も》えの範疇《はんちゅう》だ！

爽やかで若いイケメンの卵なのだから、何をしても萌えでしかない！

洛氷河《ルオビンハー》はしばらくどう振る舞えばいいか分からず、少し取り乱していた。しかし、沈清秋《シェンチンチウ》の顔色があまり良くないことにハッと気付いた。

強大な修為が沈清秋《シェンチンチウ》の体を守っているとはいえ、古傷と毒に侵されたうえに、間を置かず洛氷河《ルオビンハー》のせいで夢魔の夢境にも巻き込まれた。きちんと休めなかったことで体力が保たず、憔悴《しょうすい》してしまうのも無理はない。これ以上沈清秋《シェンチンチウ》が休むのを邪魔するわけにはいかない、と洛氷河《ルオビンハー》は後ろ髪を引かれるような思いで部屋をあとにした。

しかし、薪小屋には戻らず、洛氷河《ルオビンハー》はわざわざ遠回りをして厨房に向かう。

洛氷河《ルオビンハー》は決心した。これからしばらくの間は、絶対に師尊の食事と養生にもっと気を配ろう、と。

洛氷河《ルオビンハー》が退出してすぐ、システムから通知が届いた。

【主人公爽快ポイントプラス50！】

沈清秋《シェンチンチウ》はわけが分からなくなる。

なんでまた五〇増えたんだ？　システムのタイムラグか？　それとも、やっと良心が咎《とが》めて、前回の報酬が少なすぎたと気付いたのか？

まあいい。眠くなってきたし、ポイントは増えたんだから深く考えるのはよそう。とにかく、ちょっと俺をぎゅーっとハグしたから追加されたってわけじゃないだろうし。ははははは……。

翌日、沈清秋《シェンチンチウ》は心ゆくまで惰眠を貪る前に、部屋に漂ってきた魚と米のおいしそうな匂いに空腹感を覚えて目を覚ました。部屋の外でずいぶん前から洛氷河《ルオビンハー》は心を込めた朝食を用意して待機していた。その香りは清静峰の薄味料理に慣れた弟子たちの多くを引きつけ、彼らは物陰からこっそりと様子を窺《うかが》っている。

明帆《ミンファン》たちは覗きながら、怒りで袍の裾を噛みたくなる。特に沈清秋《シェンチンチウ》が卓の横に座り、洛氷河《ルオビンハー》の手料理と心遣いを慈しみ深く遠慮なく褒めるところや、二人が顔を見合わせて笑う和気あいあいとした雰囲気に、恨めしい気持ちは最高潮に達した。

なんという恥知らず！　こんな卑怯な方法で師尊の歓心を買うなんて！

ところがその日の夕方、朝食事件を上回る出来事が起きた。洛氷河《ルオビンハー》が沈清秋《シェンチンチウ》の竹舎の隣にある部屋へ引っ越したのだ。

それは清静峰に青天の霹靂《へきれき》が落ちるが如く、洛氷河《ルオビンハー》をいじめていた弟子たちの心を粉々に打ち砕いた。

引っ越すと言っても、実際のところは洛氷河《ルオビンハー》がその身一つで移動しただけである。もとより薪小屋には持ち物らしい持ち物はなかった。

枕？　薪小屋にある稲わらを縛ればいい。布団？　服を脱げば布団に早変わりだった……しかし今では、沈清秋《シェンチンチウ》によって枕も布団も、洛氷河《ルオビンハー》のために準備されていた。

前々から、洛氷河《ルオビンハー》の生活レベルはちょっとひどすぎる、と沈清秋《シェンチンチウ》は思っていた。もはや児童虐待のドキュメンタリーさながらである。

蒼穹山は仮にも一大修真門派。物資は十分にあるだろうし、そこまで所属する人間の心は陰湿ではないはずだ。

その晩、洛氷河《ルオビンハー》は人生で初めて、まっとうな寝台に体を横たえた。

氷の張った川を漂うたらいに寝かされたこともあれば、冷たく湿っぽい地面や喧騒《けんそう》の絶えない道端で寝たこともある。それに苦しい旅をしていた時は、洞窟の中でやり過ごすこともざらにあり、それを当たり前だと思ってやってきた。

柔らかく清潔な竹の寝台に横たわっていると、逆に全身がふわふわとしてしまって妙に現実味が感じられない。

特に、沈清秋《シェンチンチウ》が壁一つ隔てたすぐ隣にいるのだと思うと、なおさら。

その夜、色々と考えすぎていたせいか、夢魔が洛氷河《ルオビンハー》の夢に現れることはなかった。

洛氷河《ルオビンハー》は動じず、静かに待った。そして三日後、予想どおり夢魔は再び現れた。

今回、夢魔は以前のようにややこしい結界を張ったりはしなかった。隠れるつもりもないようで、直接夢に現れた……黒いもやの塊としてだったが。

洛氷河《ルオビンハー》の前で集まっては散り、変化し続ける黒いもやから、例の老いた声が発せられる。

「小童、考えてみたか。どうじゃ?」

洛氷河《ルオビンハー》は言い返す。

「私の考えなど、夢魔先輩はもうご存じかと思いますが?」

夢魔は小さく笑う。

「この道を選んだこと、後悔することはなかろう。小童よ、この日のこと、その胸にしかと刻みつけておけ。今日からおぬしは破竹の勢いで成長していくのじゃ！」

破竹の勢いで成長したくない若者などいないだろう。夢魔はそう踏んで豪語したが、洛氷河《ルオビンハー》は浮ついた様子も見せず、抱拳《ほうけん》[44]をして続けた。

「もう一つ、お願いしたいことがあります」

「まだあるのか。さっさと言え！　気が済んだら、弟子入りの儀をするぞ」

そう促したものの、夢魔はすぐに自分の考えが甘かったことを思い知らされる……。

「まさにその件についてです。師尊が与えてくださった恩情は山の如く、あの方の許可なしにほかの者を勝手に師と仰ぐなど、とても……」

夢魔は我慢できずにその言葉を遮った。

「分かった、分かった！　もう師と弟子という名分はいらん。それでよかろう!?」

こんな惨めな大物など、いるだろうか？　わざわざ自らの術を伝授してやろうというのに、「師父」とすら呼んでもらえないのだから。

これでは、散々辛酸を嘗《な》めて、あれやこれやと尽くした挙げ句、一生日陰者にされたままの妾《めかけ》と変わらないではないか！

洛氷河《ルオビンハー》は「ありがとうございます」と微笑んだ。

沈清秋《シェンチンチウ》以外の者を「師尊」と呼ぶなど、ありえない。

もし夢魔にまだ肉体があったなら、洛氷河《ルオビンハー》の態度には怒りのあまり鼻が歪んだだろう。

この洛氷河《ルオビンハー》とやら、自らの師の前ではあんなに大人しくて聞き分けが良く、白い蓮華のように純粋そのものだったのに。なぜ自分を前にした途端、こうもやりづらくなるんじゃ！　完全に別人ではないか！

怒りでぽっくり逝ってしまいそうじゃ！

44　手を握り、もう片手でそれを包み、胸元の前で合わせる儀礼的な動作。

第四回　大会

光陰矢の如《ごと》し、月日に関守《せきもり》なし。

……こんなありきたりで陳腐な台詞《せりふ》など沈清秋《シェンチンチウ》も使いたくはなかったが、これ以上にしっくりくる言葉が見当たらなかった。

今現在、沈清秋《シェンチンチウ》は毎日清静峰《せいせい》でちょっと琴を爪弾いたり、書物を読み散らかしたり、書に励んでみたかと思えば、絵筆を走らせてみたり、トリャーッと武術の稽古をしてみたり……といった日々を送っていた。時折洛氷河《ルオビンハー》が作った料理においしくないとケチをつけ、柳清歌《リウチンガー》を訪ねては口喧嘩《くちげんか》や手合わせをし、岳清源《ユエチンユエン》に仕事の報告をする。そんなことを繰り返している間に日々は飛ぶように過ぎ、沈清秋《シェンチンチウ》は自身の立てた「この世界でダラダラと過ごして、のんびりと隠居生活を楽しむ」という目標を完璧に達成していた。

そう、仙盟《せんめい》大会が始まるまでは。

とうとう、この日がやってきた。のんべんだらりと過ごすことに慣れ切ってしまって、沈清秋《シェンチンチウ》はこの小説における最初の一大イベントを危うく忘れるところだった。

チート野郎洛氷河《ルオビンハー》の人生の折れ線グラフが底辺から天井目がけて急上昇し、美しくてお金持ちな女性を妻に迎え、同時に闇堕《やみお》ちルートへの第一歩を踏み出すきっかけとなる一大イベント……をすっかり忘れるなんて！

金箔《きんぱく》の施された招待状を受け取った時、油断しまくっていた沈清秋《シェンチンチウ》はしばらくの間、ぼうっとしてしまった。

仙盟大会。『狂傲仙魔途《きょうごうせんまと》』の最初の大きな山場にして、この小説のターニングポイントだ。

四年に一度開かれるこの大会は、才能ある新人を発掘、あるいはその新人たちが名を挙げる絶好の機会である。大門派の掌門《しょうもん》たちの取り決めで開催年により形式は異なるが、金榜《きんぼう》[45]が発表される。

名門の所属だろうが、落ちぶれて流浪の身となっていようが、大会で飛び抜けて見事なパフォーマンスを見せさえすれば、金榜に名が載り、天下に名声を轟《とどろ》かすことができる。

現実世界ではこの大会が始まるまで、『狂傲仙魔途』の評判自体はいいとも悪いとも言えない微妙な状態だった。ところが仙盟大会編が始まるや否や、書評やコメント、定期購読者、投げ銭が急増し嵐のように飛び交ったのだ！

それは、向天打飛機大先生《シアンティエンダーフェイジー》がもとよりほんのわずかしか持ち合わせていなかった節操を、仙盟大会を機に捨て去っ

45　科挙の合格者の名前を掲示した立札。ここでは成績上位者の順位表のようなもの。

てしまったから、というのもある。箸を持つ主人公の前に、流しそうめんかとツッコみたくなるぐらい次々に登場する女性キャラ、十八歳未満はお断りな描写のオンパレードに、読んだ者を赤面させ、心臓がドキドキ脈打ってしまうほどのギリギリを攻めた場面が次から次へと繰り広げられたのだ。ただ、人気に火がついたのは、もちろんそんなエロ要素のおかげばかりではない。沈清秋《シェンチンチウ》を虜《とりこ》にして、この作品を最後まで読もうと決めさせた最大の要因。

それは、妖魔体系である！

修真《しゅうしん》とはなんたるか明らかに知識不足で、登場人物たちの修真段階が築基《ちくき》期なのか元嬰《げんえい》期なのかすら、よくごっちゃにしていた向天打飛機《シアンティエンダーフェイジー》大先生。しかし、その点をツッコまれることがほぼなかったのは、当小説のウリはそこではなかったからだ。

『狂傲仙魔途』は〝修真〟モノ小説というより、むしろもっと直截的な〝化け物を倒してレベルアップしていくRPG《ロールプレイングゲーム》〟モノと呼ぶべきである。〝倒す〟ことが作品中に足りない〝修真〟の部分を補って余りあるほどの魅力を添えているのだ。これを修真モノとして評価するならば、地雷と粗だらけで破綻していると言われてしまうだろう。ところが〝化け物図鑑〟だと思って読めば、これがなかなかに面白い。

つまるところ、沈清秋《シェンチンチウ》はまもなく小説に登場する、奇妙な姿をした凶暴極まりない多種多様な妖魔たちと対峙《たいじ》するのである。

それは同時に、魔族の末裔《まつえい》であることが発覚した洛氷河《ルオビンハー》を、沈清秋《シェンチンチウ》が自らの手で無慈悲に無間深淵《むげんしんえん》へ突き落とす時がすぐそこまで迫っている、ということも意味する。

運命《ストーリー》の歯車は、ゆっくりと回り始めている……。

沈清秋《シェンチンチウ》は長いこと黙り込んでからようやく、片付けておいてくれと招待状を明帆《ミンファン》に投げた。

洛氷河《ルオビンハー》は夢魔《むま》が夢境《むきょう》の中で毎日指導してくれているため、疾風迅雷《しっぷうじんらい》の勢いでレベルアップし、とっくに一人前になっている。沈清秋《シェンチンチウ》はその事実に喜んで便乗し、はじめは蒼穹《そうきゅう》山派内の細々《こまごま》とした事務処理を任せていた。洛氷河《ルオビンハー》が一通りのことをこなせるようになると、毎日この少年が目の前をウロチョロしないよう、今度は山を下りての除魔や人助けといった仕事も任せるようになった。

沈清秋《シェンチンチウ》が快適すぎると思うくらい、洛氷河《ルオビンハー》は沈清秋《シェンチンチウ》に尽くしまくっていた。しかも、成長の過程で何を間違えたのか、やたらと沈清秋《シェンチンチウ》になつくようになってしまった……。

沈清秋《シェンチンチウ》とて、もしかして甘やかしすぎたのだろうかと反省することもある。適度に自分の好感度を下げ、システムに確固たる悪役としての立場を表明するべきか。このままでは心を鬼にして洛氷河《ルオビンハー》を一撃で無間深淵へ落とすという重要な仕事をこなせそうにない。

とはいえ、そんな反省をしたそばから、また洛氷河《ルオビンハー》の人畜無害な顔、苦労をいとわない姿を見ると、沈清秋《シェンチンチウ》の口はつい洛氷河《ルオビンハー》を褒める言葉を吐き出してしまうのだった。

「書を写し終えた／人を助け出せた／探しものを見つけた／料理ができあがったのか？　うむ、良くやった」

そして、ひとしきり褒めたあとは、そもそも自分が洛氷河《ルオビンハー》にどのような態度を取ろうとしていたか、綺麗《きれい》さっぱり忘れてしまうのである……。

招待状を片付けた明帆《ミンファン》は、自らの師尊の顔色があまり良くないことに気付いた。そういえば、あのクソガキ洛氷河《ルオビンハー》が山を下りてからというもの、師尊は厨房《ちゅうぼう》の料理に食欲が湧かないようで、ここ数日きちんと食事をしていない。

そう思い、明帆《ミンファン》は尋ねた。

「師尊、お粥《かゆ》をご用意しましょうか？」

沈清秋《シェンチンチウ》は本当に食欲がなく、手を振って「必要ない。もう下がりなさい」と答える。

それ以上何も言えず、大人しくその場を離れた明帆《ミンファン》だったが、その心は土砂降りの涙雨でぐしょぐしょだった。

（洛氷河《ルオビンハー》の野郎、ここ数年ですっかり師尊のお気に入りになりやがったな。それにひきかえこの俺は、師尊にお粥の一口すら食べさせられないなんて！）

それが料理の腕の問題かもしれないということには、思い至らない明帆《ミンファン》だった。

どれほど経《た》った頃か、沈清秋《シェンチンチウ》は再び自室に近付いてくる足音を聞いた。

「必要ないと言っただろう？」

「遠路はるばる苦労して戻ってまいりましたのに、師尊はこの弟子に目もくれずに拒絶するのですか？」

物腰の柔らかい、凛《りん》とした声が響いた。冗談まじりの不満を少しにじませながら。

その声に沈清秋《シェンチンチウ》は椅子ごとひっくり返りそうになる。勢いよく振り向けば、スラリとした体つきの十七歳の少年が白い衣に身を包み、部屋の入り口に佇《たたず》んでいた。顔を見れば口角を少し持ち上げて笑みを浮かべ、爛々《らんらん》とした熱い視線を沈清秋《シェンチンチウ》に向けている。

洛氷河《ルオビンハー》が背負っている長剣は、万剣峰《ばんけん》から引き抜いた「正陽《せいよう》」だ。その名は今の洛氷河《ルオビンハー》の気質と合わさって、いっそう引き立てられていた。そう引き立てられていた。剣身は霊光が輝く極上の名剣で、いっ洛氷河《ルオビンハー》が岩壁から引き抜いた時は、同門たちから驚嘆の声が上がったほどだった。とはいえ、本来、洛氷河《ルオビンハー》専用の剣である「あの剣」と比べると、同じ次元では語れないが。

沈清秋《シェンチンチウ》は気持ちを落ち着けて口を開いた。

「今回はずいぶん早く戻ってきたのだな？」

洛氷河《ルオビンハー》は沈清秋《シェンチンチウ》の横の席に腰を下ろす。ゆったりとした手つきで茶を一杯淹《い》れて、沈清秋《シェンチンチウ》の手元へ差し出した。

「そこまで手こずるものではありませんでしたし、何より一刻も早く師尊にお会いしたかったので。だから、一度も休むことなく全速力で帰ってまいりました」

言う人が言えばチャラいことこのうえない台詞だが、主人公の洛氷河《ルオビンハー》が口にすると、どれほどチャラい台詞でも極めて真摯で思いやりに満ちたものに聞こえるから不思議だ。

そしてそれは、沈清秋《シェンチンチウ》に……こうかはばつぐんだ！

沈清秋《シェンチンチウ》は茶杯を持ち上げ、一口飲んだ。穹頂峰《きゅうちょう》から失敬してきた雪山育ちの香り高い茶のはずなのだが、味がよく分からなかった。

「仙盟大会がもうすぐ始まるな」

沈清秋《シェンチンチウ》が切り出した。

洛氷河《ルオビンハー》はとうにそのことを知っており、先回りするように問う。

「清静峰からの参加者の名簿原案を作成しましょうか？　できましたら師尊にもご確認いただきますので」

ここ数年、些細《ささい》なものから重要なものまで、沈清秋《シェンチンチウ》はこういった雑用を全部洛氷河《ルオビンハー》にやらせていた。洛氷河《ルオビンハー》はこんなにも利口で従順なうえに、何をするにも用意周到で手抜かりもない。わざわざ自分でやらなければならない理由など、どこにもない……しかも、提出前には必ず、何か間違いがないか確認のため沈清秋《シェンチンチウ》へ見せに来る。そして毎回、沈清秋《シェンチンチウ》はこう言ってやりたいのを我慢する。

（マジで俺にもう一回確認させる必要なんてないって！

正真正銘、お前は俺よりもデキる子だ！）

「原案ができたら、直接掌門師兄に報告すればいい」

沈清秋《シェンチンチウ》の返事に洛氷河《ルオビンハー》はコクリとうなずく。まだ何かを言おうとして、洛氷河《ルオビンハー》はふと、違和感を覚えた。

今日の沈清秋《シェンチンチウ》は、いつにも増して自分のことを気に掛けているように思えた。

洛氷河《ルオビンハー》は嬉《うれ》しくなって、我慢できずに笑いながら問いかける。

「師尊はどうしてずっとこの弟子を見つめておられるのです？　もしかして長い間離れていたから、師尊も会いたいと思ってくださっていましたか？」

「私が育てたのだ、見てはいけないのか？」

そう答えた沈清秋《シェンチンチウ》に、洛氷河《ルオビンハー》はクスクスと笑う。

「もちろん、そんなことは。師尊、この弟子はお気に召していらっしゃいますか？」

沈清秋《シェンチンチウ》は小さく笑って首を横に振り、言葉をじっくりと練った。

「氷河《ビンハー》」

沈清秋《シェンチンチウ》は大事な話をしているのだと察し、洛氷河《ルオビンハー》もすぐに「はい」と真面目な顔になる。

洛氷河《ルオビンハー》の両目をじっと見つめて、沈清秋《シェンチンチウ》は聞いた。

「強くなりたいか？　それこそ比類なく、天下の誰もがそなたに挑もうとすらしないほどに」

この質問の答えを、洛氷河《ルオビンハー》はとうに持っていた。姿勢を正し、ためらうことなく沈清秋《シェンチンチウ》をまっすぐに見据える。

「はい！」

きっぱりとした返事に沈清秋《シェンチンチウ》は内心ホッとしながらも、さらに問いを重ねる。

「たとえそうなる前にあまたの苦しく辛《つら》い目に遭い、無数の困難を経験して、心身ともに崩壊しそうなほど追い込まれたとしても、至高の強者になりたいのだな？」

洛氷河《ルオビンハー》はゆっくりと答えた。

「苦痛も困難も、氷河《ビンハー》は恐れておりません。大切な方と物事を守れるくらいにさえ強くなれれば、それでいいのです！」

洛氷河《ルオビンハー》の答えを耳にして、沈清秋《シェンチンチウ》の心はやっと多少穏やかになった。

そのとおりだ。洛氷河《ルオビンハー》よ、将来両手に抱えきれないぐらいの、花や玉《ぎょく》のように麗しい無数の後宮美人たちを守るため、絶対にお前は強くならないと！

彼を待ち受ける出来事にまだまだ心苦しさは拭えないが、これは主人公が殻を破り、蝶《ちょう》へと羽化するためには避けて通れぬ道。そう考えれば、沈清秋《シェンチンチウ》も覚悟を決めざるを得ない。

こうした自分への刷り込みはすっかり慣れっこになっていた。けれども何度手を替え品を替え自分を騙《だま》そうとも、沈清秋《シェンチンチウ》は相変わらず微塵《みじん》も楽しい気持ちにはなれなかった。

＊＊＊

三日後、蒼穹山の十二峰それぞれから参加する弟子たちの名簿が出揃《でそろ》い、みんなで一斉に大会へ向かうことになった。

今回の仙盟大会の開催地は絶地谷《ぜっちこく》という、数里にわたって複雑な地形を延々と展開している山脈だ。

すでに名を成している者は立場もあるので、大会に再度参加してあえて後輩たちの前へ出しゃばるようなことはしない。そんな必要もないし、価値もないのだ。そのため、十二人の峰主、および師叔や師伯レベルの者たちは参加しない。とはいえ、参加人数の枠自体が大きいため、当然参加者も多いに越したことはない。

大会の準備を整え、十二峰から絶地谷へ向かった参加者の数は、最終的になんと百人以上になった。

これだけの人数が御剣《ぎょけん》で飛んだりしたら、目立ちすぎるうえ明らかに近所迷惑である。それもあって、一行はまた馬車で移動することになった。

修真小説なのに、朝から晩まで馬や馬車に乗るなんて！　沈清秋《シェンチンチウ》はなぜ向天打飛機《シアンティエンダーフェイジー》がこのような世界観を創り出したのか、永遠に理解できないだろう。しかし、どれほどツッコむべきことでも、三年もツッコみ続けていればネタもなくなる。沈清秋《シェンチンチウ》はもうそんなことはどうでもよくなっていた。

ほとんどの者は、馬に乗ることを選んだ。そのほうがカッコ良く勇ましく見えるからだ。しかし、沈清秋《シェンチンチウ》にとってそんなことは二の次だ。乗馬が苦手なので転んで首の骨を折りたくはないし、外で風雨や日光にさらされるなど大変なうえに優雅でもない。そういうわけで衆人が見ている中、沈清秋《シェンチンチウ》は馬車へと乗り込んだ。

馬車にはとっくに先客がいた。扇子で簾《すだれ》を持ち上げて中に入ってきた沈清秋《シェンチンチウ》を見るや、蔑みのこもった言葉が飛んでくる。

「大の男が私《わたくし》と場所を取り合うなんて！」

美しく艶やかな顔立ち、綺麗に結わえた髪に豊満な胸。仙姝峰《せんしゅ》の主、斉清萋《チーチンチー》その人である。

原作において、斉清萋《チーチンチー》と沈清秋《シェンチンチウ》は特に仲良くもなければ、これといった付き合いもなかった。しかし、ここ数年沈清秋《シェンチンチウ》はたまに斉清萋《チーチンチー》と共に仕事をすることがあり、思ったことをそのまま口にする率直でサバサバとした彼女の性格を知ったため、そこそこ仲良くやれている。

沈清秋《シェンチンチウ》は扇子で斉清萋《チーチンチー》を追い払って場所を空けさせながら、泰然自若として言い放った。

「私は病人だからな」

場所こそ空けたものの、斉清萋《チーチンチー》はまだ負けじと続ける。

「ずいぶんちやほやされていること！　甘やかされた赤ちゃんみたいで、金丹《きんたん》期の修真者らしさが全然ないわ！　まさかと思うけれど、あとで誰かがおやつまで食べさせに来たりするんじゃないでしょうね？」

その言葉に沈清秋《シェンチンチウ》がハッとして「そうだった。師妹、思い出させてくれてありがとう」と言いながら、馬車の壁を扇子の柄で叩《たた》いた。

ほどなく馬車の窓の簾が持ち上げられ、笑顔の洛氷河《ルオビンハー》が顔を覗《のぞ》かせた。

「師尊、おやつにしますか？　お水にしますか？　それとも腰を揉《も》みましょうか？」

勇み立っている白馬に、このうえなくハンサムで朗らかな少年。日の光に照らされ、目の前がパッと輝いているようにすら見える。

「そなたの斉《チー》師叔が菓子を食べたいそうだ」

そう言った沈清秋《シェンチンチウ》に、洛氷河《ルオビンハー》は即座に懐から美しく繊細に包まれた菓子を取り出して差し出す。とっくに用意していたようだ。

「師尊、何かありましたらいつでもお呼びください」

一言念を押してからやっと、洛氷河《ルオビンハー》は簾を下ろした。

その横を、柳清歌《リウチンガー》が馬を走らせながら、「フンッ」と聞こえよがしに鼻を鳴らして通り過ぎる。

「ああ、そうする」

そう答えてから、沈清秋《シェンチンチウ》は視線を下げて包みを開けた。

「龍《りゅう》のひげ飴《あめ》か、悪くないな」

そして振り向き「食べるか？」と菓子を斉清萋《チーチンチー》へと差し出す。

……今のこの気持ちをどう言い表せばいいのか、斉清萋《チーチンチー》には分からない。

そう、きっと私は納得できないから苛立《いらだ》っているのよ、と彼女は思った。こんなに気遣いができて、霊力も高い素晴らしい弟子を育てたのが、ほかでもない沈清秋《シェンチンチウ》だなんて。

実のところは、そうではない。彼女は知らないだけなのだ。この光景を見た者の気持ちを表すぴったりな言葉、「砂糖吐きそう」を。

龍のひげ飴を食べ始めた沈清秋《シェンチンチウ》に目もくれず、斉清萋《チーチンチー》はなおも食い下がる。

「溟煙《ミンイエン》すら馬に乗っているのよ！」

沈清秋《シェンチンチウ》に少しでも羞恥を感じさせられれば、これすなわち勝利である。

手持ち無沙汰であったため、沈清秋《シェンチンチウ》は外を見やった。その言葉どおり、面紗《めんしゃ》を着けた柳溟煙《リウミンイエン》が自らの剣「水色《すいしょく》」を背負って、姿勢正しく馬に乗っていた。そよ風が吹き、紗《うすぎぬ》で作られた彼女の衣がふわりと舞う。今にも天に昇りそうな仙女を思わせる姿だ。

目の保養でしかない。沈清秋《シェンチンチウ》は思わずその光景をしばらく眺めて、つくづくとこぼした。

「なんと美しいことか」

「ちょっと！」

斉清萋《チーチンチー》が吐き捨てるように告げた。

「私の愛《まな》弟子を変な目で見ないでちょうだい！」

このやり取りは、近くにいた洛氷河《ルオビンハー》の耳に全部入っていた。彼は一瞬にして青ざめる。

ところが沈清秋《シェンチンチウ》はそれにはまったく気付かず、菓子を食べながらいっそのこと堂々と眺めることにした。今の沈清秋《シェンチンチウ》の気持ちを例えるなら〝映画館でポップコーンを食べてコーラを飲んで、本編が始まるのを待つ観客〟である。

（だって相手はあの柳溟煙《リウミンイエン》だぞ！　主人公とヒロインが同じ場所にいて、愛が芽生えたりイイ雰囲気になったりしないなんてありえない！）

柳溟煙《リウミンイエン》を見つめる自らの師尊に気付いて、洛氷河《ルオビンハー》の手綱を握る手にはますます力がこもり、節々も白くなる。

「なんと美しいことか」だって？

柳溟煙《リウミンイエン》は顔すら出していないのに。自分より美しいなんてあり得るのか？

決して自惚《うぬぼ》れているわけではない。洛氷河《ルオビンハー》はただ、自らの容貌がいかほどのものか普段からよく知っているだけなのだ。それでいい気になることはないが、謙虚ぶって自分を卑下することもない。

しばらく経っても一向に視線を戻そうとしない沈清秋《シェンチンチウ》の様子に、とうとう洛氷河《ルオビンハー》は我慢できなくなり、鞭《むち》で馬の歩みを速めて前へ出ると柳溟煙《リウミンイエン》の横に並んだ。

洛氷河《ルオビンハー》は柳溟煙《リウミンイエン》に顔を向けると、ニコッと微笑《ほほえ》んで「柳《リウ》師妹」と挨拶する。

少し驚いた柳溟煙《リウミンイエン》は会釈して挨拶を返す。

「洛《ルオ》師兄」

（うおおおおっ！　来た来た、ついにｷﾀ━━(゜∀゜)━━!!）

小説の中でも書かれていた、絶世の美男美女が横並びで馬を走らせるシーン。それを生で見られる日が来ようとは。沈清秋《シェンチンチウ》はひそかに大興奮して、我慢できずにさらに顔を突き出した。

洛氷河《ルオビンハー》が横目でちらっと見ると、沈清秋《シェンチンチウ》は視線を逸《そ》らすどころかあふれんばかりの情熱を込めてこちらを見ているではないか。洛氷河《ルオビンハー》は思わず呆《あき》れ、歯ぎしりしたいほどに憂鬱な気持ちになってしまう。そのまま柳溟煙《リウミンイエン》と談笑しながら気付かれないように二人の馬をますます速く走らせ、ついに沈清秋《シェンチンチウ》が上半身を乗り出さなければ見えないほど離れていった。

沈清秋《シェンチンチウ》は興ざめして席に戻るしかない。

なんで忘れてたんだろう。主人公とヒロインのイチャイチャタイムに、二人の間にぶら下がる電球のようなお邪魔虫やおせっかいな傍観者などが同席させてもらえるはずなどないのに。

とはいえ、あの子も大人になったものだ。恋をしてもバレないように目上の人間の目の届かないところに隠れたりするんだから……もしかして、ついに反抗期か？


絶地谷。

そこは起伏した七つの山々の連なりで、青々とした緑に覆われている。そこここに穏やかに湧き出る泉が見て取れ、ぱっと見では分からないものの川も流れている。それだけではない。滝や奇妙な形をした岩、奥深い谷に高い峰が秩序なくさまざまな場所に分散しているのだ。

絶地谷という名の如く〝人を絶体絶命の窮地にまで追い込む〟ような地形が続いたかと思えば、次の瞬間には〝捨う神あり〟と言わんばかりに開けて曲がりくねった道が現れる。沈清秋《シェンチンチウ》に言わせてみれば、ここで何もドラマが起きないはずがないというぐらい全てが整った、それこそ冒険するには欠かせない絶好の場所[46]なのだ。

46　映画『詩人の大冒険』（一九九三）からのミーム。映画では毒薬を紹介する際の台詞として、「家の備えつけ、旅行のお供、殺人に欠かせない一品」となっている。

大会へ参加する才能ある新人たちは段取りに従ってきっちりと陣列を作り、谷の前にある巨大な天然の石台を囲んでいる。

参加するのは主に四大修真門派の弟子たちだ。蒼穹山を先頭に、すぐ後ろに昭華寺《しょうか》が続き、天一観《てんいち》、そして幻花宮《げんか》がある。

四派のうち、総合的に見て一番バランスが取れているのが蒼穹山だ。十二峰にはそれぞれ得意分野があり、その中身は多岐にわたる。

寺と観という名称は、その名のとおり僧侶や道士など、要するに出家した者たちの集まりであることを表す。

一方、幻花宮は雑駁《ざっぱく》だと言えるかもしれない。多種多様な指導理念を持ち、奇門遁甲《きもんとんこう》[47]に長《た》けていて俗世《ぞくせ》との関わりが一番濃い。彼らの術の腕前がどの程度かは分からないが、明確に言えることが一つだけある。幻花宮は大会の都度どの門派よりも多くの資金を出しており、ここが一番の金持ちであるということだ。

四大門派のほかにも、数え切れないほどの中小門派が参加しており、最終的に名乗りを挙げて絶地谷へ集まった参加者はゆうに千人を超えていることは確実だった。

普段は静まり返って人気《ひとけ》のない谷の入り口に、いきなり千人以上もの人間が集まった。そもそも人間を見たことがない山の動物たちは驚きのあまり姿を現し、このうえなく賑《にぎ》やかである。

観戦者たちのために、谷の入り口の四方には高台が建てられていた。各門派を代表する色とりどりの旗が、台の上でヒラヒラとはためいている。掌門たちの特等席は最上階にあり、蒼穹山一行は岳清源《ユエチンユエン》を筆頭に高台へ着席した。

沈清秋《シェンチンチウ》が席に着くと、すぐ近くに白髪の老人が鷹揚《おうよう》に構えて座っていた。彼は蒼穹山の面々へ挨拶を済ませると、こちらに対しても「沈《シェン》仙師」と会釈をしてくる。

老人、すなわち幻花宮の老宮主は洛氷河《ルオビンハー》の実母の師でもある。沈清秋《シェンチンチウ》は皇族と面会するような気分で挨拶を返した。

ほどなくして、幻花宮の門人が一人石台へ上がった。一番出資しているのは幻花宮なので、司会者も幻花宮が務める。まあ当然と言えば当然のことである。台の下にいる者たちは徐々に静まり、大会の流れを説明する司会者の声に意識を集中させ耳を傾ける。

司会者は相当に鍛え上げた修為《しゅうい》の持ち主のようで、長々

47　占いや陣法の原理。

とした説明を息継ぎすることなく一息に話し、高台にいる者を含めて、その場にいた全員へしっかりと声を届けることができた。

「大会の期間は七日間です。皆さんが谷に入ったあとは、絶地谷全体を覆う巨大な結界が張られます。七日間、参加者は全員、外部と連絡を取ることはできませんし外部の状況を知ることもできません。一方、観戦者の皆さんは谷の上空に放たれた霊鷹《れいよう》を通して、場内の状況を知ることができます。谷の中にはすでに百種類以上、数にして五千近い妖魔が投入されています。一体倒すごとに念珠《ねんじゅ》を一粒獲得できます。妖魔の強さによって、念珠が含む霊気も大きく異なります。全員、手首に金糸《きんし》を着けていますね？」

台の下にいた弟子たちはすぐさま揃って手首の金糸を掲げる。なかなかに壮観な光景だ。

司会者は続ける。

「念珠を獲得したあとに金糸へ通すと、皆さんの成績がこの順位を示す金榜に表示されます」

金榜は高台の向かい側に設置されている。全部で八枚もあるが、その中でも注目を集めるのは当然一枚目のトップ一〇〇、特に上位十名だろう。「文に第一無し、武に第二無し」という言葉がある。これは文才に優劣こそあれど、明確な基準がないため順位がつけられない。対して、武術は戦えば強弱がはっきりと分かるので、一位しか注目されないという意味であり、まさしくこの概念が具現化したようなものである。

最後に、幻花宮の門人は厳しい警告で締めくくった。

「門派間の念珠を巡っての私闘、もしくは強奪は禁止です！　陰で暴力をふるうなど、卑怯《ひきょう》な手を使って他人の念珠を奪った者は見つけ次第直ちに大会参加資格を取り消し、向こう三大会の間、出場禁止となります」

三大会というと、十二年だ。

ここにいる新人たちは玉石混交である。世間知らずな若者もいれば、世渡り上手でずる賢い者やさまざまな経験を経てきたゴロツキ、チンピラの類いも少なくない。参加者同士の暴力を禁止しなければ、おそらく大会全体がこのうえなくカオスな状態となり命に関わることもあるだろう。そのため、このルールはなくてはならないものだった。

参加者向けの注意事項を聞くのはつまらなく、暇すぎて沈清秋《シェンチンチウ》は骨まで痒《かゆ》くなる気がした。外見上は下の状況を集中して観察しているように見えるが、その心はすでにどこか遠い場所へ旅立っている。

　そんな沈清秋《シェンチンチウ》の耳にふと、近くにいたどこかの門派の掌門の身内らしき女性たちのひそひそ話が届いた。

「あの子、どこの門派の弟子かしら？　すごく整ったお顔立ちだわ」

「公儀師兄《ゴンイー》に負けず劣らず、白い衣がよく似合うこと」

「でも、公儀師兄《ゴンイー》はお顔が際立って麗しいだけではなく、霊力も高いのよ。比べるのもおこがましいわ」

「はいはい、公儀師兄《ゴンイー》が世界で一番すごいんだもんね。そんなにすぐ食ってかかるなんて、もう認めたら？」

「み、認めるって何を？　もうこのお馬鹿、なんてことを言うの！　さっきの台詞、もう一回言ってみなさいよ！」

　恥ずかしさのあまり怒り出した声と、笑いながらじゃれるような声がしばらく続いた。彼女たちのやり取りから、沈清秋《シェンチンチウ》はその話題の主が参加者の中で一際目立つ、白い衣を身に着けた、清らかで浮き世離れしたオーラを発する洛氷河《ルオビンハー》のことだと察した。

　もっと言えば、このように洛氷河《ルオビンハー》を盗み見したり、あれこれ値踏みしているのはこの女性たちだけではなかった。石台の下に集まっている参加者の少女の多くがこっそりと洛氷河《ルオビンハー》の姿を盗み見ては、次々と美しい頬をほんのりと赤く染めていたのだ。

　先ほどの女性たちは相当控えめな音量で話していたが、何ぶんここに鎮座する者たちは修為を積んだ実力者揃いだ。ご多分にもれず皆極めて鋭い五感を持つため、その会話が耳に入らないわけがない。女性たちはまだかなり若く、自分たちの声量を気にすることもなかったので、本人たちは内緒話のつもりでもすっかり筒抜けだったのだ。それでも年長者たちは皆気を遣い、女性たちの親類縁者であろう掌門――額に手を当て素知らぬふりを貫いている――の顔を立てまっすぐ前を見て何も聞こえていないふりをする。

　その場に漂う気まずい空気を払拭するため、誰かが軽く二度ほど咳払《せきばら》いをして笑顔で口を開いた。

「どうでしょう。前回の大会と同じように、ちょっと占ってみませんか？　今回の仙盟大会で、抜きん出た成績を残す優秀な新人が誰なのか」

　その言葉に、沈清秋《シェンチンチウ》はにわかにやる気が出てきた。

　ここでいう「占い」とは、文字どおり指を折って占うことではない――「賭け」である。

　簡単に言えば、自分が期待する新人に賭けるのだ。修真者にだって、このぐらいの娯楽は必要だろう。

何よりも、賭けるものは金銭などという、彼らの言うところの野暮な俗物などではない。法器やら霊石やら、それから修練のためにほかの門派に預ける弟子の数などである。本当に大事なものを賭けたりはしないが、これも仙盟大会の伝統的な余興の一つなのだ。

岳清源《ユエチンユエン》のように厳粛で真面目なトップクラスの掌門は立場もあることから、このようなことには参加しない。しかし、当然この確実に盛り上がれる余興に混ざりたい人間は少なくない。すぐに、高台の上は熱気に包まれ、数十もの賭け事を行う声が飛び交った。多くの人は自らの門下の、特に秀でた弟子に賭けた――たとえば斉清萋《チーチンチー》は柳溟煙《リウミンイエン》の優勝に賭けている。

沈清秋《シェンチンチウ》は大して考える素振りも見せず、いきなり洛氷河《ルオビンハー》に五千霊石を賭けようとした。

あまりにも豪快なやり方に、ちょっとしたどよめきが起こる。礼儀正しく昭華寺の方丈《ほうじょう》と世間話をしていた岳清源《ユエチンユエン》さえ、一旦会話を止めて沈清秋《シェンチンチウ》を見やった。

何か言いたげなその様子に、沈清秋《シェンチンチウ》は口を開く。

「掌門師兄、ただの遊びだ。多少なりと氷河《ビンハー》の励ましになればと思ってな」

柳清歌《リウチンガー》が冷ややかに笑う。

「『ただの遊び』なんてよく言ったもんだ。たとえお前の清静峰を掘り返したとしても、霊石の千個も見つかるか?」

沈清秋《シェンチンチウ》は言葉に詰まった。確かにない!

ここでは誰にどれくらい賭けるか表明し、それを紙に書けば賭けが成立したことになる。支払いは全てが終わったあとのため、この場で自分の手持ちを明らかにする必要はない。それに、皆地位も立場もある者ばかりなので、踏み倒しの心配もないのだ。

なんせ今回の賭けは絶対に勝てることを沈清秋《シェンチンチウ》は知っていた。だからこそ思い切った額を賭けたのだ。どうせ沈清秋《シェンチンチウ》の資産がいかほどなのか、誰も知らないのだから。

岳清源《ユエチンユエン》は二人のやり取りが門派の恥にならぬよう、急いで丸く収めようとする。

「もういい、声を落としなさい。あるに決まっているだろう」

斉清萋《チーチンチー》も口を挟み、ずばり痛いところを突いてくる。

「掌門師兄が出すの?」

「あぁ、私が出す」

「負けたら誰が払う？」

問いかけたのは柳清歌《リウチンガー》だ。

「私が」

岳清源《ユエチンユエン》は答えた。

「勝ったら誰のものに？」

今度は沈清秋《シェンチンチウ》が質問をする。

「君のものに」

交渉成立。柳清歌《リウチンガー》以外の全員が大満足な結果だ。沈清秋《シェンチンチウ》は上機嫌で賭けに行った。

ほかの者たちは一様に「洛氷河《ルオビンハー》という名前なんて、一度も聞いたことがないのになぜ」という疑問でいっぱいだった。ただし、こればかりは彼らのせいではない。今の洛氷河《ルオビンハー》は、謙虚で控えめなスタイルを突き通している。手柄を自分のものにしようとせず、良いことをしても任務を無事に完了すれば黙ってその場からいなくなってしまう。だからいつまで経ってもその名が知られることはなく、まだ異彩を放ったことがないのだ。周りの人たちはそのあたりの事情を知らないので、沈清秋《シェンチンチウ》の行動は弟子の幸運を祈って、励ましのためのものだという言葉そのままに受け取られた。


一方、高台の下では、参加者たちが揃って宣誓をしたあと、正式に入場が始まった。

いかんせんその人数の多さから、十二の入山門が設置されていた。参加者は門派が入り混じった状態で、門ごとに振り分けられて中へ入っていく。皆一様にひどく緊張した面持ちで絶地谷の中へ、長く険しい道のりへの第一歩を踏み出した。

そんな中、高台の上では、功績も名声もある先輩たちが一通り賭け終わったところだった。ゆったりと落ち着いてあれこれ議論したり雑談したり、ひまわりの種を食べ始めた者もいる。

霊力によって操られた百を超える霊鷹たちが、谷の上空を飛び回っている。爪に嵌《は》められた銀の輪には特殊な晶石《しょうせき》が取りつけられており、空高く舞い上がると地上の人々や出来事、景色をその晶石でとらえて高台の前に設置された数枚の晶石鏡へ投影するのだ。いわば現代の監視カメラのようなものである。

誰かが顔をほころばせた。

「やはり、公儀蕭《ゴンイーシアオ》が入ったばかりなのにもう一位になりましたな！」

金榜では上位十名の名前が眩《まぶ》しく輝いている。「公儀蕭《ゴンイーシアオ》」という金色の三文字は早くも一位に躍り出ていた。名前のすぐ後ろに表示されている数字は「十二」。つまり入山してまだ半時辰《はんじしん》も経っていないのに公儀蕭《ゴンイーシアオ》はすでに妖魔を十二体倒し、十二個もの念珠を手に入れたということになる。

すぐあとに続く二位の柳溟煙《リウミンイエン》ですら、まだ念珠を六個しか手に入れていない。公儀蕭《ゴンイーシアオ》とは二倍もの差があるのだ。

晶石鏡に一人の白い衣の少年が映し出された。行雲流水《こううんりゅうすい》の如く何事にもとらわれないあか抜けた様子で、動きは稲妻のように素早い。彼は一瞬にして、けたたましい悲鳴を上げて飛び掛かってきた怨霊を跡形もなく消し去った。

絶えず耳元に響く称賛の言葉を聞きながら、沈清秋《シェンチンチウ》は微笑むだけで何も言わなかった。

この公儀蕭《ゴンイーシアオ》はいかにも天の寵児然《ちょうじ》としていて、圧倒的なオーラをあふれさせているように見える。が、実のところ同レベルの者たちよりもすこーしだけ強い程度の使い捨てキャラにすぎないのだ。

公儀蕭《ゴンイーシアオ》こそ、いわゆる「顔良し、家柄良し、才能もあって女の子にもモテて、意気揚々と若くして志を遂げるが、残念。あくまでも主人公の引き立て役にしかなれない」キャラの典型例である。公儀蕭《ゴンイーシアオ》は賭けでも一番人気だったが、あいにく、首位の座はまもなく洛氷河《ルオビンハー》によって奪われてしまう。

洛氷河《ルオビンハー》の名前はまだ金榜の中くらいにあった。後ろの数字は「一」しかなかったが、沈清秋《シェンチンチウ》はちっとも心配していない。今夜、子《ね》の刻《こく》になって、あの手に汗握る大騒動が幕を開ければ、洛氷河《ルオビンハー》の名は誰にも止められない勢いで金榜を駆け上がるのだから！

仙盟大会、初日。子の刻近く。

金色の丸い月が空高く輝き、高台には明かりが煌々と灯《とも》されていた。

複数ある鏡の中から、沈清秋《シェンチンチウ》はようやく洛氷河《ルオビンハー》を映し出している一枚を見つけた。彼は森の中をゆっくりと進んでおり、身綺麗なままで疲れた様子もない。その目は星のように煌《きら》めき、晶石鏡をまっすぐに貫きそうなほどだ。

しかし、洛氷河《ルオビンハー》は一人ではなかった。

ほとんどの参加者は単独行動をしている。複数人で協力して妖魔を倒すと、手に入れた念珠の分配でモメることになる。せいぜい気心の知れた師兄弟などと二、三人で組むぐらいだ。

女性参加者の中にも当然頭一つ抜けた強い者はいる。しかし全体としては女性参加者の実力はそこそこで、精神的にもさほど強くない者が多く、誰かの助けを必要とする場面があった。自然と女性たちは仲の良い師姉妹同士で組むことになるため、道中じゃれ合ってばかりで真面目に参加する者は少なく、大事を成せるような見込みがないのが大半だ。

ところが、洛氷河《ルオビンハー》の周りにはあろうことか七、八人がついて来ていた。それもか弱い女性だけでなく、年若い弟子まで引き連れている。この異様な光景のせいで、やがて公儀蕭《ゴンイーシアオ》の勇姿からこの能力も効率も低そうな、数ばかり多い一行へと好奇の眼差《まなざ》しを向ける者が現れた。

その中で洛氷河《ルオビンハー》の一番近くを歩いているのは、道を照らす松明《たいまつ》がわりに夜明珠《やめいしゅ》を掲げている、薄黄色の衣を着た幻花宮の弟子だった。端麗で上品な容姿をもつその女性は、足をくじいたのか、片足を少し引きずりながら歩いている。おそらく、妖魔と戦っている時に怪我《けが》をしたのだろう。彼女は申し訳なさそうに口を開いた。

「洛《ルオ》師兄、本当にごめんなさい。先ほど助けていただいたうえに、またこうしてご迷惑を掛けるなんて。私たちを守らなければ、とっくにもっと先へ進めていたのに……足を引っ張ってしまってすみません」

洛氷河《ルオビンハー》は百点満点な答えを返す。

「同じ修真者として、お互い助け合うのは当然ですから」

沈清秋《シェンチンチウ》は小説前半における洛氷河《ルオビンハー》の白蓮華《しろれんげ》スタイルをよく知っているため、このような光景に少しも動じなかった。

洛氷河《ルオビンハー》は妖魔を倒しながら、弱者たち――女性や若い弟子――の面倒も見なくてはならない。そのせいで、一日経っても順位が上がってこなかったのだ。でなければ、洛氷河《ルオビンハー》の実力なら、公儀蕭《ゴンイーシアオ》を負かすことなど容易《たやす》いはずである。明帆《ミンファン》ですら、なかなか悪くない順位につけているのに……でも大丈夫。ここから洛氷河《ルオビンハー》の逆襲が始まるのだから！

沈清秋《シェンチンチウ》はふつふつと湧き上がる「俺の弟子は世界最強だし！　お人好《ひとよ》しで優しすぎるうえに、なめられやすいという欠点さえなければ、本来お前らに勝ち目なんてないんだからな！」という激しい憤りにも似た感情がいったい何を意味しているのか、意識することはなかった。

岳清源《ユエチンユエン》が笑う。

「清秋《チンチウ》、君のあの弟子の品性は見るべきものがあるね」

沈清秋《シェンチンチウ》は広げた扇子の後ろで微笑み、その言葉を穏やかに受け入れた。

斉清萋《チーチンチー》が鼻を鳴らす。

「確かにね。こいつの弟子だとはとても思えないわ」

周囲の者も口々に褒め称《たた》えた。とはいえ、それらが全て本心であるとは限らない。品性が良くたって何になる？　仙盟大会で必要なのは実力なのだ。彼らにとって洛氷河《ルオビンハー》のこんな行動は、青臭さの表れにしか思えない。

沈清秋《シェンチンチウ》のそばに座っている幻花宮の老宮主は、晶石鏡に映る洛氷河《ルオビンハー》の顔をまじまじと見つめると、気付かれないほどかすかな声で「ん?」と漏らして立ち上がりかけた。

沈清秋《シェンチンチウ》は前を向いたまま素知らぬふりをしていたが、なぜ老宮主がそのような振る舞いをしたのかは、よく分かっていた。

洛氷河《ルオビンハー》の美しい顔立ちは、実母譲りのものだ。昔の愛弟子とよく似た顔を見て、このような偶然もあるものだと愛弟子が懐かしくなったのだろう。洛氷河《ルオビンハー》はその愛弟子が産んだ子どもに他ならないのだが。

その頃、絶地谷にいる洛氷河《ルオビンハー》はこのか弱い弟子たちをどうしたものかと心の中で冷静に考えを巡らせていた。

道義的に言えば、まだ入門して間もない幻花宮の弟子たちを置いていくことはできない。ただし、仙盟大会で優秀な成績を残し、師尊のために栄誉を勝ち取る機会を逃すわけにもいかない。

こうして洛氷河《ルオビンハー》はどうやってこの局面から脱出すればいいのか考えを巡らせていたが、沈清秋《シェンチンチウ》はその様子を見て、むしろ洛氷河《ルオビンハー》は早速女の子とイチャついてるんだな、などと一人盛り上がっていた。

だってあの女の子は、洛氷河《ルオビンハー》のハジメテの相手！　婉約《えんやく》小師妹こと、秦婉約《チンワンユエ》なんだぞ！

沈清秋《シェンチンチウ》がこの小師妹で一番覚えていることと言えば、洛氷河《ルオビンハー》の童貞卒業を手伝った女の子であるということだ。そして後宮における日常的な腹の探り合いと陰謀の被害者になったキャラでもある。種馬小説の後宮に、時折『甄嬛伝《しんけいでん》』[48]並みのギスギスした雰囲気を漂わせるなんて、こんなことを書くのは向天打飛機《シアンティエンダーフェイジー》という変わり種くらいだろう。

48　『甄嬛伝（邦題：宮廷の諍い女）』とは中国のテレビドラマ。後宮の派閥争いなどを描いている。

ていうか、紗華鈴《シャーホワリン》が秦婉約《チンワンユエ》を猛烈に詰《なじ》るシーンを読むくらいなら、鬼頭蜘《きとうぐも》の交尾シーンのがよっぽどマシ！　十万字でも余裕でいける！

洛氷河《ルオビンハー》を救世主とあがめ、後ろを寸分離れずについて行く一行を見て、沈清秋《シェンチンチウ》はまた胸がもやもやし始める。

お荷物たちの中には、確かにまだ環境になじめずきちんと力を発揮できていない者もいる。彼らに関しては、なんらかのきっかけで調子が出てくるようになれば問題はないだろう。けれども、無学無能のくせに大会に残り続けたいだけの者もいる。こいつらはタチが悪く、ここぞとばかりに洛氷河《ルオビンハー》のおこぼれに与《あずか》って、あわよくば念珠と順位をちょっとばかしくすねてやろうとしているのだ。

闇堕ちした洛氷河《ルオビンハー》ならこのような輩《やから》、瞬《まばた》きする間に全員を殺していることだろう。

まったく、善人はいじめられるってこういうことか！

歩いている間、闇夜に乗じて襲い掛かってきたちょっとしたザコは、もれなく洛氷河《ルオビンハー》が指一本であっさり片付けた。剣を鞘《さや》から抜く必要もない。それでも、洛氷河《ルオビンハー》はペースを上げられずにいた。

なぜか？

幻花宮の女弟子の一人が秦婉約《チンワンユエ》に寄りかかって、しくしくと泣き始めた。

「お姉ちゃーん、足がすごく痛いよぉ」

前方にいた洛氷河《ルオビンハー》は足を止めた。しかし振り向くことはなく、うつむきこめかみを軽く押す。

その様子を見た秦婉約《チンワンユエ》は緊張した面持ちで視線を下げ、泣き出した少女を小声でなだめた。

「婉容《ワンロン》、もうちょっと我慢して。ね？　私たち、もっと速く歩かないと」

婉容《ワンロン》と呼ばれた少女は、ふええと泣き続ける。

「でも、ほんとに足が痛いし、もう歩けないもん！　それに一日歩きっぱなしで体も洗ってないから、すっごく気持ち悪いよ」

一行には苦労知らずな弟子も多く、一同は次々にその言葉に賛同した。もし沈清秋《シェンチンチウ》に大会の裁量権があったなら、とうに彼らの参加資格をはく奪して、絶地谷から蹴り出していたところだ。

その程度で足が痛くなるぐらいなら、なんで仙盟大会に参加したんだ。参加するのはまだ許すが、なんでほかの奴《やつ》の足まで引っ張るんだよ。ほら、柳溟煙《リウミンイエン》を見てみろ！　まったく大違いじゃないか。これぞ第一ヒロインってやつだ！

ただ、沈清秋《シェンチンチウ》とてこの秦婉容《チンワンロン》に対しては為《な》す術《すべ》がない。なんといっても、秦婉約《チンワンユエ》と秦婉容《チンワンロン》という美しい姉妹は洛氷河《ルオビンハー》の後宮メンバーなのだ。小説世界のお決まりに従えば、いくら墓穴を掘ろうが死なないのである。

沈清秋《シェンチンチウ》の心に、妙な苛立ちが広がった。

（氷河《ビンハー》お前さぁ……今後後宮に人を入れる時は、それなりのクオリティってもんを考えてもいいんじゃないかな……見た目がいいからってホイホイ連れ込むの、マジでやめろって。お前の後宮、クオリティにバラつきがありすぎて、この師はめちゃくちゃ心が痛いぞ！）

秦婉約《チンワンユエ》はちらりと洛氷河《ルオビンハー》の後ろ姿を見てから、声を潜める。

「婉容《ワンロン》、私たちはもうかなり洛《ルオ》師兄に迷惑を掛けちゃってるし……」

秦婉約《チンワンユエ》はまだ洛氷河《ルオビンハー》を頼りに、仙盟大会で頑張って名を残そうとしていた。もし物事を弁えない妹が洛氷河《ルオビンハー》をうんざりさせてしまったら、まずいことになる。

秦婉容《チンワンロン》は天真爛漫《てんしんらんまん》に答えた。

「洛《ルオ》師兄は優しいし、きっと気にしないよ。ねっ、洛《ルオ》師兄？」

ついに振り向いた洛氷河《ルオビンハー》は、相変わらず口元に少し笑みをたたえたままだった。比類ないほどに美しく、非の打ち所がない。彼は一言も発さなかったものの、どういうわけだか、秦婉約《チンワンユエ》はひそかに身震いした。

一方の秦婉容《チンワンロン》は脳みそが綿でできているのか、洛氷河《ルオビンハー》の微笑みを同意として捉えた。そして、「ランランラン」と歌いながらつむじ風のように近くの小川へ駆け寄った。

来るぞ！

沈清秋《シェンチンチウ》の目にグッと力がこもる。

先ほどのやり取りから、洛氷河《ルオビンハー》は秦婉容《チンワンロン》が体を洗おうとしているのかと思い、ぎょっとする。幸いなことに、秦婉容《チンワンロン》はそこまでのぶっ飛びキャラではなく、靴と靴下をぽいと脱ぎ捨て、足を小川へ浸すだけにとどめた。

ただ、ここは上流である。万が一下流で誰かが水を飲もうとしていたら……。

下流にいるそんな運の悪い弟子を哀れに思い、沈清秋《シェンチンチウ》は静かに心の中でかわいそうに、とロウソクの絵文字を送ってやった。

秦婉容《チンワンロン》が先陣を切ったせいで、真似《まね》する者が何人も現れた。そうしてあろうことか、彼らはそのままじゃれ合い始めたのである。

洛氷河《ルオビンハー》はその様子に呆れ果てるが、近付くわけにもいかず、遠くから声をかけるしかなかった。

「夜に水に入るのは危険です。みんな、なるべく早く上がったほうがいいかと」

沈清秋《シェンチンチウ》は少し妙に感じていた。原作で洛氷河《ルオビンハー》は、こんなにみんなと距離を取っていただろうか？　記憶違いではないはずだ。確か、原作の洛氷河《ルオビンハー》は心配して（もしくはサービスシーンを書きたい向天打飛機《シアンティエンダーフェイジー》大先生の下心から）彼らにつき添って川辺まで行っていた。そして、女の子たちが靴下から順々に脱いで足を露出していくというお色気ショーをたっぷりと堪能したのだ……脚フェチへのご褒美以外の何物でもない！

しかし目の前の現実では、忠告する洛氷河《ルオビンハー》の声にかぶさるように、川に入った弟子たちの楽しげな声が響いている。

「大丈夫ですよ！　洛《ルオ》師兄も一緒に入りましょうよ！」

その様子に、晶石鏡の前にいた掌門たちすら言葉を失った。

沈清秋《シェンチンチウ》もすっかり無表情だ。

（洛氷河《ルオビンハー》、なんで行かないんだよ！　今行かなかったらストーリーに置いてかれるぞ！）

秦婉約《チンワンユエ》は妹の行動が非常識なものであると分かっているので、言葉を慎重に選びながら洛氷河《ルオビンハー》に謝罪した。

「洛《ルオ》師兄、ごめんなさい。師妹たちは今回初めて仙盟大会に参加したので……」

ひどく恐縮しきった様子でそう言ったあと、苦渋の決断を下すかのように、秦婉約《チンワンユエ》は唇を軽く噛《か》みしめた。

「もし洛《ルオ》師兄のお邪魔をしてしまっているのであれば、もう私たちのことは放って、先に進んでください。私たちだけで大丈夫ですから……」

この台詞を今にも泣き出しそうな表情で話すなんて、ずいぶんと白々《しらじら》しい。平均レベルの良識を持ち合わせた男なら、ここでほったらかしになんてできないぞ！

洛氷河《ルオビンハー》が何か答える前に、突然小川のほうで絹を裂くような悲鳴が上がった。洛氷河《ルオビンハー》はサッと表情を変え、驚いて真っ青になった秦婉約《チンワンユエ》をその場に残し、小川へ駆けていく。

晶石鏡の前で見ている人々も身の毛がよだつ思いだった。

洛氷河《ルオビンハー》は剣を横にして前へ突き出し、低く問いかける。

「これはいったい？」

もともと五、六人の弟子が小川で足を洗い、じゃれ合っていた。なのに今、秦婉容《チンワンロン》を含めた二人の姿が見えない。沈清秋《シェンチンチウ》は洛氷河《ルオビンハー》の不甲斐《ふがい》なさに焦りと不満を覚える。

（ほーらみろ！　だから早く行けって言ったのに！　大事な奥さんが一人消えたぞ！　秦《チン》姉妹が欠けたら将来待ち構えてる超ド級3Pシーンはどーすんだよ!?）

洛氷河《ルオビンハー》の後宮メンバーの一員ともあろう秦婉容《チンワンロン》ちゃんが、まさか自分で掘った墓穴に飛び込むなんて！　これは沈清秋《シェンチンチウ》にも予想外の出来事だった。

　弟子の一人が甲高く叫んだ。

「さっき、急に水の底がフッと暗くなったかと思ったら、師姉たちが何者かに水の中へ引きずり込まれたんです！」

洛氷河《ルオビンハー》は直ちに手を伸ばし、驚きのあまりまだ小川の中に突っ立ったままだった弟子を引っ張り上げた。ところが最後の一人へ手を伸ばした時、その弟子はまるで足を滑らせたかのようにすてんと転んだかと思うと、川の水にたちまち飲み込まれてしまったのだ。そして皆の見ている目の前で、弟子は忽然《こつぜん》と姿を消したのである！

　それと同時に、川の中で黒い煙のようなものがうねった。沈清秋《シェンチンチウ》は晶石鏡越しに目を凝らす。ソレは女性の黒髪のような、無数の滑らかな黒い糸だった。糸の間からは真っ赤な血がにじみだし、川の水に薄められている。〝貞子《さだこ》〟の髪よりもボリューミーで気持ち悪いことこのうえない！

　それを見た高台の誰かが驚きの声を上げた。

「女怨纏《にょえんてん》！」

　絶地谷にいる洛氷河《ルオビンハー》も、すぐに川の中の怪物の正体を察したようだ。剣気を水に注いで、大声で叫ぶ。

「水辺から離れてください！　魔界の女怨纏です！」

　何房かの髪がより集まってできたような体をした妖魔が、しばらく水底をかき混ぜるように蠢《うごめ》いていた。かと思えばいきなり、食べ過ぎてゲップをするかのように、ブクブクと糸の合間からいくつかのモノを〝吐き出した〟。

　それは、血や肉を綺麗に吸い取られ、骨と皮しか残っていない濡《ぬ》れそぼった三つの死体だった。

　死体の毛穴は異様なほどに大きく広がっている。女怨纏の毛がまだたくさん体中の皮膚に張りつき、毛穴から入り込んで血や肉、精気を貪り、吸い取っていたからだ。

　女怨纏の毛が入れない穴はなく、穴を見つければ潜り込む。これは女怨纏の恐ろしい特徴の一つである。

　川辺にいた弟子たちは、この恐ろしい光景に大いに震え上がった。森中に悲鳴と泣き声を響き渡らせながら、一塊になって洛氷河《ルオビンハー》の後ろへ飛びつくように隠れる。秦婉約《チンワンユエ》は妹の悲惨な死体を目の当たりにして、危うく気絶しかけていた。

ただ、彼女もここで気絶するような本物の馬鹿ではなかった。こんな大混乱の最中《さなか》に、倒れた秦婉約《チンワンユエ》を抱えて逃げる余裕など、誰にもないのだから！

女怨纏は水陸どちらでも活動できる。水底で三人の血肉を吸いきって早くも次の獲物を狙うため、水中では待ちきれないとばかりに陸へ上がってきた。洛氷河《ルオビンハー》は険しい表情で、パチンッと指を鳴らした。指先に現れた炎を霊力でさらに大きくし、こそこそと動き回る女怨纏めがけて放った。

炎は女怨纏の毛に触れた途端、激しく燃え上がる。炎に焼かれ、恐ろしい生き物は敏捷《びんしょう》な動きで川へ戻り、岸には上がって来られなくなった。洛氷河《ルオビンハー》はここまでの動作を一息にこなし、炎の威力も素晴らしく、欠片《かけら》ほどの情けも容赦も感じさせないものだった。

沈清秋《シェンチンチウ》は心の中でカードを持ち上げた。

洛氷河《ルオビンハー》、十点！

洛氷河《ルオビンハー》は慌てた秦婉約《チンワンユエ》が落としてしまった夜明珠を拾い上げ、高く掲げる。それは道を照らして人々を導く常灯のように、全員の心を落ち着かせた。彼は声を張り上げる。

「はぐれないように、一カ所に集まりましょう！」

続けざまに、洛氷河《ルオビンハー》は仙盟大会参加者なら必ず携行している救助花火を取り出し、空へ向かって打ち上げた。

救助花火は、弟子たちが太刀打ちできない妖魔に出会った時のために用意された救援道具だ。そもそも仙盟大会では危険すぎる妖魔は投入されないため、この花火を三回使うと棄権とみなされる。そのため、歴代の仙盟大会ではよっぽどの時以外、この道具が使われることはなかった。

ところが今、絶地谷の上空には煌びやかな花火が次から次へと上がっていた。平時であればかなり美しい光景だろうが、このような状況下で打ち上がる花火は絢爛《けんらん》というよりも、見る者の肝をつぶすような空恐ろしいものに見えた。

一つの花火が上がるごとに、そこにいる一人の弟子が相当に手ごわい妖魔と出くわし、命の危険にさらされているということなのだから！

「晶石鏡！　晶石鏡を見ろ！」

おびただしい悲鳴が途切れることなく晶石鏡から聞こえてくる。その場で死んだ弟子もいれば、血を浴びて恐怖に目を見開きながらも懸命に戦い続けている弟子もいた。

「どうして？　なんでこんなところにこいつが……ありえない！」

「誰か！　師父、助けて！　師兄、たすけ……」

一枚の晶石鏡から、唐突に響くしゃがれた叫び声。続く霊鷹の長く凄惨な絶叫のあと、画面は真っ暗になった。

その場にいる全員、何が起きているのか分からない様子だ。

「これはどうなってるんだ？」

さっきの叫び声は、魔界の骨鷹《こつよう》――残虐で血を好む、空を飛ぶ妖魔――が発したものだろう。霊鷹はおそらくソレに引き裂かれ、つけていた晶石も落ちて砕け散ったと見える。

水中を泳ぐもの、地上を歩くもの、空を飛ぶもの……これらの凶暴で残虐な魔族の生物を、大会側が手配するはずがない。

沈清秋《シェンチンチウ》はとっくに心の準備はできていたものの、いざこれほどまでにカオスを極めた惨状が目の前で繰り広げられると、どうしても頭皮がゾワゾワとして指先が冷えてしまう。そして、改めて思うのだった。やはりこれをただの〝リアルな映画のクライマックスシーン〟だとは、到底思えないと。

絶地谷外の高台はすでに大混乱に陥っていた。天一観の道士が声を荒げる。

「どういうことです？　仙盟大会に投入されるのは、厳しい選定を経た妖魔のみのはず。なぜ女怨纏のような、魔界にしか棲《す》んでいないはずのモノがいるのですか!?」

幻花宮の弟子はすでに何人も命を落としている。老宮主はにわかに立ち上がった。

「結界を開けてくれ！」

絶地谷を包む巨大な結界は、百名近くの昭華寺の僧侶が支えている。昭華寺の方丈は即座に、遠くまで声が届くようになる千里伝音術《せんりでんおんじゅつ》を使って結界を取り払わせようとした。

ところが、岳清源《ユエチンユエン》が素早く制止する。

「なりません！」

老宮主が呆気に取られる。

「岳《ユエ》掌門、それは何故だ？」

絶地谷では、百を超える蒼穹山派の弟子たちが仙盟大会に参加している。にもかかわらず、岳清源《ユエチンユエン》は結界を開けず、内側にいる弟子たちをそのまま危険な状況に置き去りにしようという。当然それだけの理由があるはずである。

沈清秋《シェンチンチウ》はその理由を察していたので、岳清源《ユエチンユエン》に代わって答えた。

「結界を取り除いてしまえば、確かに弟子たちは逃がせるかもしれない。だが、中に閉じ込められていた妖魔たちも、自由に解き放たれることになる。ここから数里離れたところには人の住む村もあるのだ。そうなってしまえば、状況はさらに悪化する。皆さんや皆さんの弟子たちは奴らと渡り合えるが、霊力のない一介の平民には……」

その言葉に、高台に居合わせた高名な年長者や掌門たちは誰も言い返せず、場は沈黙に包まれた。こんな時、いくら常人離れした金丹期や元嬰期の修為を持っていたとしても、この非常事態に手をこまねいていることしかできない。

道士の一人がおろおろとうろたえながら質問を投げかける。

「結界を開けて弟子たちを逃がせないのなら、……いったいどうすればいいのです？」

「出られないのなら、こちらが入るまで」

答えたのは柳清歌《リウチンガー》だ。

蒼穹山の面々は示し合わせたようにお互いの顔を見やる。

そして、岳清源《ユエチンユエン》は落ち着いた声で言った。

「ここに集う同志の皆さん、今日の件は、おそらく意図的なものです。その誰かは妖魔の手を借りて、修真界の優れた新人と今後の修真界を担う者を一網打尽にするつもりでしょう。現状では、結界を破るという選択肢はありません。我ら蒼穹山とともに谷に入り、妖魔を排して弟子たちを助け出してくださる方はいらっしゃいますか？」

結界の中に入って血路《けつろ》を切り開き、全ての妖魔を片付けるためにはただ強いだけではなく、危険を顧みない勇気も必要だ。

最初に名乗りを上げたのは老宮主だった。

「人理に基づいて断るわけにはいかん。幻花宮は参加する」

幻花宮は今回の仙盟大会に一番多くの弟子を参加させており、かつ大会自体に最も心血を注いでいる。これ以上の損失は避けたいところだ。

名乗りを上げる者が出たことで、直ちにほかの者もあとに続き、救出の一団に加わった。内心、事態に恐れおののいていたごく少数の者たちも、目が覚めたような気持ちだった。そうだ、うちの才能ある大事な弟子たちがまだ中に取り残されているのだ！

沈清秋《シェンチンチウ》も自然と歩みを進め、支援に向かう志願者たちの隊列へ加わろうとした。ところが、柳清歌《リウチンガー》は沈清秋《シェンチンチウ》の進路を妨げるように一歩踏み出し、剣の鞘で沈清秋《シェンチンチウ》の行く手を阻んだ。

沈清秋《シェンチンチウ》は顔色一つ変えずに、指二本でその鞘を退《ど》かす。

「これはなんのつもりだ？」

柳清歌《リウチンガー》は言葉少なに「毒」とだけ言った。

岳清源《ユエチンユエン》が続ける。

「彼の言うとおりだ。君は不治毒《ふじどく》に冒されている。清静峰の弟子たちの安否は、私たちに任せなさい」

万が一絶地谷の中で妖魔に包囲され、突然発作に襲われて霊気が滞ったりしたら、それこそ絶体絶命だ。

しかし、沈清秋《シェンチンチウ》は首を横に振った。

「弟子が危険な目に遭っているのに、自分だけのんびりと安全な高台に隠れているような師など、師とは呼べないだろう。自らの弟子すら守れないのなら、清静峰峰主の座を降りたほうがましだ」

それに、何よりも沈清秋《シェンチンチウ》自身、大事なシーンにおけるキーキャラクターである。そんな人物がいなくて、本編を撮れるはずもない。

【ピロン】

システムからの通知だ。

【プラスイメージを与えたことで、悪役像が立体的になりました。B格ポイントプラス30！】

沈清秋《シェンチンチウ》は心の中で呆れる。

（これが、鞭の前の飴ってやつか？）

岳清源《ユエチンユエン》らは沈清秋《シェンチンチウ》を止められないと知り、やむなく引き下がった。

「それなら、くれぐれも気をつけなさい。万が一手に負えないと思ったら、すぐに私たちへ伝音術を使って助けを求めるように」

自らの妖魔処理能力に関して、沈清秋《シェンチンチウ》は岳清源《ユエチンユエン》たちほど悲観してはいなかった。単に修為と霊力に自信があるから、というだけではない。『狂傲仙魔途』の妖魔に対する沈清秋《シェンチンチウ》の興味は、さまざまな女性キャラへのそれをはるかに上回っているからだ。ちょっぴり悔しい思いをしたからと、洛氷河《ルオビンハー》と星を見に行きたがるヒロインが誰かなんておそらく覚えていないし、それどころかヒロインの名前と顔が一致しない時だってある。けれども、妖魔のこととなると話は別で、彼は全ての妖魔の属性と弱点をパーフェクトに知り尽くしているのだ。

ストーリーを熟知しているというほかに、沈清秋《シェンチンチウ》に与えられた〝チート要素〟と呼べそうなものは……もうこれ以外ない！

その頃、絶地谷では、洛氷河《ルオビンハー》は魂も抜け出しそうなほどに怯《おび》えている師妹や師弟たちを落ち着かせていた。こんな時に一番してはいけないことは、慌てふためいて逃げ惑うことだ。万が一新しい妖魔が現れたり、はぐれたりしてしまえば、状況が悪くなるだけである。

夜風がビュウビュウと吹き、四方八方から人のものか、魔界の生物のものかも分からない大きな叫び声が聞こえてくる。もとより臆病な者はこれだけでもう頭を抱えて、号泣していた。秦婉約《チンワンユエ》は顔からすっかり血の気が引いている。しかし、洛氷河《ルオビンハー》が正陽剣を懐に抱えて木に寄りかかり、冷静に警戒を怠らず、暗闇からの襲撃に備えて自分たちを守ってくれている姿を見ると……変わらず心細いながらもどこか甘い気持ちがどんどんと芽生えだした。

ここに沈清秋《シェンチンチウ》がいたら、きっと興奮のあまり「それが恋ってやつだぞ、お嬢ちゃん！」とありあまるゴシップ魂に火をつけまくっていたことだろう。

不意に、藪《やぶ》のほうから何やらガサガサと音が聞こえてきた。洛氷河《ルオビンハー》はサッと険しい目つきになり、霊力を掌《てのひら》に集めて身構える。

音はどんどん大きくなり、距離もだんだん縮まってくる。その場にいた全員が、心臓が暴れすぎて口から飛び出しそうだった。緊迫した状況に恐怖をとおり越してしまい、もはや誰も叫ばなかった。

突然、誰かが倒れたような「ドサッ」という音が聞こえた。続いて、丸い何かがコロコロと藪から転がり出てくる。

人間の頭だ。

両目はきつく閉ざされ、顔中血にまみれて、髪は鳥の巣のようにボサボサに乱れている。身のすくむような光景だが、この状況では、人を食べる妖魔より襲いかかってこない死人の頭のほうがマシだった。そのため、何人もがホッと胸をなで下ろした。

秦婉約《チンワンユエ》が声を震わせる。

「……だ……誰か、こちらの方がどの門派か、ご存じですか？」

その場にいた各門派の弟子たちが次々に近付いて確認し、全員安堵《あんど》のため息を漏らした。

「うちの者ではありません」

「見たことない方です」

洛氷河《ルオビンハー》は暗闇に包まれた藪の奥へ視線を向ける。頭がここにあるのなら、体もきっと近くにあるはず。それなら服を見て、どの門派か判断しよう。そう思い、掌の霊力を増やしながら、洛氷河《ルオビンハー》は暗闇の中へ分け入っていった。

案の定、すでに硬直した死体が藪の裏側に横たわっていた。水色の道士の服を着ているところからして、天一観の入門したての弟子だろう。洛氷河《ルオビンハー》はその服の裾を見ただけで、ため息をこぼした。こういった入門したての弟子が仙盟大会へ参加するのは、経験を積むためだ。なのに、こんな思わぬ災難に巻き込まれて命を落としてしまうとは。

さらに視線を先へ向けた途端、洛氷河《ルオビンハー》はその場で固まった。

死体の首に、ちゃんと頭がついているのだ！

なら、さっきの頭はどこから？

洛氷河《ルオビンハー》が先ほどの場所に戻るよりも前に、正陽剣が鞘から飛び出していた。眩《まばゆ》い白い光の中、洛氷河《ルオビンハー》が叫ぶ。

「その頭から離れてください！」

言い終えぬうちに、静かに地面に転がっていた頭が、いきなり両目をカッと見開いた！

瞳に強烈な怒りをにじませながら、ソレは周囲の人たちと視線を合わせる。そして、首の下のどの部分からかは分からないが、八本の細く長い、骨ばった棘《とげ》だらけの蜘蛛《くも》の足を生やして飛び上がった。

一番近くにいた弟子は避けきれず、頭にソレが乗ってしまった。その弟子は狂ったように叫びながらシャッと剣を引き抜き、でたらめに振り回し始めたので、周りの人たちは慌てふためきながら避けた。

洛氷河《ルオビンハー》はおいそれと手を出せずにいた。仮に攻撃を仕掛け、刺したのが化け物ではなく弟子の頭だったら、大変なことになってしまう。

あんなにおぞましいモノが頭の上で這《は》い回るなど、それだけで窒息してしまいそうなほど恐ろしい。絶望の淵《ふち》に立たされた弟子は、剣の向きを変え、自らの頭上めがけて剣を振り下ろそうとした。ところが手を持ち上げる前に、八本の痩せ細った蜘蛛の足は狙いを定め、なんと弟子のこめかみに勢いよく突き刺したではないか！

一瞬にして弟子の体は硬直した。舌はもつれてしまったようで、悲鳴すら上げられない。蜘蛛の足がめり込むにつれて、弟子の全身もブルブルと痙攣《けいれん》する。そうして瞬く間に、八本の足はずるりと引き抜かれ、弟子のこめかみに血みどろの穴がぽっかりと残された。脳の中身は跡形もなく吸い尽くされてしまったようだ。

総毛立つような光景に、洛氷河《ルオビンハー》すらすぐには反応できない。一方、件《くだん》の化け物は獲物の脳みそをたっぷり味わったあと、今度は死体の上を這い回り始めた。その口から放たれる甲高い叫びは、赤ん坊の泣き声のようにも聞こえる。

その時だ。霊力で形作られた光の矢が一筋、スッと飛んできて、悲鳴を上げている蜘蛛の口を貫いた。

突然訪れた沈黙。弟子たちが見守る中姿を現した沈清秋《シェンチンチウ》は、先ほどの悲鳴でじくじくと痛む耳をさする。そして落ち着いた様子で袖を一振りし、扇子を広げて悠然と口を開いた。

「うるさいぞ」

実に〝控えめ〟な登場である。

「師尊！」

沈清秋《シェンチンチウ》を見つけ、洛氷河《ルオビンハー》は驚きよりも嬉しい気持ちでいっぱいだった。

なんせ騒動が始まった時から、洛氷河《ルオビンハー》は予想していたのだ。きっと沈清秋《シェンチンチウ》は心配して、自ら谷の中へ乗り込んで助けに来てくれる、と。

そっと吹いた風のように沈清秋《シェンチンチウ》がふわりと立ち止まる。そして数名の弟子たちが全員駆け寄ってきたのを見て問いかけた。

「怪我人は？」

洛氷河《ルオビンハー》が答える。

「川辺にいた……数名の師妹たちと、先ほど脳みそを吸われた師弟を除けば、今のところ全員無事です」

それを聞き、沈清秋《シェンチンチウ》は「ご苦労だったな」と労《いたわ》った。

「この弟子の、やるべきことですから」

フッと微笑みながら言う洛氷河《ルオビンハー》の瞳は、眩しいほどに輝いている。

沈清秋《シェンチンチウ》はまだ目の縁が赤い秦婉約《チンワンユエ》をちらりと見て、内心ツッコミを入れた。

（何笑ってんだ！　ヘラヘラすんな！　お前、奥さんが一人死んだんだぞ、分かってんのか！）

颯爽《さっそう》と現れた凄腕《すごうで》の先輩は、弟子たちの目に頼もしい母親のように映った。今にも沈清秋《シェンチンチウ》の太ももへ飛びつき、号泣しそうな勢いだ。

沈清秋《シェンチンチウ》が言い放つ。

「慌てたり、怯えたりせずともよい。外の掌門たちはこの状況を知っている。今、たくさんの先輩が結界に入り救助に向かっているのだ。そなたらは、自分の身をしっかり守りなさい。もうすぐこの難局も乗り切れるはずだ」

この一言が精神安定薬として作用し、気が動転していた少年少女たちは落ち着きを取り戻した。

そんな中、洛氷河《ルオビンハー》が口を開く。

「師尊、先ほどのモノはいったいなんなのでしょうか？」

『狂傲仙魔途』の妖魔に関することなら、沈清秋《シェンチンチウ》の右に出るものはいない。

沈清秋《シェンチンチウ》は家宝を数え上げるように、よどみなく答える。

「知らないのも無理はない。あれは鬼頭蛛だ。性格は粗暴、顔つきは凶悪。赤子の泣き真似をすることで、獲物をおびき寄せる。獲物が近付くと、頭の下の吸盤が獲物の頭頂部にしっかり吸いつく。そして、極めて鋭い八本の足で直接頭蓋骨を貫き、脳みそを生きたまま食べるのだ」

妖魔の詳細まで知り尽くした様子の沈清秋《シェンチンチウ》に、洛氷河《ルオビンハー》は尊敬と感嘆を隠せない。

「これほど邪悪な生物がこの世に存在するなんて。この弟子は本当に知識不足ですね」

洛氷河《ルオビンハー》が夢魔に弟子入りしてからというもの、法術と剣術において、沈清秋《シェンチンチウ》が洛氷河《ルオビンハー》に教えられることはますます少なくなった。弟子の前で師父風を吹かせられる滅多にないチャンスに、沈清秋《シェンチンチウ》はどうしようもないほどの満足感を覚える。懐かしい師父オーラを取り戻した気分だ。

「鬼頭蛛は魔族の地に特有の妖魔だ。人間界の環境には適応できず、もう長い間、誰も遭遇していない。それもあって、普通の書物にはあまり記載がないのだ。今度また見かけたら、直接こめかみを攻撃しなさい。先ほど遭ったのがオスでよかった。メスだったら、もっと恐ろしいことに……」

まだそれほど言葉を交わさぬうちに、人々の頭上にある木からガサガサッと妙な音が聞こえてきた。

白い蜘蛛の糸でぶら下がった、逆さまの人頭が次から次へと木から現れた。

沈清秋《シェンチンチウ》は表情を一変させる。

鬼頭蛛の叫びは、獲物を包囲して集団で狩るために発せられるもので、大量の仲間を引き寄せるのだ！

沈清秋《シェンチンチウ》は手を裏返して扇子を押し出すと、突風を放つ。数十本の糸が瞬時に断ち切られ、鬼頭蛛が熟れた果実のように「ボトボトッ」と音を立てて一斉に地面へ落ちた。

沈清秋《シェンチンチウ》が声を張り上げる。

「行くぞ！」

洛氷河《ルオビンハー》は「はい！」と素早く返事をした。鬼頭蛛たちが落ちた衝撃でまだ呆けているうちに、全員が駆け出す。師と弟子は一人が前で道を切り開き、もう一人がしんがりを務めた。間に戦えない弟子たちを挟んでいるが、両端では血の雨を降らせんばかりの激戦が繰り広げられている。

鬼頭蛛たちはすばしっこく、跳躍力も極めて高い。空中を飛んだり跳ねたりして動き回っていたが、二人が交錯して乱れ打った霊力によって次々と射抜かれ、ザルのようになってしまった。

敵の急所を知った洛氷河《ルオビンハー》は、神の助けを手に入れたかのように、目を閉じても一回の攻撃で二匹以上を打ち抜けるほどになった。一行の頭上で血が飛び散る。血腥《ちなまぐさ》さが広がり、悲鳴と奇妙な咆哮《ほうこう》が響き渡った。

とはいえ、やはり多勢に無勢で防ぎきれない。沈清秋《シェンチンチウ》がまさに、あのクソッタレな毒がいつ発作を起こすのかと心配していた時だ。霊力がピタッと突然滞ったかと思えば、次の瞬間には何も打ち出せなくなってしまった。

噂《うわさ》をすればなんとやらってか！

沈清秋《シェンチンチウ》は速やかに物理攻撃へ切り替える。手をひるがえし、扇子で鬼頭蛛を横真っ二つに切り裂いた。洛氷河《ルオビンハー》は常に沈清秋《シェンチンチウ》の様子に気を配っていたので、異変に気付くとすぐに「師尊？」と声をかけた。

沈清秋《シェンチンチウ》は急いで答える。

「問題ない。自分のことに集中しろ」

幸いなことに、一行はすでに沈清秋《シェンチンチウ》に率いられ、特殊な地帯まで撤退していた。鬼頭蛛たちは見えない障壁に遮られて進めなくなり、ギャーギャーと叫びながら後退する。そのまま藪や木の葉の中へ紛れると、姿を消した。

沈清秋《シェンチンチウ》は胸をなで下ろした。

秦婉約《チンワンユエ》はハアハアと愛らしく息を荒げながらいぶかしがる。

「沈《シェン》先輩、どうしてここに入った途端、妖魔たちがついて来られなくなったのですか？」

「絶地谷に咲くあの珍しい花のことを忘れたのか？」

とは言ったものの、実のところ、忘れているのは沈清秋《シェンチンチウ》自身だ。

（許せ！　あの花の名前、マジで覚えられないんだよ！）

気が利く洛氷河《ルオビンハー》は沈清秋《シェンチンチウ》の代わりに名前を思い出し、すかさず答えた。

「千葉浄雪華蓮《せんようじょうせっかれん》！」

　ここに来てやっと、沈清秋《シェンチンチウ》は、なぜこの花の名前を覚えられなかったのかに気付いた。「チョメチョメ雪チョメ」もしくは「うんたら蓮」といったスタイルの名をもつ珍花が、そこらの石ころをはるかに上回るレベルで氾濫しているせいだ。覚えられるほうがおかしいっての！

　沈清秋《シェンチンチウ》は続けた。

「……そう、まさしく、千葉浄雪華蓮だ。この花は絶地谷の奥深くで、すでに極めて長い間生息している。絶大な霊気を持ち、魔界の生物にとっての天敵でもある。花の周りには自然と妖魔を退ける障壁が生まれ、その中には、妖魔はほとんど入って来られないのだ」

　洛氷河《ルオビンハー》が突然問いを重ねた。

「魔界の生物の天敵、ですか？」

　集中して師の言葉に耳を傾ける洛氷河《ルオビンハー》の瞳の中に炎が宿り、不思議な色彩がかすかに放たれているように見えた。

「そうだが？」

　いぶかしがる沈清秋《シェンチンチウ》に洛氷河《ルオビンハー》は続けた。

「では師尊、この千葉浄雪華蓮は、魔族の毒も解けるのでしょうか？」

　沈清秋《シェンチンチウ》はゾッとした。

　この食いつきっぷり、まさか洛氷河《ルオビンハー》は……自分のために珍花を摘み、毒を解こうとしているのだろうか？

（いや、待て。原作でお前が花を摘んであげるはずの女の子、秦婉約《チンワンユエ》がすぐそばで見てるぞ。その子の前で別の奴、しかも野郎のために……花を摘むだと？　ちょっとくらい奥さんの顔を立ててやれよ、な!?）

　沈清秋《シェンチンチウ》は間髪入れずに言った。

「それよりも、まずは目の前の危機を乗り越えよう」

　しかし、洛氷河《ルオビンハー》は食い下がる。

「師尊、どうかご教示ください」

「そなたの言うような効果はない」

　そう聞いても、洛氷河《ルオビンハー》は諦めなかった。

「師尊は試されたことがあるのですか？　試してもいないのに、どうして分かるのです？　この弟子に危険を冒してほしくないと心配されているのは分かっております。ですが、ここでやらなければ、この弟子の心が安らぐ日は永遠にやってきません！」

(本当に違うってば！　てか、なんでよりによってこんな時に俺に親、いや師父孝行しようとするんだ！　毒を綺麗さっぱり解く唯一の方法がお前と繋《つな》がってエッチすることだなんて、言えるわけねぇだろうがーー!?)

沈清秋《シェンチンチウ》はどうにも説明のしようがなく、表情を硬くした。

「これまでそなたを甘やかしすぎたのか？　だからこんな時でも、身勝手に振る舞っていいと思い上がったか？」

実のところ、ここ数年間は例の「どうせなら先に償っておこう心理」とそのほかもろもろの感情から、洛氷河《ルオビンハー》にちょっと厳しい言葉すら一度も言ったことはなかった。それもあって、沈清秋《シェンチンチウ》の言葉に洛氷河《ルオビンハー》はポカンとしたあと、狙いどおりなんとか大人しく口をつぐんでくれた。ただし、その視線は相変わらず頑《かたく》なで、正陽剣も鞘へ戻そうとしない。明らかに、譲歩する気のない構えだ。

お互いに引くことなく対峙していると、そばの草むらがガサガサと激しく揺れて、一人の人物が現れた。その後ろには、ここまで頑張って戦ってきたのであろう、このうえなく惨めな姿の弟子たちがぞろぞろと続いている。

沈清秋《シェンチンチウ》は警戒してそちらへ目を向けた。その人物の顔を見た途端、天から降ってきた巨大なハンマーにこめかみを強打された気分になる。

突然現れたその男は、端正で整っていると言える部類の顔立ちだ。しかし、その言動からは隠しきれない俗っぽさがにじんでいる。彼は沈清秋《シェンチンチウ》と洛氷河《ルオビンハー》を見て、にっこりと笑って光輝く剣を鞘へ戻した。

「沈《シェン》師兄でしたか。沈《シェン》師兄たちと合流できれば、私も安心です」

(安心？　何が安心だ。お前がいたら逆に不安だわ！)

なんてったって、目の前のこの人物こそ、今回の大騒動の元凶なのだから！

尚清華《シャンチンホワ》。かつて沈清秋《シェンチンチウ》が心の中で「コイツ『清華《せいか》大学に行く』[49]だって？　ハッ、だったら俺は『北京《ぺきん》大学の試験を受けた』って名乗るわ」とツッコミまで入れたこのキャラクターは、安定《あんてい》峰の峰主である。

同時に、彼にはもう一つの役目があった――今回の仙盟大会で災難を起こした裏切り者にして、魔族が数年前に送り込んだ駒、スパイだ。

49　尚の中国語発音はシャンで、「に通う」という意味も持つ「上」と同じ発音であり、尚清華という名前は音だけを聞くと「清華大学に通う」という意味にもとれる。清華大学は北京にある名門大学であり、もう一つの名門北京大学とよく比較される。

その昔、安定峰のモブ弟子にすぎなかった尚清華《シャンチンホワ》は魔族のお偉いさんに捕まり、スパイになるよう無理強い……いや、無理強いというほどではない。尚清華《シャンチンホワ》は大して深く考えることなく、ヘラヘラとスパイという重責を引き受けたのだから。

魔族が後ろ盾についてから、尚清華《シャンチンホワ》の人生は順風満帆、とんとん拍子で出世していった。そして、ついには安定峰の峰主の座まで手に入れたのである。

けれども、尚清華《シャンチンホワ》はそれだけでは満足しなかった。なぜか？　原因は安定峰そのものにあった。

「安定」という名前から分かるように、そこは向上心あふれるような場所ではない。この峰の伝統と特徴は安定の名を地で行くスタイル——そう、後方支援だ。

自然と、峰主を含めた峰の者全てが、すき間を埋めるレンガのような存在になった。今日はこちらへ労働要員を数人送り、明日はまた別のところへ物資の補給にあたる。山門が壊れた？　安定峰に直してもらおう。馬の御者が足りない？　安定峰から借りよう。今月は使いすぎて金が足りなくなった？　安定峰にお願いして経費で落としてもらおう。

いくら峰主の業務遂行能力が藍翔《らんしょう》などは遠く足元にも及ばず、新東方《しんとうほう》[50]も尻尾を巻いて逃げ出すほど素晴らしいものだったとしても、その姿は颯爽としているか？　貫禄《かんろく》があるか？　むちゃくちゃカッコ良くて眩しくて最高にイケてるか？

峰主としての威厳は？

つまるところ、ほかの峰の才能にあふれた弟子の前では、安定峰の峰主などかすんで見えてしまうのだ。

だからこそ、尚清華《シャンチンホワ》はためらうことなく魔族の手下になった。人間界の征服を企《たくら》む魔族の手伝いを己の責務として、ありとあらゆる悪事に勤《いそ》しんだ。

尚清華《シャンチンホワ》の姿を見ただけで、沈清秋《シェンチンチウ》はキリキリと胃が痛くなる。

「尚《シャン》師弟、ここへ来るまでに巨大な妖魔を見たか？」

尚清華《シャンチンホワ》は一瞬呆気に取られてから答える。

「巨大な妖魔……ですか？　いえ、それは見ていませんが」

沈清秋《シェンチンチウ》はドキリとする。いないのか？

ここでいう「巨大な妖魔」も、物語のキーとなるものの

50　藍翔は「山東藍翔技師学院」、新東方は「新東方教育科技集団」を指しており、二者とも独特なCMで中国に名を馳せている総合的な専門学校である。

一つだ。原作で洛氷河《ルオビンハー》が持つ魔族の血統がバレたのは、仙盟大会に放たれた一頭の「巨大な妖魔」、黒月蟒犀《こくげつぼうせい》のせいだった。

　みんなを守るため、必死に戦う洛氷河《ルオビンハー》だったが、黒月蟒犀は攻撃力も体の大きさも別格で、当然敵《かな》わない。さあ、勝てないならどうするか。

　種割れ、つまり覚醒である。

　洛氷河《ルオビンハー》[51]は沈清秋《シェンチンチウ》の目の前で自分の本性を現した。一方の沈清秋《シェンチンチウ》もそれを理由に大義のためならば身内でも構わず殺すとばかりに、洛氷河《ルオビンハー》が一皮むける無間深淵へと彼を突き落としたのだ。

　沈清秋《シェンチンチウ》はこの時点で黒月蟒犀の魔気を感じておらず、黒月蟒犀の代名詞とも言うべきあの謎めいた描写――「蟒《うわばみ》にも犀《さい》にも似た」――にある月への咆哮も耳にしていない。尚清華《シャンチンホワ》は大きな魔界の生物を見ていないと言ったが、それでも沈清秋《シェンチンチウ》は警戒せずにはいられなかった。

　黒月蟒犀との遭遇がなければ、なんの理由もなしにいきなり洛氷河《ルオビンハー》を蹴り落とせ、なんて言われることはないはずだろう。

　我慢できずに、沈清秋《シェンチンチウ》は黙り込んだ洛氷河《ルオビンハー》を一瞥《いちべつ》した。この子はどうやらまだ師尊の毒を解きたい、今すぐ花を摘みに行きたいというところで止まっているらしい。その目に浮かぶ執念には、どことなくしょげているような雰囲気もある。

（しょげんなよ。ったく、お前のためを思ってのことだろうが。花を摘みに行ってもいいけどさ、誰に贈るかは間違えるなよな、頼むから！）

　尚清華《シャンチンホワ》はひどく憎々しげに吐き捨てた。

「ここへ来る途中、各門派の弟子たちをたくさん失ったんです。みんな修真界の未来を支える柱となるべき者たちなのに。こんな凶悪な妖魔を引き入れるなんて、本当に陰険で無恥、下劣で低俗、理性の欠片《かけら》もない残酷な異常者の所業ですよ！」

　沈清秋《シェンチンチウ》は返す言葉もなかった。

（あの妖魔たちを連れてきたの、お前じゃん？　そんな言葉で自分をディスっていいの？　まあ、お前が気にしないならそれでいいんだけどさ……）

　ツッコみ終わらぬうちに、なんの予兆もなく激しい地震

51　『機動戦士ガンダムＳＥＥＤ』シリーズにおいてファンが名付けた、追い詰められた時などにキャラクターが覚醒状態に入ることを指す。

が起きた。

よろめく者もいれば、転ぶ者もいて全員があまりの恐ろしさにどうすればいいのか分からない様子で、何が起きたのかと叫ぶ声があちらこちらから上がった。

沈清秋《シェンチンチウ》の瞳孔が収縮する。この震度七はありそうな揺れ、間違いない。

無間深淵が、ついに開かれたのだ！

＊　＊　＊

いわゆる無間深淵とは、人間界と魔界が交わる場所にある空間のことだ。

空間と空間を繋ぐものとして、無間深淵は危険と未知で満たされている。至るところに歪《ゆが》みや引き裂かれた空間の渦、烈火やマグマが存在する。

ここにいる弟子たちは今までずっと戦いどおしで、心身ともに疲れ果てていた。強烈な衝撃のせいでほとんどがまともに立っていられず地面に倒れ伏し、立っていられたのは沈清秋《シェンチンチウ》、洛氷河《ルオビンハー》、そして尚清華《シャンチンホワ》の三人だけとなった。

無間深淵が開かれた。ということは、なんらかの魔界のものが人間界に出てきたということだ。三人は息を止め、十分に警戒しながら静かに待った。

そして暗闇から、ゆらりと一人の男が姿を現した。

氷のように冷たい顔と、誰も寄せつけない傲慢な表情。

それらを見た途端、沈清秋《シェンチンチウ》は男の正体を知った。

沈清秋《シェンチンチウ》は、サッと青ざめた尚清華《シャンチンホワ》を一瞥する。笑いものにしてやりたい気分だったが、のん気に笑っている場合でもなかった。

なぜこの洛氷河《ルオビンハー》の未来の部下にして、極悪非道の限りを尽くして殺人放火をする時の素晴らしい右腕兼お友達のはずの漠北君《モーベイジュン》が、今ここにいるんだ！

漠北君《モーベイジュン》は純血の魔族で、由緒正しい魔族の出である。魔族の境界の北にある一族の領地を受け継ぎ、いつも神出鬼没で毎日のらりくらりと過ごしており、誰に対しても冷淡に接する。そんな我が道を行く異端児漠北君《モーベイジュン》だが、物語の中期でチートスイッチが入った洛氷河《ルオビンハー》にボコボコにされたあと、どういうわけだか洛氷河《ルオビンハー》に服従を誓い、命令に従うようになった。そうして洛氷河《ルオビンハー》は、めっちゃ強くて頼りになる、使い走りにして忠実な子分を手に入れたのだ。

（でも……あえて言わせてもらうけど、原作だったら、あ

と五百章進まないととあなた様の出番は回ってこないんだが!?)

尚清華《シャンチンホワ》は一歩前に進み出た。

「どなたです？　どうしてここに？」

(いや、あれはお前のガチな直属の上司じゃん。危険な生物を仙盟大会に放てってお前に命令したのはあいつだろ？　はっ、どーぞどーぞ、好きなだけ知らんぷりしてろ)

漠北君《モーベイジュン》はわずかに顔を横に向けた。端正な輪郭が半分暗闇に隠れ、見る者に寒気を覚えさせる。彼は指をかすかに持ち上げた。すると、尚清華《シャンチンホワ》は突然襲い掛かってきた強い力によって吹き飛ばされ、古木を一本へし折って気を失った。口からドバドバと鮮血が吐き出され、その勢いといったら、吐血のプロ沈清秋《シェンチンチウ》も思わずうなるほどだった。

(なんという徹底したザコ下っ端っぷり！　自分に与えられた役目を完遂するためにそこまでするなんて！)

一とおり感服したのち、沈清秋《シェンチンチウ》はこっそりため息をつく。

どうせこうなるだろうと思っていた。結局、自分が矢面に立たされるのだ。

沈清秋《シェンチンチウ》は剣を横向きに構えて前へ突き出し、驕《おご》っているふうでも、へつらうでもなく淡々と問いかけた。

「魔族か？」

意味のない質問ではある。あの真っ黒にうねっている魔気、見えないほうがおかしいもんね。

白い姿がサッと過《よぎ》る。洛氷河《ルオビンハー》は何も言わず、沈清秋《シェンチンチウ》を後ろに庇《かば》った。

先ほど口論したばかりなのに、強敵を前にすると、ためらうことなく盾になろうとするなんて。沈清秋《シェンチンチウ》が少しも感動していないかと言えば嘘《うそ》になる。

しかし、感動すればするほど、このあと自身が取るはずの行動が薄情に思えてならない。いっそ何もしないでいてくれたほうがいいのに。

「氷河《ビンハー》、下がりなさい」

洛氷河《ルオビンハー》は返事をせず相変わらず立ち塞がったままだ。冷静に漠北君《モーベイジュン》と視線を合わせているが、なんと少しも気圧《けお》されていない。

何か興味をそそられるものを見つけたようで、漠北君《モーベイジュン》は「ん?」と声を漏らした。

沈清秋《シェンチンチウ》は洛氷河《ルオビンハー》をたしなめる。

「師の前に立つ弟子などいるか」

「貴様、蒼穹山の弟子か？」

問う漠北君《モーベイジュン》に、洛氷河《ルオビンハー》が皮肉を込めて答える。

「蒼穹山清静峰の弟子、洛氷河《ルオビンハー》です。お相手になりましょう」

漠北君《モーベイジュン》があざ笑った。

「仙なる者は仙にあらず、魔なる者は魔にあらず、か。面白い」

その一言に、沈清秋《シェンチンチウ》はふと何かを掴《つか》んだ気がした。

もしかして……漠北君《モーベイジュン》がここに現れたのは、黒月蟒犀の代わりにメインストーリーを押し進めるためなのだろうか？

「仙なる者」というのは、おそらく横で死んだフリをしながらも吐血を忘れない尚清華《シャンチンホワ》のことだろう。修真者のくせに、進んで魔族の手となり足となっているのだから。それなら確かに少しも「仙にあらず」なわけで、ほぼほぼビンゴである。一方「魔なる者」は、洛氷河《ルオビンハー》以外には誰もいない。

漠北君《モーベイジュン》が本当にひと目で洛氷河《ルオビンハー》の隠された血統を見抜いたのかどうか、沈清秋《シェンチンチウ》も確信が持てず考えあぐねる。

洛氷河《ルオビンハー》は沈清秋《シェンチンチウ》が眉根を寄せる姿を見て、自分が言いつけを守らなかったことに怒っているのだと思い、弁解した。

「師尊、どうせこの者は誰一人逃がす気などないでしょう。それならばいっそのこと全力を出して戦ったほうがましです」

確かに一理あるけど、とはいえそれはなーんも意味ナッシング、だ。

沈清秋《シェンチンチウ》は洛氷河《ルオビンハー》に言った。

「そなたがここに残れば、無駄死にするだけだ」

「師尊のために死ぬ、もしくは師尊と一緒に死ねるのなら、喜んで」

洛氷河《ルオビンハー》の返事を聞いて、漠北君《モーベイジュン》はあざける。

「吾《われ》と戦うつもりか？」

あとに続く「身の程知らずめ」は相手の面子《めんつ》を保つためか、発せられなかった。沈清秋《シェンチンチウ》は心の中でつぶやく。

（言わなくて正解だ。あと三年もしないうちに、洛氷河《ルオビンハー》は片手であなたを立ち上がれなくなるまでぶちのめせるようになるし、あなたもどうせ洛氷河《ルオビンハー》の手下になる。これぞ、特大ブーメランってやつだ）

「まあよい。ならば、その力、見せてみよ」

漠北君《モーベイジュン》が言い終えるや否や、殺気がたちまち辺りに広がった。

沈清秋《シェンチンチウ》は悟られることなく、一瞬にして洛氷河《ルオビンハー》の前に現れた。意味があるかは分からないが、とりあえず漠北君《モーベイジュン》を足止めすべく左手で修雅《しゅうが》剣を投げ出した。右手で洛氷河《ルオビンハー》を掴むと、漠北君《モーベイジュン》の魔気が及ぶ範囲の外を目指して力いっぱい放り投げ、振り向きざまに漠北君《モーベイジュン》の掌に己の掌を打ちつけた。

二人の掌が合わさるや、沈清秋《シェンチンチウ》は正面からぶん殴られたかのように、胸の中で血がひっくり返るのを感じた。全身の霊力が沸騰したように沸き立つ。確かに沈清秋《シェンチンチウ》は金丹期で修為もかなり高いと言えるが、将来的に世界を滅ぼす魔王洛氷河《ルオビンハー》の強力な右腕を前にしては、力の差は歴然である。

それでも、全力でぶつかってみないと！

命も顧みないほどに力を尽くして戦うことだけが、生き残るための策なのだ。十数年間、さまざまな武侠《ぶきょう》・仙侠《せんきょう》小説を読んできた沈清秋《シェンチンチウ》からすれば、このような中二病で猛々《たけだけ》しい変わり者キャラは、最後まで一歩も引かずに粘り強く戦う頑固一徹な敵に幾分か畏敬の念をもつのが定石だ。一方、ビビりな臆病者に対しては情け容赦ない。

洛氷河《ルオビンハー》は意に反して沈清秋《シェンチンチウ》に投げ飛ばされてしまったが、途中で体を反転させ、沈清秋《シェンチンチウ》のもとへ向かう。正陽剣が鞘から飛び出す。漠北君《モーベイジュン》は片手を引いて、自分に向かってくる真っ白な光を放つ剣をピシッと弾《はじ》いた。正陽剣は注がれる大量の魔気に耐えられず、白い光が炸裂《さくれつ》した次の瞬間、その場でバラバラに砕けてしまった。

片手の漠北君《モーベイジュン》に対して、沈清秋《シェンチンチウ》は両手で応戦する。漠北君《モーベイジュン》は余裕綽々《よゆうしゃくしゃく》で対応していたものの急につまらなくなり、そのまま力をさらに増やして沈清秋《シェンチンチウ》を弾き飛ばした。

「驚くほど資質がないうえに、基礎の心法《しんぽう》は型どおりのものでしかないな。失《う》せろ」

「……」

沈清秋《シェンチンチウ》の資質は人間界でも確かに空前絶後の奇才とまでは言えないが、少なくとも千人に一人と言えるくらいには優れている。それに蒼穹山の基礎となる心法は、れっきとした正統なものである。なのに、漠北君《モーベイジュン》に言わせれば、ただのゴミにすぎないらしい。もしオリジナルの沈清秋《シェンチンチウ》ならばこんなことを言われたが最後、きっと怒り狂ってドバッと血を吐いて、帰ったらぴえんぴえん泣きながら藁《わら》人形に釘《くぎ》をグサグサ刺しているところだろう。

洛氷河《ルオビンハー》は自分の剣が折れても、まったく気にしていなかった。しかし、沈清秋《シェンチンチウ》が漠北君《モーベイジュン》の掌力に弾き飛ばされて内臓が傷ついたのか、食いしばった歯の間から血をあふれさせたのを目の当たりにした時、その瞳はいきなり剣呑《けんのん》な色を帯びた。洛氷河《ルオビンハー》がまとっていた雰囲気は一瞬にして変わる。恐ろしいほどの変化を感じ取り、漠北君《モーベイジュン》の薄青い両目が興味を抱いて冷たい光を放った。

突如、真っ黒な氷の剣が一本、空中に召喚された。一本から二本、二本から四本、四本から八本と瞬く間に数百本にまで分裂した氷の剣は陣を成すと、沈清秋《シェンチンチウ》を包囲して四方八方から向かっていく！

最も純粋な魔気で作られているため、これらの氷の剣は普通の方法で防ぐことはできない。沈清秋《シェンチンチウ》は今や霊力が枯渇しかけているので、二人の力の差は小さな火花と天にも届く巨大な波ぐらい違う。どんな結果になるかは、火を見るより明らかだ。雨の如く剣が降り注ごうとした刹那、沈清秋《シェンチンチウ》は心の中でわめいた。

（全力を尽くして頑張ったけど、向こうは俺を戦闘力五のゴミとしか見てないし、どうしようもないだろ！　というか、俺はどんだけ恨まれてんだよ。殺すにしたって、もうちょっと見た目がマシな殺し方にしてくれ。こんな真っ黒な剣が数百本も刺さったら、俺、ハチの巣になっちゃうよ！目も当てられないよ!?）

しかし、どれほど待っても、無数の剣に貫かれる苦痛は訪れなかった。

漠北君《モーベイジュン》の気が変わって、沈清秋《シェンチンチウ》を取り囲んでいた剣を引いたのでなければ、答えは一つ。こんな天を貫かんばかりの殺気を帯びた攻撃を止められる者は、アイツしかいない。

沈清秋《シェンチンチウ》は二本の足でしっかりと立ち、ゆっくりと顔を上げた。

やっぱり。

頭上をみっちりと包囲していた剣の陣は粉砕されていた。それもかなり徹底的に、跡形もないほどに砕け散っていた。夜空に広がるのは、月光を反射して輝く黒い氷の結晶だけだ。キラキラと落ちてくるその様子は、美しく思えるほどだった。

ところが、その景色の真ん中に佇む洛氷河《ルオビンハー》――体の周りや目の中で暴風雪が吹き荒れ始めている――は〝恐ろしい〟としか形容しようがない様子だった。

沈清秋《シェンチンチウ》は大木の傍らに座り込み、血を飲み込む。霊力を巡らせて傷を治しながら、世紀の大魔王二人による、岩を割り山をも砕きそうなほどの大激戦を見守ることにした。

洛氷河《ルオビンハー》の血の封印はまだ解けておらず、漠北君《モーベイジュン》も彼の力量を探っているだけである。しかし、それでも二人は天地が暗くなり、月や太陽までもが光を失《な》くすほど、激しくやり合っていた。猛り狂う波のようにあふれ出す魔気は、空をも覆ってしまいそうだ。

この一帯はもともと千葉浄雪華蓮……確かそんな感じの名前だったよな？　まあ、その影響下にあり、本来であれば魔界の生き物は近寄れない。しかし、あまりにも強大な魔気に当てられて、霊気をたっぷりまとっていた千葉浄雪華蓮は根元近くまで枯れてしまっていた。暗闇に潜んでいた妖魔たちがぞろぞろと姿を現し、彼らにとって芳しい香りを貪欲に吸い込んでいく。

数匹の鬼頭蛛がこっそり蒼穹山派の弟子たちの体へ這い上がり、毛むくじゃらの足をこめかみに突き立てようとした。沈清秋《シェンチンチウ》の霊力は底をつきかけていたので、法術で攻撃を仕掛けることはできず、素手でその絡まった汚い毛を掴んで近くへ放り投げた。もちろん、適当に投げているわけではない。裏切者尚清華《シャンチンホワ》めがけて、投げつけているのだ！

一方その頃、漠北君《モーベイジュン》は洛氷河《ルオビンハー》の実力のほどをざっと把握し終え、とどめの一撃を繰り出そうとしていた。彼は指をピシッと弾いて、深紅の光を洛氷河《ルオビンハー》の額へ送り込む。光は洛氷河《ルオビンハー》の額に触れるや否や、たちまち皮膚の中に溶け込み、炎のように真っ赤な紋様となった。相手を殺すことに夢中になっていた洛氷河《ルオビンハー》はそれが何か分からず、ただ頭が割れんばかりの痛みを感じてその場に跪《ひざまず》きかける。出口を求めて、体内で滾《たぎ》る残虐な衝動。洛氷河《ルオビンハー》はやみくもに手を一振りすると、炸裂した魔気が放たれた砲弾のようにまっすぐ漠北君《モーベイジュン》へ飛んでいった。

極めて威力のある一発である。漠北君《モーベイジュン》は手をあげてそれをかき消したものの、わずかに驚いて「悪くないな」と褒めた。

洛氷河《ルオビンハー》の意識がはっきりしているかどうかはお構いなしに、漠北君《モーベイジュン》は言いたいことを言う。

「人間界は貴様のとどまるべき場所ではない。なぜ、源へ帰らない？」

ここに来て、沈清秋《シェンチンチウ》は百パーセント確信した。漠北君《モーベイジュン》がいきなり現れたのは、やはり黒月蟒犀の代わりを務めるためだ。ただ、原作小説に比べると、今いる漠北君《モーベイジュン》のやり方はもっと直球なものだった。

こ、こいつ……直接洛氷河《ルオビンハー》の封印を解きやがったぞ！

しかももう自分の仕事は終わったとばかりに、さっさと立ち去ってしまった。

このNPCは本当にさっぱりとしているし、行動もどストレートだ。原作のスタイルと完全に一致している。洛氷河《ルオビンハー》が必要とすれば、すぐに駆けつける。理由なんていらない。強引で我が道を行く、非論理的な行動だが、それでいいのだ！

そもそもこじつけくさいと言えば、沈清秋《シェンチンチウ》がこのあと一人で立ち向かわねばならない最終ステージだってそうだ。

悪戦苦闘を経て、死闘の爪痕のただ中に片膝立ちの姿勢で茫然《ぼうぜん》としている洛氷河《ルオビンハー》。今にも全てを引き裂くのではないかという危うさを全身から発している。今の洛氷河《ルオビンハー》の頭の中は、長年沈黙してきた死火山が突如大地を割って噴火したかのように、血管の中でマグマが滾っているのだ。そんな洛氷河《ルオビンハー》の状態を思うだけで、沈清秋《シェンチンチウ》まで骨や頭がズキズキと痛むのだった。

突然、システムが今までにないほどの鋭い警告を発する。

【警告！　キークエスト：「無間深淵の果て無き憎しみ、一面に舞う霜の結晶と血の涙」がスタートしました。クリアできなかった場合、主人公爽快ポイントはマイナス20000となります！】

（クエストの名前が回を重ねるごとにツッコミどころ満載になっていくんだけど、気のせいかな？　ってか、前に確認した時一〇〇〇〇って言ってなかったか？　そんなスピードで倍になるもんなの？）

沈清秋《シェンチンチウ》はフラフラと、半狂乱な状態にある洛氷河《ルオビンハー》のもとへ向かっていた。「バシバシバシッ」と音を立ててその背中を掌で数回叩き、わずかに残っていた霊力を洛氷河《ルオビンハー》の体の中へ注ぎ込んだ。

ふっ、これしきのことで解決するかもと思うなんて。俺も甘いな！

洛氷河《ルオビンハー》は目を覚ますどころか、彼の体内にあった魔気が沈清秋《シェンチンチウ》に跳ね返ってくる。そのせいで、沈清秋《シェンチンチウ》はずっと堪《こら》えてきた血を、グハッと吐き出す羽目になった。

ここに来てようやく、洛氷河《ルオビンハー》は少しずつ意識が明瞭になりつつあった。混濁していた状態から抜け出し、ぼんやりと聞き取った言葉を文章として捉えられるようになってきた。やがて見慣れたあの顔の輪郭も、徐々にはっきりとしてくる。

やっと目に少し光が戻ってきた洛氷河《ルオビンハー》を見て、沈清秋《シェンチンチウ》は胸をなで下ろして口元の血を拭う。そうして、穏やかに「正気に戻ったか？」と聞いた。

そこで一旦言葉を区切ってから、沈清秋《シェンチンチウ》は続ける。

「なら、きちんと話をしよう。洛氷河《ルオビンハー》、素直に言いなさい。魔族の術を習って、もうどれくらいだ？」

その一言に、洛氷河《ルオビンハー》は息が詰まるほど高い空の上から、骨に滲《し》みるほど冷たい水の中へ、真っ逆さまに落ちたように感じた。脳が一気に覚醒する。

沈清秋《シェンチンチウ》の顔に浮かぶ冷淡なものを見て、心がすっと冷える。

普段、沈清秋《シェンチンチウ》は洛氷河《ルオビンハー》を「氷河《ビンハー》」と呼ぶ。氏名をひと続きに呼ぶことはしないのだ。

洛氷河《ルオビンハー》は小さい声で「師尊、説明させてください」と切り出す。

まだ少年と言っていい歳《とし》だが、洛氷河《ルオビンハー》はいつも冷静沈着で、歳の割に大人びていることが多い。この時、彼の顔には焦りの色が浮かんでいた。今すぐ説明したいが、どこから話せばいいのか分からない。そんな表情だ。

押しも押されもせぬ主人公たる洛氷河《ルオビンハー》がこれほど落ちぶれた姿をさらすなど、沈清秋《シェンチンチウ》は見ていられなくなる。忍びなくなって、洛氷河《ルオビンハー》が二の句を継ぐ前に「黙れ！」と言い放った。

言うや否や、沈清秋《シェンチンチウ》自身も感情的になってしまったせいで、思ったよりも厳しいトーンになってしまったことに気付いた。洛氷河《ルオビンハー》もすっかり驚いた様子で、ビンタされた子どもみたいに、ポカンとして漆黒の瞳で沈清秋《シェンチンチウ》を見つめている。もちろん、従順に口もつぐんだ。

沈清秋《シェンチンチウ》は徹底して心を鬼にすることができず、洛氷河《ルオビンハー》の瞳を直視できぬまま、お決まりの台詞を棒読みした。

「いつからだ？」

「……二年前です」

沈清秋《シェンチンチウ》は黙り込んだ。聞けば大人しく答える。こんなに素直になるなんて、本当にびっくりさせすぎたのだろう。しかし洛氷河《ルオビンハー》が沈清秋《シェンチンチウ》の沈黙を、「なるほど。私に背き、これほど長く嘘をついていたとはな！」と勝手に脳内変換していたことには、少しも気付いていなかった。

沈清秋《シェンチンチウ》はそっと言う。

「二年。どうりでこれほど早く力をつけるわけだ。洛氷河《ルオビンハー》、さすがだな。やはり類《たぐ》い稀《まれ》なる天賦を持っている」

この言葉は単純に沈清秋《シェンチンチウ》の心からの賞賛だった。主人公として、洛氷河《ルオビンハー》は確かに驚くべき天賦を持っている。先ほどの台詞に含まれた気持ちを解説しろと言われたら、羨ましさ九割にほんのちょーっと嫉妬をトッピング、というところだろう。

ところが、洛氷河《ルオビンハー》はまったく違ったふうに捉えていた。

彼はガクンと沈清秋《シェンチンチウ》の前に跪く。

沈清秋《シェンチンチウ》は危うくぽっくり逝きそうになる。男の膝下に黄金あり[52]、主人公跪けば命危うし。

こんな時に跪かれたら、後々洛氷河《ルオビンハー》が今日という日の出来事を思い出して余計に恨まれる羽目になってしまう。

沈清秋《シェンチンチウ》はすぐさま「立て！」とサッと袖を振った。

袖から放たれる強烈な風に当てられ、洛氷河《ルオビンハー》は思わず立ち上がり、トトトッと数歩後ずさる。洛氷河《ルオビンハー》はますます気が動転するばかりだ。

もはや取り返しのつかない過ちを犯してしまったから、師尊に跪いて許しを乞う資格もないということなのだろうか？

洛氷河《ルオビンハー》がつぶやく。

「ですが、師尊はおっしゃっていたではありませんか。人に善し悪しがあるのだから、魔にも善悪がある。この世で天地に受け入れられない者は……存在しないと」

俺、そんなこと言ったっけ？　沈清秋《シェンチンチウ》は真剣に数年分の記憶を手繰り寄せる。

うん、確かに言った気がする！

あの時はあの時で、将来を思って言った言葉だったが、目下、ナイフを首に押し当てられているような重大な危機にさらされている。

どうしようもないと、今さら掌を返してすっとぼけるのもちょっと厚かましすぎるだろうか？

沈清秋《シェンチンチウ》は言う。

「そなたは普通の魔族ではない」

「その額にある紋様は、堕天した魔の罪印だ。かの一族は人間界で無数の殺生をした。御しがたい性質で、昔から災いばかり起こしている。断じてほかの魔族と同じに論じることはできない。昔に話したことが正しいか間違っているかを証明するために、そなたが殺戮《さつりく》に夢中になって自分を制御できなくなるまで待つなど、私にはできないのだ」

沈清秋《シェンチンチウ》の口から放たれた言葉は洛氷河《ルオビンハー》のわずかな希望を打ち砕き、洛氷河《ルオビンハー》の目の周りが赤くなる。続く彼の声は震

52　男性が跪くのは黄金と同じく貴く意味のある行為であり、むやみに跪くべきではないという中国のことわざから。

えていた。

「でも、師尊が言ったことなのに……」

(俺のこれまでの発言なんて、数えきれないぐらいあるぞ。昔「沈清秋《シェンチンチウ》を去勢しろ」と真っ赤なフォントでスレを数百と伸ばしたことだってあるしな)

……なーんて。笑えない。

以前からメンタルコントロールに長けていた沈清秋《シェンチンチウ》。今日のツッコミ数は最高記録をどんどん更新しているが、一向に気持ちは軽くならない。それどころか、ツッコむ度に消耗する感覚すらある。

沈清秋《シェンチンチウ》はセルフ洗脳の手を緩めなかった。

洛氷河《ルオビンハー》が今受けている苦しみは、彼が今後、万人の上に立つために必要不可欠なのだ。厳冬を乗り越えて初めて、芳しい梅の花が咲き誇る。深淵で三年間修練して初めて、大魔王が生まれる。

心魔《しんま》を入手すれば天下を手にしたも同じ。後宮の美女たちがいれば、非モテ童貞とも……しかし、どれだけ言葉を連ねても、何も効果はなかった。

まったくの無駄。ちーっともテンションが上がらない。

沈清秋《シェンチンチウ》は勢いよく顔を上げ、指で剣訣を結ぶ。修雅剣を呼び戻し、手に握った。

剣を握る沈清秋《シェンチンチウ》の手は小さく震えており、血管もわずかに浮かび上がっている。洛氷河《ルオビンハー》はそれでも、目の前の光景を信じられずにいた。

「師尊、本当に私を殺すのですか？」

沈清秋《シェンチンチウ》はその顔を見られず、視線はまっすぐ洛氷河《ルオビンハー》を貫いてどこか遠くに向けられている。

「そなたを殺したいわけではない」

洛氷河《ルオビンハー》の記憶にある限り、沈清秋《シェンチンチウ》がこれほど冷たい表情を向けてきたことは一度もない。蒼穹山派に入ったばかりの頃、師尊に嫌われていた時だって、自分を見る目は決してこれほど空っぽではなかった。こんな、自分を見ているのに、何も見ていないかのようなうつろなものではなかった。

少しの温度も感じられない、殺すべき対象である極悪非道な妖魔に向けるのとまったく同じ視線。

沈清秋《シェンチンチウ》は口を開いた。

「だが、先ほどの者が言ったことは正しい。人間界はそなたの居場所ではない。そなたは、そなたのいるべき場所に戻りなさい」

沈清秋《シェンチンチウ》が一歩進めば、洛氷河《ルオビンハー》は一歩下がる。気付けば、二人は無間深淵のふちまでやってきていた。

　振り向くと、深淵の中で渦巻く強烈な魔気が見える。泣きわめく無数の霊。無数の奇妙な形をした腕が、上方にある人間界へ続く裂け目に向けて伸ばされ、新鮮な血肉を必死に求めている。それより奥の深い部分は黒い霧と謎めいた深紅の光に隠されている。

　修雅剣で深淵の下を指しながら、沈清秋《シェンチンチウ》が問う。

「自分で降りるか。それとも、私がやるか」

　ここまできて身勝手な願いだが、沈清秋《シェンチンチウ》は洛氷河《ルオビンハー》に自分から降りてほしい、と思っていた。自分で崖から飛び降りることを選んだ人は、お約束としてどこかに引っかかるのだ。そうなってくれれば、沈清秋《シェンチンチウ》も自分を欺いてなんとかこのシーンをハッピーエンドだと思い込める。

　それに、この一幕――自分が、自らの手で洛氷河《ルオビンハー》を突き落とした――が記憶に刻み込まれ、毎日毎晩思い出すよりは断然ましだ。

　しかし、洛氷河《ルオビンハー》はまだ諦めきれていなかった。

　信じたくなかったのだ。あんなに優しくしてくれていた師尊が、本当に自分を突き落とすなんて。ここ数年、毎日一緒に過ごした結末が、こんなものだなんて。

　修雅剣がその胸に刺さった時ですら、洛氷河《ルオビンハー》はまだ一縷《いちる》の望みを抱いていた。

　対して、沈清秋《シェンチンチウ》はまさか剣が刺さるとは思ってもみなかった。

　これは本音だ。沈清秋《シェンチンチウ》は思い切って剣を振って、洛氷河《ルオビンハー》を怯えさせてやろうとしただけだった。それで洛氷河《ルオビンハー》が避けて一歩でも後ずされば、自然に落ちる。そのはずだったのに。

　まさか洛氷河《ルオビンハー》が無言でその場から一歩も動かず、正面から剣を受け止めるとは、思いもよらなかった。

（俺、終わった。蹴り落とす分だけの恨みだったはずなのに、剣の一突き分まで追加されるなんて！）

　洛氷河《ルオビンハー》は手をひるがえして剣を掴んだが、力は入れず、軽く握っているだけだった。つまり、ここで沈清秋《シェンチンチウ》が力を込めれば、修雅剣はさらに深く突き刺さり、洛氷河《ルオビンハー》の胸を貫くことになる。

　洛氷河《ルオビンハー》の喉はかすかに震えたが、何も言わなかった。剣先はまだ洛氷河《ルオビンハー》の心臓に届いていない。しかし、沈清秋《シェンチンチウ》はその心臓の苦しい鼓動を感じた気がした。剣身から手の甲へ、そして腕をすっと伝って、沈清秋《シェンチンチウ》自身の心臓に届く。

沈清秋《シェンチンチウ》は勢いよく剣を引き戻した。

その動きにより、洛氷河《ルオビンハー》の体がゆらりと揺れたが、すぐに体勢を立て直した。沈清秋《シェンチンチウ》がとどめを刺さなかったのを見て、暗くなりかけた洛氷河《ルオビンハー》の瞳に、またかすかな光が現れる。消してもなおくすぶり続ける灰の中の炎のようだ。なんとかつり上げられた口角も、微笑もうとしているように思える。

しかし、その思いを打ち砕くように、沈清秋《シェンチンチウ》は最後の一撃を加えた。洛氷河《ルオビンハー》の瞳に残されていたわずかばかりの光を強引に消し去ったのだ。

落ちていく洛氷河《ルオビンハー》のあの眼差し。永遠に忘れることはないだろう、と沈清秋《シェンチンチウ》は思った。


掌門や修真者たちが絶地谷の結界内の妖魔を全て片付け、現場に駆けつけた時、無間深淵の裂け目はとっくに閉じられていた。死んだフリをしている尚清華《シャンチンホワ》以外、沈清秋《シェンチンチウ》は気絶していた人たち全員の手当てを終わらせていたが、彼自身の傷はそのままだった。服には血の跡がまだらについており、蒼白《そうはく》な顔には表情もない。ひどく惨めな姿だった。

岳清源《ユエチンユエン》はそばに寄って脈を取り、眉を寄せて専門家の木清芳《ムーチンファン》に引き渡した。各門派が地面のあちらこちらに横たわる者たちから自らの門派の弟子を見つけ、さらなる治療のために運び出していく。

柳清歌《リウチンガー》は一人少ないことに気付いた。それも、いつも沈清秋《シェンチンチウ》にまとわりついて、到底無視できない存在感を放っていた弟子である。

「お前のあの弟子はどうした？」

柳清歌《リウチンガー》の問いに、沈清秋《シェンチンチウ》は無言で首《こうべ》を垂れ、地面に落ちていた長剣の欠片を拾い上げた。清静峰の弟子たちは大急ぎで駆けつけ、先頭にいた明帆《ミンファン》が目ざとくその剣に気付いた。明帆《ミンファン》は言葉を詰まらせながら口を開く。

「師尊、その剣はもしや……」

万剣峰にあったこの正陽剣を、明帆《ミンファン》は長い年月寝ても覚めてもほしいと思っていた。洛氷河《ルオビンハー》に剣を引き抜かれた時は嫉妬に狂いそうで、それこそ洛氷河《ルオビンハー》を呪いながら無数の眠れぬ夜を過ごしたほどだから、当然見間違うはずもない。

寧嬰嬰《ニンインイン》は「わっ」と泣き出した。

「師尊、悪い冗談はやめてください。これって……これって、阿洛《アールオ》の正陽剣じゃないですよね？　違うでしょ？　嘘

でしょう?」

周囲がざわざわし始める。

「正陽剣?」

「沈《シェン》峰主の愛弟子の洛氷河《ルオビンハー》のことか?」

「剣在れば人在る。剣は今折れているようだが、持ち主はどこに?」

「まさか彼も……ゲホン」

誰かが嘆いた。

「もしそれが本当なら、残念だ。ここまできて、洛氷河《ルオビンハー》の名はもう金榜の首位になっているのに」

「まさしく才ある者は短命だな!」

嘆く者がいれば、驚く者、心から悲しむ者や、不幸を喜ぶ者もいた。

寧嬰嬰《ニンインイン》はその場で号泣した。

明帆《ミンファン》は確かに洛氷河《ルオビンハー》が嫌いで、陰に日向に「死ね」と罵ってきたが、本当に洛氷河《ルオビンハー》に死んでほしいと思ったことは一度もなかった。それに、師尊はあれほどあの洛氷河《クソガキ》を可愛がっていたのだ。洛氷河《ルオビンハー》が死体すら残さずに死んだのだから、師尊はきっと悲しんでいるだろう。そう思うと、明帆《ミンファン》は気持ちが塞いだ。悲しみに包まれる清静峰の面々。所属する全員が女性である仙姝峰は、斉清萋《チーチンチー》をはじめとして、その光景に誰もが心を深く痛めていた。

口下手な柳清歌《リウチンガー》は、ポンポンと沈清秋《シェンチンチウ》の肩を叩いて、「弟子はまた取れる」とだけ告げた。彼なりに慰めているのだと分かっているものの、沈清秋《シェンチンチウ》はそれでもげんなりと呆れた表情を見せつけたくなった。

自分の大事な弟子兼男性主人公を無間深淵に蹴落としてないもんな、そりゃ好き勝手に言えるわ!

まあいい、覆水盆に返らずだ。

沈清秋《シェンチンチウ》はゆっくりと言った。

「清静峰の弟子、洛氷河《ルオビンハー》。魔族に殺され、この世を去った」

今回の仙盟大会は、大会が始まって以来最も甚大な被害を出して幕を閉じた。

各門派から参加した新人たちは千人余りで、結界を張ることに集中していた昭華寺は幸いにも人難を逃れたが、幻花宮に至っては、百人近くを失った。蒼穹山はその中でも最も被害が少なく、三十数名の負傷者を出しただけにとどまった。

修為が低く腕も立たない新人たちは、ほとんどがそのほかのさまざまなこぢんまりとした門派から来ている。被害者の多くは彼らのような者たちだった。

金榜に名が載るのはかなり喜ばしいことである。しかし、今見てみると、名が載った者の多くは絶地谷で命を落としていた。特に堂々と一位に表示された、蒼穹山清静峰の弟子にして、沈清秋《シェンチンチウ》の愛弟子洛氷河《ルオビンハー》。彼が命を落とし、その剣も折れてしまったことは、皆の心をひどく痛ませた。

惨事が勃発したあとに中へ助けに入った者たちを含めれば、今回の出来事で各門派は相当の痛手を被ったと言える。

清静峰に、赤い榜《たてふだ》が贈られた。

「洛氷河《ルオビンハー》」の名が金色の光を放ち、一位として榜の一番上で輝いている。

明帆《ミンファン》が歩み寄り、沈清秋《シェンチンチウ》に報告する。

「師尊、一万霊石が贈られてきましたが、いかがいたしましょうか？」

一万霊石？

沈清秋《シェンチンチウ》は呆気に取られて、「なぜこんなに多くの霊石が？」と聞き返す。

明帆《ミンファン》は言葉を選んで慎重に答えた。

「お忘れですか？　仙盟大会で、師尊は五千霊石を賭けられて……」

思い出した。洛氷河《ルオビンハー》に賭けた分だ。岳清源《ユエチンユエン》は負けたら自分へつけ、勝てば沈清秋《シェンチンチウ》のものにしていいと言っていた。

洛氷河《ルオビンハー》は予想どおり、本当に頑張ってくれたようだ。最後の半時辰で力を発揮し、一位の公儀蕭《ゴンイーシアオ》、二位の柳溟煙《リウミンイエン》を抜き去って首位に躍り出たので、霊石も倍になったのだ。

あの時は、儲《もう》かれば多少なりとも慰めになるかもしれない、ぐらいの気持ちだった。しかし今になって、沈清秋《シェンチンチウ》は少し困惑していた。

以前なら、こうしたことは全て洛氷河《ルオビンハー》に任せていた。倉庫に納めるか、何かの出費に充てるか、どう使うかなどを、沈清秋《シェンチンチウ》が心配することは何一つなかったのだ。それが今や、明帆《ミンファン》が沈清秋《シェンチンチウ》にお伺いを立てるやり方に変わった。

沈清秋《シェンチンチウ》は少し考えて、「片付けておいてくれ」と告げた。

「……」

明帆《ミンファン》は、どこに片付けておくのかなど、もう少し詳しく聞こうとした。しかし師尊の顔色があまりにも悪く、それ以上聞くに聞けなかった。洛氷河《ルオビンハー》が置いていた場所に置けば問題ないだろうと思い、明帆《ミンファン》はすぐにその場をあとにした。

数日間、清静峰の弟子たちは皆迂闊《うかつ》なことを言わぬよう、気を遣って過ごしていた。師尊の触れたら痛む場所に、触れないようにしていたのだ。もう少し経てばいい方向に向かうだろうと、全員が思っていた。

ところが半月ほど過ぎた頃。沈清秋《シェンチンチウ》もこれまでどおりの状態に戻りつつあるように見えたが、ある日の食事時近く、突然竹舎で二度ほど、彼は洛氷河《ルオビンハー》の名前を呼んだのだ。

「ダダッ」と音を立てて竹舎へ飛び込んできた寧嬰嬰《ニンインイン》に、沈清秋《シェンチンチウ》はひどく驚く。

「どうした？　いきなり部屋に押し入るなど。女性なのだから、もっと淑《しと》やかに振る舞いなさい」

寧嬰嬰《ニンインイン》の目は、ウサギのように赤くなっていた。

「師尊、その……何か食べたいものがあれば、私、作りますよ！」

沈清秋《シェンチンチウ》は咳払いをして、「必要ない。遊んできなさい」と告げた。

寧嬰嬰《ニンインイン》は地団駄を踏む。

「師尊！　阿洛《アールオ》がいなくても、まだ……まだ私たちがいるじゃないですか。こんな……魂が抜けたみたいに……みんな、みんなすごく心配しているんですよ！」

魂が抜けたみたい、という言葉が自分に使われる日が来ようとは、沈清秋《シェンチンチウ》は想像したことすらなかった。

金丹期まで到達すれば、身体的には食べても食べなくても変わりはない。沈清秋《シェンチンチウ》はただ口寂しかっただけだ。ふと甘味が食べたくなったのに加えて、うっかり自分が洛氷河《ルオビンハー》を無間深淵に蹴落とした事実を忘れただけ。なのになんで「魂が抜けた」なんて言われるんだ!?

沈清秋《シェンチンチウ》は口を開く。しかし言い訳しようにも、寧嬰嬰《ニンインイン》を見ると、弁明の余地がない。気を揉むあまり泣き出しそうな寧嬰嬰を見ると、
逆に慌てて彼女を慰める羽目になった。先ほどはうっかり口を滑らせただけだ、と沈清秋《シェンチンチウ》が真剣に話してから、やっと寧嬰嬰《ニンインイン》も落ち着きを取り戻した。

寧嬰嬰《ニンインイン》をなだめすかして外へ下がらせ、沈清秋《シェンチンチウ》は長いため息をこぼした。不意に、原作『狂傲仙魔途』では終始甘えん坊で、いつもトラブルばかり起こして足を引っ張っていた女の子が、いつの間にやらかなり大きな成長を見せていることに気付く。

この子は洛氷河《ルオビンハー》の後宮メンバーである。彼女こそ、一番泣きわめいてしかるべき立場なのに、気を遣って師父を慰めにくるなんて。これはちょっとした教育の賜物《たまもの》では？

まあとにかく、このままじゃダメだ！

子羊な主人公を育てたのは沈清秋《シェンチンチウ》自身のはずなのに、どういうわけだか今では主人公が沈清秋《シェンチンチウ》を養っていたようにすら思える。しばらく会っていないだけで、旦那に先立たれた未亡人みたいな顔をするなんて、いったい自分はどういうつもりなんだろう。

（いや待て、何言ってんだ俺！）

沈清秋《シェンチンチウ》は心の中で自分にビンタをかました。

（誰が未亡人みたいな顔だ！　誰が旦那に先立たれた、だ！　こんなデタラメ、口走っていいわけないだろ！　ったく、歳を取れば取るほど、ポンコツになっていく。ろくでなしはほんとにろくでもないことを言うな。ビンタされて当然だ！）

とはいえ、洛氷河《ルオビンハー》がいなくなって寂しいのは事実で、未練もあるのだろう。

特に五年後に再会した時、かつての優しい師と孝行な弟子（まあ……そんな感じ）の関係が、真綿で針を包んだ、殺意をひた隠しにしたようなものになると思うと、なおさらである。

正陽剣の残骸は沈清秋《シェンチンチウ》が持ち帰っていた。彼は清静峰の竹舎の裏に適当な穴を掘ってそれを埋め、墓標を立てて剣《けん》塚《づか》を作った。何も書かれていない空っぽの墓標を見て上の空になっている沈清秋《シェンチンチウ》の姿に、周りの人たちは彼が愛弟子を恋しがっているのだと思い、二人の深い絆《きずな》と、残酷に人を弄ぶ運命に思わず嘆息した。

ただ、本当のところは沈清秋《シェンチンチウ》自身しか知らない。彼が偲《しの》んでいるのは墓の中に葬られた、もう二度と戻ってこない太陽のように温かいあの少年なのだ。

真に沈清秋《シェンチンチウ》の心をかき乱し、涙の雨を盛大に降り注がせたのは、しばらくぶりに沈黙を破ったシステムが送ってきたのは暴虐の限りを尽くした通知だった。

【おめでとうございます！　キークエスト：「伝説の始まり～洛氷河《ルオビンハー》の墜落と再生～」をクリアしました。主人公爽快ポイントプラス10000】

沈清秋《シェンチンチウ》が喜ぶ前に、続いてもう一つ。

【特殊状況により新たなパラメータ「洛氷河《ルオビンハー》傷心ポイント」が追加されました。傷心ポイントが高すぎるため、主人公爽快ポイントはリセットされます。これからも引き続き頑張ってください】

リセット……リセット……リセット……。

非情な四文字が沈清秋《シェンチンチウ》の脳内を延々とループする……。ってか傷心ポイントってなんだよ、テキトーに変なパラメータを追加すんなって言っただろ!?

くそ、やっぱり洛氷河《ルオビンハー》はシステムに愛されし子なんだ。傷心しただけで新しいパラメータが創り出されるんだから!

あんなに苦労して貯《た》めたポイントが、一気にゼロまで引かれてしまうなんて。悪役は辛いぜ。心が塞ぎ過ぎて太平洋すら涸《か》れちまうよ。

沈清秋《シェンチンチウ》自身、現在進行形で嫌な気分にどっぷり浸かっているため、ほかの人にも嫌な思いをさせないと気が済まない。

そういうわけで彼は明帆《ミンファン》を遣いに出し、尚清華《シャンチンホワ》を竹舎へ招いた。

訪れた尚清華《シャンチンホワ》は真っ白な陶磁の茶杯を置き、笑いながら沈清秋《シェンチンチウ》に話し掛ける。

「沈《シェン》師兄の清静峰は本当に清らかで静かですし、雅《みやび》ですね。ちょっとした茶杯一つとってもこんなに素晴らしい。この清華《チンホワ》、引け目を感じてしまいますよ」

清静峰と安定峰は普段あまり接点がないうえに、沈清秋《シェンチンチウ》はお高くとまって、積極的に客を招くこともほとんどない。そんな人が、今回わざわざ弟子を遣いに出し、自分を招待したのだ。尚清華《シャンチンホワ》は沈清秋《シェンチンチウ》が何を考えているのか、よく分からなかった。とはいえ、せっかく招いてくれた相手に文句を言うわけにもいかないので、尚清華《シャンチンホワ》はとりあえず機嫌を取っておけば問題はないはず、と考えた。

沈清秋《シェンチンチウ》は弟子たちを下がらせ、扉を閉めてため息をこぼした。

「その一言で、また亡くなってしまった者のことを思い出してしまいそうだ。この清静舎の草も植え木も、茶杯も皿も、全部私のあの弟子が調えてくれたものだからな」

「……」

尚清華《シャンチンホワ》も沈清秋《シェンチンチウ》に続いてため息を漏らす。

「はあ……彼は若き天才だったのに、本当に残念です。あの魔族のせいで、私たちも大きな被害を受けました。本当に恨めしい限りです。天も共に悲しんでいるでしょう。沈《シェン》師兄、お悔やみを申し上げます」

沈清秋《シェンチンチウ》は含みを持たせた言葉を返す。

「もし本当に尚《シャン》師弟が残念に思っているのなら、このような惨事は起きていなかっただろうな」

尚清華《シャンチンホワ》はピクリと動きを止めるも、すぐさまその痕跡を少しも残さず笑顔で誤魔化した。

「沈《シェン》師兄、何が言いたいのです？　まさか、我が安定峰の監督不足のせいだとおっしゃりたいのですか？　もしそうなら、確かに私は謝らなくてはいけませんね」

沈清秋《シェンチンチウ》は茶を注ぎ足してやる。

「不足どころか、明らかに頑張りすぎだろう。鬼頭蛛、女怨纏、骨鷹といった、人間界に自発的に入ったことのない魔界の生き物までやって来たのだ。監督不足だと責めるのはさすがに忍びない」

尚清華《シャンチンホワ》はにわかに立ち上がる。さまざまな感情がその顔を過《よぎ》った。

「沈《シェン》峰主、口を慎んでください！　言いすぎです！」

沈清秋《シェンチンチウ》は尚清華《シャンチンホワ》の肩に手を置き、険しい顔つきで問いかける。

「まあそう怒るな。座って話をしよう。今からとある名で呼ぶが、返事をする勇気はあるか？」

尚清華《シャンチンホワ》は冷ややかに笑いながらその手を払った。

「勇気も何も、それしきのこと。私は何も後ろめたいことはしていないのです。強引に濡れ衣を着せられるのを恐れるとでも？」

「向天打飛機《シアンティエンダーフェイジー》？」

その瞬間、尚清華《シャンチンホワ》は雷神直々に雷を落とされた気分になった。あまりの衝撃に、何も言えなくなる。

ややあってから、尚清華《シャンチンホワ》はようやく震える声で、「な……なんで俺のＩＤを知ってるんだよ」と聞き返した。

尚清華《シャンチンホワ》の反応に、沈清秋《シェンチンチウ》も同じく雷に打たれ、真っ黒焦げになった気分だった。

尚清華《シャンチンホワ》がこの名前を聞いた時のリアクションで、相手が『狂傲仙魔途』の読者かどうかを確認したかっただけだ。

この様子じゃ……ただ読んだだけじゃ収まらないな⁉

三秒後、沈清秋《シェンチンチウ》は尚清華《シャンチンホワ》に飛びついた。

「お前かよ！　俺はお前の小説を最後まで読んだんだ、そのＩＤを知らないわけねぇだろうが！　漠北君《モーベイジュン》が出てきた時にお前がぽろっと漏らした一言を聞いてなけりゃ、どっから湧いて出てきたのか本当に分からなかったぞ、大作家先生よ！」

第五回

白露《はくろ》

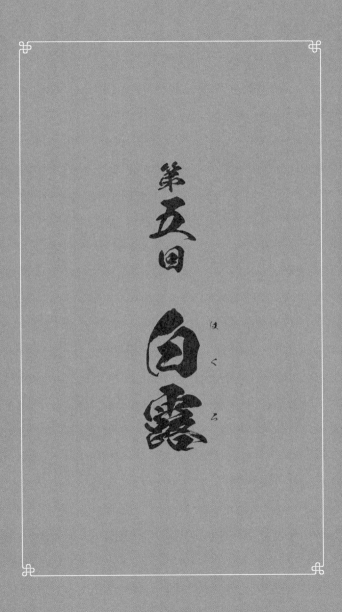

あの時、尚清華《シャンチンホワ》は突如現れた漠北君《モーベイジュン》を見た途端、反射的にこんな言葉を漏らしていた。

「うわっマジかよ！」

当時、沈清秋《シェンチンチウ》ははっきりとは聞き取れなかったのでそこまで気に留めなかったのだが、時間が経《た》つにつれ、そのことは喉に刺さった魚の小骨のように、引っかかって抜けなくなっていた。

逆らえないストーリーの強制力も働いているはずなのに、尚清華《シャンチンホワ》は黒幕（またはその後方支援者）として、小説で出番が盛りだくさんだった黒月蟒犀《こくげつぼうせい》を絶地谷《ぜっちこく》に放たなかった。このことが大きな疑問となってモヤモヤしていたのだが、もしわざと、物語の進行を阻止するために、つまり洛氷河《ルオビンハー》が無間深淵《むげんしんえん》に突き落とされる悲劇が起こらないよう手を加えていたのだとすれば、筋は通る。

二人は無言で視線を合わせる。どちらもかなりの衝撃を受けていた。

ややあってから、沈清秋《シェンチンチウ》が叫んだ。

「フラグを立てておいて回収しねぇし！　伏線は張ったら張りっぱなし！　至る所に地雷があるし、文章はヘタくそで小学生レベル！　種馬小説が書きたいなら種馬を書けばいいだろうが！　なんでお情け頂戴路線に走るんだよ⁉」

「……俺だって被害者なんだよ。作者なんだから主人公に転生するか、せめてシステムに転生すると思うだろ？　なのにコンセントを挿して感電死したかと思えば、システムから適当な使い捨てキャラをあてがわれるという謎展開だぞ」

そう嘆く尚清華《シャンチンホワ》を前に沈清秋《シェンチンチウ》は冷ややかに笑う。

「俺よりマシだろ。お前はスパイだってバレたあと、漠北君《モーベイジュン》に一発で消されて、サクッと死ねるじゃないか。俺が洛氷河《ルオビンハー》にどんな目に遭わされるか、まさか忘れたわけじゃないだろうな？」

「そっちは転生してたったの数年だろ？　しかも、転生した途端に宗師レベルだよな？　俺なんか気付いたら赤ん坊だったんだから。貧乏のどん底で過ごした少年時代、まともに扱ってもらえなかった外弟子[53]時代。俺より多く不遇を経験してるか？」

どちらがより可哀想かのマウント合戦は水掛け論でしかなく、どちらも五十歩百歩、大差ないという結論に至った。尚清華《シャンチンホワ》はしみじみと漏らした。

53　一般の弟子。師から直々に教えられることなく地位も低め。

「まさか読者さんに会えるなんて、これぞ縁だな。人生において喜ぶべき四つのことの一つ、異郷で古い友に会う、ってやつか。君さ、終点文学網《しゅうてんぶんがくもう》のＩＤは？　もしかしたら知ってるかも」

「絶世きゅうり」

尚清華《シャンチンホワ》は、しばし考えてから口を開いた。

「なんかちょっと見覚えあるな。沈清秋《シェンチンチウ》を去勢しろっていうスレが立った時、一番ぎゃーぎゃー言ってたの、君じゃなかったっけ？　君……ゲホン、じゃなくて、オリジナルの沈清秋《シェンチンチウ》が寧嬰嬰《ニンインイン》に……しようとしてた時……」

「……」

沈清秋《シェンチンチウ》は、しばしの沈黙のあと「お前の印象に残ってるのがそれだけだとは思えないけど、昔のことは水に流せ」とだけ言った。

そしてさっと表情を引き締め、続ける。

「まあ、無駄話はここまでだ。今日お前を呼んで、腹を割って話そうと思ったのは、仙盟《せんめい》大会後にふと思いついたことがあったからだ。多分、俺たちが抱える共通の難題を解決できると思う」

尚清華《シャンチンホワ》は一瞬呆気《あっけ》に取られる。

「それ、マジ？」

「こんな冗談、面白くもなんともないだろ？　この方法なら必ず根本的に解決できる。バレさえしなければ、後々の心配もない。全部、お前に懸かってるんだ。千年に一度だけ世に現れる植物について書いたのはまだ覚えてるか？」

「……」

尚清華《シャンチンホワ》は呆《あき》れたように答えた。

「ありすぎてどれのことだか……。千年に一度だけ現れて氷哥《ビンアニキ》に食われるか使われるかした植物なんて、百とは言わないけど、八十は書いてるからな」

……自覚、あるんだ……。

沈清秋《シェンチンチウ》はため息をついて、その耳元でとある五文字を告げた。

尚清華《シャンチンホワ》はその単語にゾッとしたが、すぐに意味ありげに沈清秋《シェンチンチウ》を見やった。

「なんで俺を見るんだよ？」

「いや、別に」

尚清華《シャンチンホワ》が答えた。

「前からきゅうりくんは俺の忠実な読者で、でも普通の方法でそれを伝えるのが苦手なだけなんだって思ってた。俺が書いたことすら忘れてるような設定でも、隅っこからほじくり出してこられるなんてさ、感動してるんだよ」

「……」

沈清秋《シェンチンチウ》は沈黙のあと、話を逸《そ》らした。

「明日、一緒に山を下りて、その植物が生えている場所に行こう」

「明日？　それは……ちょっと急すぎないか？」

そう言ってから、尚清華《シャンチンホワ》はもごもごと続けた。

「その、実は……具体的な場所やらその植物の描写を思い出せないんだ。小説自体二千万字近くあるし、その植物の話を書いたのはほんの一段落だけ。じっくり考えさせてくれよ、思い出したら話すから」

沈清秋《シェンチンチウ》は誠意を見せて交渉を試みる。

「それなら洛氷河《ルオビンハー》が漠北君《モーベイジュン》を手下に引き連れ、血の雨を降らせながらここに戻ってくる時までのんびりじっくり考えていればいいさ。洛氷河《ルオビンハー》が俺を、漠北君《モーベイジュン》がお前をそれぞれ殺すっていう時に、思い出しても遅くはないだろうからな」

「……分かった。明日までに絶対に思い出すから！」

そもそも安定峰《あんていほう》の仕事といったら、新入り弟子の部屋の割り当てや揃《そろ》いの衣服の仕立てといったちょっとした仕事ばかりで、峰主でなければできないようなものでもない。

安定峰に戻った尚清華《シャンチンホワ》は、一晩脳みそを振り絞り、それこそ脳をひっくり返さんばかりの勢いで必死に考えた。そうこうしていると、夜明け前にようやく一筋の光が脳内を過《よぎ》り、地図のある場所に印をつけた。

沈清秋《シェンチンチウ》はその地図を見ると、卓《つくえ》を叩《たた》いて立ち上がり、すぐさま尚清華《シャンチンホワ》を連れて山を下りた。道中では飲み食いしたり、遊び回ったり。御剣《ぎょけん》で移動したり、馬車で移動したり。楽しい旅だと言えるはずだったのだが……。

唯一、ちょーっと残念な点を挙げるとすれば、尚清華《シャンチンホワ》が馬車の御者台でしきりにため息をこぼしていることだろう。

尚清華《シャンチンホワ》が馬車の中に向かって問う。

「なんで食事代も宿代も、俺が出すんだよ？　しかも馬車の御者まで俺だし」

馬車内でくつろぐ沈清秋《シェンチンチウ》は答えた。

「どのお口がそんなことを言うのかな。経費は掌門《しょうもん》師兄が渡した公費だろ。お前はそれを財布から出してるだけじゃないか」

出発間際に岳清源《ユエチンユエン》が自分に念押ししてきたことを思い出して、尚清華《シャンチンホワ》はひどく切ない気持ちになる。

なーにが「尚師弟《シャン》、外遊の期間中は、清秋《チンチウ》を頼んだよ。彼はまだ毒に侵されているから、どうかきちんと面倒を見てやってくれ」だ。

言葉を尽くして尚清華《シャンチンホワ》をとびっきりのクズ野郎に仕立て上げた原作者・向天打飛機大先生《シアンティエンダーフェイジー》は、ここに来てやっとキャラクターの苦しみというものを味わった。

後方支援なんて本当に将来性ゼロだ。みんなに世話係扱いされるんだから！　手段を選ばずのし上がろうとしたオリジナルの尚清華《シャンチンホワ》、お前の気持ち、今なら痛いほど分かるぞ！

「健康な手足があるんだし、なんで自分で……ちょ、マジかよ！」

尚清華《シャンチンホワ》の文句が唐突に途切れたかと思えば、馬車がなんの前触れもなく止まった。沈清秋《シェンチンチウ》は勢いよくつんのめる。どうやら尚清華《シャンチンホワ》が馬の手綱を引いて急ブレーキを掛けたらしい。沈清秋《シェンチンチウ》は簾《すだれ》を開き、警戒して問いかける。

「どうした？」

その時、馬車はちょうど木々が生い茂る森の中を突き進んでいた。

四方を空に向かってまっすぐ伸びる古木に囲われ、落ち葉があちこちに散らばっている。幾重にも重なる枝や葉に遮られ、地面には太陽のまばらな光すらほとんど届かない。

なんの異常も見つけられなかったものの、沈清秋《シェンチンチウ》は警戒を解かなかった。

「何を騒いでる？」

尚清華《シャンチンホワ》は驚きから抜け出せない。

「さっき、女の人が蛇みたいにするーって地面を這《は》ってってたんだ！　馬車を止めなかったら轢《ひ》くとこだった！」

なんとも不気味な話に、沈清秋《シェンチンチウ》も「そりゃ、確かに騒ぐわな」と返す。

森はしんと静まり返り、今のところ特段おかしなところは見当たらない。それでも沈清秋《シェンチンチウ》は気を抜けなかった。馬車の中から出て、御者台の尚清華《シャンチンホワ》の隣に座る。周囲をひそかに観察しながら片手で剣訣《けんけつ》を結び、もう片手でおやつ袋からひまわりの種をひと掴《つか》みして、尚清華《シャンチンホワ》に押しつける。

「いい子だから、中でこれでも食ってろ」

尚清華《シャンチンホワ》はパシリ程度ならまだ役に立つが、妖魔との戦いではほとんど使い物にならない。尚清華《シャンチンホワ》自身も自分の腕前がいかほどかを熟知しているので、大人しくひまわりの種を受け取り、カリカリと食べ始めた。馬が一歩進むごとに、一粒食べる。そうしてお香一本分が燃えつきるほどの時間が経ち、二人はようやく……今自分たちが置かれている深刻な状況に気付いた。

　見覚えのある地面のひまわりの種の殻ロードに、二人は言葉を失う。

　尚清華《シャンチンホワ》が口を開く。

「うん、間違いない。蒼穹《そうきゅう》山派千草《せんそう》峰産の龍骨香《りゅうこつこう》ひまわりの種だ。殻の外側は深紅、内側は黄金色。百パーセント、俺がさっき食べて落とした殻だな」

「安定峰がひまわりの種の販売も手掛けてるってことはよく分かったから、それくらいにしとけ」

　尚清華《シャンチンホワ》が落としたひまわりの種だと判明したところで、また別の疑問が生まれる。なぜもとの場所に戻っているのか？

　二人は顔を見合わせる。

　鬼打牆《きだしょう》[54]。めちゃくちゃ使い古された、ありきたりなお約束パターンである。

　尚清華《シャンチンホワ》はおばあちゃんの知恵袋的な方法を思いつく。

54　同じ場所を堂々巡りする心霊現象。

「なんなら、童貞のおしっこ[55]を馬の目に掛けてみるか？」

「……馬にも尊厳があるだろ、なんで人間の排泄物《はいせつぶつ》を目に掛けられなきゃならないんだ。それに、こんな辺ぴなところで、どうやって童貞を見つけろって？」

　そう言った途端、沈清秋《シェンチンチウ》は尚清華《シャンチンホワ》が真剣に自分を見つめているのに気付いた。

「なんで俺を見るんだよ。本来の俺自身は……まあ置いといたとしても、だ。沈清秋《シェンチンチウ》はお前が創り出したキャラクターだろ。外見は高潔、中身はただのすけべ野郎。毎日あふれんばかりの性欲を持て余し、少年の頃からふしだらで、青年期に差し掛かると当然のように妓楼《ぎろう》通い。そんな〝俺〟が、まだ童貞だとでも？　それからお前自身を指さすのもやめとけ。尚清華《おまえ》のキャラだって俺といい勝負なんだからな」

　沈清秋《シェンチンチウ》は眉を寄せてじっくりと考えたあと、ポンと膝を打った。そのまま身をひるがえして馬車に戻った直後、また尚清華《シャンチンホワ》がわめき始めた。沈清秋《シェンチンチウ》は必要なものを手に、急いで馬車から出る。

「どうした!?」

55　童子（幼い男の子、もしくは童貞）の尿は魔除けになる、という民間の迷信がある。

尚清華《シャンチンホワ》は驚きのあまり興奮して一息にまくしたてた。

「君が中に入ったらなんかモフモフしたものが俺の首をさわさわっとして顔を上げてみたら髪の毛の塊でしかも後ろにでっかい白い顔があってよく見えなかったけどマジやべえって！」

沈清秋《シェンチンチウ》は頭上を見てみたものの、それらしいものは一切見当たらなかった。彼は腰を下ろすと、持っていた地図を広げ、眉を跳ね上げる。

「それがなんであれ、結構賢いみたいだな」

「どうしてそう思うんだ？」

「柿は柔らかいものからもぐ、つまりまず弱い奴から攻略すればいいってのを分かってて、あえてビビりなお前を狙って脅かしに来てるからな」

そうしてポンポンと尚清華《シャンチンホワ》の肩を叩いてつけ足した。

「つーか、いくら怖くてもお前が書いたんだろ、そうビビんなって！」とつけ足した。

「こんなの書いたっけ……あれ、きゅうりくん、地図を見てるのか？　よく見ろよ、それ大陸の地図だろ。大陸が丸ごと描かれてるから、この白露《はくろ》の森なんかゴマ粒程度の大きさでしかないぞ」

「自分の目で見てみろよ、ここ」

沈清秋《シェンチンチウ》は地図の下のほうを指さす。

蒼穹山、昭華寺《しょうか》は東のエリアを占め、天一観《てんいち》は中央に鎮座している。一方、南は幻花宮《げんか》の縄張りだ。

白露の森の点は、ちょうど薄い墨で引かれた幻花宮の境界線上にある。

尚清華《シャンチンホワ》はハッとした。

「幻花宮は白露の森まで自分たちの縄張りにしてるのか？　ってことは、俺たちは鬼打牆ではなく、あいつらの護衛の陣法に入ったってこと？」

それぞれの大門派は無関係な人間による侵入やいたずらを防ぐために、独自の陣法を設置している。たとえば蒼穹山の登天梯《とうてんてい》は、登り方を知らない一般人が足を踏み入れると、一万三千段の階段を延々と登らされるはめになり、頂上まで永遠に辿《たど》り着かない。山守りの弟子が階段の下まで送り返してくれない限り、階段から逃れることも叶《かな》わない。今白露の森で足止めを食らっているのもおそらく同様の仕掛けで、誰かが案内してくれなければ、おそらく同じ場所をグルグルと回り続けることになるだろう。

沈清秋《シェンチンチウ》は心の中で『システム、いるか？』と呼んでみた。

しばらく待ってみても返事がないので、もう一度声を掛ける。

『二十四時間オンラインでサービスしてくれるんじゃなかったのか？　出てこなかったらマイナス評価をつけるぞ』

【こんにちは。システムはただいまスリープモードに入っており、現在ＡＩアシスタントが代行しています。サービスが必要な場合は、セルフでお願いいたします】

スリープ、とな。沈清秋《シェンチンチウ》は心の中で仰天する。

そういえば確かにここ数日、システムはB格やら新しく追加された珍妙なパラメータやらを持ち出してこなかった。

ＡＩアシスタントが続ける。

【システムは動力源である「洛氷河《ルオビンハー》」から切断されました。バックグラウンドにてメンテナンス、アップデートを実施しております。動力源に再接続した後、スリープモードは解除されます。それでは快適なセルフサービス期間をお楽しみください。ごゆっくりどうぞ】

（現時点でもうすでにヤバいことしか言ってこないのに、アプデバージョンは俺を即あの世送りにするんじゃ――いや、そもそも洛氷河《ルオビンハー》が動力源ってマジか！）

沈清秋《シェンチンチウ》は続けて質問しようとしたが、このＡＩアシスタントとやらは何を聞いても同じ台詞《せりふ》しか返してこなかった。

どーゆーＡＩアシスタントなんだ。ＱＱ[56]の自動返信と同じじゃないか！　そんなんでよく堂々と「ＡＩ」を名乗れたもんだな！

沈清秋《シェンチンチウ》は尚清華《シャンチンホワ》を叩いた。

「お前んとこのシステムを呼んで、そっちはまだ接続されてるか確認してくれよ」

尚清華《シャンチンホワ》は瞬《まばた》きののち、ややしてから「メンテ中だって」と答えた。

なるほど、洛氷河《ルオビンハー》は一つのシステムの動力源ってわけじゃなく、あいつがオフラインになると全システムがダウンするのか！

とはいえ、この状況がそこまで深刻かと問われると、実はそうでもない。強いて言えば、洛氷河《ルオビンハー》が無間深淵でレベルアップしている間はB格ポイントを上げられないということくらいだ。

だが、それはそれで悪くないかもしれない。上げられないってことは減らないってことだし、これ即《すなわ》ちこの期間は

56　中国のメッセンジャーアプリ。

何をしても怖いものなしってことなんじゃ……！

そう沈清秋《シェンチンチウ》が自分を慰めていると、不意にそばの藪《やぶ》がガサガサと音を立てて揺れた。沈清秋《シェンチンチウ》は即座にパチンと指を鳴らし、「出《い》でよ！」と声を張り上げた。

腰に下げていた修雅《しゅうが》剣がサッと鞘《さや》から飛び出す。そして沈清秋《シェンチンチウ》が結ぶ剣訣に従って宙を舞い、藪を切り刻んでめった刺しにした。それでも、藪に隠れている謎の生物はまるで水中を活発に泳ぐ魚か、ドジョウのようにツルツルとしてすばしっこく、何度刺しても攻撃が命中することはなかった。

そんな時、突然、沈清秋《シェンチンチウ》の目の前を眩《まぶ》しい光が過《よぎ》る。ソレは鋭い悲鳴を上げると、バッと勢いよく数メートル後ろへ飛び退《の》いた。

藪はすでにボロボロで、もはや身の隠しようがない状態だ。生物Xも先ほど抜け出したため、物音もすっかりしなくなっている。

沈清秋《シェンチンチウ》は特に大技を放ったわけではなく、たまたま修雅剣に太陽の光が当たり、サッとその反射光が走った、というだけのことだ。

尚清華《シャンチンホワ》は顔を寄せて聞いてきた。

「あいつ、光が苦手なのか？　嘘《うそ》だろ、マジもんの女の幽霊じゃん！　俺は書いてない、ぜーったい、書いてないからな！」

二人が話し合いを始めようとした時、不意にひどくかすかな足音が聞こえてきた。

その人物はかなり腕が立つようだ。修為《しゅうい》の低い者であれば、誰かが近付いてきたことすら気付かないぐらいの気配しかさせていなかった。二人が見つめる中、藪の間から白い衣を身に着けた少年が出てきた。

少年は剣を鞘から出して警戒をあらわにしていた。しかし沈清秋《シェンチンチウ》たちの姿をはっきり見るとその表情は驚きに変わり、すぐさま剣をおさめて挨拶した。

「結界周囲に異常な波動を感知したので、急いで来てみたのです。沈《シェン》仙師と尚《シャン》仙師がいらっしゃっているとはつゆ知らず、お迎えもせずに失礼いたしました」

結構なイケメンだが、どうも見覚えがない。そう思い、沈清秋《シェンチンチウ》は丁寧に尋ねた。

「少侠《しょうきょう》[57]、名はなんという？」

少年はずっこけそうになる。

57　若く有能な武芸者を呼ぶ時の呼称。

尚清華《シャンチンホワ》は沈清秋《シェンチンチウ》の耳元に顔を寄せ、小声で言った。

「おい、ちょっとは顔を立ててやれよ。こいつ公儀蕭《ゴンイーシアオ》だろ」

公儀蕭《ゴンイーシアオ》は少しへこむ。

確かに先の仙盟大会では最後の最後で洛氷河《ルオビンハー》に首位をかっさらわれているとはいえ、それでも一応は二位だった。十分素晴らしい成績だと言えるし、大会優勝の最有力候補だとも言われていた。また、老宮主と一緒に各門派の偉い人たちのもとを訪ねることも多いため、沈清秋《シェンチンチウ》が自分を認識していないとは思ってもみなかったのだ。

「やはり、栴檀《せんだん》は双葉より芳し、というものだな」

そう褒める沈清秋《シェンチンチウ》に、公儀蕭《ゴンイーシアオ》は謙遜する。

「とんでもないことです。峰主であるお二方が幻花宮の領地を訪問なさるのなら、前もってご連絡をいただけるとよろしかったのですが。行き届いておらず、大変申し訳なく思います」

どうやら幻花宮は白露の森を自分たちの縄張りだと本気で思っているらしい。公儀蕭《ゴンイーシアオ》は老宮主のお気に入りかつ禄《ろく》を食《は》む身、出し抜けに幻花宮の領地へ足を踏み入れてきた二人の峰主が、コソコソと何をしているのかを必然的に問いたださなければならなかった。

沈清秋《シェンチンチウ》が答える。

「幻花宮を訪問しようとしたのではない。なに、白露の森にちょっとした用が、な」

沈清秋《シェンチンチウ》は用があると言いつつ、どのような用事かはっきりと口にしない。このことからも、これ以上掘り下げられたくないという意思は明らかだ。本来ならば、後輩の立場から先輩にあれこれ詳しく行き先や目的を詮索するのは失礼に当たるため、公儀蕭《ゴンイーシアオ》もおいそれと質問できないことは分かっていた。しかし、少しためらったあと、公儀蕭《ゴンイーシアオ》は意を決したように口を開いた。

「お二方がどのようなご用でいらっしゃったのかは存じ上げませんし、私もまだ若輩者です。厚かましいお願いとは重々承知のうえですが、私にも同行をお許しいただき、お二方のお手伝いをさせてください」

沈清秋《シェンチンチウ》は微笑《ほほえ》み、ほとんど唇を動かさずコンビを組む尚清華《シャンチンホワ》にボソボソと小声で提案する。

「今断ってこいつを帰らせたら、たぶんもっとたくさん人を引き連れて俺たちを探しに来る。だったらこいつを連れてったほうがマシだ。多少腕も立つだろうし」

へっぽこな尚清華《シャンチンホワ》もボソボソと返す。

「でも万が一、あのキノコ、日月露華芝《じつげつろかし》を採るのを止められたらどうする。俺んちの庭に生えてるのは当然、俺んちのもの。だが俺んちの塀の上に生えているものも、俺んちのものってな。俺はちゃんと幻花宮のものの考え方を教えたんだから、あとから文句言うなよ」

「馬鹿だな。手に入ったらさっさとずらかればいいだけだろ。俺たち二人を相手に無理やり取り返そうとするのも無謀だろうし。あいつが師父のところに戻って言いつけたところでもうあとの祭り。そんなことしてる間に俺たちはどっかに消えればいい。捕まえてくださいって馬鹿みたいにその場で大人しく待ってるつもりか」

「これがきっかけで幻花宮と蒼穹山が対立したらどうするんだよ？」

「命と外交関係、お前はどっちが大事なんだ？」

そこまで言われて、尚清華《シャンチンホワ》は一も二もなく、「こいつを連れて行こう！」と言い切った。

話は決まった。沈清秋《シェンチンチウ》は顔を上げ、公儀蕭《ゴンイーシアオ》に言い放つ。

「ついて来るがいい！」

そうして馬車の御者という重労働が後輩に託された。

「沈《シェン》先輩、教えていただきたいことがあるのですが」

公儀蕭《ゴンイーシアオ》は手綱を操りながら、不思議そうに問いかける。

「なんだ」

「先輩の修為をもってすれば、我が幻花宮の陣法を破るのは容易《たやす》いこと。しかも誰にも気付かれずに成し遂げられるはずです。なのに、なぜあのように大きな霊力の波動を起こされたのですか？」

「あの波動は陣法を解除した時のものではない。奇妙な妖魔がうろついていてな」

沈清秋《シェンチンチウ》が答えた。

「奇妙な妖魔？」

「実のところ、妖魔かどうかすらも分からない。ただ、姿かたちが異様で、とても人間界の生き物とは思えないシロモノだった」

「この森の周辺十里には人家が点在していますが、妖魔に襲われたとの知らせは受けたことがありません。猛獣や野獣がいるといった訴えすら出ていなかったように思うのですが」

沈清秋《シェンチンチウ》が思案しながらつぶやく。

「だとすれば、アレはいったい……？　髪を振り乱し、異常なほどに骨格が柔らかい。顔はむくみ、水死体のようだった」

「それがなんであれ、二度と現れないに越したことはありません。たとえ現れたとしても、私にお任せください。先輩方の手は煩わせません」

公儀蕭《ゴンイーシアオ》の言葉ににじむ敬意は本物だ。確かにこの「修雅剣」という二つ名で知られる先輩のことは、以前離れた場所から一、二度顔を見たことがある程度で、あまりよくは知らない。しかし、仙盟大会においては、この沈清秋《シェンチンチウ》の直弟子が自分から首位を奪っただけでなく、沈清秋《シェンチンチウ》自身も多くの幻花宮の弟子を救い出した。その事実だけで十二分に尊敬に値する。

公儀蕭《ゴンイーシアオ》は程よく謙遜する分別を弁《わきま》え、立ち居振る舞いにも気品がある。加えてその顔立ちは優しく、常に微笑みを絶やさないイケメンで、洛氷河《ルオビンハー》と似たような佇《たたず》まいである。

沈清秋《シェンチンチウ》はそんな公儀蕭《ゴンイーシアオ》を見ていると、どうしても闇堕《やみお》ち前の可愛い可愛い我が弟子洛氷河《ルオビンハー》を連想してしまうので、好感を抱くなというほうが難しい。

公儀蕭《ゴンイーシアオ》の案内のおかげもあって、三人はすぐに幻花宮の陣法から出て、本来行くはずだった道を進み始めた。

原作小説において、日月露華芝の具体的な自生地に関する描写は少ない。『そこは生い茂る濃い緑で覆われた岩窟』という一言のみでさらっと流されている。たったこれっぽっちの描写を思い出すために、尚清華《シャンチンホワ》は命懸けと言ってもいいぐらい、本気を出して頑張った。それというのも、日月露華芝は洛氷河《ルオビンハー》用ではなく、洛氷河《ルオビンハー》の敵である誰かしらのために生み出されたものだった。

とはいえ、敵用だったからこそ、沈清秋《シェンチンチウ》は行動に移せたのである。もしメインストーリーに関係していたり、洛氷河《ルオビンハー》のレベルアップ用の珍花や仙草なら、横取りする勇気など一ミリも湧いてくるはずがない。主人公とアイテムの争奪戦なんておっ始めたら、骨折り損のくたびれ儲《もう》け程度じゃ済まされないからだ。けれども、今回の相手は自分と同じく悪役。それなら好きなだけ採っても大丈夫なはず！

幸いなことに白露の森は大きいが、岩窟は一つしかない。探す手間が大幅に省けた。

沈清秋《シェンチンチウ》はパチンと指を鳴らす。指先にボウッと明るい黄色の炎が灯《とも》った。続いて指を弾くと、炎はゆらゆらと揺れながら、先導するように湿っぽい漆黒の洞窟の奥へと漂っていった。

洞窟の入り口付近は三人が横並びで進めるほどの広さがあったが、奥へ進むにつれて狭くなり、体を横にしないと通れないほどになった。おまけに巨大な獣の腸《はらわた》のように、道は曲がりくねっている。

沈清秋《シェンチンチウ》が出した炎も明るくなったり暗くなったりで、三人は薄暗い中を進んで行く。沈清秋《シェンチンチウ》はさらにいくつかの炎を追加で弾《はじ》き出すと、それらの炎は互いに追いかけっこをするように漂い始めた。しんがりを務めるのは公儀蕭《ゴンイーシアオ》だ。尚清華《シャンチンホワ》は最初岩窟の外で待っていようとしたのだが、沈清秋《シェンチンチウ》に引きずられるように連れ込まれてしまった。何がそんなに怖いのか、尚清華《シャンチンホワ》が時折沈清秋《シェンチンチウ》の腕をなでるので、そのたびに腕中びっしり鳥肌が立った。そのうちとうとう、沈清秋《シェンチンチウ》は我慢できなくなった。とはいえ公儀蕭《ゴンイーシアオ》がいる手前、声を潜めてたしなめる。

「つねるなって」

返事はなかったが、お触りも止まった。沈清秋《シェンチンチウ》はまた前へ進もうとする。しかしあろうことか、今度は沈清秋《シェンチンチウ》の脛《すね》に衝撃が走った。沈清秋《シェンチンチウ》は思わず「んだよ！」と漏らした。すると、遥《はる》か遠くの後方から尚清華《シャンチンホワ》の声が聞こえてきた。

「沈《シェン》ー……師ー……兄ー……！　なー……にー……かー……？」

曲がりくねった道にこだまする声は、ずいぶんと間延びしている。どうやら気付かぬうちに、沈清秋《シェンチンチウ》は前進する速度を上げてしまっていたらしい。一方の尚清華《シャンチンホワ》はもたついていたので、最後尾にいた公儀蕭《ゴンイーシアオ》もつられてペースダウンし、二人と沈清秋《シェンチンチウ》の距離はかなり離れてしまっていた。

（尚清華《シャンチンホワ》じゃないなら、さっきから俺をなで続けてたのはいったいどこのどいつだ？　というか、何が俺の腕をなでていたんだ？）

沈清秋《シェンチンチウ》はにわかに足を止める。

そして無表情のまま、浮かび上がった鳥肌を払い落とすかのように、ぽんぽんと腕を叩いた。

いくつかの炎はまだ空中に浮かんでおり、かすかに燃えている。

敵は暗がりにいるが、こちら側は明るくて丸見え。かなり危険な状態である。

沈清秋《シェンチンチウ》はサッと左手をひるがえす。袖口から音もなく呪符を数枚取り出し、右手でゆっくりと修雅剣を引き抜き始めた。剣光は徐々に周囲を明るく照らし出す。彼の周りは真っ黒な岩ばかりで、じめじめと生臭さを漂わせていた。

ふと、沈清秋《シェンチンチウ》は思い出す。先ほど脛に感じたあの衝撃。なんだか足で蹴られたというより、どちらかと言えばあの感覚は……頭突きだ！

沈清秋《シェンチンチウ》は勢いよく頭を下げると、むくんだ青白い顔とばっちり目が合った。

彼は速やかに左手に持った呪符をその顔に打ちつけた。途端、通路の中で稲光と炎が炸裂《さくれつ》する。そのまま剣を全部抜こうとしたものの通路が狭すぎて、半分ほど剣を引いたところで右腕が岩壁にぶつかった。剣の柄も岩に当たり、「ガチンッ」と音を立てる。

例のモノはふにゃふにゃと骨がないかのようで、巨大な蛇のように地面を這っている。しかもかなりすばしっこく、至近距離にもかかわらず呪符も当たらなかった。沈清秋《シェンチンチウ》よりもかなり機敏だ。沈清秋《シェンチンチウ》が剣を抜こうともたついていた一瞬で、ソレは「ササッ」と向きを変えて這い出す。今まさに尚清華《シャンチンホワ》と公儀蕭《ゴンイーシアオ》がいるほうへ向かっていくのを見て、沈清秋《シェンチンチウ》は声を張り上げた。

「気をつけろ、何かがそっちに行くぞ！」

その言葉を聞くなり尚清華《シャンチンホワ》はすぐさま振り向いて、「君、今すぐ私と場所を交代しよう！」と言い放った。

尚清華《シャンチンホワ》は後方支援組である。そんな人間が戦いの先陣、しかも最前線に立つなんて絶対にありえない！

公儀蕭《ゴンイーシアオ》は言われたとおりに入れ替わろうとしたものの、なにぶんどうしようもないくらい狭い空間である。体と壁の間にはわずか拳一個分くらいの余裕しかなく、前後を入れ替わるなど到底無理だった。もたもたしていると、尚清華《シャンチンホワ》の耳に再び沈清秋《シェンチンチウ》の怒鳴り声が届いた。

「下だ！　地面を見ろ！　そいつは地面を這ってくるぞ！」

言われたとおりに視線を下げると、蛇のような人のような蛇人間がスルスルとこちらに向かってくるではないか。

尚清華《シャンチンホワ》は素早く決断を下して、驚くべきスピードでその場に腹這いになった。

これほど奇妙な生き物を見たのは初めてで、公儀蕭《ゴンイーシアオ》は呆気に取られる。しかも目の前の尚先輩《シャン》がいきなり這いつくばったので、思わず顔を引きつらせるも、すぐに我に返ると「失礼します！」とその上を飛び越えた……。

かなり不格好なやり方だったが、後方支援と先鋒《せんぽう》がやっとあるべき場所に収まった。

「剣を抜く……」

沈清秋《シェンチンチウ》はまた叫んだが、「な」と最後まで言い終える前に、公儀蕭《ゴンイーシアオ》はうかつにも剣を抜こうとした。その結果、同じことが繰り返される——半分引き抜いたところで、剣の柄が壁にぶつかったのだ。

剣を手に駆けつけた沈清秋《シェンチンチウ》は、ほぼ反射的に「まったく、愚か者め！」と声を上げた。

これは公儀蕭《ゴンイーシアオ》にとっては言いがかりである。沈清秋《シェンチンチウ》も、公儀蕭《ゴンイーシアオ》は話を最後まで聞く前にとっさに体が動いただけだと分かっている。誰であろうと同じ結果になっただろう。けれども、これまで洛氷河《ルオビンハー》と一緒に行動していた時は、多くを語らずとも、洛氷河《ルオビンハー》はこちらの意図を察して完璧に対処してくれていた。それに比べるとどうにも思いどおりにならないこの状況に、沈清秋《シェンチンチウ》はたまらず洛氷河《ルオビンハー》といた時の気楽さとその心地良さを思い出してしまった。

岩窟の道は曲がりくねっているうえに薄暗いので、蛇人間は水を得た魚のように動く。沈清秋《シェンチンチウ》はもう一掴み呪符を手に取ったが、蛇人間はとうに姿を消してしまっていた。

公儀蕭《ゴンイーシアオ》は不思議がる。

「沈《シェン》先輩、さっきの……蛇が、お二方が白露の森で出会った妖魔なのでしょうか？」

沈清秋《シェンチンチウ》が口を開いた。

「そのとおりだ。挟み撃ちにしていたのにどうやって逃げたのやら」

尚清華《シャンチンホワ》は顔色一つ変えずに地面から起き上がり、服についたほこりを払って答える。

「私の上を這って逃げたんです」

「……」

絶句する公儀蕭《ゴンイーシアオ》。沈清秋《シェンチンチウ》も一拍置いてから、「……行こう。今度はしっかりとついて来い」とだけ言い放った。

言われなくとも、尚清華《シャンチンホワ》は死んでも沈清秋《シェンチンチウ》から二尺以上離れる気はなかった。

＊＊＊

めまいがするくらい道を曲がりくねりしてから、三人はやっと岩窟の細道から抜け出した。岩窟の最深部に辿り着くと、目の前がいきなり開ける。

今まで沈清秋《シェンチンチウ》はずっと腑《ふ》に落ちなかった。岩窟の最深部は日や月の光があたらない場所のはずなのに、どうして「日月露華芝」などという、天地の霊気や太陽、月の精髄を集めてできたと容易に想像がつく名前のキノコが育つのか。ここにきて、やっとその所以《ゆえん》を理解した。

なるほど、ここの天井にはぽっかりと大きな穴が開いているのだ。日や月の光は直接そこを通って、舞台のスポットライトのように小さな湖の中心にある一点へ注がれている。

そしてキラキラと光り輝く湖に囲まれた、これまた小さな土の山こそ、日月露華芝を育てる絶好の風水をもつ場所である。

尚清華《シャンチンホワ》は確信を持って言った。

「露水湖《ろすいこ》です、間違いありません」

原作者による確認が取れると、沈清秋《シェンチンチウ》はホッと胸をなで下ろした。正しい場所に辿り着いたみたいだ。

これは普通の湖ではない。無根水《むこんすい》と朝露《ちょうろ》——空から降ってきた、一度も地面に触れていない雨水と朝露でできているのだ。この二つの条件が合わさることで無根朝露と呼ばれるその水は霊気が漲《みなぎ》っており、日月露華芝の養分となる。やがて日月露華芝、あるいは「肉芝《にくし》」が熟すと、根はおのずと水に浸かるので、今度は逆に露水に霊気が還元される。このサイクルのおかげで、霊気は延々と途切れることなく、永遠に涸《か》れることもない。

公儀蕭《ゴンイーシアオ》はこの奇観に感嘆すると同時に、ようやく蒼穹山派からわざわざやって来た二人の峰主のお目当てを知った。

しかし、それでもまだ合点がいかない。というのも、蒼穹山も仙草やら霊薬やらを産出する大きな門派であり、毎日それなりの数の珍花を収集できるはずである。あのキノコたちは確かに美しく珍しいが、人を不老不死にしたり、仙人にしたりするような力を秘めているようには見えない。なのになぜ、峰主である二人が自ら遠路はるばるこれを採りに来たのだろう？

そんな公儀蕭《ゴンイーシアオ》の疑問をよそに、今沈清秋《シェンチンチウ》の目に映っているのは、湖の中心にある白くて小さな「肉芝」たちだけである。沈清秋《シェンチンチウ》は裾を払うと、毅然《きぜん》と湖に足を踏み入れた。十数歩進むと、腰のあたりまで水に浸かった。肌に触れる湖水は温かくも冷たくもなく、その感触は体どころか心の隅々にまで沁《し》み渡っていくようだ。

今はまだほっそりとしていて、もやしのようにも見えるキノコたち。しかし、霊気があふれる風水的にも最高の場所に植え替えて、計画どおりに育てれば……。

小さな土の山に生えている、数十本の柔らかそうな白いちびキノコたちを見て、沈清秋《シェンチンチウ》は少しためらった。なんと言っても、日月露華芝はこの地特有の、奇観の一つとも言える。全部引っこ抜いてしまうのはいささかモラルに欠ける行動のように思えて気が引けるのだ。ただ、今採らなければどのみち将来悪い奴《やつ》に引っこ抜かれるわけで、奴らに残しておくほうがもっと人の道に外れるかもしれない。それに、万が一何か失敗してうまく育てられなくても、多めに採っておけばいざという時の予備にもなる。失敗しなければいいだけの話だが、やはり念には念を入れたほうがいい。

心の中で決着をつけると、沈清秋《シェンチンチウ》は根っこを切らないよう土をつけたまま慎重に一本ずつキノコを抜き取り、袖に入れた。

沈清秋《シェンチンチウ》が最後の一本を採って袖に入れようとした時、背後から突然剣を抜く音が聞こえた。

振り向くと、公儀蕭《ゴンイーシアオ》が剣を手に握り、ジッとこちらをにらみつけている。

みだりに草花を摘む行為はさすがに看過できなかったかとも思ったが、隣の尚清華《シャンチンホワ》も公儀蕭《ゴンイーシアオ》と同じく身構えている。何事かが起こったことを察知して、沈清秋《シェンチンチウ》は息を止めた。

突如、湖の表面から長くて極めて大きなモノが飛び出した。まるで巨大な魚のようなそれは、正面から沈清秋《シェンチンチウ》に飛び掛かる。

迫りくるのは真っ青で表情のない顔。ここまでの道すがらずっとストーキングしてきたあの蛇人間ではないか！

蛇人間が魚よろしく飛び上がったと同時に、公儀蕭《ゴンイーシアオ》は剣訣を結んだ。長剣がシュンッと疾風迅雷の如《ごと》く蛇人間に向かう。ところが、蛇人間は狙いが外れたと分かるや、湖に潜ってしまった。その勢いで湖底に長年溜《た》まっていた土砂が巻き上がり、湖全体がひどく濁っていく。公儀蕭《ゴンイーシアオ》は剣を呼び戻して促した。

「沈《シェン》先輩、早く上がってください！」

「慌てるな。少し釣りでもしようと思っているのだ」

沈清秋《シェンチンチウ》はフッと笑って答え、その場から一歩も動かずにのんびりと懐から呪符を一枚取り出す。

「あの生物相手に呪符一枚ではおそらく……」

公儀蕭《ゴンイーシアオ》の口から「足りない」という言葉が出る前に、沈清秋《シェンチンチウ》は紙幣を数えるかのように取り出した呪符を軽く擦《こす》った。一瞬にして、一枚の呪符が一束に増える。沈清秋《シェンチンチウ》はその一束の呪符を掴んで、水の中に拳を打ちつけた。

次々と大きな音が轟《とどろ》いた。

湖の水面が炸裂し、数メートルを超える十二本の水柱が噴き上がる。

湖の底に隠れていた蛇人間も爆発で宙高く放り出され、したたかに尚清華《シャンチンホワ》の足元へと叩きつけられた。

沈清秋《シェンチンチウ》はぐっしょりと濡《ぬ》れた状態で岸へ上がる。目で合図をすると、公儀蕭《ゴンイーシアオ》は彼の意図を察して剣の柄で蛇人間をひっくり返した。

途端、三人はゾッとした。

ややあってから、沈清秋《シェンチンチウ》は振り返って尚清華《シャンチンホワ》に問いかけた。

「これは?」

尚清華《シャンチンホワ》は「……分かりません!」と絞り出す。

嘘ではない。本当に分からないのだ。

この生物の見た目からはそれなりに人間っぽさを感じる。頭にはみっちりと生えた長髪、首から下は柔らかい骨でできているのか、グネグネとしている。皮膚はざらついていて硬く、あちらこちらにポツポツと鱗《うろこ》が生えている。まるで鱗をまばらに剥ぎ取られてしまった大蛇のようだ。

沈清秋《シェンチンチウ》はここまでずっとこの蛇人間の性別は女だと思っていたが、よくよくその顔を見てみれば、むくみがあって正確には分からないものの、なんとなく顔立ちから男であることが推測できた。

尚清華《シャンチンホワ》は問いかけるような視線を沈清秋《シェンチンチウ》に向けた。

「私が……?」

その視線が意味するのは「こんなの書いたっけ?」である。

「……おそらくない」

沈清秋《シェンチンチウ》は答えた。もし原作で十文字以上描写されていたならば、確実に覚えている自信がある!

二人はジッと公儀蕭《ゴンイーシアオ》を見る。しかし公儀蕭《ゴンイーシアオ》もこの謎の生物の正体が分からず、気まずさを感じながら言った。

「お二方ですら分からないのですから、私なんてなおさらです。話を聞いたこともありません」

「あまり確信はないんですが」

不意に、尚清華《シャンチンホワ》が口を開いた。

「もしかしたらこの生き物は、生まれながらにこの姿ではなかったのかもしれません」

確かに一理ある。どこからどう見ても普通の生物には思えないこの奇妙な姿形、変異した、もしくは異種交配をした雑種だと言われれば腑に落ちる。

沈清秋《シェンチンチウ》は考えながらつぶやく。

「天罰か、呪詛《じゅそ》か、それとも禁術の修練に失敗した者か」

公儀蕭《ゴンイーシアオ》も口を挟んだ。

「このような怪物であれば、その三つのうちどれでも可能性として十分ありうるでしょうね」

「怪物」という単語を聞いた途端、地面に横たわっていた蛇人間、もとい蛇男は苛立《いらだ》ちをあらわに、尻尾のような半身で狂ったように地面をバシバシと叩き始めた。尚清華《シャンチンホワ》は慌てて蛇の尻尾を避けて、フォローを入れる。

「公儀《ゴンイー》少侠、公儀《ゴンイー》公子、適当なことを言うな。こいつはどうやら言葉が分かるらしい。さっきのは禁句みたいだから、違う呼び方で呼んでやってくれ！」

蛇男は食い入るように沈清秋《シェンチンチウ》の袖を凝視している。その顔を見て、沈清秋《シェンチンチウ》はふと気付いた。蛇男は恐ろしいほどに凶悪な見た目で、見ていて気持ちのいい類いのものではない。だが、ざんばらに乱れた髪から見え隠れする瞳は、露水湖さながらに澄み切っているのだ。

それに思い当たった沈清秋《シェンチンチウ》はハッとする。

「そうか。だからこの者は私たちを攻撃してくるのか。これを見ろ」

そう言って、蛇男の目を指さした。

「この両目は、毎日ここの無根朝露を飲んでいるからこうなったのだろう。次にこの鱗。隙間には赤みを帯びた緑色の苔《こけ》がついているが、これは岩壁に生えているものと同じだ。つまり、こいつはこの岩窟によく来ているということだ。もしかしたら、露水湖の霊気あふれる露を頼りに生きているのかもしれない」

もし日月露華芝が根こそぎ採られてしまえば、霊気循環の動力源が破壊される。すると露水湖の霊気は徐々に尽きて、最終的にただの水たまりとなり、涸れ果ててしまうのだ。だからこそ、この生物は沈清秋《シェンチンチウ》一行をここまで尾行して、攻撃の隙を狙っていたのだろう。

公儀蕭《ゴンイーシアオ》が問いかける。

「しかし、沈《シェン》先輩。もしこいつが露を飲むことで生きているというのなら、その露を吸って成長するキノコを食べたほうが早いのでは？　なぜ今まで食べなかったのでしょうか？」

「この者は白露の森で私たちにずっとつきまとっていた。その最中に一度剣に反射した日光によって焼かれ、やっと引き下がった。おそらく光、特に日光と月光を浴びることができないのだろう。だから木陰や岩窟、水底でしか行動できないのだ」

沈清秋《シェンチンチウ》は洞窟の天井から差し込む光の束を指さす。

「日月露華芝は昼夜問わず日と月の光に包まれているのだから、当然近付くことは叶わないのだろう」

実証してやろうと、沈清秋《シェンチンチウ》は採りたての柔らかいキノコを一本取り出して、蛇男の目の前でちょいちょいとちらつかせてやる。果たして、蛇男は目をギラつかせながら、切羽詰まった様子で顔を上げ、口を開けて不気味なほどに真っ白な歯をむき出しにした。

公儀蕭《ゴンイーシアオ》はその様子を見るなり、蛇男を剣の柄でぐいと突き、またひっくり返した。蛇男は苦しそうにバタバタとのたうち回るが、もとの姿勢に戻れない。剣先を下げ、蛇男を貫こうとする公儀蕭《ゴンイーシアオ》を見て、沈清秋《シェンチンチウ》は急いで止めに入った。

「待て」

公儀蕭《ゴンイーシアオ》はピタリと動きを止め、いぶかしげに聞く。

「先輩、いかがなさいましたか？」

沈清秋《シェンチンチウ》は遠回しに確認から入った。

「白露の森の周囲数里に住む民は、妖魔の襲撃を受けていないと言っていたな？」

「はい」

「なら、この者は一度も悪さをしていないということだ。であれば、無闇に殺す必要はない。むしろ、毎日ここまで露水をもらいに来ているこの者を、押し入った我々が驚かせてしまったのだ」

年長者の言うことである。公儀蕭《ゴンイーシアオ》には従わないという選択肢はない。何よりも、事実沈清秋《シェンチンチウ》の言うとおりなのだ。もしこの蛇男が人を殺したり害をもたらしたりしていれば、幻花宮はとっくに蛇男を発見して葬っていただろう。今まで誰にも危害を及ぼしていないからこそ、蛇男は生きていられるのだと言える。

そう納得すると、公儀蕭《ゴンイーシアオ》も剣を鞘におさめた。沈清秋《シェンチンチウ》が慈しみ深い眼差しで転がされたままの蛇男を見つめているので、公儀蕭《ゴンイーシアオ》は、きっと沈清秋《シェンチンチウ》も昭華寺の大師たちと同じように慈悲を信条としているのだろうと思った。ただし、公儀蕭《ゴンイーシアオ》は知らない。一般的な終点文学網の読者たちは、咲き乱れる花のように美しいヒロインたちに目がない。それと同レベルで、沈清秋《シェンチンチウ》はこのような謎の生命体に大変興味を持っているのだ。

そうして、一行は洞窟の奥から立ち去ることにした。地面で必死にもがいていた蛇男はすでに動きを止め、かすかに震えていたことに誰も気付かないままに。異形の体は細くて弱々しい日月露華芝の幼苗を一本こっそり隠していた。身体に似つかわしくない透き通った瞳に、烈火が燃え上がったようだった。


白露の森を出ると、公儀蕭《ゴンイーシアオ》は二人を幻花宮に招いて、老宮主にも引き合わせようとした。しかし、沈清秋《シェンチンチウ》はそれを固辞した。

「用は無事に済んだのだし、そなたの助けも得られた。これ以上邪魔するわけにはいかない」

おいおい、今さら幻花宮に何をしに行くっていうんだよ？　キノコ鑑賞大会か？　万が一お前らのトップが煮え切らなくて、このキノコの所有権を主張してきたらどーすんだよ？

なおも引き留めようとする公儀蕭《ゴンイーシアオ》に、尚清華《シャンチンホワ》も畳み掛ける。

「今回は遠慮する。お邪魔するのはまた今度にでも。今後蒼穹山に来ることがあったら、清静峰《せいせいほう》にも顔を出したらいい。この沈《シェン》先輩はきっと君をもてなしてくれるはずだよ」

沈清秋《シェンチンチウ》の鋭い視線に気付いて、尚清華《シャンチンホワ》はすぐさま口を閉ざした。

その様子を見て沈清秋《シェンチンチウ》は少し表情を緩め、微笑みながら続ける。

「尚《シャン》師弟の言うとおりだ。清静峰はそなたが来るのを歓迎する」

公儀蕭《ゴンイーシアオ》は、清静峰がその名のとおり清静を好み、親しくない人の来訪を嫌うと知っている。相手が言っているのが建て前か本音か分からなかったものの、それでも小さく笑って答えた。

「沈《シェン》先輩のお言葉、しかと胸に刻みました。お気持ちに甘えて、いつか本当にお邪魔いたしたく存じます。その際に、訪問を知らせる書状はどなたにお渡しすれば？」

沈清秋《シェンチンチウ》がなんのためらいもなく、「私の弟子の洛氷《ルオビン》……」と言いかけ、その途端、周囲は静まり返った。なんとも言えない雰囲気が広がり、沈清秋《シェンチンチウ》もしばしフリーズする。そうして彼はゆっくりと扇子で二度ほどパタパタと扇《あお》ぐと、どうにか「……河《ハー》の師兄明帆《ミンファン》へ」とつけ足した。

そんな沈清秋《シェンチンチウ》の様子に、公儀蕭《ゴンイーシアオ》はとても複雑な気持ちになる。

噂《うわさ》によれば、清静峰の峰主は仙盟大会で愛《まな》弟子を亡くしたあと、長らく失意のどん底に沈んで立ち直れず、魂が抜けたような状態が続いていたという。実際に自分の目でこのような姿を見ると、彼はやはり洛氷河《ルオビンハー》がもうこの世を去ったという事実を受け止めきれていないようだ。今回の突然の訪問も、もしかすると本気でキノコがほしかったからというよりは、単に洛氷河《ルオビンハー》をしばし忘れるための気晴らしだったのかもしれない。でなければ、峰主がわざわざ二人も出張って来る必要などないのだから。尚《シャン》先輩はきっと沈《シェン》先輩が馬鹿な真似をしないよう、見守りについて来たのだろう。今までずっと沈《シェン》先輩は無理して笑っていたのに、自分がうかつにも触れてはいけないところに触れてしまったせいで、先輩に辛《つら》く悲しい出来事を思い出させてしまったんだ……あぁ、なんという深い師弟愛！

分かれ道に差し掛かるまで、公儀蕭《ゴンイーシアオ》は何度も沈清秋《シェンチンチウ》を振り返った。彼の目つきには気まずさや同情、悲しみ、それに畏敬の念までさまざまな感情が綯《な》い交ぜになっていた。その視線に込められた熱量に、沈清秋《シェンチンチウ》は空恐ろしさを覚えた。

さっきはうっかり口を滑らせただけなのに、公儀蕭《ゴンイーシアオ》はいったいどんな脳内補完をしてくれたのやら……。

尚清華《シャンチンホワ》まで何を思ったかしきりに感心している。

「本当だったのか。なるほど、本当に本当だったんだな」

沈清秋《シェンチンチウ》は絶妙な力加減で尚清華《シャンチンホワ》を蹴った。

「なんの話だ？」

「長らくきゅうりくんを観察してて思ったことがあるんだけどさ。今言っていいかな？　どうにも言いたくて。きゅうりくん、マジで洛氷河《ルオビンハー》を愛弟子として、目に入れても痛くないレベルで可愛がってたんだろ？」

尚清華《シャンチンホワ》は、たらたらとそう思うに至った経緯を説明し始めた。

「清静峰の弟子たちから聞いたんだ。仙盟大会から戻って来てからの数日間、師尊は魂が抜けたみたいにぼうっとしてたって。もういないはずの洛氷河《ルオビンハー》の名前を何度も呼んで、剣塚《けんづか》まで作ってため息ばかりついていた、とな。その話を聞いて今の今まで信じちゃいなかったんだけど、さっきこの目で見て、ようやく納得がいったよ。きゅうりくんがこういうタイプの人だとは思わなかったなあ」

（クソ、まーた「魂が抜けた」かよ！　俺の人生にこの不名誉な単語は一生ついて回る気か!?　清静峰の弟子は全員、学があって礼儀正しい、いい子ちゃんたちじゃないのか。いつからこんな口の軽い噂好きになったんだ。こんなデタラメをあちこちで触れ回るなんて、師尊のイメージダウンにしかならないぞ!?）

しかし、怖いもの知らずな尚清華《シャンチンホワ》はまだ続ける。

「きゅうりくんさ、ちょっと聞いてもいいか？　洛氷河《ルオビンハー》のこと、どう思ってるんだよ？　確か、きゅうりくんは洛氷河《ルオビンハー》のファンだったろ？　いろんなキャラを結構ディスってたけど、洛氷河《ルオビンハー》だけはディスってなかったよな。今のあいつは君にとって、ただのキャラなのか？　そ・れ・と・も……」

沈清秋《シェンチンチウ》はゾワゾワと悪寒が走るのを感じた。

くどくどとねちっこく聞いてくる向天打飛機《シアンティエンダーフェイジー》大先生の口調は、女子高生が寮で消灯時間後に繰り広げる恋バナそのものである。

「ほら言いなよ！　×××くんが好きなんでしょ！」

「ち、違うし、変なこと言わないで！　そんなんじゃないから！」

「またまた〜、照れないで○(つ_つ)○あははっ！」

「やだもうっ、さっさと寝るよ！」

それはマジでない。超がつくくらいの地雷だ！

尚清華《シャンチンホワ》に他意はまったくない。彼はただ疑問に思ったことを質問して、話を聞ければと思っただけである。沈清秋《シェンチンチウ》自身やましいところがあって、変なことばかり考えているのだ。

沈清秋《シェンチンチウ》は尚清華《シャンチンホワ》の言葉を遮るように、「なんでお前はまだ動かないんだ？」と聞いた。

「え？」

ポカンとする尚清華《シャンチンホワ》を見て、沈清秋《シェンチンチウ》は馬の鞭を押しつけた。

「公儀蕭《ゴンイーシアオ》がいなくなったんだから、御者が必要だろ」

「……なんで君は一回もやらないんだよ」

「毒に侵されている病人は労《いたわ》らないと」

何が病人だ！

さっき楽しそうに化け物と戦ったり呪符で霊湖を爆発させたりしてたくせに！

ちょっとは恥を知れよ！

沈清秋《シェンチンチウ》は馬車の中に横たわって、袖を軽く振った。

数えてみれば、洛氷河《ルオビンハー》が無間深淵から人間界に戻るまであと五年はある。何かまた予想外なことでも起きないかぎり、今回採って来たキノコで十分命を保《も》たせられるだろう。

ただし、沈清秋《シェンチンチウ》は『狂傲仙魔途』がどれほどすごい〝奇作〟であるのかを忘れていた。こんな大事なところでなんのアクシデントも起きない小説なんて、面白くもなんともないではないか！

第六回　金蘭《きんらん》

瞬く間に三年が過ぎた。

この三年間、時折柳清歌《リウチンガー》に毒の治療のために霊気を通わせてもらったり、木清芳《ムーチンファン》に薬を調合してもらったり、清静《せいせい》峰で弟子たちに修練のための任務を与えたりする時以外、沈清秋《シェンチンチウ》はほとんどの時間をあてもなく出掛けてはぶらぶらと過ごしていた。

悠々自適に日々を過ごしていたそんなある日、岳清源《ユエチンユエン》から蒼穹山《そうきゅう》へ戻るようにという呼び出しの手紙をいきなり受け取った。

長い間師尊の姿を見かけることすらなかった清静峰の弟子たちは、急に沈清秋《シェンチンチウ》が帰って来ると聞かされ、師尊を出迎えるべく早くから山門で待ち構えていた。そしてのんびりと階段を上がってくる沈清秋《シェンチンチウ》の姿を見つけるや、裾をひるがえしながら走り寄り沈清秋《シェンチンチウ》を囲んだ。

先頭にいる明帆《ミンファン》は相変わらず背が高く痩せていたが、顔つきなどはすっかり青年のそれになっていた。イケメンとまでは言えないが、顔はそれなりに整っている。少なくとも、少年の頃の頬がこけて口をとがらせた、一目《ひとめ》で心が狭いと分かる、いかにもな使い捨てキャラ顔ではなくなっていた。そして、寧嬰嬰《ニンインイン》もスタイルのいい美少女になっていた。彼女は沈清秋《シェンチンチウ》を見るや否や飛んできて、彼の腕を引っ張るようにして登天梯《とうてんてい》を上ろうとする。

いい匂いがする女の子に抱きつかれるのは本来歓迎すべきことだが、沈清秋《シェンチンチウ》にとっては素直に喜べない状況だった。寧嬰嬰《ニンインイン》の体は女性らしく発育状態も良く、もう当初の幼く愛らしい少女ではなくなっていた。彼女の胸が時たま沈清秋《シェンチンチウ》の腕などに当たるので、そのたび沈清秋《シェンチンチウ》は無になり、ダラダラと滝のような冷や汗を流した。脳内では、久方ぶりに『狂傲仙魔途《きょうごうせんまと》』のコメント欄に立てられた途方もなく長〜い二つの「沈清秋《シェンチンチウ》を去勢しろ」スレがよみがえる。

そんな沈清秋《シェンチンチウ》の心中など知らない寧嬰嬰《ニンインイン》は、甘えてくる。

「師尊はいつも留守にしてますし、私たち弟子はみんな、すっごく師尊が恋しかったんですよ」

沈清秋《シェンチンチウ》も慈しみ深く、「この師もそなた……たちに会いたかった」と答えた。

（なんかおかしくない？　お前が恋しがるのは洛氷河《ルオビンハー》のはずだろ？　クズな悪役《おれ》を恋しがってどうするんだ。しかも、洛氷河《ルオビンハー》の奥さんの一人なんだし、本来なら五年間ずっと悲しみに暮れたせいで、夜は眠れず食事もままならず、痩せてガリガリになるんじゃなかったっけ？　なんで一回り

太ってんだ⁉）

弟子たちに取り囲まれたまま、沈清秋《シェンチンチウ》は穹頂峰《きゅうちょう》へと向かった。穹頂殿ではすでに十二峰の峰主全員が席についており、それぞれ後ろに一人か二人、腹心の弟子がつき従っている。ただ一人、柳清歌《リウチンガー》を除いて。

百戦峰《ひゃくせん》は伝統的に放任主義である。それぞれが好きなように修練をして、峰主は時折ひょっこりと姿を現して弟子たちをボコボコにするだけで、基本的に何も教えない。それは弟子が師に勝つまで続けられ、勝ったらめでたく峰主交代となるので、当然柳清歌《リウチンガー》には腹心といえる弟子などないのだ。

沈清秋《シェンチンチウ》は一人ずつ順番に挨拶をして回り、序列でいえば上座から二番目にあたる清静峰の席に着いた。明帆《ミンファン》と寧嬰嬰《ニンインイン》が後ろに立ち、向かい側には仙姝峰《せんしゅ》の斉清萋《チーチンチー》と柳溟煙《リウミンイエン》がいる。

岳清源《ユエチンユエン》がまだ会議を始めようとしないので、沈清秋《シェンチンチウ》は手に持った扇子を開いたり閉じたり弄びながら、峰主一人ひとりと背後に立つ弟子を一通り見回した。もし洛氷河《ルオビンハー》がここにいたならば、自分の背後に立っていたのはきっと洛氷河《ルオビンハー》だっただろう。次世代の蒼穹山派の中で最も、それも飛び抜けて優秀な弟子も、洛氷河《ルオビンハー》一択だったはずだ。

そんな詮無いことを考えていると、岳清源《ユエチンユエン》が口を開いた。

「みんな、金蘭《きんらん》城という名を聞いたことは？」

尚清華《シャンチンホワ》が答える。

「少しばかり耳にしたことがあります。大陸の中央部、洛川《らくせん》と衡川《こうせん》という二つの大きな川の交わるところに位置していますよね。城主は商売を重んじ、かなり栄えていると か」

岳清源《ユエチンユエン》はうなずく。

「そのとおり。金蘭城は水陸どちらの便も良く、道も四方八方に通じている。昔から方々の商人が集まる場所だった。しかし、二カ月前に突然、閉鎖されてしまってね。城門が閉じられているだけでなく、手紙を届けることすら叶《かな》わないんだそうだ」

それなりの規模の商業都市が突然閉鎖されるということは、金融の中心地がいきなりほかの地域との往来を絶つようなもので、まったく理解不能なことである。きっと何か深い事情があるに違いない。

沈清秋《シェンチンチウ》は傍らにあった茶杯を手に取り、茶の表面にうっすら浮かんでいる茶葉を茶杯の蓋で除《の》けながら言った。

「金蘭城は昭華寺《しょうか》が一番近く、私の印象では付き合いも深かったように思うが？　もし本当に何かあったのだとすれば、寺の大師たちがとっくに気付いているはずだろう」

岳清源《ユエチンユエン》が答える。

「うむ。二十日前、金蘭城から男性が一人水路伝いに城から逃げ出して、昭華寺へ助けを求めに来たんだ」

「逃げる」という言葉を使ったことから察するに、事態は相当深刻であるらしい。殿内は粛然とする。

「その中年の男性は金蘭城で一番の武器屋の店主だった。よく昭華寺で線香を供えていたから、寺の僧侶たちも多くが彼のことを知っていたんだ。彼は真っ黒な布で全身をくまなく覆って、顔を半分だけ出した状態だったそうだ。昭華寺に辿《たど》り着いた時には息も絶え絶えで、山の階段前でばったり倒れ、うわ言のように『城内で恐ろしい疫病が広がっている』とひたすら繰り返していたらしい。山守りの僧はすぐさま彼を正殿へ運び、方丈《ほうじょう》に報告した。ただ、方丈と大師数名が駆けつけた時には、すでに手遅れだった」

「死んだのか？」

柳清歌《リウチンガー》が問うと、岳清源《ユエチンユエン》は答えた。

「店主はもう白骨になっていたんだ」

命からがら寺の入り口まで逃げてきたかと思ったら、あっけなく白骨になってしまうなんて。

沈清秋《シェンチンチウ》は考えを巡らせながらつぶやく。

「師兄は先ほど、その店主は黒い布で体を包んでいたと言ったな。それは頭からつま先まで、という意味で合っているか？」

「まさしく。途中、黒い布を取ってやろうとした僧侶もいたようだけれど、触れた途端に彼がひどく苦しそうな悲鳴を上げたんだ。皮膚や肉を引き裂かれているように痛がるものだから、それ以上無理には引きはがせなかったらしい。昭華寺の方丈たちは事態を非常に憂えて、話し合いの結果仏門での経験が豊富な年長者、無塵《ウーチェン》大師たち数名をその日の夜に調査へ送り出した。しかし、今も大師たちは戻って来ていない」

沈清秋《シェンチンチウ》たちからしてみれば、無という字を名前に戴《いただ》く大師は、世代の序列的に間違いなくかなり上位の人間であり、修為《しゅうい》も高い人物のはずである。そのあたりも踏まえて、沈清秋《シェンチンチウ》は少しいぶかしむ。

「一人も戻っていないのか？」

岳清源《ユエチンユエン》は重々しくうなずいた。

「幻花宮《げんか》と天一観《てんいち》も同様に十数名の弟子を遣わしたが、同じように金蘭城に行ったきり戻っていない」

　四大門派のうち、すでに三派が巻き込まれているのだから、蒼穹山も手をこまねいて見ていることはできない。そのため急いで沈清秋《シェンチンチウ》を呼び戻したのだろう。果たして、岳清源《ユエチンユエン》は言った。

「ほかの門派も自分たちだけでは手に負えないと、支援を求めて急ぎの手紙と使者を蒼穹山に遣わしてきた。支援はもちろん行うけれど、今回の事態はかなり深刻だ。おそらくこの異常事態の裏では異族の外道たちが暗躍しているだろう。今回は現地で調査にあたる者、留守番をする者とに分けなければならない」

　紗華鈴《シャーホワリン》の時のように、容易《たやす》く隙を突かれてしまうな状況を作らないという意図からだろう。

「異族」とは言うまでもなく、魔族を指している。柳清歌《リウチンガー》は最初に名乗りを上げた。

「百戦峰は、木《ムー》師弟の護送を担おう」

　城内で疫病が流行っているのだから、千草峰《せんそう》の木清芳《ムーチンファン》の派遣は必然である。沈清秋《シェンチンチウ》は二人へ目をやる。今回行くと言っている二人は、片や自分の薬の調合を、片や時折霊脈を通じさせてくれている。自分にはいかなる事態でも絶対に死なない主人公オーラがないし、どちらも行ってしまっては、二人に何かあったらと思うと心配でたまらなくなる。うん、彼らには目の届くところにいてもらわないと。

　内心でそう結論付けて、沈清秋《シェンチンチウ》は急いであとに続いた。

「この清秋《チンチウ》も一緒に向かおう」

「私としては、君には残って留守を預かってもらおうと思っていたのだけれど……」

　岳清源《ユエチンユエン》の扱い方など、沈清秋《シェンチンチウ》が分からないはずがない。しつこく頼み込めばいいだけのことだ。

「掌門《しょうもん》師兄、私をそのように脆弱《ぜいじゃく》な者だと思う必要はない。この清秋《チンチウ》は不才だとしても、魔族に関しては多少知識がある。もし本当に奴《やつ》らが悪事を働いているのならば、幾分かは力になれるはずだ」

　歩く魔族百科事典。オリジナルの沈清秋《シェンチンチウ》にしても、今の沈清秋《シェンチンチウ》にしても、そう名乗って恥ずかしくないだけの知識がある。それになんといっても、全て読み終えなければ峰主の座を継ぐことも許されない数百年分の古い書籍が、竹舎《ちくしゃ》の後ろにうず高く積み上げられており、沈清秋《シェンチンチウ》も当然それを読破している。

岳清源《ユエチンユエン》はしばし考えた。沈清秋《シェンチンチウ》を柳清歌《リウチンガー》や木清芳《ムーチンファン》と一緒に行動させれば、沈清秋《シェンチンチウ》の「不治毒《ふじどく》」の心配をしなくて済む。それにいざ戦うことになっても、百戦峰の峰主が彼を守ってくれるだろう。

最終的に、十二峰の峰主は三組に分けられた。柳《リウ》・木《ムー》・沈《シェン》の三人は先発隊として、まず金蘭城へ調査に向かう。二組目は城外で待機し、状況次第で先発隊の支援などを行う。そして、三組目は蒼穹山を守る留守番、ということになった。

急を要する事態なので、のんびりと馬車や船を走らせている暇はない。本音を言えば、沈清秋《シェンチンチウ》は御剣《ぎょけん》が好きではないが、それでもこういう時は皆と足並みを揃《そろ》えなければならないことぐらい分かる。三人は剣に乗って出発した。半日もしないうちに、沈清秋《シェンチンチウ》は白い雲の上から下を眺めて、二人の同門へ声を張り上げた。

「この下が洛川と衡川の交わる場所だ！」

俯瞰《ふかん》して見てみると、沈清秋《シェンチンチウ》の言葉どおり曲がりくねった細長い銀の帯のような二つの川が交差しており、日差しの下でキラキラと輝いている。まるで銀色の鱗《うろこ》を散りばめたかのようだった。

そして洛川と言えば、生まれたばかりの洛氷河《ルオビンハー》が上流から流され、彼の姓の由来ともなったまさにその川である。

三人は山頂の開けた平らな場所に降り立った。そこからは遠く離れた金蘭城内にある建物の反り返った軒、それからきつく閉ざされた城門や引き上げられた橋などがわずかに見える。

沈清秋《シェンチンチウ》は日差しを遮るためかざしていた手を下ろして、

「なぜ城内まで直接飛んでいかない？」

と問い掛けた。

木清芳《ムーチンファン》が説明する。

「昭華寺はかつて金蘭城の主の要請に応じて、城の上空に巨大な結界を張りました。仙剣《せんけん》やあらゆる霊気魔気を帯びているものが城の上空を通ることを禁じています。通ろうとすると、結界によって軌道が逸《そ》れるようになっているんです」

昭華寺の卓越した結界技術は沈清秋《シェンチンチウ》も目の当たりにしている。昭華寺は仙盟《せんめい》大会御用達、結界界における超人気グループなのだ。昭華寺が二位だとしたら、ほかに一位を自称できるようなところはないので、沈清秋《シェンチンチウ》は掘り下げて聞くことはなかった。

空から降りられない、門から入ることもできないとしても、なんらかの方法があるのだろう。案の定、岳清源《ユエチンユエン》から事前に詳細に説明を受けていた木清芳《ムーチンファン》は二人を連れて森に入った。緑の木陰の奥から、さらさらと流れる水の音が聞こえてくる。

音はどうやら狭い洞窟の入り口から発せられているようだった。木清芳《ムーチンファン》は二人を呼び寄せた。

「ここには城内に通じている伏流があるんです」

沈清秋《シェンチンチウ》は察した。

「例の武器屋の店主は、ここから逃げ出して来たのだな？」

「はい。裏取引をする商人たちはここで待ち合わせたり、商品をやり取りしたりしているようなんですが、この道を知る者はあまりいないんだとか。件《くだん》の店主は昭華寺に仲良くしている方丈が数人いるらしく、この抜け道の話をしたことがあったそうなんです」

緑色の蔓《つる》にびっしりと覆われた洞窟の入り口は、三人の胸元ほどまでの高さしかなく、腰を曲げて屈《かが》まないと入れなかった。その姿勢のまましばらく歩くと、やっと頭上が開け、さらさらと聞こえていた水音がザーザーと大きなものに変わる。見えてきた川の岸には、ボロボロの船が数艘《そう》つながれていた。

沈清秋《シェンチンチウ》は水漏れの心配がなく、多少マシそうな船を選んだ。爪を弾《はじ》くと、船首に引っ掛けられていた、油の尽きた灯の中に炎が一つ灯《とも》る。左右を見回しても棹《さお》は一つしかなく、彼は柳清歌《リウチンガー》に向かって「どうぞ」というジェスチャーをして言った。

「流れに逆らって、城内まで漕《こ》いで行かねばならないのだ。腕っぷしの強い者にやってもらわないとな。師弟、よろしく頼む」

柳清歌《リウチンガー》はムスッとして細く長い竹の棹を受け取り、文句一つ言わずに漕ぎ始めた。ひと漕ぎするごとに、船は前へ勢いよく進む。船首に掛けられた灯はギーギーと音を立てて揺れていた。

沈清秋《シェンチンチウ》は木清芳《ムーチンファン》を手招きし、ともに腰を下ろした。船が滑っていく煌《きら》めく水面をちらりと見やると、数匹の魚が楽しげに尻尾を振って泳いでいるではないか。沈清秋《シェンチンチウ》は何気なく「ここの水は結構澄んでいるな」と口にした。

するとすぐに、悠々と泳ぐ魚に続いて、ぷかぷかと何か大きなものが漂ってきた。

何かと思えば、うつ伏せの死体である。

沈清秋《シェンチンチウ》は頬を張られたようにバッと背筋を正した。

（マジかよ、水死体じゃねえかああ！　「水が澄んでる」なんて言った途端ぷかぷか水死体が漂ってくるとか、随分どデカいブーメランだなおい！）

柳清歌《リウチンガー》は棹で水死体を引き寄せ、ひっくり返してみた。期せずしてまたもや白骨死体である。頭まで全身黒い布で巻かれており、おまけにうつ伏せだったので、それが白骨死体だとは即座に気付かなかったのだ。

沈清秋《シェンチンチウ》が尋ねる。

「木《ムー》師弟、この世に人を瞬く間に白骨へ変えてしまう疫病などあるのか？」

木清芳《ムーチンファン》はかぶりを振る。

「初耳です」

流れに逆らいながら進んでいる途中だったので、棹を漕ぐ手を止めた途端流されてしまう。死体を突ついている間に、小舟はそれなりに流されていた。柳清歌《リウチンガー》は再び棹を動かし始めるが、ややあって、「前からまた来るぞ」と言った。

彼の言葉どおり、前方から次々に死体が五、六体漂ってくる。どれも体に黒い布をまとって白骨化しており、最初の一体とまったく同じだ。

沈清秋《シェンチンチウ》が考え事に耽《ふけ》っていると、不意に柳清歌《リウチンガー》が長い棹をそばの岩壁に突き刺した。細く脆《もろ》そうな竹の棹がまっすぐ、硬く隙間など見当たらない岩の塊にめり込んでいく。船は棹によって固定され、その場に止まった。沈清秋《シェンチンチウ》も異常を察し、にわかに立ち上がる。

「そこにいるのは誰だ？」

前方の暗闇の奥から、荒い呼吸音が聞こえてくる。船首の光はぼんやりと人らしい輪郭を照らし出した。すると一人の少年らしい声が響く。

「あんたら、何者だ？　こんなとこでコソコソと何しようとしてんだよ？」

「それはこちらの台詞《せりふ》だ。そなたこそここで何をしている」

言い返したのは沈清秋《シェンチンチウ》だった。

沈清秋《シェンチンチウ》が佇《たたず》むのはボロボロの小舟の上だ。とはいえ、青い衣に黒髪をなびかせ、腰には長い剣を下げ、落ち着きはらった表情で堂々とした仙風道骨っぷりである。加えて沈清秋《シェンチンチウ》自身、カッコつけは得意技だ。自分を一番カッコ良く見せる方法を熟知しており、ハッタリをかますことなど朝飯前である。そんな沈清秋《シェンチンチウ》の目論見どおり、少年は咎《とが》め立てた相手が、これほどカッコつけがうまい人だとはつゆほども思わなかったようで、しばし呆気《あっけ》に取られたあと、やっと声を上げた。

「帰れよ！　今は城内に入っちゃダメだ！」

柳清歌《リウチンガー》は鼻を鳴らし、「お前ごときに俺たちを止められるのか？」と言い放つ。

「城内では疫病が流行ってる、死にたくなかったら失《う》せろ！」

少年の言葉に木清芳《ムーチンファン》は優しく答えた。

「私たちはまさにその件でここへ……」

ところが少年は三人がまったく立ち去ろうとする気配がないのを見るや、声を荒げた。

「あんたら言葉が分からないのかよ！　さっさと帰れよ！　じゃないと容赦しないぞ！」

言うや否や、槍《やり》が突き出されてきた。かなり威勢がよく、目を見張るものがある。柳清歌《リウチンガー》はフッとせせら笑うと、壁に突き刺した棹を引き抜き、先端を軽々と跳ね上げさせる。

少年は途端に吹き飛ばされ、川に落ちた。水中でもがきながらも罵詈雑言《ばりぞうごん》を飛ばし続ける少年の声を背に、沈清秋《シェンチンチウ》は「助けるか？」と確認する。

「あんなに元気なら放っておけばいい。中に入るぞ」

柳清歌《リウチンガー》はそう言うと、再び船を進めた。

三人が伏流を抜けて船から降りると、非正規ルートを辿った船は水に流されるままに暗闇の中に戻って行った。洞窟の出口は金蘭城の中でも最も荒れ果てた浅い沼に繋《つな》がっており、人の姿はまったく見えない。町の中央へ向かって三人がしばらく歩いていると、突然背後から「タッタッタッ」と追いかけてくる足音がした。

全身ずぶ濡《ぬ》れの少年が駆け寄って来て、怒りの形相でまくし立てる。

「入るなって言っただろ！　入ったところでどうにもなんないんだよ！　疫病から救いに来たっつー奴らがすげぇたくさん金蘭城に来たさ。偉そうな坊主やら、牛の鼻みたいなまげをした道士やら、あとなんたら花宮とかいろんな奴が来たけど、結局誰もここから出られなかった！　あんたら、死にたいのかよ！」

少年は、沈清秋《シェンチンチウ》らの身を案じてわざわざ暗闇で待ち伏せしていたようだ。沈清秋《シェンチンチウ》が答えた。

「だが、もう入ってしまった。これからどうしろと？」

「どうもこうもねぇよ。うろちょろせずについて来い！　坊主の爺《じい》さんとこに連れてってやるから」

少年の言葉に三人とも異議を唱えなかった。三人のうち誰も金蘭城の土地勘がないので、誰かが案内してくれて回り道をせずに済むのなら一番である。沈清秋《シェンチンチウ》は軽く視線を下げて問う。

「そなた、名をなんという？」

少年は胸を張る。

「オレ、楊一玄《ヤンイーシュエン》ってんだ。金字《きんじ》武器屋の息子さ」

もしや、命がけで昭華寺に助けを求めてきたあの武器屋の店主と関係があるのだろうか？

沈清秋《シェンチンチウ》がじっと少年を観察しているのを見て、柳清歌《リウチンガー》は「何を見ている？」と問いかけた。

「この子どもはそなたの技にも数手耐えられたうえに、心根も悪くなさそうだ。どちらも備わっている者など、滅多にいない。育てがいのある人材だぞ」

「育てがいがあっても無駄だ。俺は弟子を取らない。面倒だからな」

町の中心部に差し掛かると、通行人も増えてきた。ただし、この〝増えた〟は先ほどの人っ子一人いなかった状態と比べて、である。通りにはせいぜい三、四人しかいないのだ。しかも皆、頭のてっぺんからつま先まで黒い布に身を包み、慌ただしく行き交っている。まるで弓の音に怯《おび》える鳥か、網から逃れた魚のようだ。

金字武器屋はかなり大きい。城内で一番広い大通りに位置し、普通の店四つ分の敷地に、中庭、奥の間、地下室まであった。

少年の言う坊主の爺さんこと無塵《ウーチェン》大師は地下室にいた。寝台に横たわり、下半身には布団が掛けられている。蒼穹山派からの援軍を見るや、「南無阿弥陀仏《なむあみだぶつ》」と唱えた。

沈清秋《シェンチンチウ》が問い掛ける。

「大師、事態が差し迫っているゆえ、単刀直入に伺います。この金蘭城内で流行《はや》っている疫病は、いったいなんでしょう？　なぜ大師はここへ来たきり外へ出ず、音沙汰もなかったのですか？　それに、どうして皆、黒い布を巻いているのです？」

無塵《ウーチェン》大師は苦笑する。

「沈《シェン》仙師がお聞きになっていることは、突き詰めれば全部同じ話なのです」

言うなり、無塵《ウーチェン》大師は下半身に掛けられた布団をめくる。

沈清秋《シェンチンチウ》は思わず動きを止めた。

布団の下には太ももがあったものの、膝から下が消失していた。本来ふくらはぎがあるはずの部分が、すっかり空っぽになっているのだ。

「誰がやった？」

柳清歌《リウチンガー》が冷ややかに問うと、無塵《ウーチェン》大師は首を横に振った。

「誰でもありません」

「誰でもないだなんて、まさか勝手に消えたとでも？」

沈清秋《シェンチンチウ》が腑《ふ》に落ちず聞き返すと、あろうことか無塵《ウーチェン》大師はうなずいた。

「おっしゃるとおり。勝手に消えてしまったのです」

無塵《ウーチェン》大師の膝より上の太ももにはまだ黒い布が巻かれている。無塵《ウーチェン》大師が手を伸ばしてどうにかそれを解《ほど》こうとするのを見て、木清芳《ムーチンファン》は急いで手伝った。

「これからお見せするものは、皆さんを少々不快にさせてしまうかもしれません」

前置きしてから、無塵《ウーチェン》大師は黒い布を一層また一層と解いた。中のものがあらわになり、それを見た沈清秋《シェンチンチウ》は一瞬息を止めた。

（申し訳ないけど大師、コレが「少々不快」だって!?）

もともと太ももだった部分は完全に爛《ただ》れていた。皮膚は壊死し、腐肉となっている。黒い布が解かれると、たちどころに悪臭が漂った。

沈清秋《シェンチンチウ》は「これが、金蘭城の疫病ですか？」と尋ねた。

「はい。この病を患うと、はじめは局所的に赤い斑点が現れます。早ければ三日から五日、遅くとも半月ほどで斑点が広がっていき、腐り始めるのです。そしてもうひと月も経《た》てば、骨が見えるほどに爛れます。黒い布で体を巻き、風や光に当てぬようにする以外、病の進行を遅らせることができません」

だからここにいる人たちはみんな全身に黒い布を巻いて、黒いミイラのようになっていたのか。

沈清秋《シェンチンチウ》が問いを重ねる。

「もしこの病がひと月を掛けて進行するのであれば、なぜ昭華寺へ知らせに向かった楊《ヤン》殿は、瞬く間にして白骨になったのです？」

無塵《ウーチェン》大師は悲痛な表情を浮かべた。

「まったくもって情けない話ですが、拙僧《せっそう》もあとから知ったのです。この病に罹《かか》った者は、金蘭城内にいれば、ひと月程度は生きられます。しかし、病に罹ったあと金蘭城から一定の距離をとると、病の進行が速まるのです。拙僧の二人の師弟はやみくもに町を出て寺に戻ろうとしたゆえ、あっという間に症状が悪化しました」

入ることも出ることもできないのはそのせいか！

「病原はなんだ？　どのように伝染を？」

そう問う柳清歌《リウチンガー》に、無塵大師《ウーチェン》はため息を漏らす。

「面目ない限りです。今回ここに来て、長らく時間を無駄にしてしまいましたが、この疫病に関してはまだ手も足も出ず、病原の在り処《あか》も伝染の仕方も不明です。それどころか、いまだにこれが伝染性のものなのかどうかすら分かりません」

木清芳《ムーチンファン》は呆気に取られた。

「それはどういう……？」

沈清秋《シェンチンチウ》がふと何かに気付く。

「武器屋の息子を見てみろ。無塵大師《ウーチェン》の身の回りを長く世話しているようだが、黒い布きれ一枚すら巻いていない。皮膚にも異常がないようだし、健康そのものだ。もしこれが疫病なら、無塵大師《ウーチェン》からあの子どもに伝染《うつ》らないほうがおかしいだろう」

「まさしくおっしゃるとおりです。皆さんまで巻き込んでしまい、本当に申し訳なく思っています」

沈清秋《シェンチンチウ》が答える。

「大師も苦難に見舞われた人々を救おうとしていただけのこと。どうかそうおっしゃらずに」

木清芳《ムーチンファン》がまるで少しも腐臭を感じていないかのような様子で、黙々と無塵大師《ウーチェン》の太ももの爛れた部分を観察しているのを見て、沈清秋《シェンチンチウ》は声をかけた。

「木《ムー》師弟、何か気付いたことは？　治療する手立てはありそうか？」

木清芳《ムーチンファン》は首を横に振る。

「これは疫病というより、むしろ……」

言いかけて、彼は周りの人たちを見やり、続けた。

「もっと多くの患者を見てみないと、判断は下せないかと」

沈清秋《シェンチンチウ》が地下室から出ると、武器屋の息子がまた怒りをあらわに、長柄の刀《とう》を担いで来た道を戻っているところだった。沈清秋《シェンチンチウ》は笑いながら呼びかける。

「若旦那、何かあったのか？」

楊一玄《ヤンイーシュエン》は怒りをあらわに答えた。

「また誰かが町に入ってきた。あのなんたら花とかいうところが、一番の役立たずだ。全員死にに来てるようなものさ！」

おそらく幻花宮がまた新たな救援《ぎせいしゃ》を送り込んできたのだろう。饅頭《まんとう》のようにすっかりふくれっ面になった少年を見て、沈清秋《シェンチンチウ》はわざとからかった。

「そなた、結構腕が立つようだが、誰かから教わったのか？」

楊一玄《ヤンイーシュエン》は沈清秋《シェンチンチウ》を無視したが、構わず沈清秋《シェンチンチウ》は続けた。

「言っておくが、さっきそなたを水の中に弾き飛ばしたあのお兄さんは、かなりの凄腕だ。あいつと数回手を交えたほうが、誰かから習うよりも役に立つぞ」

その言葉を聞いた途端、楊一玄《ヤンイーシュエン》は沈清秋《シェンチンチウ》を置き去りにして走り出した。柳清歌《リウチンガー》にしつこくつきまとう面倒を吹っ掛けてやれたので、沈清秋《シェンチンチウ》は内心で大喜びだ。数歩歩いて街角を曲がると、前方の光景に足を止めた。

町の中は活気がなく、どの家も固く門を閉ざしている。ただ、もとより帰る家のない人たちは行き場がないので、通りで肩を寄せ合っていた。以前の大通りは荷車や馬、人などが激しく往来しており、こうした人たちがうっかり顔を出すなどとてもできなかったが、今では通りがすっかり閑散としていて彼らも遠慮する必要がなくなっていた。彼らは大きな鉄鍋を一つ据え、下に置いていた薪に火をつけ、ぐつぐつと湯を沸かしている。そのうちの幾人かはどこかから盗んできたのか鶏の羽根をむしっており、揃って風を通さない黒い布にくるまれていた。自分たちと違う格好の沈清秋《シェンチンチウ》を見ても人々は少しも驚かず、それどころか死人を見るような目つきを向けてきた。なにせ近頃、威風堂々と町にやってきて、自分たちを救うと豪語する修真者《しゅうしん》たちを見てきたが、彼らは何かの役に立っただろうか？　結局自分たちより早く死んだだけだ！

調理番らしき人物が鉄鍋を叩《たた》く。

「野菜汁が出来上がった、早く取りに来い！」

そばでシラミを取ってつぶしていた家のない者たちの多くはすぐさま起き上がり、お碗《わん》を持って鍋のほうへ寄って行った。

今回の疫病によって町の秩序は失われており、このような自発的な炊き出しは命を繋ぐためには欠かせない。

急いで疫病の根源を見つけ出さないと。

沈清秋《シェンチンチウ》がひそかに決心して踵《きびす》を返し、その場を立ち去ろうとした時だ。向かい側から杖《つえ》を突き、背中の曲がった老婆らしき人物が歩いてきた。持っているお碗が落ちそうなほど、手はブルブルと震えている。

沈清秋《シェンチンチウ》は道を空けようとしたものの、老婆は体が弱っているのか、はたまた空腹でめまいがしたのか、足元をふらつかせて沈清秋《シェンチンチウ》に倒れ込んできた。

沈清秋《シェンチンチウ》が支えると、老婆はもごもごと言った。

「すまないねぇ……すまないねぇ……歳《とし》を取って、ぼんやりしてるもんだから……」

言うなり、老婆はまたあたふたと前へ進もうとする。野菜汁がなくなってしまうのを恐れているようだ。

沈清秋《シェンチンチウ》は老婆を見送って二歩ほど歩いて、突然ピタリと足を止めた。

何かがおかしい。

あの老婆は風前の灯火《ともしび》の如《ご》く弱った様子だったのに、先ほどぶつかってきたあの体はなぜずっしりと成人男性よりも重かったのだろう⁉

沈清秋《シェンチンチウ》は勢いよく振り向く。温かい汁を争う人々の中に、先ほどの〝老婆〟の姿はどこにもなかった。

左側には花街《はなまち》への入り口がある。沈清秋《シェンチンチウ》が追いかけていくと、ちょうど突き当たりをサッと曲がる、くの字に折れた背中を目の端に捉えた。

(おいおいマジかよ。このスピード、百メートルハードル走のランナー級だろ⁉　〝老婆〟だって？　目までおかしくなったのかよ、俺！)

沈清秋《シェンチンチウ》は素早く駆け出し、あとを追った。確かに老婆の様子は怪しかったが、すぐに気付けなかったとしても無理はない。なんと言っても、今金蘭城にいる人たちみんながみんな、全身に黒い布を巻きつけ、縮こまりながら歩き回っている。誰が怪しいなんて言い出したらキリがない！

追いかけている途中、ふと沈清秋《シェンチンチウ》は手の甲に痒《かゆ》みを感じて、手を上げて見てみた。

この右手は本当に多難だ。天鎚《ティエンチュイ》長老に刺されて穴だらけにされたのもコイツだし、今病に冒されて赤い斑点が現れているのもコイツとは！

というか、最初にこの奇作小説『狂傲仙魔途』を開いたのもこの右手だったんじゃないか。ああもうっ、いっそのことこの手を切り落としたい‼

ほかのことに気を取られたせいで、沈清秋《シェンチンチウ》の歩みがわずかに遅くなる。間を置かずに、今度は頭上から誰かが剣気《けんき》を放ちながら襲ってくるのに気付いた。沈清秋《シェンチンチウ》は扇子を広げていつでも風の刃を放てるよう体勢を整えると、声を張り上げる。

「誰だ⁉」

件の人物は屋根から飛び降り、二人は顔を合わせた。

「公儀蕭《ゴンイーシアオ》？」

その名が沈清秋《シェンチンチウ》の口を衝《つ》いて出ると、青年はすぐさま剣を引っ込め、喜びと、それ以上に大きな驚きを見せた。

「沈《シェン》先輩？」

「ああそうだ。そなたがなぜここに？」

沈清秋《シェンチンチウ》は先ほど楊一玄《ヤンイーシュエン》が「また幻花宮の者が伏流伝いに町に入ってきた」と言っていたのを思い出した。おそらく少年が言っていたのは公儀蕭《ゴンイーシアオ》たちのことなのだろう。

「幻花宮はそなたを調査に遣わしたのか？」

「確かに命を受けて調査に参りましたが……指揮を執っているのは私ではありません」

沈清秋《シェンチンチウ》は不思議に思った。公儀蕭《ゴンイーシアオ》は幻花宮の老宮主が一番可愛がっている弟子だ。洛氷河《ルオビンハー》が現れる前は、みんなから次期宮主だと見なされ、老宮主のたった一人の愛娘も公儀蕭《ゴンイーシアオ》に心惹《ひ》かれていた。弟子たちで何か集まることがあれば、公儀蕭《ゴンイーシアオ》は必ずリーダー役を務めていたほどだ。主人公オーラで彼を圧倒できてしまう洛氷河《ルオビンハー》以外に、彼のポジションを横取りできる者なんているのだろうか？

とはいえ、今の状況で深く考えてはいられない。

「共に追うぞ！」

そう告げた沈清秋《シェンチンチウ》に公儀蕭《ゴンイーシアオ》は二つ返事で答え、二人は揃って飛び出した。

先ほどの老婆は三階建ての建物に素早い身のこなしで入っていく。外からでも、この建物から漂うおしろいの匂いが分かるほどだった。美しく飾り立てられた外観から察するに、かつては妓楼《ぎろう》の類いだったのだろう。ただ、今ではもう以前のような笑い声や賑々《にぎにぎ》しい空気といったものは消え失せ、あるのは大きく開かれた入口の門と、一階の大広間に漂う不気味な雰囲気だけだった。

二人は一層気を引き締め、敷居を跨《また》いだ。

大広間の卓《つくえ》や椅子はひっくり返されており、雑然としていた。沈清秋《シェンチンチウ》は公儀蕭《ゴンイーシアオ》を見やる。

「手分けをしよう。私は右の個室を調べるから、そなたは左の個室を」

沈清秋《シェンチンチウ》は畳まれた扇子の先で一番近くにあった扉を押し開いた。寝台の上に人影が横たわっているのが見え、沈清秋《シェンチンチウ》は警戒したが、すぐに肩から力を抜いた。

寝台の上にあったのは、かつては人だった白骨だ。精巧な花模様が刺繍《ししゅう》された服を着て、頭部には真珠や翡翠《ひすい》の髪飾りがたくさんついている。白骨が横たわる姿からは穏やかな様子が伝わってきた。ここで働いていた女性なのだろう。自らの死期を悟り、身なりを整えて一番綺麗《きれい》な服を着て、安らかに永遠の眠りについたのだ。死ぬ時すら一番美しい姿でいようとするのは、おおかた女性の性《さが》のようなものだろう。沈清秋《シェンチンチウ》はため息を一つ漏らすと部屋を出て、扉をしっかりと閉じた。

そうしていくつかの部屋を立て続けに見てみたものの、どの部屋にも正装した女性の亡骸《なきがら》があった。どうやらこの妓楼にいる者はほぼ全員が病に斃《たお》れたようだ。沈清秋《シェンチンチウ》が六部屋目の扉を開けようとした時、二階から物音と人の声が聞こえてきた。

沈清秋《シェンチンチウ》と公儀蕭《ゴンイーシアオ》は直ちに階段を駆け上がる。沈清秋《シェンチンチウ》は前に躍り出たが、まだ階段を上り終えぬうちに、突然青年らしい、優しくて穏やかな声が聞こえてきた。

「大丈夫です」

たったそれだけの言葉だったが、その声を聞いた途端、沈清秋《シェンチンチウ》は雷に打たれたかのように固まった。扇子は手に力が入ったせいで「ガチッ」と音を立てた。

一瞬、呼吸まで止まったかのようだった。

沈清秋《シェンチンチウ》は階段の途中で立ち止まっていたものの、二階の長い廊下の果てにある個室はすでに視界に入っていた。幻花宮のお揃いの衣服を身に着けた弟子たちが、一人の人物を囲んでいる。

中心にいるのは黒い服を身に着け、古めかしく飾り気のない長剣を背負った青年だ。玉のように美しい顔と、果てしなく深い淵《ふち》がたたえる潭水《たんすい》か寒星を思わせる瞳が何気なくこちらへ向けられる。

自分の知っている頃に比べて随分成長し、全体から漂う雰囲気も昔のそれとは大いに異なっている。しかし、このどこからどう見ても恋愛小説の表紙を飾れる主人公顔を、沈清秋《シェンチンチウ》は死んでも見間違えるはずがない！

それと同時に、長いこと耳にしていなかったなじみのある声が、グーグル翻訳の読み上げ機能然とした単調な口ぶりはそのままに、沈清秋《シェンチンチウ》の脳内にいくつもの通知を立て続けに送ってきた。

【こんにちは。システムを起動しました】

【共通アクティベーションコード：洛氷河《ルオビンハー》】

【セルフチェック中……動力源運行ステータス、良好】

【スリープモード停止。標準モード、起動】

【アップデートパッケージのダウンロード、及びインストール

が完了しました】

ちょ、待てよ！　嘘《うそ》だろ、マジでアップデートしたのか!?

【再度ご利用いただき、ありがとうございます】

なぁ、今からでも返品できない？

とてもよく見慣れているはずなのに、見知らぬ他人のようにも思える青年。沈清秋《シェンチンチウ》は彼を見て、四肢がこわばり、口の中が乾いていくのを感じた。

五年後に返り咲くって話じゃなかったのか？

洛氷河《ルオビンハー》は今頃、無間深淵《むげんしんえん》で困難を乗り越え、剣術を磨き、レベルアップのために敵キャラを倒しまくったりしているはずじゃ？

なんで二年も早まったんだ！

なんでそう性急にイベントを進めてるんだ！　腕磨きを急いでたら、力の安定性に保証はなくなるんだぞ氷哥《ビンアニキ》！

沈清秋《シェンチンチウ》はこのまま踵を返して階段を駆け下り、金蘭城を、なんならこのクソッタレな世界から飛び出したい衝動に駆られる。しかし、一歩下がった途端に公儀蕭《ゴンイーシアオ》にタイミングよく退路を遮られ、挙句「沈《シェン》先輩、いきなり後ずさりなんて、どうされましたか？」とまで聞かれた。

……ＴＰＯと俺がどんな顔色をしてるかよく見てから口を開こうぜ公儀《ゴンイー》公子！

「師尊？」

背後から優しげな声が響き渡った。

沈清秋《シェンチンチウ》は首をギギギとこわばらせながら、のろのろと振り向いた。

なんてことのない動きだが、今の沈清秋《シェンチンチウ》にとって、自分の頭に数千キロもの重りがつけられているようにさえ感じられた。そして洛氷河《ルオビンハー》のあの完璧に整った顔も、この時ばかりは、この世の何物よりも恐ろしいもののように思えて仕方がなかった。

さらに恐ろしいのは、洛氷河《ルオビンハー》の顔に浮かんだ表情が、氷のように冷たいものでも、針を真綿に包んだような不穏なものでもなく、見る者の心をも溶かしてしまいそうなほどに穏やかで親しみにあふれたものだったのだ。

おいおいおいその顔、マジで死ぬほど怖ぇんだけど！

なんせ、洛氷河《ルオビンハー》の笑みが優しければ優しいほど、比例して相手の魂と体は完膚《かんぷ》なきまでに破壊されることになるのだ。冗談抜きで。

上ることも下りることもできず、沈清秋《シェンチンチウ》は階段でフリーズした。ゾワゾワと背中のうぶ毛が逆立つ。

洛氷河《ルオビンハー》はゆっくりと近付いてきて、そっと言った。

「やはり師尊でしたか」

ふわりと軽い声だが、唇の間から吐き出される一文字一文字が、彼の立てる足音の一つひとつが耳から入ってくるたび、沈清秋《シェンチンチウ》は心臓がバンジージャンプとアイスバケツチャレンジを交互にやらされているような気分になった。

ここはもう断頭台の上。自分には毅然《きぜん》と向き合うしか道は残されていない！

沈清秋《シェンチンチウ》は気持ちを落ち着かせて、覚悟を決めた。そうして右手の血管が浮かぶくらい強く扇骨《せんこつ》を握り直し、左手で青衣の裾を一度払うと、鉛のように重い足を持ち上げ一歩進み、ついに二階の床を踏んだ。

たったそれだけで、沈清秋《シェンチンチウ》はぴえーんと泣いて逃げ出したくなる。

仙盟大会に参加した頃は、洛氷河《ルオビンハー》と沈清秋《シェンチンチウ》の目線の高さは同じだった。しかし今では、沈清秋《シェンチンチウ》は少し見上げなければ、洛氷河《ルオビンハー》と目を合わせられない。下から見上げるような状態なので、気迫の点ではもうがっつり負けている。

幸いなことに、沈清秋《シェンチンチウ》には長年カッコつけ続けてきた経験がある。心中がどれほど荒れ狂おうとも、落ち着きはらった表情を貼りつけるぐらい、なんてことはない。

少し間を置いて、沈清秋《シェンチンチウ》はようやく一言絞り出すことに成功した。

「……これはいったい、どういうことだ？」

洛氷河《ルオビンハー》はフッと微笑《ほほえ》んだだけで、答えるつもりはないようだ。代わりに洛氷河《ルオビンハー》の背後から幻花宮の弟子たちが一斉に裾をひるがえしながら駆け寄り、洛氷河《ルオビンハー》を庇《かば》うように沈清秋《シェンチンチウ》との間に立ちはだかった。

ここに来て、沈清秋《シェンチンチウ》はこの弟子たちの態度に違和感を覚えた。

沈清秋《シェンチンチウ》は若かりし頃、各地にその名を轟《とどろ》かせた宗師レベルの人物である。ほかの門派の後輩はさておいても、同世代の人ですらみんなして彼の機嫌を取り、恭しく迎えるのが普通だ。ところが、ここにいる幻花宮の弟子たちは沈清秋《シェンチンチウ》に対するあふれんばかりの敵意をむき出しにしている。揃いも揃ってただならぬ目つきに、あろうことか武器を構えている者までいる。そんな中で泰然自若と佇む洛氷河《ルオビンハー》の様子と相まって、正義筆頭の名門出身の青少年たちなのに、ボスのためなら嬉々《きき》として命懸けでも今すぐ飛び出していきそうな子分か、なんのためらいもなく殺人や放火を犯す魔族の手下さながらの様相を呈している……。

（おいおい本気か少年たちよ！　お前たちが一生懸命守ろうとしてる後ろの奴、世界で一番ボディガードを必要としない奴だぞ!?　今のあいつが他人に危害を加えてないってだけで奇跡みたいなもんだ。本当に守ってもらうべきなのは俺なんだよ、こ・の・お・れ！）

妙な雰囲気を察して、公儀蕭《ゴンイーシアオ》は間に割り込み、声を抑えて叱りつける。

「剣をおさめろ、無礼だぞ！」

弟子たちは多少理性を取り戻したのか、剣を抜いていた者もしぶしぶと鞘におさめた。とはいえ、沈清秋《シェンチンチウ》に向ける敵意は収まりそうにない。

なるほど。だから今回の仕切り役が公儀蕭《ゴンイーシアオ》じゃなかったのか。これまでなら、一番重用されていた公儀蕭《ゴンイーシアオ》が一言でも物申せば、同門たちは沈清秋《シェンチンチウ》に強く当たり続けることはできなかったはずだ。しかし、今では闇堕《やみお》ちして一流の洗脳技術を身につけた洛氷河《ルオビンハー》がいるので、絶対的なセンターポジションが洛氷河《ルオビンハー》のものになるのは至極当然の成り行きである。一万年かかっても、ほかの人間がセンターに立つなど、ありえないのだ。

沈清秋《シェンチンチウ》は脳震盪《のうしんとう》を起こしそうなくらい考えを巡らせても、理解できなかった。洛氷河《ルオビンハー》はいつ、幻花宮に紛れ込んだ？　原作のペースだったら、こっちに戻ってくるまで少なくともあと二年はかかるはずじゃないのか！

双方が固まったまましばらく棒立ちになっていると、突然薄黄色の衣を身に着けた可憐《かれん》な少女が洛氷河《ルオビンハー》のそばから歩み出てきた。少女は涙ながらに訴える。

「あなたたち、まだそんなことをしてる暇があるなんて。洛《ルオ》師兄……師兄はあの悪者にやられたっていうのに、そっちを先にどうにかすべきでしょ！」

ここに来てやっと、沈清秋《シェンチンチウ》は隅のほうに人型の何かが横たわっていることに気付いた——先ほどの偽老婆だ。そしてもう一度洛氷河《ルオビンハー》に目を向けると、どうやら袖が剣気によってちぎられたようで、そこから少しだけ手首がのぞいていた。

洛氷河《ルオビンハー》の肌がとても白いせいで、手首に浮かぶ赤い点々は嫌でも目につく。沈清秋《シェンチンチウ》は脊髄反射で「伝染されたのか？」と聞いた。

洛氷河《ルオビンハー》は沈清秋《シェンチンチウ》を一目見やり、首を横に振る。

「ちょっとした怪我《けが》です。皆が無事であれば、それで」

無私の心で他人を思いやる姿に、沈清秋《シェンチンチウ》は一瞬、目の前の人物と、昔自分の膝の下でうずくまり、めえめえと鳴いて草を食べるのが大好きだった子羊の姿とが重なった。

ただ、いかんせん幻花宮の弟子たちは隙あらば沈清秋《シェンチンチウ》を貶《おと》めたいらしく、次々に嫌みを垂れ流す。

「良かったですね。洛《ルオ》師兄が疫病に罹りましたよ。沈《シェン》先輩も内心さぞかしお喜びのことと存じます」

あまりの言われように、沈清秋《シェンチンチウ》は真剣にここまで幻花宮全体に嫌われるようなことをいつ、どこでやらかしただろうか、と我が身を振り返った。

公儀蕭《ゴンイーシアオ》は沈清秋《シェンチンチウ》の表情を見ていたたまれなくなり、振り向くと小声で弟子たちを叱った。

「全員口を慎め」

こちらはとうに名も成しているし、いい歳こいた年長者でもある。主人公に洗脳された若者たちと言い合うなんて不毛なことはしない。沈清秋《シェンチンチウ》は淡々とした表情で手を下げる。袖が自然と落ちて、先ほど偽老婆にぶつかられて赤い斑点が浮き出た手の甲を隠した。

先ほど嫌みを言ってきた、顔の半分があばたに覆われた弟子は公儀蕭《ゴンイーシアオ》に怒られて口を閉ざした。しかし、その表情からはまったく納得していないことが見え見えだ。一方の薄黄色の衣の少女、秦婉約《チンワンユエ》は沈痛の表情で言った。

「私たちのせいです。私たちを守るためでなければ、洛《ルオ》師兄だってこんな……」

ここ金蘭城で流行っているものの正体について、沈清秋《シェンチンチウ》はだいたい見当をつけていた。二千万文字以上の連載を追いかけるのに費やした、青春の日々とやるせなさを賭けてもいい。

まずはじめに言っておきたい。アレは洛氷河《ルオビンハー》という天魔《てんま》の血を併せ持つ者にしてみれば、生理食塩水かブドウ糖のようなもので、痛くも痒くもないどころか、逆に元気が出るぐらいのシロモノであるということを！

そして、もし洛氷河《ルオビンハー》が誰かに足を引っ張られたか、もしくは誰かを助けるために怪我をしたというのなら、考えるまでもない。絶対にそれは計算のうえだ！　キャラクターの正義値と好感度を上げる一番お手軽な方法を、知らないわけじゃないだろう？

沈清秋《シェンチンチウ》は幻花宮の悲嘆に暮れる雰囲気に耐えられなくなる。もちろん、何よりも耐えがたいのは、相手が先に口を開くのを待つかのような沈黙の中で、洛氷河《ルオビンハー》と見つめ合うことだったが。

沈清秋《シェンチンチウ》は思い切ってそれをひとまず横に置いて、今自分がやるべきことに取り掛かろうと決めた。彼は前だけを見てまっすぐ偽老婆の死体のそばまで行くと、修雅《しゅうが》剣を引き抜いた。「シュッ、シュッ」と数度音を立てて黒い布を切り裂き、包まれていた体をあらわにする。

やはり。

顔だけを見れば、男女の区別はつかないものの、至って普通の人間に見える。しかし、重要なのはそこではない。

問題は体である。恐ろしいことに、ソレは体中の皮膚が真っ赤になっている。まるで熱湯に放り込まれて、心臓まで火が通るほどにたっぷりと全身を煮詰められたかのようだ。ただし、煮崩れてはおらず、体のつくりそのものは完全なままである。

「種《たね》まき人《びと》だな」

沈清秋《シェンチンチウ》が言った。

種まき人とは魔族の職業の一つだ。沈清秋《シェンチンチウ》は、種まき人とは魔界の農民か農場主、あるいは飼料の問屋のようなものであると考えている。

地理的要素や種族などにもよるが、魔界の多くの生き物（一部の若干ヤバい好みをもつ魔族たちを含めて）、彼らには奇妙な生理的需要がある。具体的に言うと、彼らは腐ったものを食べるのが大好き、ということだ。それもぐずぐずに腐った、臭いが強いものほど良く、蛆《うじ》が這い回っているような状態が彼らにとってはたまらなく最高で、栄養も満点だという。

しかし、そんな最高に腐ったものが、ほいほい手に入るのか？

そこで、種まき人の出番というわけだ。

種まき人が接触し、種を植えつけた魔族以外の生物であれば、もれなく大した時間も要さず肢体が爛れ出す。魔界では昔、このような貴族的な大盤振る舞いが流行ったことがあった。主人が百以上の生きた人間を捕まえて、家畜のように一つの場所に閉じ込めたあと、種まき人を入れる。七日もしないうちにいい感じに腐ってくるので、そこで門を開け放つ。人間《ごちそう》を外に引きずり出して食べてもいいし、自分が中に入って食べてもいい。

このような奇天烈《きてれつ》な食習慣は、人間からすれば唾棄《だき》すべきものだろう。ただ、洛氷河《ルオビンハー》が属する上古《じょうこ》の天魔一族は魔族の中でも最も優雅で伝統のある血統であり、魔界の名門貴族に相当する。さまざまな方面において通常の魔界の住民たちとは一線を画すレベルなので、このような猟奇的な嗜好《しこう》とは無縁だった。でなければ、いくら洛氷河《ルオビンハー》が絶世の美男子《イケメン》でチート野郎だったとしても、女の子たちはこんな生理的、そして心理的限界に挑戦するような激ヤバ設定に耐えられないだろう。想像してみろよ、そんな腐乱死体を食べる奴とキスするところを！　色んな意味でえぐいってｗｗｗｗｗ！

　このあまりに非人道的な職業にひどく腹を立てた当時の人間界の修真者たちが、種まき人の討伐に乗り出した。腐らされる危険を顧みず、数多くの名もなき英雄が種まき人と共に命を落とした。そして、討伐を始めて十年もしないうちに、種まき人はほとんど確認できないほどに数を減らし、魔界でも滅多に見られなくなった。若い弟子や一般の修真者が知らないのも無理はない。ただ、沈清秋《シェンチンチウ》は暇を持て余すと清静峰の多種多様な古本を怪奇小説代わりに読んでいたので、そうした過去の出来事も割と知っている。

　けれども残念なことに、沈清秋《シェンチンチウ》が自分の知識をもとに導き出したこの結論は、あっさり一蹴されてしまう。

秦婉約《チンワンユエ》は丁寧な口調で切り捨てた。

「先輩でも種まき人のような極悪非道な妖魔をご存じなのですね。でも洛《ルオ》師兄はとうの昔に気付いて、先ほど、私たちに種まき人について詳しく教えてくださいました」

　すぐに、周りにいた幻花宮の弟子たちは揃って尊敬の眼差しで洛氷河《ルオビンハー》を見上げた。洛氷河《ルオビンハー》の顔が金色に輝いているかのようだ。

（で、出たーーッ！　これがあの伝説の、〝主人公が何を言おうが、周りの人間はその言葉から自分より何倍以上もの叡智《えいち》を感じて敬服する〟っていう、主人公万能オーラか!?）

洛氷河《ルオビンハー》は沈清秋《シェンチンチウ》を見て、小さく笑う。

「私が知っていることは、全部師尊から教わったものですから」

……恐ろしいことに、沈清秋《シェンチンチウ》の目にも洛氷河《ルオビンハー》の顔が柔らかく優しい光でも放っているように見えた。

沈清秋《シェンチンチウ》はこんな奇妙な雰囲気の中で、このまま無為な時間を過ごしたくはなかった。幻花宮が種まき人を殺したのなら、筋論《すじろん》として死体を処理する権限も彼らにあるはずだ。

「それなら、この死体を貸してもらえないか。木師弟《ムー》に見せれば何か手掛かりを見つけられるかもしれない。そうなれば、より早く疫病の治療法を生み出せる可能性もある」

そう申し出た沈清秋《シェンチンチウ》に、洛氷河《ルオビンハー》はうなずいた。

「師尊のお言葉のままに。このあとすぐ、死体を送り届けますので」

沈清秋《シェンチンチウ》は師尊、師尊と呼ばれてぞわりと総毛立つ。ここに来てようやく、原作中でこの真綿に針を包んでいるような洛氷河《ルオビンハー》と向き合う羽目になった人の気持ちがよく理解できた。沈清秋《シェンチンチウ》は袖をひるがえし、振り返ることなく歩き出した。廃れた妓楼を出てもなお、彼の精神はまだ壊滅的なショック状態の真っただ中にあり、歩いていても頭がくらくらとして足元がおぼつかない。追いかけてきた公儀蕭《ゴンイーシアオ》は、沈清秋《シェンチンチウ》の真っ青でぼんやりとした顔を見て、気が気でなくなる。

「沈《シェン》先輩、本当に申し訳ございません。ずっと洛《ルオ》師兄が幻花宮にいることは知っていたのですが、我が師から口外しないよう厳しく言われておりました。違反する者は幻花宮を追い出すとのことだったので、言い出せずにおりました」

沈清秋《シェンチンチウ》は公儀蕭《ゴンイーシアオ》の腕を掴んだ。

「一つだけ聞かせてくれ。洛氷河《ルオビンハー》はいつ、どうやって幻花宮に来たのだ？」

「秦《チン》師妹が去年、洛川の川辺で重傷を負い、気を失って倒れている洛《ルオ》師兄を助けたのです」

去年。たった一年で公儀蕭《ゴンイーシアオ》を腹心という立場から蹴落とすとは、洛氷河《ルオビンハー》が幻花宮を併呑《へいどん》するまでの時間が原作より早まっただけでなく、効率まで上がっているようだ。というか、公儀蕭《ゴンイーシアオ》はやっぱり主人公にいろんな地位から蹴落とされ続ける使い捨てキャラの運命にあるんだな！

「そなたらに助けられたのに、あいつはなぜ蒼穹山に戻らなかった？」

公儀蕭《ゴンイーシアオ》は沈清秋《シェンチンチウ》の顔色を窺《うかが》いながら、慎重に答えた。

「治療を施されて目を覚ますと、洛《ルオ》師兄はどうも、過去のことを口にしたくない様子でした。別れを告げる時も……蒼穹山派には戻らないと言っていました。それから、自分の行き先は秘密にしてほしいと、幻花宮の人間には伝えていました。どうやら世界を放浪するつもりだったようです。ただ、師は洛《ルオ》師兄を高く買っており、あらゆる手を尽くして引き留めた結果、今に至ります。現状では師と師兄はお互いを師と弟子と称してはいませんが、師兄への待遇を見るに、師兄はもう直弟子同然です」

なるほど。

だからさっき幻花宮の弟子たちは揃いも揃って、沈清秋《シェンチンチウ》に対して敵意をむき出しにしてきたのか。洛氷河《ルオビンハー》のこのやり口は、まさしく〝たっぷり虐げられても黙ってそれを耐え忍ぶ白蓮華《しろれんげ》〟を地で行っている。人々はきっといとも簡単に誘導されたはずだ。洛氷河《ルオビンハー》になんの落ち度も見当たらないなら、なぜ戻ろうとしないのか？　もしかしたら蒼穹山派、それも沈清秋《シェンチンチウ》が洛氷河《ルオビンハー》に何か申し訳の立たないようなことをしたのかもしれない。仙盟大会で死んだという偽の情報が流れたが、そこにも必然的に何か表には出せない秘密が隠されているのだろう。おそらくみんな、こう考えているのだ。

洛氷河《ルオビンハー》の洗脳の腕前は伊達《だて》ではない。今しがた弟子たちがすっかり彼の言いなりになっていた姿を見れば、洛氷河《ルオビンハー》の今の幻花宮における地位がどんなものかを窺い知れる。

Ａ派の弟子がＢ派に少しばかり滞在しただけで、Ｂ派は上から下まで泣きわめきながら彼を引き留め、しかもほかの門派に知られないようそのことをひた隠しにする――こんなこと、非科学的かつ非合理的極まりない。しかし、ひとたび主人公オーラが発揮されれば、あーら不思議、どんなおかしなことでもまかりとおってしまうのだ！

沈清秋《シェンチンチウ》が黙り込んでしまったので、公儀蕭《ゴンイーシアオ》はてっきり沈清秋《シェンチンチウ》がこの状況を悲しみ、失望しているのだと思った。死んだはずの愛《まな》弟子は生きていたのに、放浪の旅には出ても自分に会いに来ようともしないのだから、本当に悲劇としか言いようがない。そんなことを考えて、公儀蕭《ゴンイーシアオ》は沈清秋《シェンチンチウ》を慰めた。

「沈《シェン》先輩、あまり気に病まないでください。洛《ルオ》師兄はたぶん何か心にわだかまりがあり、すぐにそれを解けないだけなのかもしれません。以前までなら師兄は幻花宮の勢力範囲から一度も出ようとしなかったのですが、今回蒼穹山の沈《シェン》先輩たちが救援に加わると聞き、自らここへ来ると名乗りを上げたのです。これは多少なりとも良い兆しではないでしょうか。ただ、師弟と師妹たちは……ゴホン、この件に関して先輩を誤解しているので、どうか大目に見てやっていただけますと」

沈清秋《シェンチンチウ》の心は長江《ちょうこう》をせき止められたかのように、さまざまな感情であふれかえった。長年苦労して地道に築き上げてきた名声は、結局洛氷河《ルオビンハー》が壊そうと願うだけで、途端に脆く崩れ去ってしまう。それも、清々《すがすが》しいくらいにめっためたに。

しかしトータルで考えれば、こう思われても仕方ない。なぜなら、沈清秋《シェンチンチウ》とて無実ではないのだ。彼こそ、洛氷河《ルオビンハー》を無間深淵に蹴落とした張本人なのだから！

申し開きの言葉も見つからない！

「して、そなたは？　なぜ誤解していない？」

公儀蕭《ゴンイーシアオ》は少し考える様子を見せてから、答えた。

「絶地谷《ぜっちこく》で何があったのか、私には分かりません。ただ、先輩は絶対に弟子を傷つけるような方ではないと信じています」

そう言って、公儀蕭《ゴンイーシアオ》の脳裏を過ったのは白露《はくろ》の森で出会った時、うっかり沈清秋《シェンチンチウ》が漏らしてしまった言葉と、例の怪物を見る沈清秋《シェンチンチウ》の慈愛に満ちた目つきだった。一方の沈清秋《シェンチンチウ》はこう考えていた。

（やっぱり俺もお前も主人公のご都合主義にやられる運命なんだな。だから誰よりもお互いの境遇や気持ちを理解し合えるんだ）

二人はまったく違うベクトルで、それぞれ好き勝手に感動していた。

各々が脳内で豪快な思い違いを巡らせていると、幻花宮の弟子たちが追いついてきた。

沈清秋《シェンチンチウ》はさりげなく振り返って一瞥《いちべつ》すると、洛氷河《ルオビンハー》がこちらを見ているのに気付いた。

洛氷河《ルオビンハー》と再会してから、まだお香がたった一本燃える程度の時間しか経っていないが、沈清秋《シェンチンチウ》は自分の心臓がずいぶんとヤワになってしまったように思えた。まるで暴風雨で波が荒れ狂う海に漂う、一艘の小舟のように感じられるのだ。今も、洛氷河《ルオビンハー》は離れた場所で感じの良い微笑みを浮かべて佇んでいるが、真っ黒な瞳は冷え切って、沈清秋《シェンチンチウ》をピンポイントでうがってくる。彼の目がもつ異様なまでの冷たさに、沈清秋《シェンチンチウ》はゾッとしてしまう。

（氷哥《ビンアニキ》、今度はなんだ――たかが使い捨てキャラ同士が、お互いの可哀想な境遇を思いやって慰め合ってるだけだぞ。そんなことすら気に障るってか？）

金字武器屋の前に到着すると、屋根までひっくり返りそうなほど上を下への大騒ぎが繰り広げられていた。ほかの誰でもない、全て柳清歌《リウチンガー》のおかげである。

柳清歌《リウチンガー》は沈清秋《シェンチンチウ》たちと分かれたあと、木清芳《ムーチンファン》の実験対象を捕まえて来るという骨の折れる作業に当たっていた。町中の人々は不安に怯えており、進んで協力しようという者はいなかった。だが、四の五の言っている場合ではない。事態は急を要する、となればもちろん武力で解決の一択である。そもそも、柳清歌《リウチンガー》は辛抱強く理屈を言い聞かせるようなタイプではない。彼が任務を遂行する姿はまさに百戦峰の伝統そのものだった——外を歩く人を見れば片っ端から捕まえてきたのだ。そうして適当に十数人のマッチョを選び抜いて、広間の後ろにある鍛冶用の作業台の横に縛りつけた。そこはすでに木清芳《ムーチンファン》のラボ兼実験台にあてられていた。ガタイのいい男たちから放たれる雄叫び、罵り、泣き声は、女性の悲鳴にもまったく引けを取らないものだった……というのがこの騒ぎの正体である。

沈清秋《シェンチンチウ》は地下室に戻り、先ほどの予想外な出来事を一とおり話し伝えたが、自分が感染したことはひとまず伏せておいた。

無塵《ウーチェン》大師はまた「南無阿弥陀仏」と唱えた。

「蒼穹山の皆様のおかげで、やっと先が見えてきました」

「おそらくそう簡単にはいかないかと」

沈清秋《シェンチンチウ》が言う。

「感染者は互いに感染させられません。それに、清静峰の古書に記されていたのですが、種まき人が最も感染を広められた時でも、せいぜい三百人あまりでした。もし町ごとという大規模なものであれば、種まき人は複数いると見たほうがいいでしょう」

柳清歌《リウチンガー》は手を剣の柄に置いて、立ち上がった。沈清秋《シェンチンチウ》は彼が行動派であると知っている。今すぐほかの種まき人を探しに行く気なのだろう。

「待て！　あと一つ言いたいことがあるのだ」

沈清秋《シェンチンチウ》は急いでつけ加えた。

木清芳《ムーチンファン》は「なんでしょう？」と促す。

どう話を切り出せばいいのか、沈清秋《シェンチンチウ》は少しためらったのちに告げた。

「洛氷河《ルオビンハー》が戻って来た」

躊躇《ちゅうちょ》した割には、あまり大した反応は返ってこなかった。

三人のうち、無塵《ウーチェン》大師は昭華寺の者で、洛氷河《ルオビンハー》が誰かを知らないし、木清芳《ムーチンファン》は医術や薬以外のことには関心が薄い。ただ、柳清歌《リウチンガー》だけが軽く眉を寄せ、驚きの声を漏らした。

「お前のあの弟子か？　仙盟大会で魔族に殺されたのではなかったのか？」

沈清秋《シェンチンチウ》はどこからどう説明したらいいのか分からなくなる。

「……死んではおらず、生きて戻ってきたのだ。話せば長くなる」

そして沈清秋《シェンチンチウ》は一歩前へ出てつけ足した。

「私たちはまず町の中を巡回しよう。この件の詳細はまた戻ってからだ」

木清芳《ムーチンファン》が答える。

「そうしたほうがいいかもしれませんね。早めに残りの種まき人を処理できれば、今以上に塗炭《とたん》の苦しみを味わう人を増やさなくて済みますし。私も患者たちの様子を見てこなければ」

木清芳《ムーチンファン》の言葉に、沈清秋《シェンチンチウ》は彼が常に持ち歩いているキラキラと輝く銀の手術用器具を思い出した。小刀やら針やら手術に必要なものが一揃えになったもので、サッとそれらを広げると、まるで法医学者の検視現場のような雰囲気が漂う。それから木清芳《ムーチンファン》の無限空間にある、さまざまな付紙《つけがみ》が貼られた無数の瓶や缶も。中に入っているものの香りと効果は、付紙の文字や説明書きにあるとおりである——それを目にした人はたちどころに青ざめ、肝をつぶすこと間違いなしの一級品揃いだ。おそらく鍛冶台の脇にくくりつけられたマッチョたちは、あとで文字どおり屋根をひっくり返してしまうかもしれない。

沈清秋《シェンチンチウ》は乾いた笑いを漏らし、柳清歌《リウチンガー》とともに地下室を出ようとした。その時だ。なんの前触れもなく、心臓の鼓動が数百倍にも跳ね上がり、体の動きもぎこちなくなった。

柳清歌《リウチンガー》はすぐに沈清秋《シェンチンチウ》の異変を察した。

「どうした？」

沈清秋《シェンチンチウ》は問いには答えず、試しに右手から霊力の暴撃を放とうとする。かすかな霊力が途切れ途切れに手を流れていくが、まったく火花が立たなかった。

クソッ、マジかよ。こんな大事な時に発作とか！　冗談だろ⁉

木清芳《ムーチンファン》は声を潜め、「不治毒《ふじどく》ですね」と言った。

柳清歌《リウチンガー》は沈清秋《シェンチンチウ》の脈を取り、一瞬動きを止めてから、有無を言わさず沈清秋《シェンチンチウ》を椅子に押し戻した。

「座って待っていろ」

待つって何を？　洛氷河《ルオビンハー》がやって来るのをか？　沈清秋《シェンチンチウ》は慌てて立ち上がる。

「私も一緒に行く」

柳清歌《リウチンガー》は誰かの顔を立てるなどという芸当は絶対にしないので、容赦なく切り捨てた。

「足手まといだ」

（柳《リウ》様よ、あなたは万人が束になってかかっても歯が立たない百戦峰の主だぞ！　俺一人連れて行ったところでなんの足手まといになるっていうんだよ！）

木清芳《ムーチンファン》が問う。

「沈《シェン》師兄、今日は時間どおりに薬を飲みましたか？」

沈清秋《シェンチンチウ》は今すぐ天を仰いで「俺は治療を諦めたわけじゃねえぇぇ！」と叫びたかった。

（ちゃんと時間どおりに薬を飲んだし、時間どおり柳《リウ》様にお願いして霊脈の循環もしてもらったぞ！　なのになんで発作なんて起きるんだよ！　マジで晴天の霹靂《へきれき》、俺にだって何がなんだかさっぱりなんだってば！）

よりによってこのタイミングでシステムからも通知が来た。

【主人公爽快ポイントプラス100】

失せろコノヤロー！　んだよ、〝沈清秋《シェンチンチウ》が不運な目に遭えば遭うほど主人公は気分サイコー〟ってか!?

木清芳《ムーチンファン》は続ける。

「沈《シェン》師兄、どうか無理をなさらずに。柳《リウ》師兄も沈《シェン》師兄のためを思って言っているんです。発作が起きている時に駆けずり回ったり霊力を巡らせたりすると、体に深刻な損傷を与えてしまいます。ここで休んでいてください。私は薬の調合に行きます。柳《リウ》師兄が戻ったら、また霊脈が通じるように手伝ってもらってください」

沈清秋《シェンチンチウ》は三度立ち上がったが、そのたびに柳清歌《リウチンガー》に押し戻され、木清芳《ムーチンファン》の口調もやんちゃな子どもに言って聞かせるようなそれである。沈清秋《シェンチンチウ》はとうとう観念した。

「分かった。柳《リウ》師弟、よく聞いてくれ。種まき人の全身の皮膚は深紅色で、感染力が非常に強い。姿かたちの似た疑わしい者を見かけたらやみくもに近付かず、離れたところから攻撃をするように。帰ってきたら必ず私の部屋に来てくれ、とても大事な話がある」

最後の一言は最も重要だったので、沈清秋《シェンチンチウ》は強調するように一言ひと言区切って言った。

情義に掛け値なし、友情は最高のものなり。長きに渡って兵を養うのは、いざという時のため。柳《リウ》様、絶対に俺を守ってくれよな！

柳清歌《リウチンガー》と木清芳《ムーチンファン》が地下室から去ったあと、無塵《ウーチェン》大師は考えに耽った。

「沈《シェン》仙師、妙だと思いませんか？　魔界は長いことこれといった動きを見せていなかったのに、ここ数年それを取り戻すかのような勢いを見せています。前回の仙盟大会でも、久しく人の世には姿を見せていなかった妖魔が再び現れました。そして今回、金蘭城ではさらに百年の間消息を絶っていた種まき人が現れています。これは……おそらくいい兆候ではないと、心配なのです」

沈清秋《シェンチンチウ》は強く賛同した。

「大師が憂えていらっしゃること、私も気になっておりました。それに、この種まき人は明らかに以前よりも影響力が強くなっている。私が書物で読んだ限りでは、種まき人から一定の距離を取ると感染者の症状が加速して白骨化するなど、百年前の種まき人にはなかったものです」

それに何より、もともと無間深淵にあと二年は収監されるはずだった洛氷河《ルオビンハー》が、もう戻ってきている。これがいい兆候なわけねぇ！

無塵《ウーチェン》大師は修練を積み重ねているが、感染してから修練で得られた力が大いに削がれ、精力も相当に消耗した。座ったままいくらも話をしないうちにまた疲れてきたようだったので、沈清秋《シェンチンチウ》は無塵《ウーチェン》大師を横たわらせ、なるべく音を立てず静かに地下室を出た。無塵《ウーチェン》大師が地下室にいるのは、光や風に当たらないようにするためだが、沈清秋《シェンチンチウ》に割り当てられた部屋は武器屋の母屋の二階にある。柳清歌《リウチンガー》はまだ帰って来ておらず、寝ようにも目が冴《さ》えて眠れないので、いっそのこと卓の横に座りぼうっとすることにした。

昔は毎日自分の後ろを「師尊、師尊」とついて回っていた子羊洛氷河《ルオビンハー》のことを思い出す一方で、先ほどの同じ空間にいるだけで落ち着かなくなる黒蓮華洛氷河《くろれんげルオビンハー》の姿がよみがえり、胸がざわめいて髪の毛を全部引っこ抜いてしまいたい衝動に駆られる。

どれくらい経った頃だろうか。誰かが二度ほど、重くも軽くもない調子で扉を叩いた。

沈清秋《シェンチンチウ》は跳ねるように立ち上がる。

「柳《リウ》師弟？　一晩中待っていたのだ、早く入ってくれ！」

沈清秋《シェンチンチウ》の言葉に両開きの扉はいきなり勢いよく開け放たれた。

入口に立っていたのは洛氷河《ルオビンハー》で、背後には果てしない闇が広がっていた。後ろで手を組み、かすかに口角をつり上げているが、目は千尺もの深さをもつ冴え冴えとした淵のように、暗く冷え切っていた。

洛氷河《ルオビンハー》はにっこりと目を細める。

「師尊、こんばんは」

うっっっわっ、来ちゃったよ！

その刹那、沈清秋《シェンチンチウ》の脳みそは沸騰し、「ボッ」と音を立てて煮え始めたかのようだった。

ひぃぃっ、この光景、完全に『リング』じゃん!?

沈清秋《シェンチンチウ》は扇子を引っ掴み、軽やかに身をひるがえして木の窓から外へ逃げた。

洛氷河《ルオビンハー》はやっと昼間の、見ているこちらが鳥肌しか立たない仮面を剥ぎ取り、本性むき出しでケリをつけに来たのだ！

逃げ出したのは完全に反射的な行動である。長年染みついたカッコつけグセのおかげで、逃げていても、沈清秋《シェンチンチウ》は瀟洒飄逸《しょうしゃひょういつ》としていた。しっかり地面に着地したあと、ちょん、と足の裏で地面に触れただけで、沈清秋《シェンチンチウ》の体は空を飛ぶ雁《がん》のごとく宙へ舞った。

洛氷河《ルオビンハー》の声は澄んでいてよく通る。不気味な微笑み混じりの声が、沈清秋《シェンチンチウ》の耳元に響く。

「昼間師尊にお会いした時は、ずいぶん公儀蕭《ゴンイーシアオ》と親しげに、優しくされていましたね。夜は夜で煌々と火を灯し、消えないようこまめに蝋燭《ろうそく》の芯を切りながら、甲斐甲斐《かいがい》しくこんな遅い時間まで柳《リウ》師叔を待っていらっしゃる。ほかの方にはそこまでされるのに、なぜこの弟子には、そんなに余所余所《よそよそ》しくされるのです？」

うげっ、一言何か言うたびに距離を倍々で詰めてくるとかマジでこのスピードありえねぇって！

沈清秋《シェンチンチウ》は深く息を吸い込んだ。とりあえず助っ人を呼ぼうと思い、腹の底から力の限り声を張り上げた。

「柳清歌《リウチンガー》ッ！」

洛氷河《ルオビンハー》の声がさらに近付いてくる。声からは温和さが消え失せ、冷笑を帯びていた。

「柳《リウ》師叔は今戦っている最中なので、ここに来ている暇はありませんよ。師尊、もし何かしてほしいことがありましたら、私に言ってみてはいかがです？」

そりゃ無理が過ぎるってもんだぜ！

きっと洛氷河《ルオビンハー》が何かしらの方法で柳清歌《リウチンガー》を足止めしているのだろう。柳清歌《リウチンガー》を頼れないと悟った瞬間、沈清秋《シェンチンチウ》はなんとか爆発的にスピードアップしようと全霊力を下半身に注いだ。

しかし、沈清秋《シェンチンチウ》は完全に失念していた。そう、今は「不治毒」の発作の真っただ中ということを！

我に返った時にはすでに手遅れだった。全身の血流が止まったかのような感覚がしたかと思えば、沈清秋《シェンチンチウ》の体はガクンッと沈んだ。

次の瞬間、沈清秋《シェンチンチウ》は喉を掴まれ、背中を思い切り冷たく硬い石の壁に打ちつけられていた。あまりの衝撃に脊髄まで滲《し》みわたるほどの痛みが走り、頭がぼうっとなる。

すぐそこまで迫っていた洛氷河《ルオビンハー》が、片手で沈清秋《シェンチンチウ》を壁に叩きつけたのだ。「ゴンッ」と後頭部までぶつけてめまいを感じ、しばらくは全てのものがぼやけて見えた。

月光が追いかけるように洛氷河《ルオビンハー》の輪郭を照らし出す。ますます氷か玉でできた彫刻のように見えて、極めて美しい。

至近距離まで身を寄せた洛氷河《ルオビンハー》は、ゆっくりとささやく。

「長きに渡ってお会いできず、秋風に露が玉を成す中でやっと巡り会えたと思ったら、師尊が呼ぶのは他人の名前ばかり。本当に傷つきましたよ」

傷ついただの悲しいだの言っているが、口元には笑みを浮かべ、目つきは殺気に満ちている。どこからどう見ても嘘だ！

沈清秋《シェンチンチウ》は喉に鉄のたがを嵌《は》められたかのように感じていた。喉仏を上下させるのがやっとで、息をするのも苦しい。言葉を発することなどできそうもない。

指はどうにか剣訣《けんけつ》を結べそうだが、今は霊力が滞っているので、結んだところで無駄である。いくらうまく結べても、修雅剣は操れないのだから。

しかも、洛氷河《ルオビンハー》の手には徐々に力がこもり、指先が少しずつ締まっていく。

突然、沈清秋《シェンチンチウ》の目の前がピカッと輝き、巨大なメッセージウィンドウが飛び出した。

今までのメッセージウィンドウとはまったく違っていた。以前のを一昔前の古いOSのエラー報告ウィンドウだとすると、今回のは控えめで、それでいて豪華で含蓄に富み……待て、そんなことより内容！

【システムのヒントを受け入れ、目下のちょっとした困りごとを解決しますか？】

これを「ちょっとした困りごと」って呼ぶのかよ!?

沈清秋《シェンチンチウ》は心の中で、ありったけの声を張り上げて叫んだ。

『頼む！　ていうか、イージーモードはまだあるか？　イージーモードを起動してくれよ！』

【権限をアクティベートしました。キーアイテムを使って生き

残りますか？】

酸素が行き渡らないせいで、沈清秋《シェンチンチウ》の視界は暗くなりかけている。

『キーアイテムがあるのか⁉　言ってくれ、どれくらいのB格ポイントを払えば買える？』

【アイテムはすでに装備欄の中にあります。〝偽玉観音《にせぎょくかんのん》〟を使い、洛氷河《ルオビンハー》の現在の憤怒ポイント100を減少させますか？】

おお、洛氷河《ルオビンハー》の養母の唯一の形見、あの偽玉観音か！

この世界に来たばかりの頃にゲットした、いつか命を助けてくれるだろうと思っていたSSRアイテム！　あれをすっかり忘れていたなんて！　危うく宝の持ち腐れになるところだったぜ！　システム、やっとまともなことを教えてくれたな！

『使う、今すぐ使う！』

このままじゃ、喉仏も真っ二つになるって！

【ヒント：この道具の使用は一度限りです。洛氷河《ルオビンハー》の憤怒ポイントを最大で5000減らすことができます】

沈清秋《シェンチンチウ》はすんでのところで踏みとどまった。

『待てーーーい！！』

洛氷河《ルオビンハー》がこんなに怒ってんのに、憤怒ポイントはたったの一〇〇なの⁉　冗談もほどほどにしろよ⁉　一〇〇でこんなバリッバリの悪のカリスマ化してるのに、五〇〇〇になったらどうなるんだよ！　想像すらできねぇんだけど！

それに何よりも――。

マックスで憤怒ポイントを五〇〇〇下げられるアイテムを、たった憤怒ポイント一〇〇の状況に使うなんて。しかもこれっきり二度と使えなくなるのだ。今も十分生きるか死ぬかという瀬戸際だが、それでも沈清秋《シェンチンチウ》には再考の余地アリ、だった。

このままでは窒息して死ぬか、喉の骨を粉砕されて死ぬかの二択である。

沈清秋《シェンチンチウ》が腹をくくり、歯を食いしばって命拾い用アイテムを使おうとしたまさにその時、首の圧迫感がフッと消えた。

これ以上逃げられないため、もうカッコつけ続けるしかない。沈清秋《シェンチンチウ》は壁を支えに自分の足で踏ん張ったので、どうにか無様に「ドサッ」と膝から崩れ落ちることは免れた。

沈清秋《シェンチンチウ》を縊《くび》り殺す五秒前だった洛氷河《ルオビンハー》は、先ほどとは打って変わってにこやかに沈清秋《シェンチンチウ》を支えようと手を差し出す。彼の表情は、昔馬車から降りる沈清秋《シェンチンチウ》に手を貸す、あるいはお菓子を持ってきた時に見せたものとなんら変わらなかった。沈清秋《シェンチンチウ》は彼の二重人格にも似た振る舞いにゾッとして、一瞬身をよじって逃げるのを忘れた。

洛氷河《ルオビンハー》がため息をつく。

「師尊、さっきはどうしてあんなに速く走ったのですか？　この弟子は追いつけないかと思いましたよ」

なーにが追いつけない、だ。息一つ乱さず、余裕ぶっこいてしばらくみっちり鬼ごっこやったくせに。

沈清秋《シェンチンチウ》はしばし息を整えてから、少しかすれた声で口を開いた。

「ずいぶん肝が据わっているな。堂々と戻ってくるなど、他人に正体を知られるのが怖くないのか？」

洛氷河《ルオビンハー》の瞳がきらりと輝く。

「師尊はそのことに関心がおありなのですね。それとも、そのことを心配されているのですか？」

はは、笑える。わざわざ「関心」と「心配」を天秤《てんびん》にかけることに、意味があるのだろうか？

沈清秋《シェンチンチウ》は重ねて問いかけた。

「よもや私が他人に言わないとでも思っているのか？」

洛氷河《ルオビンハー》は沈清秋《シェンチンチウ》を見て、憐《あわ》れむような口調で言った。


「師尊、それには信じてくれる人が必要ですから」

沈清秋《シェンチンチウ》はドキリとした。

今の言葉、原作と同じく沈清秋《シェンチンチウ》の地位と名声をまず失わせてから一歩ずつゆっくりと破滅へ追い込み、死ぬまでいたぶるつもりなのだろうか？

オリジナルの沈清秋《シェンチンチウ》には、二大クズポイントがある。
一、多くの少女や婦女に手を出そうとしていたこと。
二、多くの同門と非同門を惨殺したこと。
しかし、と沈清秋《シェンチンチウ》は思う。このガワを使い始めてからというもの、絶対にオリジナルの趣味趣向を踏襲するようなことはしていない。それでも、洛氷河《ルオビンハー》は自分の名声や人望、ひいては社会的な地位全てを失墜させることができるのだろうか？

【念のためお答えしますが、可能です】

『黙れ、いちいち言わなくていいんだよ。どうも』

【どういたしまして。今回の回答ではB格ポイントを消費しません】

沈清秋《シェンチンチウ》は忌々しいポップアップのメッセージウィンドウを消したあと、その場に立って喉をさする。すると、洛氷河《ルオビンハー》がじっとこちらを見ているのに気付いた。さらに何かをするつもりはなさそうだ。

まだ見てんのか？

まさか離れていた数年間分、見つめて取り返す気か？

【主人公爽快ポイントプラス50】

『お前、アップデートしてなんでポイントアップの理由を省略するようになったんだよ？　つーか、あとで俺がチートでポイントを稼いだなんて言うなよな。俺は何もしてないのに、なんで爽快ポイントが増えるんだよ。あと、しばらく引っ込んでてくんない？』

一拍置いてから、沈清秋《シェンチンチウ》は洛氷河《ルオビンハー》に問いかけた。

「いったいなんのために戻ってきた？」

「師尊の優しさが恋しくなったので、様子を見に戻ってきただけですよ」

沈清秋《シェンチンチウ》の脳内では、そっくりそのまま「昔の恨みを晴らすためです」に自動変換される。

洛氷河《ルオビンハー》とのやり取りが案外穏やかなものだったので、沈清秋《シェンチンチウ》の言葉も徐々に大胆になる。彼は指を剣の柄へ音もなく滑らせた。

「私を殺すためだけに、か？　それなら、この金蘭城の疫病はなんだ？　まさかここの住民も、そなたに優しくしたというわけではあるまい？」

ところが、沈清秋《シェンチンチウ》の一言の何かが洛氷河《ルオビンハー》の逆鱗《げきりん》に触れたらしく、洛氷河《ルオビンハー》の瞳は寒星が落ちたかのように冷え切った。

ついさっきまでの、かすかな一筋の笑みも跡形なく消える。

「師尊の魔族への憎悪は、それほどまでに深いのですね」

皮肉る洛氷河《ルオビンハー》の言葉の端々《はしばし》から、無理やり怒りを抑え込んでいることが分かる。

いやいやそういうわけじゃないって、マジで。

洛氷河《ルオビンハー》は歯を食いしばった。

「いえ、私を憎悪している、というべきでしょうか」

そうそうよく分かってんじゃ……ってはあ⁉

沈清秋《シェンチンチウ》は「俺、そんなこと一言も言ってない！」と言ってやりたくてたまらなかった。

洛氷河《ルオビンハー》は突然、沈清秋《シェンチンチウ》にズイッと一歩迫った。沈清秋《シェンチンチウ》もにわかに警戒をあらわにして、つられて後ろへ一歩下がる。しかし、背後には壁があり、それ以上後退できない。

二人の視線がぶつかり合う。洛氷河《ルオビンハー》は自分が焦りすぎていると気付いたようで、目を閉じた。それが開かれたのは、しばらく経ってからだった。

「師尊はもしかして本気で思っていらっしゃるのですか？

私の体に半分流れるあの血統だけで、私が殺人や放火、町を全滅させたり国を破滅に追いやる、なんてことを遅かれ早かれやり尽くすのではないかと」

沈清秋《シェンチンチウ》には沈黙を貫くしかなかった。

もしここに『狂傲仙魔途』の現物があったら、とっくにそれで洛氷河《ルオビンハー》の頬を張っていただろう。

原作小説が何よりの証拠だ！　二千万字の大長編の後半ぜーんぶが動かぬ証拠である。「殺人や放火、町を全滅させ国を破滅に追いやる」だけではない、洛氷河《ルオビンハー》の蛮行の数々は「鶏や犬すら残らなかった」と言っても大げさではないほどなのだから……。

沈清秋《シェンチンチウ》が目を伏せたまま黙り込んでいるので、洛氷河《ルオビンハー》は彼の様子を肯定と受け取り、冷ややかに笑った。

「でしたら、なぜ種族の違いにこだわるなとおっしゃったのです？　どうして天地に受け入れられない者はいないなどという、体裁のいい言葉を放ったのですか？」

洛氷河《ルオビンハー》の顔色は突然曇った。顔は残虐性に染まり、怒鳴り声を上げて攻撃を仕掛けてきた。

「偽善にもほどがある！」

沈清秋《シェンチンチウ》は先ほどからずっと構えていたので、とっさに脇へ身を引き、ぎりぎりで洛氷河《ルオビンハー》からの攻撃を避けた。振り向くと、先ほど背を預けていた壁は粉々になっていた。

無間深淵から戻った洛氷河《ルオビンハー》の気性は、一八〇度変わる。そのことは、原作を読んで知っていた。けれども、まさかこんな天地がひっくり返るほど激変しているとは。感情の起伏が激しいどころの話じゃない。

物語の成り行きを分かっていたとはいえ、よく知る者がこんなふうに変貌したのだ。その姿を目の当たりにする衝撃は、相当なものがある。何よりも、この状況を生み出したのはほかでもない、沈清秋《シェンチンチウ》自身だ。

洛氷河《ルオビンハー》はもとより沈清秋《シェンチンチウ》に攻撃を当てる気はなかったらしい。暴撃を一発放つと多少落ち着きを取り戻し、小首をかしげて手を伸ばしてきた。自分を捕まえようとするような彼の動きに、沈清秋《シェンチンチウ》は勢いよく修雅剣を引き抜いた。

もう長いこと、剣を手で抜いたことはない。以前はほとんど剣訣で召喚していたが、霊力を使えない今、手動でやるしかない。大人しく捕まるわけにはいかないのだから、なりふり構っていられる余裕はなかった。少なくとも今は、座して死を待つわけにはいかない。

本当に取り返しのつかないレベルの、大誤算である。

洛氷河《ルオビンハー》はたっぷり五年間修練しないと、無間深淵から帰ってこないと思っていたのに。あろうことか洛氷河《ルオビンハー》はフルスロットルでチートして、時間を半分に縮めてきた。それにモロモロ逆算しても、沈清秋《シェンチンチウ》が命拾い用の切り札として育てている日月露華芝《じつげつろかし》は、役に立つようになるまでにはまだ時間が掛かる。

沈清秋《シェンチンチウ》の様子に、洛氷河《ルオビンハー》はゆっくりと片手を持ち上げた。掌《てのひら》で渦巻く黒紫色の魔気をはっきりと沈清秋《シェンチンチウ》に見せつけながら、落ち着いた様子で尋ねる。

「師尊、当ててみてください。何回私が掴めば、修雅剣は全部侵食し尽くされると思います?」

当てる必要なんてない、一回で十分だろ! 五毛[58]賭けてもいい!

沈清秋《シェンチンチウ》はひどく惨めな気分になる。

洛氷河《ルオビンハー》が一歩近付いてきたので、沈清秋《シェンチンチウ》は剣を構えて迎え撃つしかない。

修雅剣がダメになる心の準備までしていたが、洛氷河《ルオビンハー》はふと何かを視界に捉えたのか、一瞬動きを止めるとスッと掌の魔気を消し、素手で剣の刃部分を掴んだ。

58 毛は通貨単位である角の口語的表現。

まさか本当に洛氷河《ルオビンハー》の体を傷つけることになろうとは、沈清秋《シェンチンチウ》も思わなかった。もうこれで二回目だ! 沈清秋《シェンチンチウ》が呆気に取られている隙を突いて、洛氷河《ルオビンハー》は沈清秋《シェンチンチウ》の手首を一度打った。沈清秋《シェンチンチウ》は痛みで反射的に手を離し、長剣が地面に落下する。洛氷河《ルオビンハー》はそれを指一本の動きで弾き飛ばした。

そうして、洛氷河《ルオビンハー》は傷ついたほうの手で沈清秋《シェンチンチウ》の手首をグッと掴んだ。掌から鮮血が流れ出し、沈清秋《シェンチンチウ》の袖をしとどに濡らしていく。ダラダラとあふれ出す血に、沈清秋《シェンチンチウ》はどういうわけか、胸に石を詰め込まれたかのようにひどく息苦しくなる。何がなんだか自分でも分からないでいると、洛氷河《ルオビンハー》は沈清秋《シェンチンチウ》の手をひっくり返した。

「感染したのですか?」

沈清秋《シェンチンチウ》の腕にはまばらに小さな赤い斑点がいくつかあり、昼間よりも数は少し増えていた。

洛氷河《ルオビンハー》の長い指がその上を触れるか触れないかの高さで掠《かす》めていく。すると、斑点は水に落とされた薄い墨のように、彼の指先の下で消えていった。

やはり、洛氷河《ルオビンハー》にとってこんなささいなものは脅威にもならないらしい。

洛氷河《ルオビンハー》はやや表情を和らげる。

「師尊のこの右手は、まったく多難ですね」

二人とも同じことを考えていたなんて。沈清秋《シェンチンチウ》はもとのように綺麗になった自らの手の甲を見て、ますます洛氷河《ルオビンハー》の考えていることが分からなくなる。この様子なら、もしかしてこの手を見て昔の感情がよみがえったのだろうか？この手が昔鎧《よろい》の毒の棘《とげ》から自分を守ってくれたことを思い出し、ちょっと気に掛けてもいいと思えたとか？

そんな推測をしていると、いきなり下腹に拳が入った。

洛氷河《ルオビンハー》が微笑む。

「とはいえ、それはそれ、これはこれです。師尊が撒《ま》いた種ですから、そこから実った果物は苦くとも責任を持って最後までちゃんと食べてくださいね。師尊がつけた傷は、師尊がきちんと償ってください」

暗に自分のせいで負った心の傷のことを言っているのだろうと沈清秋《シェンチンチウ》が思っていると、頭皮にずきりと痛みが走った。強引に上を向かされ、洛氷河《ルオビンハー》の手が口元に押しつけられる。血腥《ちなまぐさ》い何かが口内に流れ込んできた。

沈清秋《シェンチンチウ》はたちまち大きく目を見開いた。

ここでやっと、沈清秋《シェンチンチウ》は自らの勘違いに気付いた。

洛氷河《ルオビンハー》が言っている「傷」。それはさっき修雅剣が彼の手につけたばかりの傷のことだったのだ！

うわ、クソッタレ――ダメダメ、これは絶対に飲んじゃダメな奴！

沈清秋《シェンチンチウ》は勢いよく洛氷河《ルオビンハー》の手を叩いて退《ど》かし、うつむいて飲んでしまった鮮血を吐き出そうとした。しかし、再び洛氷河《ルオビンハー》に強引に引っ張り上げられ、血を注ぎ込まれ続ける。

洛氷河《ルオビンハー》の手の傷はさらに広がっていた。温かい血が止めどなくあふれ出すが、洛氷河《ルオビンハー》はますます楽しげな様子だ。

「師尊、吐かないでくださいよ。天魔の血は穢《けが》れていますが、飲んだって死ぬとは限りませんし。そうでしょう？」

確かに死なないけど、死んだほうがマシな状態になるだろぉぉーー！

＊　＊　＊

あのあとどうやって金字武器屋に戻ったのか、沈清秋《シェンチンチウ》自身も分からない。階段を上り、部屋に入ってからも頭の中はぼんやりしていて、彼はバタリと寝台に倒れ込んだ。脳みそどころか、胃液も血液も全部、体内で怒涛《どとう》の如く渦巻

いており、しかもその流れの中を何かが這いまわっている。沈清秋《シェンチンチウ》は眠れず、一晩中何度も寝返りを打った。

上古の天魔の血は、持ち主の体から離れても血統継承者による制御が可能である。血を飲んだからといって、必ず死ぬわけではない。ただ死ぬよりも最悪な可能性がよりどりみどりなのだ。

たとえば、原作での洛氷河《ルオビンハー》は自らの血を自由に操れるようになると、ありとあらゆる領域に活用した。毒薬、人の体に寄生する血蠱虫《けっこちゅう》、追跡装置、物理的な洗脳道具、そしてアダルトグッズなどなど……。

沈清秋《シェンチンチウ》は全身冷や汗びっしょりで、ずっとうつらうつらしていた。夜明けを迎える頃、彼はようやく眠りについた。ところが、いくらかも寝ないうちに、天地をも揺るがすほどの歓声に起こされてしまった。沈清秋《シェンチンチウ》はよろよろと寝台から転がり落ちる。着の身着のままで寝ていたので、服を身に着ける必要もない。扉を開けようとすると、突然扉はひとりでに開いた。少年が飛び跳ねながら部屋の中に入って来る。

楊一玄《ヤンイーシュエン》は興奮して、「城門が！　城門が開いたんだ！」と叫んだ。

「何？」

沈清秋《シェンチンチウ》の質問に、楊一玄《ヤンイーシュエン》は大声で答えた。

「あの全身真っ赤なバケモンどもが全員捕まって、城門が開いたんだよ！　金蘭城はやっと、災いを乗り越えたんだ！」

父の死を思い出したのか、楊一玄《ヤンイーシュエン》の瞳に再び涙が込み上げる。沈清秋《シェンチンチウ》の体調は最悪で、頭もかち割れんばかりに痛んでいたが、それでも少年を慰めるべく近寄り、心の中でいぶかしんだ。

（一晩で全部捕えたのか？　ずいぶん速いな）

城門が開いたので、数里離れたところから様子を見守っていた各門派の修真者たちは一気に城内へなだれ込んだ。彼らは開けた広場に集まり、木清芳《ムーチンファン》もそこで調合した丸薬を配っている。昨日まで活気をすっかり失っていた金蘭城は、喜びに包まれていた。生け捕りされた種まき人は全部で七名。全員、昭華寺の結界の中に閉じ込められている。沈清秋《シェンチンチウ》は何やら考え事をしている様子の柳清歌《リウチンガー》を見つけ、近付いて軽く肩を叩いた。

「昨晩はいったい何があった？」

柳清歌《リウチンガー》は沈清秋《シェンチンチウ》に目をやり、逆に「お前の弟子はどうなっているんだ？」と聞き返してくる。

「あいつが何かしたのか？」

「昨晩、あいつは五人捕まえたが、俺は二人だ」

柳清歌《リウチンガー》は沈清秋《シェンチンチウ》を見据えてゆっくりと答える。

「姿を消していたこの数年の間に、洛氷河《ルオビンハー》の身にいったい何があったんだ？」

百戦峰峰主の手から獲物を横取りしただけでなく、あろうことか数で勝るなんて。これは百戦峰峰主の世界観、価値観、人生観を大いに揺るがす、非常に恥辱的なことだ。

しかもこの数字、すなわち攻撃力の認定にならないか？ つまり、今の攻撃力比率は洛氷河《ルオビンハー》：柳清歌《リウチンガー》＝五：二……。

不意に、近くにいた弟子たちは揃って騒ぐのをやめ、道を開けた。遠からぬ場所から、いくつかの門派の領袖《りょうしゅう》たちがゆっくりとこちらへ向かってくる。岳清源《ユエチンユエン》は幻花宮の老宮主と並んで歩いており、天一観と昭華寺はすぐあとに続いていた。

洛氷河《ルオビンハー》は老宮主のそばに立っている。

朝日に照らされた洛氷河《ルオビンハー》は、爽やかで元気はつらつな様子だ。それに比べて自分は……沈清秋《シェンチンチウ》は途端に憂鬱になる。近付いた岳清源《ユエチンユエン》すら、しばし沈清秋《シェンチンチウ》を見てから心配そうに言ったほどだ。

「顔色が悪すぎる。やはり来させるべきではなかったよ」

沈清秋《シェンチンチウ》は乾いた笑いを漏らした。

「昨晩木《ムー》師弟のところの患者がひどく泣きわめいていたせいで、よく眠れなかっただけだ」

丸薬を配り終えて戻って来た木清芳《ムーチンファン》も、沈清秋《シェンチンチウ》の様子にぎょっとする。

「師兄、いくら私のところがうるさくとも、一晩でそんなことにはなりませんよ。部屋に置いておいた薬は飲みましたか？」

沈清秋《シェンチンチウ》は急いで「飲んだ、飲んだから」と答えた。頼むから、もう二度と「薬を飲んだか」[59]って聞かないでくれ！

向こう側から、ざわめきが伝わってくる。沈清秋《シェンチンチウ》は顔をそちらへ向けた途端、額に手を当てて視線を逸らしたくなった。白い麻の喪服を身に着けた中年男性が、後ろにぞろぞろと多くの男女を引き連れて、洛氷河《ルオビンハー》の前で今にも跪《ひざまず》かんとしている。金蘭城の城主だ。

城主はどうにも抑えきれないように気持ちを昂らせてい

59 中国では、「薬を飲む」は文字どおりの意味があるほか、ネットスラングとして、「頭がどうかしている」というニュアンスがある。

る。

「仙師の皆様が身の危険も顧みず、私どもの町を守ってくださったご恩、本当にどのように報いればいいのか分かりません。今後何かお申しつけがありましたら、私たちは雨が降ろうが槍が降ろうが、必ずやり遂げます！」

沈清秋《シェンチンチウ》はひくりと口角を引きつらせる。これまたお約束の展開だ。化け物を倒したあとは、手下と報酬の獲得タイムである。そして、こんな時は決まって主人公だけにスポットライトが当てられ、一緒に尽力したはずのほかの人たちは背景と化すのだ。沈清秋《シェンチンチウ》自身はさておいても、捕らえられた種まき人のうち二人は柳清歌《リウチンガー》の手柄だし、木清芳《ムーチンファン》だってさっきまで薬を配り歩いていたのに。

洛氷河《ルオビンハー》の対応もかなりベタである。彼は謙虚に答えた。

「どうぞお立ちください。金蘭城が無事今回の災いを乗り越えられたのは、各門派が心を一つにして協力し合ったからこそ。私一人の力では到底成し遂げられませんでしたから」

洛氷河《ルオビンハー》の言動は誠実かつ適切である。自分の面目を損なうこともなく、ほかの門派も聞いていて心地がいい言葉選びをしていた。

城主は大いに褒め称える。

「昨晩私はこの目で、こちらの公子がたった一人で次々に諸悪の根源である化け物たちを捕えていく様を見ておりました。本当に並外れた凄腕です。まさに蛇は寸にして人をのむ、優れた師から優秀な弟子が育つというものです！　宮主、素晴らしい後継者をお持ちですね」

「優れた師から優秀な弟子が育つ」と聞くと、洛氷河《ルオビンハー》は笑みを深めた。なんとなしにその視線は沈清秋《シェンチンチウ》を掠め、水に尾をつけるトンボのように、沈清秋《シェンチンチウ》の顔に一瞬だけ止まる。

沈清秋《シェンチンチウ》は扇子を広げてそれを避けた。

老宮主の洛氷河《ルオビンハー》へ向ける称賛めいた視線には、慈愛が込められている。周りの人間は気付かないかもしれないが、沈清秋《シェンチンチウ》は知っている。これは、自慢の後継者兼婿を見る舅《しゅうと》の目だ。

捕らわれた七人の種まき人はケーケーとわめき、聞く者の心を苛立たせる。

誰かが「この下劣な奴らの処分はどうしましょう？」と聞いた。

岳清源《ユエチンユエン》は沈清秋《シェンチンチウ》に意見を求める。

「師弟、何か考えは？」

沈清秋《シェンチンチウ》はじっくり考えてから口を開いた。

「私の読んだ古書では、種まき人は高温に弱いと書かれていた。人体を腐らせるあの厄介な伝染力を徹底的になくすためには、烈火で燃やすしかないだろう」

汚物の消毒には高温が不可欠。道理にかなった方法だ。

修真者の一人が驚く。

「そ……そんな残酷なこと、どうしてできよう。それでは魔族と同じではないか？」

しかし、その声はすぐに周囲にいる、幸いにも生き残った金蘭城住民の罵声に埋もれてしまった。

疫病が横行していた間、町では無数の罪なき命が失われた。しかも全身が腐り落ちるという、目も当てられない惨《むご》さで。人の往来も多く栄えていた商業都市が、ここまで悲惨なことになっているのだ。こんな時に種まき人に同情を示し、人道主義を唱えるなど、全金蘭城住民を敵に回したようなものである。反対した数名の修真者たちに向かって、すさまじい勢いで「あいつらを焼け！」や「化け物の肩を持つ奴なんかまとめて燃やしちまえ！」といった怒号が雨あられと浴びせられた。

結界の中にいる七人の種まき人は、ほとんどが歯をむき出しにしてケーケーと笑っており、まったく悪びれた様子がない。それどころか、自分たちを自らの種族に大豊作をもたらした英雄だと誇っているように、沈清秋《シェンチンチウ》の目には映っていた。そんな中、一人の最も痩せ細った種まき人は頭を抱えて号泣していた。

そんな種まき人の様子に、誰かがまた無用な同情心を氾濫させたようである。

秦婉約《チンワンユエ》は軽く唇を噛んで、洛氷河《ルオビンハー》に近付く。

「洛《ルオ》師兄、あの小さくて弱そうな種まき人、なんだかすっごく可哀想です」

「すっごく可哀想」。——いくら可哀想に見えても、わけも分からないまま疫病に感染し、全身が爛れて死んでいった人たちより可哀想だと言うのか？

洛氷河《ルオビンハー》は秦婉約《チンワンユエ》に軽く笑って見せたが、何も答えなかった。

それを見ていた沈清秋《シェンチンチウ》としては、洛氷河《ルオビンハー》のこの反応はずいぶんといい加減極まりなく思える。種馬小説の主人公としてはおそらく不合格だ。原作どおりなら、この機に乗じて優しい言葉で同調し、女の子の心につけ入っていく流れじゃないのか？ なんでレベルアップのスピードは異常なまでに上がっているというのに、反比例するかのようにナンパテクはどんどんお粗末になっていってるんだ？

　しかし、いかんせん洛氷河《ルオビンハー》はどの角度から見てもどんな表情をしていても、玉石《ぎょくせき》のように穏やかで洗練された完璧な顔面をしている。秦婉約《チンワンユエ》は彼の美しさに一瞬ぽーっとなり、さっき言ったばかりの自分の言葉のことなどすっかり忘れ、満足げに傍観者の集団に引き上げていった。

　この時、沈清秋《シェンチンチウ》の予想の斜め上をいく出来事が起きた。痩せ細った種まき人が勢いよくこちらへ飛び掛かって来たかと思えば、「ゴンッ」と音を立てて結界にぶつかったのだ。真っ赤な顔は泣きわめいていたせいで、一層獰猛《どうもう》に見える。種まき人は大声で叫んだ。

「沈《シェン》仙師、焼かせないでください！　どうか、どうかお助けを！　お願いします！」

　沈清秋《シェンチンチウ》は脳内にある何かがブツンッと切れた気がした。

（……誰だお前ええぇ！　がむしゃらに突進してきて、口を開いたかと思えば「沈《シェン》仙師」だと？　お前のことなぞ、天地神明にかけて知らん！）

　広場に集まった数千の瞳が、一斉に沈清秋《シェンチンチウ》に向けられる。

　例の種まき人は性懲りも無くわめき続けている。

「あなたの命令に従っただけなのに！　その報いが火あぶりだなんてあんまりです！」

っんだよそれ！　なんつー超展開！　なんつーベッタベタでお粗末な言いがかり！

　沈清秋《シェンチンチウ》は呆れ果てるあまりくらくらしてきて、言い返す気力も湧いてこない。さらに、幻花宮の老宮主の言葉が追い討ちをかけた。

「この者はこう言っているが、沈《シェン》仙師、説明をしたほうがよいのでは？」

　こんなしょーもないやり口なのに、まさか信じる奴がいるなんて！　しかもすぐに誰かが、「そうです！　説明をするべきですよ！」と騒ぎ立てる。って、騒いでんの、一人だけじゃねえし！

　十二峰の者たちは外部に対して一致団結している。沈清《シェンチン》秋《チウ》を断罪するかのような言葉に、蒼穹山派の者の多くは不快感をあらわにした。岳清源《ユエチンユエン》に至ってはスッと表情が抜け落ちた。

　一方の斉清萋《チーチンチー》は皮肉で反撃に出る。

「一般人程度の思考能力がある人なら分かるでしょう。明らかにそいつは死ぬしかないと分かっていて悔しいから、誰かを道連れにしようとしているだけ。完全に濡れ衣でしかないわ。魔族のクズなんてこんなものでしょ。まさか本気にする人がいるなんて、笑い者になりたいのかしら？」

　めげない老宮主は淡々と言い返した。

「それならば、なぜほかの人ではなく沈《シェン》仙師だけに濡れ衣を？　それだけでも、十分熟考に値する」

　老宮主の言いがかりロジックには逆に感心させられてしまう。そのロジックがとおれば、一方的に言いがかりをつけられた場合でも、やり玉に挙げられた人物が潔白か否かは全部「熟考に値する」ではないか。まったく、ずいぶん簡単に濡れ衣を着せるものだ。

　そんな騒ぎの中で、洛氷河《ルオビンハー》は何も言わず、ジッとこちらを見ている。沈清秋《シェンチンチウ》の気のせいかもしれないが、洛氷河《ルオビンハー》の星のように輝く真っ黒な瞳が、どうも笑みを浮かべているようにしか見えなかった。

　原作で沈清秋《シェンチンチウ》が許されざる極悪人と認定されたのは、彼が同門を、自らの手で柳清歌《リウチンガー》を無残に殺したからである。しかし、当の柳清歌《リウチンガー》は沈清秋《シェンチンチウ》の横に立ってぴんぴんしている。それどころか、万が一誰かが沈清秋《シェンチンチウ》に殴りかかろうものなら、ワンチャン柳清歌《リウチンガー》が守ってくれるかもしれない。よって、その罪で裁かれることはないはず！

　まさか、罰するための罪状が足りないから、デマを流して濡れ衣を着せようってか？

　洛氷河《ルオビンハー》が闇堕ちしたあとの性格を鑑みれば……まあ確かにやりかねない。

　突然、幻花宮の弟子が一人、前に出てきた。あばた顔のその弟子は忘れもしない、ついこの間廃れた妓楼で沈清秋《シェンチンチウ》を皮肉ったじゃがいもくんだ。彼は一礼して発言した。

「宮主、先ほどあることに気付いたのですが、申し上げるべきか迷っております」

　沈清秋《シェンチンチウ》は無表情のまま指摘する。

「言いたいことがあるのなら、言えばいいだろう。口を開いたくせに『言うべきか迷っている』だと？　猫かぶりもいいところだな」

　言ってることとやってること、全然違うじゃないか。

　弟子は先輩から厳しく指摘されるとは思わなかったようだ。顔は赤くなったり青くなったりと忙しく、あばたすらつられてコロコロ色を変えているようだった。とはいえ、大先輩である沈清秋《シェンチンチウ》と正面切ってやり合う勇気もないので、憎々しげに沈清秋《シェンチンチウ》をにらむしかない。

「昨日、この弟子と師兄妹数名は、沈《シェン》先輩の腕に感染したことを示す赤い斑点があるのに気付きました。この目で確かに見ております。しかし、先ほどまた見たところ、赤い斑点は全部消えていました！　蒼穹山派の木《ムー》先輩がおっしゃっていました。先ほど城内で配った丸薬は急ごしらえで作ったもので、十二時辰《じしん》後に効果が現れるか、もしくは効かない可能性もある、と。洛《ルオ》師兄は私たちの目の前で薬を飲まれたのに、まだ斑点は消えていません。ではなぜ、沈《シェン》先輩だけがこんなに早く治り、斑点が全部消えているのですか？　とにかく、この点はすごく疑わしいと思います！」

沈清秋《シェンチンチウ》は心の中でため息をこぼした。どうせこんなことだろうと思った。今の洛氷河《ルオビンハー》が自分への優しい思いやりから病原を取り除くなんて、ありえないのだ。

岳清源《ユエチンユエン》が口を開く。

「私の師弟は清静峰を守り、峰主としてずっと派内の模範的な存在であり続けてきました。彼の品性は高潔で、派内では知らない者はいないほどです。このような根も葉もない言葉を易々《やすやす》と信じるなど、皆さんはどうやらとても騙されやすいらしい」

その言葉に、カッコつけがデフォルト設定な沈清秋《シェンチンチウ》でさえ、顔が赤くなりそうになる。

（師兄、もうその辺にしといてくれ。俺を守るためにそんな良心に背くようなことを言うなんて、本気か。申し訳なさすぎるって！　オリジナルにしたって今の俺にしたって、「品性は高潔」とは程遠い。あぁ、いや。オリジナルなら品性の「性」の部分だけはあったな）

「ほう？　私が聞いていた話とは、ずいぶんと異なるな」

老宮主の言葉に、沈清秋《シェンチンチウ》は心がズーンと沈んでいくのを感じた。

今日はどう足掻《あが》いても巻き込まれる運命にあるらしい。

沈清秋《シェンチンチウ》はスッと目を細める。

「いつからよそ者が、聞きかじりの頼りない情報を基に、蒼穹山清静峰の峰主の品性を断ずることができるようになったのだろうな？」

「むろん、聞きかじり程度の情報であれば、簡単には信じられん。だが、これはそちらの門人から広まったことだ」

老宮主は周りを見渡して続けた。

「諸君も知っていると思うが、各門派の弟子たちが個人的に仲良くするのはありふれたことで、流言飛語《りゅうげんひご》が耳に入ることもあるだろう。しかし、沈《シェン》峰主が自らの弟子を抑圧し、危害を加えたという点だけでも、『品性は高潔』という言葉を考え直す材料になると思わんか」

沈清秋《シェンチンチウ》は痛いところを突かれ、どうすればいいのか頭がはち切れそうになる。

自らの弟子に危害を加えた？

まあこれは偽りようのない事実である。洛氷河《ルオビンハー》が育ち盛りだった頃、沈清秋《シェンチンチウ》は難癖をつけては彼を虐待して児童労働者としてこき使った。この栄えある過去の行いだけでも、お涙頂戴小説を一冊書けるだろう。ほかにも資質が良いからと沈清秋《シェンチンチウ》に意地悪をされたり、それどころか破門された弟子たちを集めれば片手では足りないぐらいだ。ただし、そんな極悪非道なことをしたのは全部今の沈清秋《シェンチンチウ》ではなく、オリジナルだ！

岳清源《ユエチンユエン》は粛然と言った。

「流言飛語と分かっていらっしゃるのなら、それを取り沙汰することは無意味だということも分かっていらっしゃるのでは？　私の師弟は普段、確かに弟子に細やかな気配りはしないかもしれませんが、危害を加えるなど、それはさすがに言いすぎでしょう」

「それではあえてお伺いしますが」

不意に、艶やかな声が響いた。我慢できなくなった秦婉約《チンワンユエ》が、想い人の援護射撃に出てきたのだ。

「岳《ユエ》掌門、十数歳の少年に百年の功力をもつ、毒棘つきの鎧をまとった魔族の長老と戦えと命じることは、危害を加えるも同然ではありませんか？」

ここまで来て、さすがの沈清秋《シェンチンチウ》も黙って相手の話を聞く静かな美男子の仮面を外さざるを得なかった。

沈清秋《シェンチンチウ》は素気無く切り返す。

「それが危害となるかどうか、私には分からない。だが、もしその鎧が迫ってきた時、師が弟子を退かし自ら盾になったのなら、それを危害と言えるだろうか。洛氷河《ルオビンハー》、そなたはどう思う？」

居合わせた修真者たちは洛氷河《ルオビンハー》の名前を聞き、いぶかしげな表情を浮かべる——中でも特に蒼穹山派の者が多かった。洛氷河《ルオビンハー》の顔を見た時、もしや……という思いが過ったが、確信に変わった瞬間だった。斉清萋《チーチンチー》などは、すっかり驚愕している。金蘭城に入った途端に洛氷河《ルオビンハー》とばったり会い、危うく足をもつれさせた某後方支援のトップに関しては、風雨に打たれるが如く厳しい経験をしたあとに心臓も強くなったので、今は逆に落ち着いていた。

沈清秋《シェンチンチウ》は昔しょっちゅう洛氷河《ルオビンハー》を罰していたため、岳清源《ユエチンユエン》も何度か洛氷河《ルオビンハー》を見かけたことがある。しかし、それも洛氷河《ルオビンハー》がまだ幼い頃の話。そのあと沈清秋《シェンチンチウ》は洛氷河《ルオビンハー》を重用し始め、洛氷河《ルオビンハー》も頻繁に清静峰の外へ遣わされて色々な雑事をこなしていたので、なおさら顔を合わせる機会がなかった。仙盟大会では晶石鏡《しょうせき》で彼の顔を見かけたが、一瞬だけだったのに加えて鏡面もぼやけていた。それゆえに、先ほどは一緒にここまで歩いてきたにもかかわらず、岳清源《ユエチンユエン》は少しも気付かなかったのだ。幻花宮宮主の側に控えるこの生き生きとした、爽やかで顔の整った青年が沈清秋《シェンチンチウ》の昔の〝愛弟子〟だということに。前に宮主が一番信を置いているのは一番弟子だと聞いていたこともあって、岳清源《ユエチンユエン》はずっと洛氷河《ルオビンハー》を公儀蕭《ゴンイーシアオ》だと思い込んでおり、今沈清秋《シェンチンチウ》が名指しにしたことで同じく衝撃を受けていた。

群衆の中、洛氷河《ルオビンハー》は沈清秋《シェンチンチウ》を凝視している。沈清秋《シェンチンチウ》は小首をかしげて扇子を広げ、あろうことか笑みを返した――皮肉か挑発のように口角を軽くつり上げただけに見えるものかもしれなかったが。

この状況に少しも怒りを感じないというのなら、それは完全に嘘である。沈清秋《シェンチンチウ》は確かに常に自分の命第一を信条にし、いつも洛氷河《ルオビンハー》に対して複雑な思いを抱いていた。しかし、洛氷河《ルオビンハー》の盾となって一撃を受け止めたあの行動は、自発的なものだと自信を持って言える。まあ、絶対的主人公の洛氷河《ルオビンハー》は他人に危機を救ってもらう必要なんてないだろうけど。ただ、どう考えたってあの三試合で一番ひどい目に遭ったのは沈清秋《シェンチンチウ》である。なのに、それすら中傷の材料として使われるなんて。沈清秋《シェンチンチウ》はさすがに怒りを隠せない。

洛氷河《ルオビンハー》はゆっくりと答えた。

「師尊が身を挺《てい》して守ってくださったご恩は、一生忘れません」

斉清萋《チーチンチー》はいまだに信じられない様子だ。

「本当にあなたなの？　沈清秋《シェンチンチウ》、あいつは死んだって言ってなかった？」

そう言ってから、彼女は洛氷河《ルオビンハー》へ視線を向ける。

「生きているのなら、どうして清静峰に戻ってこないの？　知らないだろうけど、あなたの師尊はあなたのせいで魂が……」

沈清秋《シェンチンチウ》がゲホゲホと激しく空咳をしたので、斉清萋《チーチンチー》は言葉を切って沈清秋《シェンチンチウ》をにらむしかない。

沈清秋《シェンチンチウ》は今すぐ斉清萋《チーチンチー》に拱手《きょうしゅ》してやめてくれと頼みたかった。絶対また「魂が抜けた」などと言い出すに決まっている。クソッ、本当にもう二度とあの言葉は聞きたくない！　鳥肌が立つうえ、洛氷河《ルオビンハー》に聞かれでもしたら、きっとあの主人公の鑑《かがみ》のような完璧な顔が笑顔で裂けるぞ！

老宮主はまだしつこく食い下がる。

「まさにその点だ。どう考えても納得できん。なぜこうやって生きているのに、死んだと言い張っていたのか？　なぜ戻ろうと思えばいつでも戻れるのに、戻ろうとしないのか？」

嫌みったらしい口調に、沈清秋《シェンチンチウ》はひどくうんざりさせられる。

「洛氷河《ルオビンハー》が戻りたくないというのなら、私にもどうすることもできない。戻ってくるなら腰を落ち着ければいいし、去るのなら引き留めない。好きなようにすればいい。宮主、何か言いたいことがあるのなら、どうか単刀直入に願いたい」

老宮主は軽く笑う。

「私の言いたいことなど、沈《シェン》峰主自身も心の内では分かっているだろう。この場で真っ当な心ある者であれば、理解できるはずだ。ここにいる魔族の種まき人はもちろん烈火で燃やし、根絶やしにしなければならないが、もしこの者らに指示を出して、被害を拡大させた黒幕がいれば、そいつも逃がしてはならん。是が非でも、この金蘭城の件にしっかり落とし前をつけるべきだ」

老宮主の一言は、金蘭城の生存者たちの中でくすぶっていた憎しみを激しく燃え上がらせた。災いを克服したばかりの彼らは、もとより行き場のない恐怖とやりきれなさを抱えていた。今すぐ集中砲火できる敵を見つけて、発散させたいという欲求が高まっていたところに降って湧いた沈清秋《シェンチンチウ》。多くの人が口々にわめき立て始めたのは自然の成り行きだった。

洛氷河《ルオビンハー》が口を開く。

「師尊は悪を仇《あだ》と見なすほどに憎んでいらっしゃる。魔族に関しても自ら手を下さなければ気が済まないほどなのに、奴らと結託するはずがないでしょう？」

一見沈清秋《シェンチンチウ》を擁護する言葉のようだが、この場で「魔族に関しても自ら手を下さなければ気が済まない」という言葉の真意をきちんと理解できるのは、沈清秋《シェンチンチウ》だけだろう。

もうなるようになれ、とばかりに沈清秋《シェンチンチウ》はいっそのこと直球を投げてみることにした。

「洛氷河《ルオビンハー》、今のそなたはいったいどちらの人間だ？　清静峰の弟子か？　それとも幻花宮の門人か？」

老宮主は冷ややかに笑う。

「この期に及んで、沈《シェン》峰主はまた洛氷河《ルオビンハー》という弟子を認めてもいいと思われたのか？」

「私は洛氷河《ルオビンハー》を破門にしてなどいない。今でも私を師尊と呼んでくれているのだから、まだ私を師と認めてもいいと思っているということだろう」

この一言は、単純に洛氷河《ルオビンハー》への嫌がらせのために言った言葉である。しかし、どうやら効果はなかったようだ。洛氷河《ルオビンハー》の瞳はかすかにきらりとして、錯覚だろうか、彼の目つきが少し穏やかになったように見える。

すぐに、二つの陣営の対立は明らかとなった。バチバチと火花が空中でぶつかり合い、一触即発の空気が漂い始める。一方、この対立を引き起こした当の種まき人はと言えば、すっかり忘れ去られ、その処遇を気に掛ける者はいなかった。

不意に、艶めかしい女の声が聞こえてきた。

「沈九《シェンジウ》？　……あなた、沈九《シェンジウ》でしょう？」

そう呼ばれた途端、沈清秋《シェンチンチウ》の顔に浮かんでいた落ち着きに、危うく大地溝帯の裂け目のように深い深〜い亀裂が走りかけた。

うっそ！　今日はあれか、運命で定められた俺の最期の日ってやつ!?

マジで終わった。この女——秋海棠《チウハイタン》が来ちゃったよ！

原作で秋海棠《チウハイタン》が現れる場面、それすなわち、沈清秋《シェンチンチウ》が地位と名誉を完膚なきまでに破壊される、ということを意味する。

秋海棠《チウハイタン》はぴっちぴちの少女ではないが、顔は玉蘭《ぎょくらん》のように白く、艶やかで麗しい化粧が施されている。加えてスリムな体に豊満な胸もあり、文句なしのルックスだ。もちろん、そんな容姿なので、洛氷河《ルオビンハー》の後宮の一員になる宿命にある。

問題は、彼女がかつて沈清秋《シェンチンチウ》とデキていたということだ。

おめでとう！　種馬小説の主人公の奥さん二人となんとも言えない関係にあったなんて、オリジナルの沈清秋《シェンチンチウ》はまさしく前人未到の偉業をやってのけたのだ！

少なくとも、沈垣《シェンユエン》が読んだ数々の種馬小説にも、そんなキャラは出てこなかった！

お祭しのとおり、これこそ読者がコメント欄に記念すべき二個目の「沈清秋《シェンチンチウ》を去勢しろ！　でなきゃ金はもう一銭も払わない！」スレを打ち立て、たくさんの書き込みが殺到した理由である。

沈清秋《シェンチンチウ》は打ち寄せる荒波の如く無数の「嘘だろマジかよおおっ」の弾幕を心のスクリーンいっぱいに流した。その間、秋海棠《チウハイタン》は剣を横にして胸の前に構える。いっそのこと沈清秋《シェンチンチウ》を殺して私も死ぬと言わんばかりの勢いだ。

「あなたに聞いてるのよ！　どうしてこっちを見ないわけ？」

秋海棠《チウハイタン》は凄艶な表情を浮かべている。

（俺を殺しに来てるんだから、見られるわけないだろ！）

「どうりで、どうりでこんなに長いこと捜しても、見つからないわけだわ。なるほど、とっくに滝を登った鯉《こい》の如く出世していたのね。すっかりお高くとまって清静峰の峰主になんてなっちゃって。あはは、ずいぶんと立派になったこと！」

沈清秋《シェンチンチウ》はどこに視線を向け、何を言えばいいのか分からなかった。そのためまっすぐ前を見て、なるべく近寄りがたい冷淡な表情を繕うしかない。

人々はみんなひそひそとささやきあっている。岳清源《ユエチンユエン》は沈清秋《シェンチンチウ》に声を潜めて問いかけた。

「清秋《チンチウ》、こちらの女性は君と……本当に、旧知の仲なのか？」

沈清秋《シェンチンチウ》の心には涙の雨が降り注いだ。師兄……もうそれ以上聞かないで……。

しかし、秋海棠《チウハイタン》はまた悲しみをにじませながら訴え始めた。

「旧知の仲？　それだけじゃないわ……そこの君子面をしている男と私は幼馴染《おさななじみ》で……私はそいつの妻なのよ！」

その言葉を聞くや否や、洛氷河《ルオビンハー》の眉は激しく痙攣《けいれん》した。

ちっがーう！

沈清秋《シェンチンチウ》は心の中でツッコミをいれた。

お前は洛氷河《ルオビンハー》の奥さんだろうが！　目を覚ませええ！

尚清華《シャンチンホワ》が驚く。

「おや、それはまことですか？　沈《シェン》師兄から聞いたことがありませんが」

沈清秋《シェンチンチウ》は尚清華《シャンチンホワ》に向かって軽く口角をつり上げ、作り笑いを向ける。

頼むから、火に油を注ぐんじゃねぇよ。

クズへのヘイトを集中させるためのベッタベタな展開を書いた張本人のくせに、高みの見物を決めやがって！

それから周りにいるのは全員修真者だろうが。どんだけ野次馬精神旺盛なんだ。ほら、解散だよ、散った散った！

秋海棠《チウハイタン》は冷ややかに笑う。

「そいつは人の皮をかぶった畜生、教養があるふりをしたクズよ。当然自分の不利になるようなことは言わないわ」

無塵《ウーチェン》大師は蒼穹山の三人としばらく一緒に過ごし、沈清秋《シェンチンチウ》に介抱してもらった恩義もあるので、沈清秋《シェンチンチウ》にはかなり好感を抱いている。先ほどの蒼穹山派と幻花宮の言い争いには口を挟めなかったが、ここで口を開いた。

「南無阿弥陀仏。そちらのお方、何か言いたいことがあれば、はっきり分かるようおっしゃってはいかがです。そうやって肝心のところを言わずひたすら責め立てているだけでは、周りの皆様も判断のしようがありません」

沈清秋《シェンチンチウ》の心では涙の大洪水が起きていた。

（大師……俺のためを思ってのことだろうけど、そんなことされたら俺の立場がヤバくなるだけだから。俺が本当に怖いのは悪事を働いたことじゃない！　むしろやってないことの責任を取らされることだよ！）


今、秋海棠《チウハイタン》はすっかりみんなの注目の的である。興奮のあまり頬を赤くしながら、彼女は胸を張り、大声で叫んだ。

「私、秋海棠《チウハイタン》がこれから言うことにもし一つでも嘘があれば、魔族の無数の毒矢に心を貫かれ、ろくな死に方をしないわ！」

そう誓ってから、秋海棠《チウハイタン》はまっすぐ沈清秋《シェンチンチウ》を指さした。瞳には怒りの炎が燃えている。

「この人は今でこそ蒼穹山派清静峰の峰主沈清秋《シェンチンチウ》で、名声轟く修雅剣だけど、昔はどんな下衆《げす》野郎だったか！」

あまり品がいいとは言えない発言に、斉清萋《チーチンチー》は美しい眉をつり上げた。

「言葉遣いに気をつけなさい！」

秋海棠《チウハイタン》は現在、あまり大きくもない門派のなんたらとかいう堂主を務めている。蒼穹山のような一大組織の権力ある人物の一人に叱責されると、反射的に一歩後ろへ下がってしまった。

しかし老宮主は、

「斉《チー》峰主、怒る必要はないのではないか。この女性に話をさせればいいだけのこと。他人の口を塞ぐわけにはいかんだろう」

と言った。

秋海棠《チウハイタン》は沈清秋《シェンチンチウ》を見てから、歯を食いしばる。目の中の恐れは憎しみに覆い尽くされ、彼女は再び声を張り上げた。

「そいつが十二歳だった時、よそからきた人買いが売っていた召使いでしかなかった。その中でも九人目だったから小九《シアオジウ》と名付けられていたの。私の両親が人買いに虐待されているそいつを見て可哀想に思ったから、家に連れ帰ってきたのよ。読み書きを教えて、服や食べ物も買い与えて、不自由のない生活をさせていたわ。私の兄弟もすごくかわいがってた。十五歳になって両親が亡くなり、兄が一家の主となった。兄は沈九《シェンジウ》を召使いの身分から解放しただけじゃなく、沈九《シェンジウ》を自分の義弟にすることにしたの。私はといえば、一緒に育ったから、沈九《シェンジウ》に騙されて……あろうことか本当に……私たちは両想いだと思って……それで婚約をしたの」

沈清秋《シェンチンチウ》はその場にじっと立ち、千人以上もの人の前で、余儀なく〝自分〟の黒歴史を聞く羽目になっている。言いたいことはたくさんあったが、それらは全て涙と一緒に飲み込まなければならなかった。

秋海棠《チウハイタン》は目に涙を溜めて話し続ける。

「兄が十九の時、町に旅の修真者が来たわ。この地は修練に役立つ霊気に満ちあふれていると見て、城門に祭壇を設置したの。十八歳以下の男女であれば、誰でもそこで霊力の試験を受けることができた。修真者はこの地で天賦《てんぷ》の才がある者を一人、弟子にしようと考えていたみたいだった。その修真者は仙術を修得していて、町の人みんなに称賛され、敬われていたわ。沈九《シェンジウ》も試験を受け、資質が良かったから修真者に気に入られた。それで大喜びで家に戻り、私の家から離れたいと言い出したの。そんなこと、兄が許すはずもない。兄にしてみれば、修練したってモノになるかどうかさっぱり分からないし、何より沈九《シェンジウ》は私と婚約していたのよ。もう私の家は沈九《シェンジウ》の家同然なのに、いきなり自分の家を捨てていなくなるなんてありえないでしょ。沈九《シェンジウ》は兄と大喧嘩して、鬱々としていたわ。あの時は私たちもこう思ってたの。そりゃあすぐに諦められないのは当然だし、時間が経って踏ん切りがつけばきっと受け入れるとね」

一旦言葉を切ると、彼女の顔はみるみる険しくなっていく。

「ところがその晩、沈九《シェンジウ》は凶悪な本性をあらわにした。あろうことか残忍な本性をむき出しに、私の兄と数名の召使いをまとめて殺したの。家のあちこちに死体が横たわっていたわ。その後、沈九《シェンジウ》は夜のうちに例の修真者と一緒に町から逃げ出したのよ！　私はか弱い女で、家業を継ぐ力もない。あんなに立派だった家業は、こうしてあっという間につぶれてしまった。絶対に復讐してやるって何年も苦労して捜し回っていたのに、なんの手掛かりも見つけられなくて。沈九《シェンジウ》を弟子にしたっていう修真者が思いがけず早くに死んでしまってからというもの、そこで足取りもぱったり途絶えて……金蘭城の件がなければ、この恩知らず、いいえ恩人を殺した極悪人がまさか出世し、天下一の大門派の峰主の一人になっているなんて一生知らないままだった！　確かに昔とはすっかり変わっているけれど……この顔。たとえ灰になっても私には分かるの！　こいつに家族殺しをそそのかしたあの修真者の名前もここでさらしてやるわ。私に怖いものなんてもう何もない。奴は手配書にも数年間名前が載っていたぐらいの悪人で、無数の罪なき人々の命を奪った無厭子《ウーイエンズー》よ！」

この無厭子《ウーイエンズー》という人物は悪名高く、無数の前科を持っていた。十二峰の峰主の一人が無厭子《ウーイエンズー》の弟子ということが突如暴露され、人々は背筋に冷たいものを感じる。場がハッと息をのむ声やため息に包まれる中、沈清秋《シェンチンチウ》は逆に落ち着きを取り戻していた。

実のところ、沈清秋《シェンチンチウ》は心の中で首をひねっていた。秋海棠《チウハイタン》が話す過去の話は波乱万丈に満ちているが、疑いの余地あり、なのだ。オリジナルに偏見を持っているわけではないが、原作では筆を尽くして、沈清秋《シェンチンチウ》のいけ好かない性格を書き立てていた。すぐにキレるうえに頑固で狭量、口下手で相手の機嫌を取るような世辞一つ言えない、お高く止まった、度を越したカッコつけ。デフォルトでこんな性格なのだから、少年時代の沈清秋《シェンチンチウ》がまったく血縁関係のない人から家族同然に大事にしてもらえるほど可愛げがあったとは、とてもじゃないが思えない。

ただ、周りの人からすれば、そんな細かいことは、どうでもいいのだろうが。

沈清秋《シェンチンチウ》はこの部分のストーリーの存在を恐れてはいたが、そこまでではなかった。この手の過去話には確実な証拠がなく、あるのは秋海棠《チウハイタン》の一方的な言葉だけ。沈清秋《シェンチンチウ》が全力で否定し、秋海棠《チウハイタン》に人違いだと思わせれば、今回のことは沈清秋《シェンチンチウ》という人物の人柄履歴書にあるかないか程度の汚点しかつけられないはずだ。

仕方がない。沈清秋《シェンチンチウ》は秋海棠《チウハイタン》に申し訳ないことをしたのは事実だが、なんてったってそれはオリジナルがやったこと！

今の沈清秋《おれ》はその罪をかぶる気はこれっぽっちもない！

それならむしろ今後ほかのことできちんと秋海棠《チウハイタン》に償うほうがいい。なんせ今の沈清秋《シェンチンチウ》は柳清歌《リウチンガー》を殺してもいなければ、寧嬰嬰《ニンインイン》にわいせつ行為も働いていない。いくらなんでも、築き上げたこの高層ビルのようにそびえる人望が一晩であっけなく崩れ、みんなに袋叩きされるほどにはならないはずだ。

沈清秋《シェンチンチウ》はそう考えていたものの、今の状況ではそうもいかなくなった。

運の悪いことに、あるかないか程度の汚点が大集合してしまっている。種まき人の言いがかりに始まり、老宮主が群衆を扇動し、仕上げに秋海棠《チウハイタン》の訴えときた。これらは全て、沈清秋《シェンチンチウ》は品性下劣な人間であるということを物語っている。「女性を利用するだけ利用して捨てるクズ男」兼「魔族と結託した裏切者」兼「指名手配犯の弟子」。まさに〝錦上に花を添える〟のお手本のような見事なトリプルコンボが決まってしまっている。

偶然が完璧に積み重なれば、人々はそれを必然と見なす。

老宮主が口を開いた。

「岳《ユエ》掌門、このような人物の裁定に、私情を挟んではいかんぞ。もし蒼穹山派という一大門派が汚点だらけの者を庇っているなどという話が広まったら、誰もついてこなくなるだろう」

岳清源《ユエチンユエン》は落ち着いた様子で、「それなら、どうされたいと？」と問いかける。

「沈《シェン》仙師の身柄を一時的に幻花宮で預かるというのはどうだろう。真実をはっきりさせてから、判断を下せばよい。いかがかな？」

この「預かる」がいったい何を意味するかなど、みなまで言わずとも分かる。

幻花宮の活動拠点である行宮の地下には、水牢《すいろう》がある。もともとそこの地形は入り組んでいて複雑だったのだが、さらに幻花宮の迷陣によって、複雑怪奇なまでの迷路になっている。このとっておきの陣法は修真者以外の侵入を防ぐだけの護衛の陣法とは、まったく別次元のものなのだ。また、水牢の内部はさらに厳重な警戒が敷かれ、刑罰を施す場所も設備も全て揃っており、刑務所にうってつけの場所となっている。そのような所に閉じ込められるのは両手を鮮血に染めた極悪非道な修真者か、もしくは禁忌を破った修真者である。

有体《ありてい》に言えば、幻花宮の水牢は修真界の公共刑務所というわけだ。

刑務所としての用途以外にも、人間界に危害を及ぼす疑いがあるような修真者が裁きを待つ間、ここに一時的に収容される。そして四派連合の公判が開かれ、処罰が下されるのである。

柳清歌《リウチンガー》は冷笑した。

「言いたいことはそれで全部か？」

彼にしては辛抱強く、これほど長い時間無駄話を聞いていたのだ、当然腸《はらわた》がグズグズに煮えくり返っていた。

柳清歌《リウチンガー》は後ろ手に背中の乗鸞《じょうらん》剣を握り、今にも戦い始めそうな構えだ。相対していた幻花宮の弟子たちも、呼応するように次々に剣を抜いて、怒りをにじませた瞳でにらんでくる。

岳清源《ユエチンユエン》は「柳《リウ》師弟、下がりなさい」と告げた。

もちろん柳清歌《リウチンガー》は不服だったが、彼は唯一岳清源《ユエチンユエン》のみを心服しているので、なんとか手を剣の柄から退かした。

柳清歌《リウチンガー》が引き下がったのを見て、岳清源《ユエチンユエン》はうなずいた。

「このような話、口先だけでどうこうするものではないからね」

言うなり、岳清源《ユエチンユエン》が腰にさげている墨のように真っ黒な長剣が鞘から一寸だけ飛び出し、雪のように白く眩い光を放った。

一瞬にして、広場の上空に見えない巨大な網が張られたかのようだ。網の中の霊力は波のようにひっきりなしにうねり始める。

剣から放たれる音は耳の中で絶え間なく「キィイン」と響き渡り、若い弟子たちの多くはみんな無意識に耳を塞いだ。バクバクと心臓が激しく鼓動する。

玄粛《げんしゅく》剣！

人々は思わずずっこける。

柳清歌《リウチンガー》に下がれと言ったのは、自分が行くって意味だったのか！　人生観やらモロモロ崩壊するからそういうのはやめてくれよ！

噂によれば、蒼穹山穹頂峰の峰主岳清源《ユエチンユエン》がその任についてからというもの、剣を抜いたのはたったの二回きりだという。一回は引き継ぎの儀式の際に。そして、もう一回は天魔血統の末裔《まつえい》（洛氷河《ルオビンハー》のお父さん）を迎え撃った時だ。

玄粛剣は一寸程度しか出ていないが、力のすさまじさに居合わせた衆人はハッと悟る。

なるほど、穹頂殿の一番高い場所に座るためには、穏やかさと落ち着きを備えているだけではダメなんだ！

老宮主が「陣を敷け！」と命じる。

これは迎撃するつもりか？　魔族が攻め込んできたわけでもないのに、俺をめぐって仲間割れだなんて。沈清秋《シェンチンチウ》は風向きがおかしいことに気付いて、急いで自分の剣を掴み、前へ放り投げた。修雅剣は幻花宮の老宮主の真ん前の地面に刺さる。

剣を捨てることは投降することを意味し、ここでは判決に従うと意思表示したに等しい。老宮主はすぐに沈清秋《シェンチンチウ》が投げて寄越した剣を納め、手を振って門人たちにそれぞれの場所に戻るよう合図をした。

「師弟！」

声を抑えて呼ぶ岳清源《ユエチンユエン》に、沈清秋《シェンチンチウ》が答える。

「師兄、それ以上言う必要はない。潔白な者は何をせずとも潔白であることに変わりない。この清秋《チンチウ》、捕縛も甘んじて受け入れよう」

老宮主はスッポンのように噛みついて離してくれないし、そこに加えて種まき人と秋海棠《チウハイタン》のダブルパンチも食らっている。ここでどう足掻いても水牢行きは免れないだろう。

原作でも同じような展開があった。避けられたと思っていたが、結局シナリオどおりのルートを辿ることになってしまうとは。とはいえ、自分が原因で蒼穹山と幻花宮の関係を破綻させる必要はない。

沈清秋《シェンチンチウ》は意見を曲げずに再度繰り返した。

「これ以上何を言っても無駄だろう。無実の者は証明などせずとも、無実であることに変わりはないのだからな」

言い終えると、沈清秋《シェンチンチウ》は岳清源《ユエチンユエン》の表情を見る代わりに、ちらりと洛氷河《ルオビンハー》を見やった。

顔からは喜怒を読み取ることはできず、洛氷河《ルオビンハー》は落ち着いた様子で佇んでいる。周りで耳を塞ぎ、めまいに苦しめられている修真者たちとは鮮明な対比を成していた。

しばらくしてから、岳清源《ユエチンユエン》はやっと剣をおさめた。形のない巨大な網が、空気中から取り払われたかのようだ。

沈清秋《シェンチンチウ》は岳清源《ユエチンユエン》に振り向き、深々とお辞儀をした。考えてみれば、この掌門師兄にはこれまで多くの面倒を掛けてしまった。本当に恥ずかしい。

秋海棠《チウハイタン》は泣き続けている。秦婉約《チンワンユエ》が彼女に近付き、慰めた。

「秋《チウ》さん。どうあろうと、三派はきっとあなたにきちんとした答えを出しますから」

秦婉約《チンワンユエ》はわざと蒼穹山を外し、三派と言うことで自分は決して沈清秋《シェンチンチウ》の肩を持たないと決意表明して見せたのだ。秋海棠《チウハイタン》は感動した様子で、涙に潤んだ瞳で顔を上げ、礼を言う。そばに控える洛氷河《ルオビンハー》を視界に捉えると、両頬は朱に染まった。

沈清秋《シェンチンチウ》は内心呆れかえる。というか、理論的に言えば俺は目の前でＮＴＲ《ねとられ》たってことだよな。なんで少しも嫌だと思わないんだろう！

公儀蕭《ゴンイーシアオ》を先頭に、数名の幻花宮の弟子たちが前にやって来る。彼の手には、かなりなじみのある物があった。

よっ、また会ったな、梱仙索《こんせんさく》。二度と会いたくはなかったけど。

公儀蕭《ゴンイーシアオ》は申し訳なさそうに言う。

「沈《シェン》先輩、失礼いたします。必ずや礼を尽くしてお世話いたします。真実が明かされるまでは、決して嫌な目には遭わせませんから」

沈清秋《シェンチンチウ》はうなずき、「手間を掛ける」とだけ言った。

お前が礼を尽くして接したところでなんになるってんだ。ここにいる幻花宮の弟子たちの目つきを見てみろよ。全員揃って俺を今すぐどう料理しようか考えてる顔じゃないか。なんせ、仙盟大会で一番死傷者を出したのは幻花宮だったのだ。間違いなくたっぷり嫌な目に遭うこと請け合いだ。

梱仙索でがんじがらめに縛りあげられると、沈清秋《シェンチンチウ》は途端に体が幾分か重くなったのを感じた。「不治毒」が時折発作を起こした時は、霊力の流れが詰まったような感覚だった。とはいえ、発作の時は接触不良のリモコンみたいで、ちょっとどこかにぶつけたりすれば、まだなんとか使えるという状態だった。しかし、梱仙索が一旦巻かれると徹底的に霊力が遮断されるので、沈清秋《シェンチンチウ》はまったくの凡人に成り下がってしまう。

老宮主が口を開く。

「公判の日は今から一カ月後としよう。何か意見のある方は？」

柳清歌《リウチンガー》が言った。

「五日だ」

水牢に長くいればいるほど、細々《こまごま》とした辛い目に遭う頻度は高くなる。柳清歌《リウチンガー》の言う五日は、公判のための全準備期間を最短にまで圧縮したものだった。当然、老宮主は妥協しようとしない。

「それほど慌ただしくては、手抜かりも多くなってしまうぞ」

昭華寺はこうした仲裁を専門としている。方丈の一人が「それでは十日はいかがですかな」と意見を出した。

そこへ岳清源《ユエチンユエン》が「七日です。これ以上は伸ばせません」と加わる。

絶賛値切り進行中の掌門たち。沈清秋《シェンチンチウ》は、自分は今市場にいるのではないか、とさえ思えた。ただ、沈清秋《シェンチンチウ》自身にも考えがあるので、急いで口を挟んだ。

「それ以上言う必要はない。宮主の言うように、ひと月でいい」

ちょっとでも時間を先延ばしにすれば、日月露華芝ももっと成長するだろう。彼は目の端でちらりとそばにいる尚清華《シャンチンホワ》を見やり、軽く眉を動かして合図を送った。尚清華《シャンチンホワ》は沈清秋《シェンチンチウ》の言わんとしていることを理解し、両手を体の前に垂らすとこっそり「大丈夫だ、問題ない」のジェスチャーをする。

とはいえ、この計画の成否は、全て洛氷河《ルオビンハー》が権力を欲しいままに力いっぱい振り回している幻花宮で、この一カ月を耐え抜けるかどうかにかかっているのだが！

第七回

水牢《すいろう》

「沈《シェン》先輩、失礼します」

沈清秋《シェンチンチウ》がうつむくと、細長い黒い帯が横から差し出され、視界が遮られる。

しかし、この水牢《すいろう》に張り巡らされた、幻花《げんか》宮の迷陣に満ちたありとあらゆる仕掛けの前では、まったく無意味な行動である。たとえ沈清秋《シェンチンチウ》にカメラを持たせ、連行される道すがらずっと撮影させたところで、どこから入ってどこから出るか記憶できる日は永遠に来ないだろう。

水牢はじめじめと湿っていて、地面は若干滑りやすい。沈清秋《シェンチンチウ》は目隠しされているので、護送する弟子たちに案内されるまま進むしかない。

「公儀蕭《ゴンイーシアオ》」

沈清秋《シェンチンチウ》が声を掛けると、すぐ後ろについていた公儀蕭《ゴンイーシアオ》はすぐに応じた。

「先輩、いかがなさいましたか？」

「四派の連合の公判を待つ間、私は外の者と接見することはできるのか？」

「幻花宮の通行札を持つ者だけが、水牢を自由に行き来できます」

とすると、当初思い描いていた、尚清華《シャンチンホワ》に水牢まで面会に来てもらい、日月露華芝《じつげつろかし》についての計画を相談するのは少々難易度が高くなる。沈清秋《シェンチンチウ》はちょっと考えてから、別の話題を振った。

「あの種《たね》まき人《びと》たちはどうなった？」

公儀蕭《ゴンイーシアオ》は律儀に聞かれたことには全部答えてくれる。

「皆燃やしたあと、昭華《しょうか》寺の大師たちが亡骸《なきがら》を持ち帰り、済度の儀を行われたそうです」

そこへ不満げな声が割って入る。

「師兄、こんな奴《やつ》に色々しゃべっていいんですか？　この水牢に入って、まさか無罪放免で出られるとでも？」

この声、忘れたくても忘れられない。沈清秋《シェンチンチウ》を何かと敵視してくるあのあばた顔のじゃがいもくんじゃないか！

公儀蕭《ゴンイーシアオ》が叱責の声を上げる。

「先輩に無礼なことを言うな！」

だが、沈清秋《シェンチンチウ》は気にしたふうもなく笑った。

「今この沈《シェン》は囚《とら》われの身。彼を責める必要などない。好きなように振る舞わせておけばいい」

そうやって話をしているうちに、これから沈清秋《シェンチンチウ》が拘留される場所に到着した。目隠しが外され、視界が徐々に明るくなると、まず目に入ってきたのは巨大な石の洞穴だった。

下方には黒々とした水をたたえた湖。洞穴の四方の壁には、心許《こころもと》なげに黄色い光を放つ松明《たいまつ》が、不規則に取りつけられている。その頼りない炎は水面を照らし、波とともにゆらゆらと揺れていた。湖の中央には白い石の台座が突き出ている。台座はきらきらと透き通っていて、もはや玉《ぎょく》に見える。特殊な材質でできているに違いない。

公儀蕭《ゴンイーシアオ》は一束の鍵を取り出し、岩のある部分に触れる。そして何かしらの操作をすると、湖底から「ギギッ」と歯車の回る音が聞こえてきた。一本の石の小道がせり上がり、それはまっすぐ湖の中心にあるあの石の台座へと続いていた。

「先輩、どうぞ」

公儀蕭《ゴンイーシアオ》が促す。

あばた顔の弟子は手近にある石を拾い上げると、「見てろ！」と湖に投げ込んだ。石はなんと沈むことなく水面にぷかぷか浮かんだかと思うと、鉄板の上で焼かれる肉のように「ジュ～ッ」と音を立ててたちまち泡と化し、腐食して跡形もなく消えてしまった。

あばた顔は得意満面で胸を張った。

「この水牢は滅多に使われることのない場所だ。ここから逃げ出そうとか、誰かに脱走を手伝ってもらおうだなんて馬鹿な考えは捨てたほうがいい！」

一見普通の湖に見えたその水の凶暴っぷりに、さすがの沈清秋《シェンチンチウ》も衝撃を受けざるを得ない。

うっかりここで転んで湖に落ちようものなら、拾う骨すら残らないだろう。

ていうか、幻花宮は正統派の名門じゃないのか？　こんな百パー違法なエグい液体、どっから持ってきたんだ！

沈清秋《シェンチンチウ》は慎重に慎重を重ねて石の小道を歩き、台座に向かった。万が一ツルッと足を滑らせでもしたら、それこそ洒落《しゃれ》にならない。沈清秋《シェンチンチウ》が台座に到着したのを確認すると、公儀蕭《ゴンイーシアオ》は再度鍵を回した。湖の中心へ続く小道は、また湖底へと沈んでいった。

沈清秋《シェンチンチウ》は台座に腰を下ろし、周囲を見渡す。御剣《ぎょけん》して飛べば、この腐食性の湖水を恐れる心配もないのでは、とひそかに考えていると、公儀蕭《ゴンイーシアオ》が今度は鍵穴の横にある起動装置を作動させた。

すぐに、頭上から「ザァーッ」と水音が聞こえてくる。顔を上げると、ちょうど台座を取り囲むように上から澱《よど》んだ濃い色の水が降り注いできた。それはほんの少しの隙間すらない水のカーテンとなり、沈清秋《シェンチンチウ》を二十メートル四方の台座の中に閉じ込めた。

……ごめんなさい、俺が間違ってましたああっ！　人間どころか、蝿《はえ》一匹逃げ出せっこないわ！

幻花宮の水牢、看板にまったくの偽りなし。さすが、全ての門派が全会一致でお勧めする公立刑務所なだけある！

＊＊＊

沈清秋《シェンチンチウ》は誰かしらがちょっかいを掛けに来るだろうと思っていたが、それがまさかこんなに早いとは予想していなかった。

突然顔に掛けられた冷たい水が、沈清秋《シェンチンチウ》を強制的に眠りから目覚めさせる。

あまりの冷たさに沈清秋《シェンチンチウ》はブルッと震えた。うたた寝してそのまま湖に落ちたのか俺、と思いながら沈清秋《シェンチンチウ》は頭を振って、できるだけ力を込めて目を瞬かせる。目に冷水が入るのは決して気持ちがいいとは言えないものだったが、そのおかげで頭から滴り落ちているのが普通の水だと判別することができた。体に巻きつけられた百十八本の梱仙索《こんせんさく》は極めて細く、沈清秋《シェンチンチウ》の霊脈を隅々まで封じている。そのうえ、締めつけられたせいで血の巡りが悪くなり、寒さへの耐性も大いに下がっていたので、沈清秋《シェンチンチウ》は我慢できずに一度身震いした。

周囲を取り囲んでいた水のカーテンは止んでおり、台座と外界を繋《つな》げる石の小道も浮かび上がっている。

視界が少しずつ鮮明になっていく。目を上げると、精巧で小さく、愛らしい刺繍《ししゅう》を施した靴が真っ先に視界に飛び込んできた。さらに視線を上に向けると、ピンク色の裙《スカート》の裾が見えた。

全身ピンクの服を着て、派手な宝石で飾った少女が、金属製の鞭《むち》を片手にこちらをにらんでいるのが目に入った。細い眉はつり上がり、アーモンド型の目も大きく見開いている。

沈清秋《シェンチンチウ》は心の中で白目をむいた。

洛氷河《ルオビンハー》は問答無用で厄介な存在だが、彼の奥さんたちもなかなかどうして面倒極まりない。馬上から鑑賞する花のごとく、次々に現れては一様に難癖をつけてくるのだから。

もう来んなよ、頼むから！　俺はオリジナルじゃないし、美女に邪《よこしま》な考えなんてさらさら持ってないからな！

少女は鞭でビシィッと沈清秋《シェンチンチウ》を指す。

「起きてるのなら寝たふりはやめなさい！　この小宮主が話を聞こうとしてるのよ！」

いくら沈清秋《シェンチンチウ》が落ちぶれようとも、彼女程度の身分と実力では、沈清秋《シェンチンチウ》を尋問する役回りに当たることはない。

「これは小宮主がやるべきことではないように思えるが」

幻花宮の老宮主が目に入れても痛くないほど可愛がっている娘にして、洛氷河《ルオビンハー》の後宮において横暴ダントツナンバーワンの小宮主は、少しの遠慮もなく言い放った。

「ごちゃごちゃ言わないで！　私が誰か知ってるんなら、ここに来た目的も分かってるはずでしょ？」

彼女は目の縁を赤くさせ、憎々しげに罵倒する。

「魔族と結託して同門を裏切った卑しい奴め！　これも天のお導き、因果応報ってものよ。今あなたはこの小宮主の手に落ちたんだから、たっぷりと思い知らせてやるわ！」

「魔族と結託したなど、認めた覚えはない」

小宮主は地団駄を踏んだ。

「だからってあなたを懲らしめられないとでも？　年長者として名を馳《は》せていたくせに、洛《ルオ》兄様にあんな残忍で悪辣なことができるんだもの。魔族と結託するぐらい、造作もないでしょ」

遺伝、げに恐ろしき！　この思考回路、間違いない。絶対に老宮主の実の娘だ！

沈清秋《シェンチンチウ》は少女の繰り出す超論理にしばし絶句したのち、質問した。

「あいつは、本当に私に残忍で悪辣なことをされたと言っていたのか？」

小宮主は感情たっぷりに言い放つ。

「洛《ルオ》兄様はすごくいい人なんだから、そんなこと言うはずないでしょ。心の傷は全部内側にしまい込んで、誰にも触らせようともしないし、見せようともしないんだもん……でも、洛《ルオ》兄様が言わないからって私が気付かないとでも？　私にだって目や心はあるわ」

……。

ずいぶんエモーショナルだな……沈清秋《シェンチンチウ》のほうがどうにかなりそうだった。

なにこれ、ポエム朗読大会かよ!?

地面を叩《たた》いて大爆笑すべきか、少女の思いに感動の涙を流すべきか、もう分からない。すまん！　こんな情熱的に愛を語ってる女の子を笑うのはめちゃくちゃ失礼だよね！　でもこれはマジで恥ずかしすぎるって！　恥ずかしすぎてこっちまであちこちムズムズしてきた！

洛氷河《ルオビンハー》の後宮は非常に広大ながら、混沌《こんとん》と無秩序に満ちており、ありとあらゆるタイプの女性が揃《そろ》っている。欲張って詰めすぎたゆえの消化不良、質より量を取った結果である。まあ、女の子の手を握ったことすらほとんどない向天打飛機《ガチオタク》が、イキがって種馬小説を書こうとした結果でもある。あー、マジウケる！

小宮主はふと我に返り「なんなの、その顔」といぶかしんだ。

沈清秋《シェンチンチウ》は急いで気を引き締め、表情管理に落ち度がなかったか点検した。この子の恨みを買ったらひどい目に遭わされる。

表情を引き締めた結果がどうあれ、小宮主はふつふつと怒りを爆発させた。

「さっきは私を馬鹿にしてたの!?」

小宮主はもともと幼馴染《おさななじみ》の公儀蕭《ゴンイーシアオ》に思いを寄せていた。ところが、洛氷河《ルオビンハー》が現れると、彼女の愛はまっすぐ主人公にドバドバと注がれることになった。仕方がない。昔から、突然現れた男と幼馴染の間で思いが揺れるパターンになった時、突然現れた男に軍配が上がるのが常である。実を言えば、この手の心変わり設定は種馬小説のお決まりでもある。なぜなら、この世界にはたくさんのNTR《ねとり／ねとられ》愛好家がいるからだ。誰かを寝取っても、誰かに寝取られても、愛好家たちはそういう物語の展開に興奮してやまない。心変わりした者は自分の気持ちに正直になって愛を求めているだけで、何も悪いことなどしていないと思っているものの、どうしても後ろめたさが残る。誰に対しても疑心暗鬼になり、相手の表情一つですぐに自分を馬鹿にしているんじゃないか、と疑ってかかるのだ。小宮主は恥ずかしさをとおり越して怒髪天を衝《つ》き、ついにその手に持っていた鞭をヒュッとしならせた。

凶暴な鞭の勢いはすさまじく、宙を切り裂くような鋭い音が響いた。沈清秋《シェンチンチウ》は捆仙索に霊力を封じ込まれているが、動きまで封じられたわけではないので、その場でごろりと転がる。鞭はちょうど沈清秋《シェンチンチウ》の足のすぐ横に振り下ろされた。

あまりの衝撃に台座にはひびが入り、ほこりが舞う。沈清秋《シェンチンチウ》は片膝を地面につけて踏みとどまった。

（女の子なのになんでこんな返しつきの鉄鞭《てつべん》を使うんだよ!!　マジで違和感ハンパねぇ！）

　何よりもおかしいのは、原作小説で小宮主がこの鉄製の鞭をお見舞いするのは、恋敵限定だったはず。これは男を取り合ったり、にっくき恋敵をボロ雑巾《ピーーーッ》にするための道具で、洛氷河《ルオビンハー》がちょっとでも目を留めた綺麗《きれい》な女性相手に振るわれるはずなのに。な・の・に！　なんで今男《おれ》に使ってんの！　鞭が泣いてんぞ、泣き声が聞こえないのか!?

　もう本当いい加減にしろって、こんな展開を俺に押しつけんなよ！

　鞭が当たらなかったことで、小宮主の怒りはより一層激しくなった。「はあっ！」と苛立《いらだ》った愛らしい掛け声と共に、鞭を引き戻してもう一度攻撃しようとする。台座は狭く、沈清秋《シェンチンチウ》も縛られているので、いくら反応が速くても鞭の風が体を掠《かす》めてしまう。

「ビリッ！」と何度か音がして服が数カ所引き裂かれたが、その下の肌は無傷のままだった。しかし、情け容赦ない鞭から逃げ続けるうちに、あっという間に台座のへりまで来てしまった。もうこれ以上避けられるようなスペースはなく、あとは歯を食いしばって耐えるしかない。沈清秋《シェンチンチウ》は身構え、目を閉じて襲い来る激痛を待った。

　ただ、いくら待っても痛みは訪れない。

　沈清秋《シェンチンチウ》は勢いよく両目を開ける。目の前の光景に、今度は心がズンッと沈む感覚がした。

　洛氷河《ルオビンハー》が素手で鞭の先を掴《つか》んでいる。ゾッとするほど冷え切った瞳の中で、二つの漆黒の鬼火《おにび》が燃えているようだった。

　そして、洛氷河《ルオビンハー》は聞く者の心まで凍らせてしまうほどの冷たい声で、一字一句はっきりと問いかけた。

「何をしている？」

　小宮主もいつ洛氷河《ルオビンハー》が現れたのか分からず、ぎょっとする。しかし何よりも怖かったのは、洛氷河《ルオビンハー》の顔に浮かんでいる、これまで一度も見たことのない冷酷で厳しい表情だ。彼女は思わず背筋を震わせた。

　知り合ってからというもの、洛氷河《ルオビンハー》はずっと優しく、自分の機嫌を取ってくれるような存在だった。こんな「殺すだけでは生ぬるい、骨の一片すら残らないぐらい徹底的に叩きつぶしてやる」とでも言わんばかりの視線を向けられたことは、一度もない。小宮主は思わず数歩下がり、口ごもる。

「そ……その……お父様から通行札をもらったの。それで、ちょっとこいつを尋問しようと思って……」

洛氷河《ルオビンハー》の声には少しの温かみもない。

「四派連合の公判はひと月後のはずだが」

小宮主は急に悔しさが込み上げてきて、大声で叫んだ。

「こいつのせいで私の師兄や師姉がたくさん死んだの！　あんなにもすごい人数よ！　それに、あなたにだってひどいことをしたんでしょ！　私がここでちょっと懲らしめたからってなんだって言うのよ!?」

洛氷河《ルオビンハー》は小宮主の手から鞭を完全に取り上げた。鞭についた返しを気にも留めず、手にも大して力が込められているようには見えない。しかし、洛氷河《ルオビンハー》が再び手を開いた時、精鉄の鞭の節々は砕け、ただの鉄くずの山に変わった。

洛氷河《ルオビンハー》は一切の感情を見せずに、「帰れ」と告げる。

自分の大切にしていた物が目の前で一握りの鉄くずにされたのを見て、小宮主は信じられないと言わんばかりに「あっ！」と声を上げた。

小宮主は沈清秋《シェンチンチウ》を指さしてから洛氷河《ルオビンハー》を指さし、涙声で問う。

「わ、私にそんな仕打ちをしていいと思ってるの？　あなたの恨みを晴らしてやろうっていうのに、そいつには手を出すなって言うの？」

洛氷河《ルオビンハー》はいいとも悪いとも言わず、手に持っていた鉄くずを湖へ投げ入れた。「ジュウジュウ」と次々に腐食し溶けていく音が聞こえてくる。

その光景に、小宮主は唇をわななかせた。

一瞬、小宮主の脳内に、洛氷河《ルオビンハー》が一寸ずつちぎって湖へ投げ入れようとしているのは鞭ではなく自分ではないか、という思いが過《よぎ》る。まったくの冗談抜きで。

小宮主は怒りと悲しみでいっぱいになり、「あなたのためなのに！」と怒鳴った。そうして、涙を流しながら身をひるがえして走り去ってしまった。

沈清秋《シェンチンチウ》は心の中で叫ぶ。

（この流れおかしいって！　マジで、絶対に、なんか変だってぇえ！）

しかし、思う存分「えぇぇぇ」と叫び終わらぬうちに、洛氷河《ルオビンハー》の視線は沈清秋《シェンチンチウ》に向けられた。

沈清秋《シェンチンチウ》は奇妙な展開に歯も胃も、それどころか股間までキリキリと痛み出したように思えた。こんなことなら小宮主に百八十回鞭打たれたほうがマシだ。それなら鞭で打たれたところが痛むだけで済む。洛氷河《ルオビンハー》と二人きりで密閉空間にいて、全身どこもかしこも痛くなるよりは断然いい！

二人は無言で見つめ合う。洛氷河《ルオビンハー》が一歩近付いた。

沈清秋《シェンチンチウ》は取り澄ました表情のまま、ほぼ無意識に一定の距離を取るべく後ずさる。

沈清秋《シェンチンチウ》に向かって半ばまで伸ばされた洛氷河《ルオビンハー》の手は、空中でしばし止まったあとに下ろされた。

洛氷河《ルオビンハー》はフンッ、と鼻を鳴らす。

「それほど警戒しなくとも。もし私が師尊に何かする気があれば、触れる必要なんてありませんから」

洛氷河《ルオビンハー》の言うとおりである。天魔《てんま》の血が一滴でも体内に入れば、時限爆弾を体内に埋め込まれたも同然、可能性は無限大だ！　洛氷河《ルオビンハー》がそうしたいと思えば、指を曲げるだけでも沈清秋《シェンチンチウ》の腸《はらわた》をうがち、腹の中を爛《ただ》れさせて、それこそ死にたくなるほどの苦痛を味わわせられる。

沈清秋《シェンチンチウ》は打坐《だざ》の姿勢に戻り、見上げるような格好で洛氷河《ルオビンハー》と目を合わせた。

ひと月。

何がなんでも、このひと月は持ち堪《こた》えなければ。これさえ乗り切れば、高い空を自由に飛び回る鳥になれるのだ。

こーんな意味の分からないごちゃごちゃ、もう知らないもんねー！

二人の間で沈黙が広がる。沈清秋《シェンチンチウ》は慎重に色々と考えた末に口を開いた。

「もし私をどうこうしたいのなら、急ぐ必要はない。四派連合の公判が行われ、私の名声が地に落ち切ってどうしようもなくなってから、けりをつければよい。そのほうが大義名分にもかなうし、気持ち良く終われるだろう？」

この言葉は、原作の洛氷河《ルオビンハー》の考え方を踏襲したものだから、洛氷河《ルオビンハー》の好みに合った提案であるはずだ。にもかかわらず、洛氷河《ルオビンハー》の表情は晴れるどころか、さらに剣呑《けんのん》さを増した。

彼は目を細める。

「師尊はまるで公判では確実に有罪になると思っておいでのようですね。なぜです？」

「それはそなた自身に聞くべき質問だと思うが？」

洛氷河《ルオビンハー》は「私に？」と繰り返して冷たく笑った。

「また、私ですか」

沈清秋《シェンチンチウ》は何も答えられない。

金蘭《きんらん》城のストーリーは新たに追加されたものだ。原作の時間軸に基づけば、今頃洛氷河《ルオビンハー》はまだまだ地下世界でのレベルアップに勤《いそ》しんでいるはずで、はなからこんなところにはいない。それゆえ、沈清秋《シェンチンチウ》はいつもの三人称全知視点のアドバンテージが効かないのだ。しかし、向天打飛機《シアンティエンダーフェイジー》が物語を描写するなかで、太鼓判を押している事実が存在する。それは、レベルアップを終えて地上に戻ったあと、洛氷河《ルオビンハー》はあらゆる陰謀と殺戮《さつりく》に何かしらの形で関わっている、ということだ。だから今のこの状況で、一番疑わしいのは洛氷河《ルオビンハー》なのである。

洛氷河《ルオビンハー》はどういうわけか暗い表情で、後ろに手を組んで沈清秋《シェンチンチウ》の前を数回行ったり来たりする。そして唐突に振り向いて声を荒げた。

「それではお伺いしますが、この世で起きた魔族による殺人や放火、あらゆる全ての極悪非道なことは、全部私がやったとおっしゃるつもりですか？」

沈清秋《シェンチンチウ》は眉を寄せた。

答えない沈清秋《シェンチンチウ》に、洛氷河《ルオビンハー》はゆっくりと拳をきつく握りしめる。

「昔はあんなに私を信頼してくださっていたのに、今では何かにつけて、私が何か企《たくら》んでいるのではと疑うのですね。種族の違いは、それほどまでに大事なのですか？　それこそ、その人に対する師尊の態度がまるっきり正反対に変わってしまうほどに？」

沈清秋《シェンチンチウ》も我慢できなくなり、危険を承知で反論した。

「そこまで言うのなら、私も聞きたいことがある」

洛氷河《ルオビンハー》は首を横に向け、「どうぞおっしゃってください」と促す。

「幻花宮を篭絡《ろうらく》しながら、企みなど抱いていないと言う。それならば、幻花宮を篭絡したのはいったい何故《なにゆえ》だ？」

なぜ主人公はシナリオどおりに動かないのか？　システムとストーリーから圧力をたっぷり受けている身としては、聞かずにはいられない質問だった。

だが、沈清秋《シェンチンチウ》の問いに、洛氷河《ルオビンハー》は少しだけ呆気《あっけ》に取られた。唇をかすかに動かして、言いたいことはあるものの、言うべきかどうかためらっているようだ。

沈清秋《シェンチンチウ》はむしろその様子に少し驚く。

「答えられないのか？」

原作のあの、蒼穹《そうきゅう》山全員を一人で言い負かせられるほどの巧みなおしゃべりはどこへ行った？　もしかして、これが無間深淵《むげんしんえん》という新マップを早く進めすぎたのに加えて、しっかり修練と経験値稼ぎをしなかった代価か？　おしゃべりスキルのレベルが置いてけぼりになっているようだ……。

ややあって、洛氷河《ルオビンハー》はようやく口を開いた。

「どうせ何を言っても私の言うことなど信じてくださらないのですから、答えても答えなくても一緒でしょう」

ほの暗い水牢の中、揺れる炎の明かりを反射した水は静かに揺蕩《たゆた》っている。沈清秋《シェンチンチウ》は、自分の心もつられて震えたかのように思えた。

沈黙の中、しばし見つめ合っていると突然、洛氷河《ルオビンハー》が切り出した。

「ですが、私も師尊にどうか真剣に答えていただきたい質問が一つあります」

そして、軽く口を一の字に結び、「一つだけ」とぎこちなくつけ足した。

「聞くがいい」

洛氷河《ルオビンハー》はそっと息を吸い込んで、小声で問いかける。

「後悔されましたか？」

沈清秋《シェンチンチウ》は黙って何も言わず、視線を動かして洛氷河《ルオビンハー》を上から下までじっくりと眺めた。

きっと本当は、洛氷河《ルオビンハー》を無間深淵に蹴落として後悔したか、と聞きたかったのだろう。

馬鹿言え。後悔したに決まってる。噛《か》めるものなら臍《ほぞ》だって噛みたい。けれども、洛氷河《ルオビンハー》はどういう意図でこの質問をしたのだろうか？

沈清秋《シェンチンチウ》はこめかみがピクンピクンと痙攣《けいれん》するのを感じていると、唐突に目の前に巨大なウィンドウが飛び出してきた。

【以下からご選択ください。

A：あぁ、この師はとっくに後悔している。この数年、そう思わない時はなかった。とはいえ、後悔先に立たずだが。

B：（冷笑）今のそなたの様子を見て分かったぞ。後悔など必要ないとな！

C：沈黙を続ける。】

……マジで消えてくんない？　アップデートした結果が、コレ？

あのカッコの中身、なんなんだよ⁉　口調から表情まで勝手に決めやがって、ギャルゲーじゃねぇんだから！

初期のダウングレードバージョンのほうがぜんっぜんマシだ。誰か、早くシステム一・〇のインストールパッケージをくれよ——そいつの家族一人ひとりにお礼を言って回ってやる！

沈清秋《シェンチンチウ》はげんなりした。

『Aは嘘《うそ》くさすぎる！　俺が洛氷河《ルオビンハー》だったら絶対信じないし、それどころかキモイって思うぞ！　ってか、Bはなんなんだよ？　前回あいつが俺を絞め殺さなかったのが気に食わないわけ？』

【お選びください】

『Cだ、C！　Cで！』

【キャラクターの深さプラス10】

『誰かさ、この「キャラクターの深さ」ってどーやって計算してんのか教えてくれない？』

沈清秋《シェンチンチウ》の視線はまっすぐ洛氷河《ルオビンハー》を捉えたまま、沈黙を保つ。

洛氷河《ルオビンハー》は答えを得られず、握りしめた拳を緩めて自嘲気味に言った。

「答えなんて分かり切っているのに、それでも聞くなんて。私も愚かですよね」

もし洛氷河《ルオビンハー》がこの世界における全システムの動力源だと知らなければ、沈清秋《シェンチンチウ》はきっと誰か別の人が洛氷河《ルオビンハー》に転生したのではと疑っていたはずだ。

そして、三人称全知視点でストーリーを知り尽くしていなければ、沈清秋《シェンチンチウ》は絶対に……洛氷河《ルオビンハー》はちょーっとばかり本気で悲しんでいるのだと思うことだろう。

沈黙は金なり、しゃべればしゃべるほどボロも出る。沈清秋《シェンチンチウ》は目を閉じ、静かに胡坐《あぐら》を組んだ。

静寂が続く中、洛氷河《ルオビンハー》の温度を感じさせない軽い声がまた聞こえてきた。

「師尊はいつも口数が少ないですね。以前はそれでもまだいくらか話をされることもあったのに、今ではそれさえもしてくださらないなんて」

そこで一旦言葉を切ってから、洛氷河《ルオビンハー》の語調は一変した。彼はゾッとするような笑みを浮かべる。

「でも、大丈夫ですよ。師尊の口を開かせる方法なんて、いくらでもありますから」

その言葉が放たれるや否や、沈清秋《シェンチンチウ》はバッと目を見開いた。

下腹部の奥から、チクチクとかすかな痛みが伝わってくる。

（しゃべってもしゃべらなくてもご機嫌斜めかよ！　もう

なんなんだよ！　俺が何したって言うんだ！）

しばらくすると痛みは消えた。それに取って代わったのは、何かが血管の中を這《は》うような、とてつもなくおぞましい感覚だ。

沈清秋《シェンチンチウ》の体内で数日間身を潜めていた天魔の血は、もうすっかり宿主の体内の環境に適応していた。この時、それは主人の召喚に応じて凝固して虫の姿と化し、宿主の内臓をあちこち探索し始めたのだ。

洛氷河《ルオビンハー》はのんびりと数え上げる。

「脾臓《ひぞう》、腎臓、心臓、肝臓、それから肺」

一つの器官の名を口にするたび、その部分から極めて不快な、痛痒《いたがゆ》いような感覚が広がる。何列もみっちりと並んだ細かい歯で噛みつかれているようで、おまけにひりひりと焼けるような感覚まで伴っていた。

心まで切り裂くような痛み、とまではいかない。けれども、ひどく苦痛だった。

沈清秋《シェンチンチウ》は座っていられず、体を丸めたい欲望に抗《あらが》いながらも、思わず腰を曲げた。冷や汗が、いまだ濡《ぬ》れたままの顎を伝って滴り落ちる。

洛氷河《ルオビンハー》のキャラは通常運転に戻ったが、今度は沈清秋《シェンチンチウ》が苦しむ番になった。

（くっそ、お腹が痛い！　女の人の毎月の痛みって、こんな感じ⁉）

洛氷河《ルオビンハー》は穏やかな声で尋ねる。

「師尊、どこを噛んでほしいですか？」

いやいやいや、そんなのどこもお断りだよ！

てか、まだ噛んでなかったんかい！　今の段階でもうこんなに痛いのに、このうえ噛んじゃったらどうなるんだよ‼

沈清秋《シェンチンチウ》は心の中で思い切り振りかぶって、システムウィンドウにビンタを食らわせる。

『お前、なんとかしろよ！　俺だってお前の客だろ⁉』

【キーアイテム「偽玉観音《にせぎょくかんのん》」を使いますか？　ヒント：この道具の使用は一度限りです】

『今洛氷河《ルオビンハー》の憤怒ポイントはいくつなんだ？』

【30です】

『なんでそんなに低いんだよ！　え、なんかの間違いじゃないのか⁉　絶対ありえないって！』

五〇〇〇の憤怒ポイントを消せる神アイテムを、三〇ごときに使うなんて、できるわけがない！

『ほかに選択肢はないのか？　この業界で二番目に高評価なプランは？』

【ちょいヘルプ機能を起動しますか？】

……名前からしてショボそう。でも、業界ナンバーツーのプランなら、もうこれにしよう。あとのない沈清秋《シェンチンチウ》は潔くそれを選んだ。

洛氷河《ルオビンハー》が冷ややかに笑う。

「私を見たくもない、話しかけたくもないのは、私が穢《けが》れていると思っていらっしゃるからですか？」

言いながら、洛氷河《ルオビンハー》はズイッと一歩前に出て鼻を鳴らし、「それではなおさら、師尊の思いどおりに動くわけにはまいりませんね！」

と手を伸ばして、沈清秋《シェンチンチウ》の肩を掴もうとする。

相手の動きを見て、沈清秋《シェンチンチウ》は反射的に身を引いたので、洛氷河《ルオビンハー》は沈清秋《シェンチンチウ》の肩の代わりに服の端を掴んだ。

もとよりこの上着は小宮主の鞭によってボロボロになっている。改めて引っ張られる形となり、盛大に「ビリッ！」と音を立て、肩から半分以上べろりんと破けた。

予期せぬ展開に、二人ともポカンと固まる。

沈清秋《シェンチンチウ》は今しがた頭から冷水をかぶったばかりだ。服も髪もまだ濡れたまま白い肌に張りついており、さらに赤い糸のように細い梱仙索がその体をぐるぐると縛り上げている。沈清秋《シェンチンチウ》の顔にはこれ以上ないほど正直な驚愕《きょうがく》が浮かんでいたが、全体的に見てみるとやはりとても……格好がつかない。

洛氷河《ルオビンハー》はたちまち目を見張る。

少しの間ぼうっとしてから、洛氷河《ルオビンハー》はハッと我に返った。熱い鉄で火傷《やけど》でもしたかのように、直ちに手を離して体を反転させた。

洛氷河《ルオビンハー》が後ろを向いたことで、沈清秋《シェンチンチウ》の体内を這い回る機会を今か今かと待っていた血蠱虫《けっこちゅう》も驚いたのか、クモの子を散らすように散り散りになった。途端に、血管の詰まった感覚は消え失せる。

沈清秋《シェンチンチウ》はホッとして、心に安堵《あんど》の涙を降り注がせた。

（月の物がやっと去ってくれた！）

例のちょいヘルプ機能は今何か仕事したのか？　俺の服を破いただけ？　それなら服ビリ機能に改名しろよ。ってか、どういうロジックで動いてんの？　洛氷河《ルオビンハー》が半裸男を見たら生理的な嫌悪感を催すから、それを利用したってこと!?

洛氷河《ルオビンハー》は沈清秋《シェンチンチウ》に背を向けたまま、どう振る舞えばいいのか分からないという様子で固まっていた。そうしていきなり、素早く上着を脱いだかと思えば、後ろへ放り投げてきた。

上着が沈清秋《シェンチンチウ》の顔面にばさりとかぶさる。

「……」

（えーっと、これ、どういうこと？）

この状況でこのリアクション。なんでこんなに妙に居心地悪いのか。沈清秋《シェンチンチウ》の脳裏に、「めちゃくちゃに虐げられた少女が救い出されたあと、その彼氏が少女に自分の暖かいジャケットを着せる」という手垢《てあか》まみれのベッタベタな展開が呼び起こされる……。

沈清秋《シェンチンチウ》は身の毛がよだった。ぐっと肘を上げ、墨色の上着を肩からずり落とす。

柔らかく、つるつるとした生地の上着が地面に落ち、滑らかな刺繍の極めて細い線に沿って銀色の輝きが流れていく。洛氷河《ルオビンハー》が物音を聞きつけて振り向くと、上着は地面に落ち、おまけに沈清秋《シェンチンチウ》が慎重にそれを自分のほうへ少しずつ押しやっているところだった。

実を言えば、沈清秋《シェンチンチウ》は洛氷河《ルオビンハー》のために上着を畳んでやったほうがいいのだろうか、と考えていた。ところが行動に移す前に顔を上げてみれば、洛氷河《ルオビンハー》が振り向いて自分を見ているではないか。その瞳は眩《まばゆ》いほどに火の光を反射して、かなりご立腹の様子だ。その手の甲には血管が浮き上がっており、洛氷河《ルオビンハー》は何度か手を握ったり開いたりしてから、怒りを発散させるように暴撃をいくつか打ち出した。

洛氷河《ルオビンハー》が放った一連の攻撃は、特に何かを狙ったものではなかったようだ。何発かは湖面に当たり、巨大な水しぶきが上がる。もう一発は水牢の壁に当たり、大きな穴が空いた。石の塊がゴロゴロと転がり落ち、松明も振動で湖に落下した。しかし、それでも火は消えることなく、水面を漂いながらボウボウと燃え続けている。火は洛氷河《ルオビンハー》の顔を照らし出し、彼の顔は時に明るく時に暗くなったりして、邪気に満ちていた。

洛氷河《ルオビンハー》はゆっくりと手を引っ込める。

「つい忘れておりました。魔族が触れたものなんて、触りたくもないですよね」

立派な主人公が、こんなところで大した理由もなしに、イメージも顧みず癇癪《かんしゃく》を起こすなんて。思いどおりにならなかったからと、おもちゃや積み木を怒りに任せて蹴とばす子どもと同じじゃないか。らしくない、本当にらしくないぞ。

滑らかだった洞窟の壁は穴だらけになってしまった。洛氷河《ルオビンハー》はようやく気が済んだようだ。

洛氷河《ルオビンハー》がくるりと振り向くと、沈清秋《シェンチンチウ》は相変わらず手持ち無沙汰な様子で傍観している。洛氷河《ルオビンハー》のこめかみの血管が数度痙攣したように見えた。彼は歯を食いしばって言い放つ。

「……ひと月後、あなたがどんなふうに地位も名声も失うのか、しかとこの目で見届けさせていただきますよ！」

そう言い捨てて、洛氷河《ルオビンハー》は憤然と去っていく。水牢を離れる際、彼は起動装置に思い切り掌《てのひら》を打ちつけた。ゴウゴウと音が立ち、また水がカーテンのように落ち始める。沈清秋《シェンチンチウ》はその場に座り込み、困惑したまま天を仰いだ。もう自分は囚われの身で、洛氷河《ルオビンハー》は好きなようにできるはずなのに、いったいあいつは何に怒っているのだろうか？

水牢の中は暗くて寒い。ひんやりとした風が吹くと、濡れた服が肌に張りつき、あまりの冷たさに沈清秋《シェンチンチウ》はブルッと体を震わせた。

そばにはまだ、洛氷河《ルオビンハー》が投げた上着が落ちている。

こんな状況にもかかわらず、沈清秋《シェンチンチウ》はぼんやりと考え事を始める。清静峰《せいせい》で学んでいた頃の洛氷河《ルオビンハー》は、周囲に当たり散らしたことなど一度もなかったし、今日みたいに感情を激しくぶちまけるようなこともなかった。しかし、先ほど憤然と立ち去った後ろ姿に、なんと沈清秋《シェンチンチウ》はかつての子羊の面影を見出していた。

しばしぼんやりしていると、ゾワゾワと悪寒が走り、くしゃみが出そうになる。沈清秋《シェンチンチウ》はやむを得ず、結局指で落ちていた黒い上着をつまんで拾い上げ、のろのろと体に羽織った。

仕方がない。さっきのは「口では嫌だと言いながらも体は正直」という例のアレではないが、洛氷河《ルオビンハー》の前でこんなこと、できるはずがない。

だって原作で毎回せっせと励んだあとに女の子に着せ掛けるのって、この服じゃん!?

当の主人公の前で、野郎《ヤロー》の俺が着られるわけねぇっつうの！

＊　＊　＊

沈清秋《シェンチンチウ》はあることに気付いた。打坐や瞑想《めいそう》をしようとするたび、いつも邪魔が入ることに。たとえば霊犀洞《れいさいどう》の時しかり、それから、今回の水牢しかり。

小道が浮かび上がり、腐食性の水のカーテンが止まる。

その中を慌ただしく通って来た公儀蕭《ゴンイーシアオ》は、沈清秋《シェンチンチウ》の姿を見た途端驚いて足を踏み外しそうになる。

「シ……シ……沈《シェン》先輩、その……」

言葉を詰まらせる公儀蕭《ゴンイーシアオ》に、自分がおかしな格好をしている自覚のない沈清秋《シェンチンチウ》は聞き返した。

「私が何か？」

公儀蕭《ゴンイーシアオ》はなんとも微妙な顔をしている。後ろを向いて目を逸《そ》らすべきなのか、もっと近付いていいものかと台座の手前でためらいがちに立ち止まって、それ以上近付いてこない。沈清秋《シェンチンチウ》は彼の視線を辿《たど》って自分の首から下へ目を向けた。

公儀蕭《ゴンイーシアオ》は言おうかどうか迷いながらも、意を決して口を開いた。

「そのお召し物は、もしや……」

「ゲホン」

沈清秋《シェンチンチウ》は咳払《せきばら》いで遮った。そのとおり。今着ているのは、洛氷河《ルオビンハー》の上着だよ……。

それによって公儀蕭《ゴンイーシアオ》はようやく察し、同じく一つ咳払いをした。

「ここ二日、いかがお過ごしでしたか？」

「悪くはない」

これほど人気じゃなかったらもっといいんだが。

この二日で訪れた人は三人。沈清秋《シェンチンチウ》が押し込まれたこのＶＩＰシングルルームは、幻花宮の水牢建設以来、最も人気の場所となっていることだろう。

「これは聞いた話ですが、昨日洛《ルオ》師兄が……その、ひどく怒って帰られたと。沈《シェン》先輩に何かしたのではないかと心配していたのですが……」

言いながらも、公儀蕭《ゴンイーシアオ》の視線は自分では抑えられないと言わんばかりに例の上着をチラチラと掠める。

彼の視線を感じ、沈清秋《シェンチンチウ》はついつい上着の前をさらにきつく合わせた。

何かって？　キレ散らかしてあちこちに暴撃を放った結果、洞窟を半分ばかし壊しただけだ。ってか、その目つきはなんなんだ！

沈清秋《シェンチンチウ》はため息をこぼした。

「幻花宮にいる洛氷河《ルオビンハー》は、まことに水を得た魚のようだな」

公儀蕭《ゴンイーシアオ》は苦笑する。

「それ以上ですよ。洛《ルオ》師兄は霊力が強く、何をするにも果断で素早いのです。ほかの弟子は足元にも及びませんし、師尊がこれほど重用するのも無理はありません。洛《ルオ》師兄が頑《かたく》なに弟子になることを拒んでいなければ、今頃首席弟子という立場も、とうに私のものではなくなっているでしょうね」

公儀蕭《ゴンイーシアオ》を見る沈清秋《シェンチンチウ》の瞳から発せられる同情は、深まる一方だ。

そうして、公儀蕭《ゴンイーシアオ》は厳かに言った。

「今日来たのは、大事なことをお伝えするためです。尚峰《シャン》主は今朝師尊に通行札の申請をなさったのですが、審査を繰り延べられたようで、いつになったら許可が下りるのか分からない状態です。ただ、何やらとても急いでいらっしゃるようで、文を一通預かってまいりました」

言いながら、公儀蕭《ゴンイーシアオ》は懐へ手を伸ばした。

クソ、マジで手紙が一通だけだ。

しかも二回折っただけで、封蝋《ふうろう》や封印術すら施されていない。


尚清華《シャンチンホワ》、やってくれたな！

「ご安心ください。この文は私も目を通しました」

それでどうやって安心できるっていうんだよ!?

しかし、公儀蕭《ゴンイーシアオ》は、「理解できませんでしたが」と続けた。

沈清秋《シェンチンチウ》は心底ホッとした。なるほど、自分は尚清華《シャンチンホワ》を過小評価していたようだ。尚清華《シャンチンホワ》だって、さすがにそこまでうかつじゃない。おそらく、手紙は暗号で書かれているのだ。だから、誰かに手紙を読まれたところで心配ないのだろう。

沈清秋《シェンチンチウ》は二本の指で渡された手紙をつまむと、折りたたまれたそれをガサガサと振って開いた。さっと読んだだけで彼の顔色は真っ青になり、二行読み終わる頃にはまた白くなった。沈清秋《シェンチンチウ》の顔色は、次々に花が咲くようにくるくると変化していく。

「……」

沈清秋《シェンチンチウ》は絶句した。

手紙は、英語で書かれていた。

いや、英語と呼ぶのもおこがましい、めちゃくちゃなチャイニーズイングリッシュで書かれたものだ。

完全に中国語の文法のまま英単語に置き換えただけで、

分からない単語はあろうことか直接ピンイン[60]で代用している。

（向天打飛機大先生《シアンティエンダーフェイジー》よ、万が一俺がお前のヘッタクソな英語もどきを理解できなかったらどうするつもりだったんだ？）

　勘を働かせたり、脳みそをフル回転させてソレの大まかな意味を把握すると、沈清秋《シェンチンチウ》はグッと手に霊力を込めた。紙は途端にビリビリに破れ、六月に降る雪のようにひらひらと地面に落ちた——その様子は、手紙に書かれていた一字一句に翻弄されて呆《あき》れ返った今の沈清秋《シェンチンチウ》の心そのものである。

　本当に、まだまだ向天打飛機大先生《シアンティエンダーフェイジー》を過小評価しすぎていたようだ。

『拝啓　絶世きゅうり様
　オールオッケー、準備バッチリ。場所は変わっていないけど、時間がちょーっとばかしマズいことになったかもしんない。日月露華芝が早く成熟しますようにって、成長を促進するブツを与えたんだけど、うっかりやりすぎちゃって、もうこれ以上ないくらい完全に熟しちゃった。あと保《も》って一週間、それ以上は腐っちゃうから、なるべく早く幻花宮の水牢から出て来てくれ。安心してほしい、化学肥料みたいなのをちょこっと与えただけだし、使用時の効果には影響ないと思う。たぶんね』

　信頼できないどころか、こいつの人生には信頼できる要素自体、存在するのか？

　何にも汚染されていない天然物を、あえて化学肥料で成長を促進させた、だと？　化学肥料、農薬だぞ！　「使用時の効果には影響ない」なんていう保証は、異物混入商品を世に送り出した会社が「もう問題ありませーん！」と言っているのと同じくらい信用ならないぞ！

　公儀蕭《ゴンイーシアオ》は周囲を見渡す。

「先輩、読み終わりましたか？　終わったのなら、紙くずも湖に捨てて処分してください。実は昨日の時点で、洛《ルオ》師兄から言いつけられているのです。自分以外は、誰もここに入ってはならないと。見つかって余計な問題が起こる前に、私も早くここから離れないといけません」

　沈清秋《シェンチンチウ》はガシッと公儀蕭《ゴンイーシアオ》の腕を掴んだ。

「手伝ってほしいことがある」

「なんでしょうか？　私に……」

　公儀蕭《ゴンイーシアオ》が私にできることであれば、とみなまで言う前に、

60　中国語の音をローマ字で表記したもの。

沈清秋《シェンチンチウ》は極めて真剣に頼んだ。

「私をここから出してくれ」

「……」

公儀蕭《ゴンイーシアオ》は黙ったあと、苦渋に満ちた声で絞り出した。

「先輩……それは、本当にできません」

沈清秋《シェンチンチウ》の口調は重々しい。

「どうしてもここを離れなければならない事情ができたのだ。決して四派連合の公判から逃れるためではない。事が済めば自ら水牢に戻り、処罰を待つ。もし信じられないのなら、血の誓いを交わしてもいい」

血の誓いは反故《ほご》にはできない。

ただし、うまく事が運べば、沈清秋《シェンチンチウ》が幻花宮の水牢に戻ろうが戻るまいが、実はもうどうでもよくなるのだ。つまり、沈清秋《シェンチンチウ》は血の誓いを持ち出して公儀蕭《ゴンイーシアオ》を騙そうとしているだけである。

公儀蕭《ゴンイーシアオ》は困ったように答えた。

「先輩のことはもちろん信じております。しかし、水牢に入ることは先輩御自らが言い出されたことではありませんか？　どうしても離れなくてはならない事情なんて、どれほど深刻なことなのです？　おっしゃっていただければ、私から掌門《しょうもん》の皆様と公判に参加する先輩方にお声がけを……」

そう言われて、沈清秋《シェンチンチウ》は考えを改めた。公儀蕭《ゴンイーシアオ》は幻花宮の弟子だ。脱獄のほう助だなんて、誰であろうと大罪と見なされる。この若者はまっとうな人間なのだから、こちらの都合でひどい目に遭わせてしまうのはいささか忍びない。一週間という猶予があるのだから、チャンスはきっとまた訪れるはず。

沈清秋《シェンチンチウ》は思い直して、あっさりと引き下がった。

「やはりよそう。どうせ大したことではないからな」

言うなり、証拠隠滅のために湖へ投げ込もうと、地面に散らばった紙を四苦八苦しながらかき集めようとする。

体の半分以上を梱仙索で縛られているので、ひどく動きづらい。ちょっと動いただけで、黒い上着ははらりと沈清秋《シェンチンチウ》の体からずり落ちた。

公儀蕭《ゴンイーシアオ》もうつむいて沈清秋《シェンチンチウ》の手伝いをしていたが、黒い上着が地面に落ちたのに気付いて、反射的に目を上げた。途端、彼はその場に固まる。

「……？」

沈清秋《シェンチンチウ》はいぶかしげに公儀蕭《ゴンイーシアオ》を見た。

沈清秋《シェンチンチウ》が身に着けていた白い衣は肩の辺りからずたずたに破れており、一目で誰かが乱暴に引き裂いたのだと分かる。それ以外にも、かろうじて体に引っかかっているボロボロな布は、おそらく鞭で打たれたのだろう。裂けた布の合間から覗く真っ白な肌には、赤っぽい擦り傷が多数見え隠れする。しかもよく目を凝らせば、喉元にはかすかにうっ血した痕まで残っているではないか。

公儀蕭《ゴンイーシアオ》の世界は根本から大きくぐらついた。

彼は震える声で尋ねる。

「先輩……ほ……本当に大丈夫ですか？」

だから洛氷河《ルオビンハー》は自分以外の人間は入るなと命じたのか。通行札があっても立ち入りを許さず、しかも尚峰主《シャン》の申請まで阻止した。

そういうことか！　なんという叛徒《はんと》！　良心の欠片《かけら》もない！　あの人でなし！

公儀蕭《ゴンイーシアオ》は心の中で沈《シェン》先輩を思って血の涙を流していたが、当の沈《シェン》先輩は何がなんだかさっぱりな様子だ。

「私はなんともないぞ？」

公儀蕭《ゴンイーシアオ》は大いに衝撃を受けた。

（どうして……どうしてこんなことをされてまで、沈《シェン》先輩はまだ平然としていられるのだろう！）

沈清秋《シェンチンチウ》は紙くずを全て湖の中に投げ込んで言った。

「さっき話したことは気にしなくていい。そなたは……」

公儀蕭《ゴンイーシアオ》は突然立ち上がり、踵《きびす》を返して去って行った。

沈清秋《シェンチンチウ》はげんなりとした表情になる。

いや、気にしなくていいって言ったそばから帰るんかい。

あっさりしすぎだろ。

ところが、半時辰《はんじしん》もしないうちに、公儀蕭《ゴンイーシアオ》はまた戻って来た。何やら包みを引っ提げている。彼は沈清秋《シェンチンチウ》の前までやって来ると、包みの封を剥がして斜めに振り下ろした。

白光が一閃《いっせん》するなり、まるで電気回路が突然繋がったかのように、沈清秋《シェンチンチウ》の全身がフッと軽くなる。試しに指を握ったり開いたりしてみると、霊力はなんの問題もなく流れ、出したり引っ込めたりも自在になっていた。前回謎の発作を起こした「不治毒《ふじどく》」は梱仙索に二日縛られたことで、霊力同様に毒パワーを抑え込まれていたようだ。これぞ毒を以《もっ》て毒を制す、マイナスにマイナスを掛けたらプラスになる……ってか？

断ち切られた梱仙索がバサバサと地面に落ちる。公儀蕭《ゴンイーシアオ》が手にしていたものを放り投げて来たので、沈清秋《シェンチンチウ》は手を伸ばしてそれを受け止めた。

修雅剣《しゅうが》だ！

沈清秋《シェンチンチウ》は剣を受け止めて、思わぬ喜びを覚えながらもいぶかしげに公儀蕭《ゴンイーシアオ》を見た。

「この剣は、老宮主のところにあるとばかり思っていたが……」

公儀蕭《ゴンイーシアオ》は凛《りん》としてきっぱり言い切った。

「師父に罰せられようとも、先輩が辱めを受けていらっしゃるのを黙って見ているわけにはいきません。沈《シェン》先輩を信じます。ついて来てください！」

沈清秋《シェンチンチウ》はふと無力感に襲われた。

（えーっと……なんつーか……こいつ、なんかすごく大事なことを誤解しているような……でも……まあいいや……このままで……）

対する沈清秋《シェンチンチウ》もきっぱりと「分かった！」と答えた。

沈清秋《シェンチンチウ》の体内には天魔の血がまだ潜伏していて、どこに逃げようとも洛氷河《ルオビンハー》は彼を見つけられる。

とはいえ、居場所を知られても問題はない。追いつかれなければいいのだから！

公儀蕭《ゴンイーシアオ》は沈清秋《シェンチンチウ》のことが心配で仕方がない様子だ。

「先輩、その……歩けますか？　私が背負いましょうか……？」

沈清秋《シェンチンチウ》はムスッとした顔で一歩踏み出し、サッサと歩き始めた。きびきび歩けるぐらい、十分な体力があるということを示したかったのだ。

公儀蕭《ゴンイーシアオ》は一瞬呆気に取られてから、すぐに後ろに続いた。

ところが、二人がまさに台座を離れ、小道に差し掛かったその時だ。止まっていた水のカーテンがドッと音を立てて再度降り注いできたのである。

沈清秋《シェンチンチウ》の歩みは速かったが、異常に気付いてブレーキを掛けるのも速かった。でなければ今頃水を頭からもろに浴びていたことだろう。二人は台座の上に戻ると、水のカーテンはまた徐々に止まり始める。

絶対に逃がさないという執念を感じる。この仕掛け、賢すぎない⁉

公儀蕭《ゴンイーシアオ》はハッとした。

「忘れておりました。この水牢が使われ始めると、台座には必ず一人、人が載っていなければいけません。重量を感知しているので、載っていた人がひとたび離れれば異常を察し、仕掛けを閉じても、おのずと水がまた降り注ぐのです」

　今まで一度も囚人を連れて逃げたことがないので、公儀蕭《ゴンイーシアオ》はこのことをすっかり忘れていた。

「つまり、誰かが一人台座に残らなければ、ほかの人はここから出られないということか？」

　公儀蕭《ゴンイーシアオ》がうなずくのを見て、沈清秋《シェンチンチウ》は告げた。

「ならそなた、ここに残れ」

「……」

　言葉を失っている公儀蕭《ゴンイーシアオ》をそのままに、沈清秋《シェンチンチウ》は言い終えると裾をひるがえして出口に向かおうとする。公儀蕭《ゴンイーシアオ》は彼の背後で弱々しく手を挙げた。

「沈《シェン》先輩、そうしたいのは山々なのですが、……私の案内がなければ、おそらくここから出られない……かと……」

　沈清秋《シェンチンチウ》は振り向き、つけ足した。

「私が戻るのを待っていてくれ」

　公儀蕭《ゴンイーシアオ》はその場に立ち尽くす。沈清秋《シェンチンチウ》に続こうとしたが、台座から離れるわけにはいかないので、大人しく待つしかない。いくらもしないうちに、外からくぐもった音が聞こえてきたかと思えば、沈清秋《シェンチンチウ》が誰かの首根っこを掴んで引きずりながら水牢に戻って来た。

　沈清秋《シェンチンチウ》は気絶したあばた顔を台座まで引き上げると、公儀蕭《ゴンイーシアオ》の肩を叩いた。

「ちょうど見回りしているのを見かけてな。少し体を拝借させてもらおうと思ったのだ。さあ、行こう！」

「ちょうど」というのはちょっとした嘘だ。水牢を出ると見回りが四人、その辺をうろうろしていた。沈清秋《シェンチンチウ》は暗がりに身を潜め、厳正なる審査の結果、いちいち気に障ることしか言わないこの可愛げの欠片もない弟子を選んだのである。

　公儀蕭《ゴンイーシアオ》も先ほどふっと、適当に弟子を一人捕まえて重し代わりにするかとも考えたが、実行に移す気にはなれないでいた。沈清秋《シェンチンチウ》自身が今やってのけたので、同門を気絶させずに済んだ公儀蕭《ゴンイーシアオ》はホッと胸をなで下ろした。

　二人は肩を並べて外へ向かう。公儀蕭《ゴンイーシアオ》はまた沈清秋《シェンチンチウ》が羽織っている黒い上着の前を軽く合わせたのを見て、喉がグッと詰まったような感覚を抱いた。

　公儀蕭《ゴンイーシアオ》はもの悲しい気持ちになる。沈清秋《シェンチンチウ》は清静峰の峰主であるにもかかわらず、水牢に閉じ込められ、辱めを受けている。それだけでもやるせないのに、目下、加虐者の衣服を使って体を、恥ずべき痕跡を隠さないといけないなんて。思わずこちらが嘆きたくなるほどの痛ましさだ！

沈清秋《シェンチンチウ》は公儀蕭《ゴンイーシアオ》の目つきが揺らいでいるのに気付いた。同情しているようで、悲しみ、憤っているようにも見える。

沈清秋《シェンチンチウ》は冷静に構えて、無表情を保った。

不意に、公儀蕭《ゴンイーシアオ》が口を開く。

「先輩、お脱ぎください！」

「……」

はぁあっ!?

沈清秋《シェンチンチウ》がその言葉を飲み込む前に、公儀蕭《ゴンイーシアオ》は自分の上着を脱ぎはじめた。暴撃でも投げて寝ぼけたことを言う公儀蕭《ゴンイーシアオ》の目を覚まそうか。沈清秋《シェンチンチウ》が実行すべきか迷っている間に、公儀蕭《ゴンイーシアオ》は上着を両手で捧《ささ》げるようにして差し出してきた。

「これをお召しください！」

沈清秋《シェンチンチウ》はハッとする。

あぁ、そういうことか。洛氷河《ルオビンハー》の黒い上着は、持ち主である主人公にふさわしく、豪華でムダのない、洗練された意匠がある。嫌でも目を引いてしまうので、それなら圧倒的に着用率の高い白い服にしたほうが、逃走にも有利だということなのだろう。さすが、ぬかりない！

沈清秋《シェンチンチウ》はためらいもせずに洛氷河《ルオビンハー》の上着を脱ぎ、ありがたく公儀蕭《ゴンイーシアオ》の服を借りることにした。去り際、少し考えて、やはり洛氷河《ルオビンハー》の服をきちんと畳んでから、地面に置いておいた……。

閉じ込められていた水牢の周辺は、それほど入り組んでいるようには思えなかった。しかし、外へ向かって進めば進むほど、幻花宮の迷陣はやはり恐ろしいと実感した。洞窟に次ぐ洞窟、道は複雑に交差し、ちょっと進めばすぐに曲がりくねった道に変わる。何度も何度も曲がりくねりしていると、めまいまでしてくる。公儀蕭《ゴンイーシアオ》の後ろ姿はすぐ目の前にあるのに、沈清秋《シェンチンチウ》は何度か危うく彼の背中を見失いかけた。公儀蕭《ゴンイーシアオ》が水牢の人員の配置と当番表を知り尽くしていなければ、おそらくとっくに見回り中の弟子たちとかち合っていたことだろう。

半時辰後、二人はやっとの思いで地下の水牢から出た。そのまま一度も足を止めずに数里歩いて白露《はくろ》の森に入り、幻花宮の領地の境目近くまで辿り着く。水牢の警鐘はまだ鳴らされていない。つまり、まだ誰も囚人が逃げたことに気付いていないのだ。洛氷河《ルオビンハー》は自分以外誰も水牢を私的に訪問してはいけないと命じたが、このことは沈清秋《シェンチンチウ》の脱走の大きな助けとなった。

　少し休んでから、沈清秋《シェンチンチウ》は口を開いた。

「公儀《ゴンイー》公子、もうここまででよい。誰も気付いていないうちに、早く戻りなさい」

　そこで一旦言葉を切ってから、言い添える。

「これからの七日間は、花月城《かげつ》に来れば私は必ずそこにいるから」

「それでは、私の見送りはここまでにいたしますね。先輩がこれから何をされるおつもりなのかは存じませんが、くれぐれもお気をつけて。ひと月後の四派連合の公判はどうかご安心ください。沈《シェン》先輩のおっしゃるとおり、潔白な者は何をせずとも潔白であることに変わりない。きっと掌門方は沈《シェン》先輩の無実を証明してくださいますよ」

沈清秋《シェンチンチウ》は我慢できずについ笑ってしまった。

　第一に、オリジナル沈清秋《シェンチンチウ》の黒歴史は事実だし、どうやっても消せるものじゃない。第二に、ひと月後の公判なんて、んなもんもう俺には関係ないわ！　あーはっはっはっ……。

　内心の高笑いはおくびにも出さず、沈清秋《シェンチンチウ》は洒落《しゃれ》た様子で満足げに抱拳《ほうけん》をした。

「また会おう」

　幻花宮の境界から出て花月城に向かう途中、沈清秋《シェンチンチウ》は大陸中央部の人口が最も密集した、経済的にも一番発展している地域を通った。人口が密集し経済が発達しているということは、この地域に世俗と交わりがある修真門派や世家[61]がかなりの数集まっているということでもある。

　この世界の修真者たちは空域の防衛をとても重視しており、金蘭城と同じように、通常は領地の上空に防空結界を設置している。修真者の剣や法器が一定以上の速度で横切ろうとするともれなく発見され、その地を統《す》べる門派の上層部に通報されてしまう。

　普通に考えてみれば分かるが、空を飛ぶというのは、メガホンで大々的に自分の逃走ルートを宣伝しているようなものである。

沈清秋《シェンチンチウ》は飛んだり歩いたりして、昼夜休むことなく移動し続け、翌日の夜にはなんとか花月城に到着した。

　ところが、どうやら沈清秋《シェンチンチウ》が到着したのは最悪のタイミングだったようだ。ちょうど花月城は建城を祝う祭典の最中で、夜を徹して色とりどりの華やかな灯火が煌々《こうこう》ときら

61　代々続く名家。

めいていた。通りでは龍舞《りゅうまい》[62]や獅子舞《ししまい》が披露され、さまざまな楽器の賑《にぎ》やかな音が天にも轟《とどろ》かんばかりに響き渡っている。道という道で人々が押し合い、道沿いには露店がびっしり出ていて、あちらこちらで行商人が商品を担いで行き来している。花月城の全住民が通りに繰り出しているのではとさえ思ってしまうほどだ。

さらに間の悪いことに、沈清秋《シェンチンチウ》が到着した時、ちょうど黒い雲が月を覆い隠してしまっていた。

日光、もしくは月光の助けがなければ失敗の確率も大いに上がってしまう。かなり分が悪い賭けになりそうだと思いながら、沈清秋《シェンチンチウ》は一縷《いちる》の望みをかけてもう少し待つことにした。せいぜい、あと一日が限界だろう。明日この雲が晴れなかったとしても、もう贅沢《ぜいたく》は言っていられない。失敗する確率は上がってしまうが、熟れすぎてしまった日月露華芝を抱きしめて泣くよりはマシである。熟れすぎたらそれこそ酒のつまみの炒《いた》め物《もの》にだってしたくない。日月露華芝炒め☆農薬風味なんて、食えたもんじゃないだろ。

沈清秋《シェンチンチウ》はゆっくりと歩を進める。時折、じゃれ合うやんちゃな子どもや楽しそうに笑い合う少女たちとすれ違う。

62 中国の伝統的な踊り。

沈清秋《シェンチンチウ》は少し残念に思った。逃亡中の身でなければ、思う存分祭りを楽しめたのに。

ふと、沈清秋《シェンチンチウ》は向こうから長剣を背負いお揃いの衣服を身に着けた男たちの一団が歩いてくるのに気付いた。全員顎を突き上げて偉そうにふんぞり返っており、一目で名前を聞いたこともないような門派の、思い上がった弟子たちであると分かる。

不思議なことに、名もなき小派であればあるほど、その弟子たちは周囲に自分が修真者であると知らしめたくなるものらしい。もはや服にデカデカと門派名を刺繍せんばかりの勢いだ。沈清秋《シェンチンチウ》は自然な動きでくるりと身をひるがえすと、ついでに横の露店から鬼の面をサッと取ってかぶった。そうして堂々と弟子たちの一団に向かって歩いていく。祭りの参加者は十人に六人ぐらいの割合でお面をかぶっている。その中に沈清秋《シェンチンチウ》一人が混じったところで目立つ心配はない。

偉そうにしている弟子たちの一人が口を開いた。

「師兄、あの修雅剣は本当にここに来て、捕らえられるのをただ待つでしょうか？」

リーダーらしき人物が叱る。

「四派が連合して手配書を出したんだぞ、嘘なもんか。その証拠に、たくさんの門派が人を遣わしてるだろ。よーく目を凝らして探せ。幻花宮がかけた懸賞、お前らも見たろ。ほしくないのか？」

無数の思いが沈清秋《シェンチンチウ》の胸中を去来《きょらい》する。そうか、いつの間にか俺はお尋ね者になっちゃったのか。

「まあ、幻花宮があんな巨額をつぎ込むのも無理はないですよね。まったく、幻花宮も本当に可哀想です……」

（ん？　俺はせいぜい幻花宮の弟子を一人気絶させたぐらいだろ。ほかには何もしてないぞ。なのに、なんで幻花宮はこんな悲劇のヒロインみたいな扱いになってるんだ？）

話の続きが気になって聞き耳を立てていたが、弟子たちはどんどん遠ざかってしまい、人の流れにも遮られたのでもう諦めるしかない。空き家でも見つけて足を休ませようかと思っていると、突然太ももの辺りが重くなる。視線を下げて見れば、幼い男の子が太ももにしがみついているではないか。

ゆっくりと顔を上げた男の子は栄養失調なのか、青白い顔である。しかし大きな目は澄んでおり、まっすぐ沈清秋《シェンチンチウ》を見上げたまま、がっちりと抱きついて離れない。

沈清秋《シェンチンチウ》は男の子の頭をなでた。

「どこの家の子だ？　はぐれてしまったのか？」

男の子はこくんとうなずいて、ふにゃふにゃした幼い声が口からこぼれる。

「はぐれたの」

男の子は可愛らしい顔立ちで、なんだか見覚えがあるような気もする。沈清秋《シェンチンチウ》は、腰を屈めてひょいと彼を抱き上げた。

「誰と一緒に来たのだ？」

男の子は沈清秋《シェンチンチウ》の首に腕を回すと、唇を軽くへの字に曲げて答えた。

「師尊と……」

もしかしてどこかの門派の弟子なのだろうか？　だとすれば万が一誰かが探しに来たら、それこそ厄介なことになる。ところがどういうわけか、男の子がしょんぼりと「師尊」と呼ぶ様子はことのほか沈清秋《シェンチンチウ》の同情を誘った。ここで心を鬼にして男の子を下ろし、道端にそのまま放置していくわけにはいかない。そういうわけで、沈清秋《シェンチンチウ》は男の子の柔らかいお尻をぽんぽん、と叩いた。

「そなたの師尊は、きちんとそなたを見ていなかったのだな。どうしようもない奴だ。どこではぐれたか、覚えているか？」

男の子は沈清秋《シェンチンチウ》の耳元でクスクスと笑った。

「覚えてますよ。だって、私を崖から突き落としたのは師尊ではありませんか。忘れるわけがないでしょう？」

沈清秋《シェンチンチウ》は途端に頭からスーッと血の気が引いていった。

無垢《むく》な子どもだと思って抱っこしていたものが、突然恐ろしい毒蛇に変わってしまったように思えた——自分の首に巻きついて牙をむき出しにし、今にも首筋にがぶりと噛みついて毒を注入せんとする巨大な蛇だ！

沈清秋《シェンチンチウ》はにわかに抱っこしていた男の子を放り出した。全身に鳥肌が立った状態で回れ右をする。すると、今度は強烈な視線を感じてヒュッと息をのんだ。

通り中の人が、沈清秋《シェンチンチウ》を見ている。

お面をかぶっている人もそうでない人も、一瞬にして動きも息も止めて沈清秋《シェンチンチウ》を見ていた。

お面は、どれも恐ろしく獰猛《どうもう》な表情をしていたが、お面をかぶっていない人はもっと恐ろしかった——顔がないのだ！

沈清秋《シェンチンチウ》はとっさに修雅剣に手を伸ばしたが、すぐにハッとする。こいつらを攻撃しちゃいけない！

この知識は、その昔沈清秋《シェンチンチウ》が洛氷河《ルオビンハー》に教えたものである。夢魔《むま》の結界の中にいる〝人〟を攻撃することは、自分の意識と精神を攻撃するのも同然だと。

沈清秋《シェンチンチウ》の額に冷や汗が浮かぶ。結界の中に入ってしまったことに、まったく気付かないなんて。もとよりいつ、どうやって人は〝夢〟を見始めるかを知らないとはいえ、今は逃走中の身。さすがに逃走の最中に道端で寝てしまうほど、自分の神経は図太くない。

沈清秋《シェンチンチウ》の背後から幼い声が聞こえてくる。

「師尊」

耳元で聞いていた時は、どうしようもなく柔らかくて可愛く思えた声が、今改めて聞いてみると、なんとも形容しがたいほどに不気味だった。

幼い洛氷河《ルオビンハー》が沈清秋《シェンチンチウ》の背後でそっと言った。

「どうして、私を捨てたのですか？」

沈清秋《シェンチンチウ》は振り向くことなく、一目散に逃げだした！

のっぺらぼうたちが沈清秋《シェンチンチウ》を見て、いや、〝見ている〟わけではない。そもそも目がないのだから。彼らはただ顔を沈清秋《シェンチンチウ》のほうに向けているだけだが、沈清秋《シェンチンチウ》は確かに無

数の視線が突き刺さってくるのを感じた。

見えないふりをして、沈清秋《シェンチンチウ》はひたすら走り続ける。行く手を遮る者がいれば、掌風を食らわせて退かせた。不意に、伸びてきた手が沈清秋《シェンチンチウ》の手首を掴んだ。振り返ると、ほっそりとした手が視界に飛び込む。ただし、力は恐ろしいほど強く、まるで鉄のたがのように食い込んで離さない。

十四歳の姿になった洛氷河《ルオビンハー》が、沈清秋《シェンチンチウ》の手首を力いっぱい握っていた。彼の顔には年がら年中絶えることのないあざと、どうしようもないぐらいの圧倒的な憂鬱が影を落としている。漆黒の瞳が、至近距離からまっすぐ沈清秋《シェンチンチウ》を捉えていた。

(まだやるのかよ!?)

沈清秋《シェンチンチウ》は繋がれた手を三回ぶんぶん振り回してやっと洛氷河《ルオビンハー》の手を振りほどくと、人ごみをかき分けて再び駆け出す。はじめは幼児バージョン、次は少年バージョン。今度青年バージョンなんて来たら、マジでやってらんねぇぞ!

ところが、沈清秋《シェンチンチウ》が走っている通りは果てがないのか、いくら進んでも終わりが見えてこない。道の両脇の露店、じゃれ合うのっぺらぼうのいたずらっ子たち、それから鬼面をかぶった少女たちに再度出くわした時、沈清秋《シェンチンチウ》は確信した。夢境の中にあるこの通りは、ループしている。前に進んでも意味がないのだ!

前も後ろもダメなら、新たな道を切り開くしかない。きょろきょろと左右を見渡して、沈清秋《シェンチンチウ》はサッと近くの飲み屋の前に駆け寄った。

飲み屋の前には大きな赤い灯篭《とうろう》がぶら下がっており、静かに美しい光を放っているが、木製の扉は固く閉じられていた。沈清秋《シェンチンチウ》が扉を開けて中に足を踏み入れた途端、背後の扉はすぐさまひとりでに勢いよく閉じた。

店の中は真っ暗で、ひんやりとした風が吹き抜けていく。飲み屋の中というよりも、山の洞窟の中に入ったと言ったほうがしっくりくる。

けれども、沈清秋《シェンチンチウ》は大して驚きもしなかった。夢境において常識などは通用しないのだ。扉がどんな場所に繋がっていてもおかしくはない。

その時、妙な物音が耳元に響いた。

肺を貫かれて死にかけている人が出すような、息をするのも大変そうにゼイゼイと繰り返す呼吸音で、相当苦しいであろうことが伝わってくる。

しかも、聞こえてくる音は一人分だけじゃなさそうだ！

沈清秋《シェンチンチウ》はパチン、と指を鳴らす。指先から火の玉が一つ飛び出し、物音がするほうへ向けて弾いた。

火が音の出所を完全に照らし出すや否や、沈清秋《シェンチンチウ》の瞳孔は収縮した。

柳清歌《リウチンガー》が乗鸞《じょうらん》剣の切っ先を彼自身に向け、自らの胸に突き立てているではないか。

体のあちこちに血が付着し、広い範囲がドキリとするほどの深紅に染まっている。しかも、傷口は一カ所だけではないようで、口角からは次から次へと血があふれ出していた。もう何度も自分を剣で刺したのだろう。彼の表情は怒っているようにも、狂気にのまれているようにも見える。明らかに意識が混濁しており、走火入魔《そうかにゅうま》しているのだ。

ほんのりと黄色い火影《ほかげ》に照らされたこの光景は、身の毛がよだつおぞましいものだった。沈清秋《シェンチンチウ》は一瞬自分が夢境にいることを忘れ、柳清歌《リウチンガー》に飛び掛かって乗鸞剣を奪おうとした。しかし、剣はすでに柳清歌《リウチンガー》の心臓の真ん中を貫いている。沈清秋《シェンチンチウ》がちょん、と触れた瞬間、鮮血が豪快に吹き出して視界が赤に染まった。わずかに意識がはっきりした沈清秋《シェンチンチウ》は、二歩ほど後ずさる。ところが、今度は誰かにぶつかった。

間髪入れずに振り向くと、ガクッと頭《こうべ》を垂れている岳清源《ユエチンユエン》と目が合った。

目は合うのだが、岳清源《ユエチンユエン》の両目は虚《うつ》ろで光がない。喉から胸、四肢、腹、腰まで……みっちりと漆黒の矢が突き刺さっている。

無数の矢に射抜かれているのだ。

沈清秋《シェンチンチウ》はたちまち目の前の光景が何を意味するのかを理解した——これは、原作中の二人の死に様だ！

そう、本来なら沈清秋《シェンチンチウ》自身の行いによってもたらされる、二人の無惨な死に際である。

沈清秋《シェンチンチウ》は耐えられなくなった。これなら、外にいるのっぺらぼうたちに興味津々に囲まれて見物されているほうがまだマシだ！

沈清秋《シェンチンチウ》は元来た方向に戻っていった。例の木の扉を探り当てると、彼は重圧から一気に解放された気分で、扉を蹴り開けて外に飛び出す。沈清秋《シェンチンチウ》の心は今や千々《ちぢ》に乱れ、なりふりを構っていられなくなっていた。よろよろと走る様子からは、普段の余裕ぶった姿はどこにも見当たらず、いくらか惨めですらある。

通りにいた全ての〝人〟は声もなく沈清秋《シェンチンチウ》を凝視していた。方向感覚も失い、あてもなくさまよっていると、沈清秋《シェンチンチウ》は誰かの胸にぶつかった。

その人物は即座に沈清秋《シェンチンチウ》を引き寄せ、腕の中に抱きしめる。

沈清秋《シェンチンチウ》より若干背が高く、すらりとした体つきで、墨のように黒い衣を着ている。真っ白い首筋だけを覗かせ、その上に載った顔には凶暴な表情の鬼面をかぶっていた。

沈清秋《シェンチンチウ》が何か言う前に、笑みをたたえた声が上から降ってきた。

「師尊、気をつけてくださいよ」

お面を外すまでもなく、その後ろに隠された顔が誰のものであるかは分かる。

沈清秋《シェンチンチウ》が力いっぱいもがくと、無理やり押さえつけられていたわけではなかったので、簡単に抜け出せた。沈清秋《シェンチンチウ》は数歩後ずさり、安全な距離まで離れてから立ち止まる。

「この町は、全部そなたが作ったものか？」

洛氷河《ルオビンハー》は緩慢な動きでお面を外す。鬼ごっこを続けられないのを残念がっているような表情だ。

「そのとおりです。いかがでしたか？」

沈清秋《シェンチンチウ》はゆっくりとうなずいた。

「さすが、夢魔直伝の弟子だな」

幻境はとても精巧にできていた。おそらく以前夢魔が二人を閉じ込めるために作り出したあの町と、ほとんど遜色《そんしょく》ない精巧さだろう。

しかも、沈清秋《シェンチンチウ》が恐れているものをかなり正確に把握していた。

洛氷河《ルオビンハー》は話しはじめた当初はまだ機嫌が良さそうだったが、沈清秋《シェンチンチウ》の言葉を聞いた途端、口元に浮かんでいた笑みは薄れていった。

「私は、夢魔の弟子ではありません」

沈清秋《シェンチンチウ》は少し不思議に思った。

「夢魔に弟子入りしたのではないのか？」

ぐっと堪えるような間があってから、洛氷河《ルオビンハー》はふてくされたように「していません！」と返した。

なるほど。まあ、していないと言うのなら、それでいい。今はそこにこだわる必要はない。

「師尊、ご自身で戻ってきてくださるのなら、師尊の希望はなんでもお聞きしましょう」

「処罰を軽くしてくれる、ということか？」

「私があなたの体内の血蠱虫を消さない限り、どこに逃げようと無駄ですから」

「ほう、そうか」

沈清秋《シェンチンチウ》は笑った。

「ならなぜ今、そなたは自ら私を捕まえに来ない？」

洛氷河《ルオビンハー》の体は一瞬こわばった。その瞳を火花が過る。

そんな洛氷河《ルオビンハー》の様子に沈清秋《シェンチンチウ》はますます確信を持ち、わざとゆっくり言ってやる。

「そなたのあの剣に、何かあったのだろう？」

（これぞ天の助け！）

無間深淵に落ちたあと、洛氷河《ルオビンハー》は古《いにしえ》の巨獣の腹の中で、魔族の鍛冶職人の巨匠が一生分の心血を注いで作ったという奇剣を見つけた。

その剣の名を、心魔《しんま》と言う。

名前を聞いただけで、めっちゃ危険そうな匂いがプンプンするだろ!?

それも当然。強い霊器ほど、取り扱いが難しい。心魔剣は古今東西、百あまりの者を主としてきたが、みんな各種族の中でも天賦ある奇才ばかりだった。それでも全員が全員、自分の剣に殺されるという運命から逃れられなかった。

心魔剣は、持ち主に反噬《はんぜい》[63]するのだ。屈服させることができれば、心魔剣はぴったり手になじむ強力な武器になる。一方でその邪気を制御できなくなった途端、立場は逆転し、主であったはずの持ち主は生贄《いけにえ》の子羊の如く剣に食らい尽くされるのだ。

原作では、洛氷河《ルオビンハー》は魔界という新マップに入った際、初めて精神のバランスを崩し、危うく反噬されかねない状況に陥る。解決までの顛末《てんまつ》を描くために五百章にも及ぶサブストーリーが作られ、その間に八人か九人の女の子を後宮に取り込んだ。

なのに今、物語の順序がめちゃくちゃになってしまったことで、反噬事件もずいぶん早いタイミングでやって来ているらしい。

心魔剣の反噬なんて、まったく冗談では済まされない事態である。だから洛氷河《ルオビンハー》は自ら追いかけて来なかったのだろう。閉関《へいかん》して心魔剣と相対するのに忙しく、沈清秋《シェンチンチウ》を捕まえに来ている場合ではないのだ。

突然、洛氷河《ルオビンハー》が沈清秋《シェンチンチウ》の肩を掴んで、グイッと引っ張った。

ビリィッ。

63　主に反逆し、危害を加えること。

（またかよ！）

洛氷河《ルオビンハー》の顔に、焦げたなべ底のような真っ黒い影が差す。口の中で一字一句、言葉を噛み砕きながら話しているかのように、ゆっくり絞り出した。

「私が今ここに来られないからと言って、お喜びになりませんように」

（だからって俺の服を破るなよ⁉）

沈清秋《シェンチンチウ》はわずかに残された布をかき集めるようにぎゅうっと握って、怒りをあらわにする。

「何をする⁉　こんな方法で私を辱めるなど！」

「先に私を辱めたのは師尊ではありませんか！」

【爽快ポイントプラス50】

（え、これでポイント増えんの？　変態じゃん！　なんかすっごく変態な感じがする！）

洛氷河《ルオビンハー》は手に力を込めると、彼が掴んでいた白い布地はバラバラの布切れになって、風に吹き飛ばされてしまった。それでも洛氷河《ルオビンハー》は気が晴れず、沈清秋《シェンチンチウ》にじりじりと詰め寄る。その目つきを見た途端、沈清秋《シェンチンチウ》はここで言い合ったところできりがない、と思った。洛氷河《ルオビンハー》に服ビリ属性があるなんて初耳だが、やられっぱなしでいることはできない。反撃しなければと、沈清秋《シェンチンチウ》は素早く攻撃を繰り出し、洛氷河《ルオビンハー》と十数手を交わした。洛氷河《ルオビンハー》のほうが圧倒的に上手《うわて》なのは明らかなのに、彼はネズミを弄ぶ猫のように、わざと沈清秋《シェンチンチウ》と同じレベルでしばらく打ち合う。

沈清秋《シェンチンチウ》の動きは目にも止まらぬほど速い。しかし洛氷河《ルオビンハー》には、いつも一拍遅れているように見えるらしい。狙いを定めて打ち出したはずの沈清秋《シェンチンチウ》の掌を、洛氷河《ルオビンハー》は落ち着きはらってギリギリの距離でかわす。そしてやられた分だけやり返す、と形ばかりの反撃をした。そこに加えて、システムも沈清秋《シェンチンチウ》を苛つかせた。通知音が鳴り止まないのだ。脳内でループ再生でもされているかのように、爽快ポイントプラス二〇、三〇、五〇、などとひっきりなしに鳴り続けている。数度打ち合いを続けているうちに、今度は沈清秋《シェンチンチウ》の顔が翳《かげ》った。

（お前、どこに向かって攻撃してんだよ⁉　おちょくってんのか⁉　戦いは相手を倒すことが目的だろ⁉　こんなの、戦いどころか稽古のうちにも入らない。完全に俺、遊ばれてるだけじゃねぇか！）

考え事に気を取られ、うっかり力みすぎてしまった沈清秋《シェンチンチウ》は、洛氷河《ルオビンハー》に向かって倒れ込んでいく。

洛氷河《ルオビンハー》は避けることすらせず、沈清秋《シェンチンチウ》はそのままドッと音を立てて彼の胸にぶつかった。洛氷河《ルオビンハー》の声にまた笑みがにじむ。どうやらご機嫌が直ってきたようだ。

「師尊が教えてくださったことでしょう。常に全力でやり合うのではなく、ここだという時に力を入れること、下半身をしっかり安定させることが何よりも重要だ、と。師尊自身がお忘れになるなんて」

その瞬間、沈清秋《シェンチンチウ》の脳内スクリーンは色鮮やかな「こんちくしょうがあああ」というコメントで満たされた。

（クッソ、確かに俺が洛氷河《ルオビンハー》に教えたことだ！）

当時のことはまだ覚えている。あれは洛氷河《ルオビンハー》が薪小屋《まきごや》から引っ越してきて間もない頃のことだ。洛氷河《ルオビンハー》はその時、ずば抜けた資質を持っていたが、大した稽古をつけてもらっていなかったせいで、自己流の喧嘩術のようなものしか身につけていなかった。入門した弟子なら全員ができるような、斬ったり刺したり、突いたりといった単純な動き以上のものは、まったくなっていなかったのだ。

洛氷河《ルオビンハー》が剣法、掌法、足運びを練習する姿を見せてもらい、沈清秋《シェンチンチウ》はこれをどうしたものかとしばらく頭を抱えていた。洛氷河《ルオビンハー》はと言えば、そわそわと沈清秋《シェンチンチウ》の横で評価してもらうのを待っていた。

ショックを与えてしまうのは忍びなく、沈清秋《シェンチンチウ》はしばらくしてからやっと、「実に柔軟で機敏だ」と絞り出した。

洛氷河《ルオビンハー》のこの目も当てられないほどまずい自己流の体の使い方を正すため、沈清秋《シェンチンチウ》はそれこそ苦心に苦心を重ねた。つまり毎日個別指導をしたのだ。洛氷河《ルオビンハー》の賢さと理解力をもってすれば、ちょっと教えればすぐに習得できるはずだった。しかし、どういうわけか洛氷河《ルオビンハー》に一度染みついた癖はかなり頑固でなかなか抜けなかった。懇々と一から十まで教えても、次の瞬間にはあっさりと忘れてしまう。いつも力みすぎて、何度沈清秋《シェンチンチウ》の胸にぶつかって来たのかも分からない。あまりにもぶつかってくる回数が多いので、沈清秋《シェンチンチウ》もそのうち腹を立てたほどだ。

（お前、マジでわざとじゃねえだろうな!?）

沈清秋《シェンチンチウ》はたまらず洛氷河《ルオビンハー》の後頭部をほどほどの力で叩いて叱った。

「これがそなたの攻撃の防ぎ方、戦い方なのか？　完全に相手の胸に飛び込んでいるではないか！」

頬を真っ赤に染めた洛氷河《ルオビンハー》はそう言われて、やっと真剣に沈清秋《シェンチンチウ》に言われたことを直そうとするようになり、そう簡単に失敗しなくなった。

なのに今日、かつては不出来な弟子だった洛氷河《ルオビンハー》から逆に、姿勢がおかしいと指摘されるなんて。

（なんてこった！）

沈清秋《シェンチンチウ》は師としての尊厳が試されているような気分だった。反撃しようとしたところ、洛氷河《ルオビンハー》の指がつぅ、と沈清秋《シェンチンチウ》の背筋をなで下ろした。そのせいで沈清秋《シェンチンチウ》の背中いっぱいに鳥肌が立つ。

沈清秋《シェンチンチウ》は歯ぎしりしながら「洛氷河《ルオビンハー》！」と絞り出す。

【爽快ポイントプラス100！　おめでとうございます！】

何もめでたくねぇ！

洛氷河《ルオビンハー》の動きは止《や》まず、沈清秋《シェンチンチウ》の白い服を再び一欠片裂いた。

「師尊がこの服を着ていらっしゃるのが我慢ならないのです。やはり全部綺麗に引き裂いてしまったほうがいいですね」

（俺を素っ裸にしないと気が済まないってことか？）

沈清秋《シェンチンチウ》が口を開いた。

「私が嫌いなら、何も服に当たらなくてもよいだろう。それに、この服は公儀蕭《ゴンイーシアオ》のものだぞ！」

洛氷河《ルオビンハー》の表情が曇る。

「師尊こそ、本当に私のことがお嫌いなようですね。たかが服一枚でも、私の物には触れたくないようですから」

（なんでだ！　どうして大の男が二人、野次馬に囲まれた状態でこんな服一枚についてこんなウダウダ言い合ってるんだよ!?　洛氷河《ルオビンハー》、お前はアレか、実は結構繊細なタイプの人間だったのか？　お前の服は綺麗にほこりを払って畳んでやっただろうが。これ以上どうしろって言うんだ？まさか手洗いしたあとに俺自ら届けろとでも言うつもりか!?）

なんとも言えない顔をしている沈清秋《シェンチンチウ》に、洛氷河《ルオビンハー》も気付いたようだ。

「師尊、何を考えていらっしゃるのです？」

そして洛氷河《ルオビンハー》は温度のない声で宣告する。

「もし公儀蕭《ゴンイーシアオ》のことでしたら忠告しておきますが、もう考える必要はありませんよ」

その言葉に、沈清秋《シェンチンチウ》はおのずと嫌な予感が過り、険しい声で問いかけた。

「……公儀蕭《ゴンイーシアオ》がどうしたのだ？」

本来、公儀蕭《ゴンイーシアオ》が前途を閉ざされて、荒れ果てた辺境を守るために放逐されるのは、洛氷河《ルオビンハー》と小宮主が体を重ねたあとだ。

　とはいえ、今では向天打飛機《シアンティエンダーフェイジー》という産みの親ですら分からないくらいにストーリーがめちゃくちゃになっている。当然、公儀蕭《ゴンイーシアオ》追放の時期が早まっていてもおかしくはない。

　ところが、洛氷河《ルオビンハー》が答える前に、沈清秋《シェンチンチウ》の周りにいるのっぺらぼうたちが突如せわしなく動き始めた。

　もともとぼけーと傍観しているか、自分に与えられた役割を演じていたのっぺらぼうたちは、今や沈清秋《シェンチンチウ》を中心にしてゆっくり集まってきた。沈清秋《シェンチンチウ》は真ん中に囲まれたが、彼らを吹き飛ばすわけにもいかない。洛氷河《ルオビンハー》を見やれば、こちらもきつく眉を寄せている。片手でこめかみを押さえ、ほかのことに構っていられないようだ。脳を襲う何かに耐えているようにも見える。

　沈清秋《シェンチンチウ》は、はたと気付いた。おそらく心魔剣が隙を突いて反噬し、洛氷河《ルオビンハー》の精神を乱そうとしているのだろう。一方の洛氷河《ルオビンハー》は結界を維持するだけの気力を割けず、夢境が暴走し始めているのだ。

　今逃げないでいつ逃げるってんだ！

　洛氷河《ルオビンハー》に沈清秋《シェンチンチウ》を足止めする余裕がない以上、ここでもう一度幻境と相対すればいい。心の中に潜む恐怖を克服すれば、この崩れ始めている結界を解除できるはずだ。

　沈清秋《シェンチンチウ》は早速歩き出した。洛氷河《ルオビンハー》は頭が割れんばかりの激しい痛みに一歩も動けなかったが、それでも大声で叫んだ。

「一歩でも逃げられると!?」

　沈清秋《シェンチンチウ》はあえて十数歩ほど進んで、振り向く。

「何か言ったか？」

　洛氷河《ルオビンハー》は今にも血を吐かんばかりに、一文字ずつ、必死に絞り出す。

「……待っていてください！」

　沈清秋《シェンチンチウ》は彼の目をまっすぐ見つめ返し、取り澄まして涼やかに、つれなく言い放った。

「さらば！」

（待てと言われて待つほど、俺はまぬけじゃないからな！）

　沈清秋《シェンチンチウ》はそばにあった店を視界に捉え、その扉を蹴破り中に飛び込んだ。

　次にどんなものが出てきたとしても、沈清秋《シェンチンチウ》には冷静沈着に立ち向かえる自信があった。

　少なくとも洛氷河《ルオビンハー》と向き合うよりは。

背後の扉が閉まると、まるで外界の喧騒から鋭い刃ですっぱり断ち切られたかのように、一瞬にして辺りは静まり返った。

沈清秋《シェンチンチウ》は息を止めて意識を集中させ、静かに待った。

しばらくしてから、誰かが蝋燭を灯したかのように、周囲がゆらゆらと明るくなってくる。沈清秋《シェンチンチウ》が視線を下げると、なじみがあるようにも、ないようにも見える顔と対面した。

彼の前に跪いているのは、痩せた少年だ。

粗いボロ布の服を身にまとい、腰を曲げて地面に膝をついている。意気消沈してうなだれたような姿勢で、両手は太い麻縄でがっちり縛られていた。顔面蒼白《そうはく》だが、その瞳からは利発さを感じさせる。

沈清秋《シェンチンチウ》と少年は見つめ合う。

これは断じて沈清秋《シェンチンチウ》の記憶ではない。けれども、この顔は確かに沈清秋《シェンチンチウ》とそっくりである。違いがあるとすれば、時間と修為による変化を受ける前の、少年らしいあどけなさだろうか。

この少年は沈清秋《シェンチンチウ》であるが、沈清秋《シェンチンチウ》ではない。

あえて言うならば――沈九《シェンジウ》本人だ！

沈清秋《シェンチンチウ》は勢いよく木の板から飛び起きた。

周囲を見渡すと、どうやらあばら家で寝ていたようだ。すでに空も明るくなっており、白い光がボロボロな紙張り窓の隙間を縫って差し込む。

思い出した。昨晩は祭りであちこち歩き回ったあと、ちょうどよく誰も住んでいない古い家を見つけたのだった。ちょっと休むつもりがうっかり眠ってしまい、夢境で洛氷河《ルオビンハー》に捕まってしまった、ということらしい。

夢境が崩壊する前の光景を思い出して、沈清秋《シェンチンチウ》は思わず考え込んでしまう。

オリジナルと自分の魂魄《こんぱく》はそれぞれ別人のものだが、使っているのはオリジナルの肉体なので、多少の影響は避けられないようだ。昨晩見たのは、おそらくオリジナルの沈九《シェンジウ》の少年期の記憶だろう。

これはある意味イカサマだ。今の沈清秋《シェンチンチウ》はこの部分の記憶に対してなんのトラウマも抱えていない。軽々と結界から抜け出せたのも当然である。

それに今思い返してみると、別の疑問が湧いてくる。夢の中の沈九《シェンジウ》は縛られていたので、人買いの手に落ちていた時期だとばかり思っていたが、彼がいた部屋には柔らかい絨毯《じゅうたん》が敷き詰められていた。飾り棚もあったし、壁には書画が飾られ、高級感が漂っていた。やましいものを隠す場所というより、明らかにお金持ちの家の書斎と言ったほうがしっくりくる……。

どうやら沈九《シェンジウ》は秋家《チウ》にいた頃でも、秋海棠《チウハイタン》が言うように大事にされていたわけではなかったようだ。

沈清秋《シェンチンチウ》はからんとした木の寝台からぴょんと降りると、反射的に体をまさぐった。服はちゃんと元どおり無事だ。

服自体が無傷なのは確かだったが、着ているといつでも服を引き裂かれてしまいそうな危機感を抱かずにはいられなかった。

＊　＊　＊

町へ出ていくらも歩かぬうちに、沈清秋《シェンチンチウ》は行き交う人の中に、手配書が出されているゆえに、花月城にやって来たのであろう人を多数見かけた。

自らの所属門派の服を身に着けず、それとなく市井の人を装っている者が多かったが、道端の店先に座る姿勢と態度を見るだけで、もう普通の人とはまるで違う。このまま出歩くのは危険だと思った沈清秋《シェンチンチウ》は、建物の隅に隠れ、顔を土で黄色く塗って髭《ひげ》をぺたぺたと適当に貼りつけた。全ての準備を整えてから、のろのろと通りに戻る。

空を見上げれば雲が薄れてきており、徐々に晴れ間が広がっている様子だ。うまく行けば、今日の正午が最適な好機となるだろう。

視線を下げると、前方の群衆を白い衣を着たスラリと背の高い姿が横切る。素早くて軽い足運びに、ハンサムな横顔。

柳清歌《用心棒》、キターッ！

沈清秋《シェンチンチウ》は目をきらりと輝かせて追いかけようとする。突然、そばの飲み屋から「ちょっと！」と苛立った少女の声が聞こえてきた。

「その汚い口でなんてことを言うの!?」

澄んでいて柔らかく、かなり聞き覚えのある声だ。沈清秋《シェンチンチウ》は思わず足を止めて、中を覗いてしまう。続けざまに、「ガシャンッ」「バタン」と何かが壊れる大きな音が響いたので、通行人も次々にちらちらとそちらに目を向けた。

すると今度は、別の少女がフンッと鼻を鳴らした。

「何よ、好き放題やっておいて、何も文句は言わせないって？　まあ、蒼穹山から沈清秋《シェンチンチウ》みたいなろくでなしが出たんだから、しょうがないわよね。全門派の上から下まで、特に清静峰が焦って恥を隠そうするのも分かる。フンッ、でも残念。あいつがどんな奴かなんて、世間にはとっくに知れ渡ってるんだから。今さら誤魔化せるとでも思ってるわけ⁉」

その声は憎々しげだ。先に声を上げたほうの少女はすぐさま反論する。

「師尊はそんなことをするようなお方じゃないわ！　妙な言いがかりをつけないで！」

こんな状況に陥ってまで沈清秋《シェンチンチウ》の肩を持ってくれる女の子なんて、寧嬰嬰《ニンインイン》以外に誰がいると言うのだろう。

明帆《ミンファン》の声も聞こえてきた。

「俺たちは老宮主の顔を立てて、下手に出てやってるんだ。そっちも口を慎め！」

沈清秋《シェンチンチウ》としては柳清歌《リウチンガー》を捜しに行きたかったが、こちらのひと悶着《もんちゃく》起こりそうな雰囲気を無視するのも……と一秒ほどためらい、やはり清静峰の弟子たちが嫌な目に遭うのが心配なので、一旦見守ることにした。沈清秋《シェンチンチウ》はサッと傍らに身を隠し、しばし傍観を決め込む。

飲み屋の一階は、完全に二つの陣営に分かれていた。

かたや明帆《ミンファン》と寧嬰嬰《ニンインイン》を筆頭に、清静峰の弟子たちは揃って怖い顔をして二人の後ろに立っている。もう片方の集団の先頭には小宮主が両手を腰に当てて立ち、軽蔑したような態度だ。後ろの幻花宮の弟子たちは早くも武器を構えており、彼らの表情は小宮主よりも怒りと憎しみに満ちている。

麗しく向かい合う二人の少女。一人は清楚《せいそ》で可愛らしい顔立ちであり、もう一人は艶やかで美しい。バチバチと空気中に火花を散らしているものの、その光景はかなり目の保養になった。

洛氷河《ルオビンハー》の後宮たちが内輪もめをしているぞ——いや、それも違うか。清静峰の弟子たちも混ざっているし、しかも幻花宮と衝突している。これぞまさに冤家路窄《えんかろさく》、会いたくない人ほど鉢合わせするというものだろう。

沈清秋《シェンチンチウ》には断定できる。今自分が見て見ぬふりをして立ち去れば、清静峰はきっと大いに割を食う。この小宮主はなんと言っても、洛氷河《ルオビンハー》以外手に掛けられない者はいないほど横暴なのだ。それこそ、他人に怪我を負わせたり体の一部を不能にさせたりなんていうのは、彼女にとっては日常茶飯事である。

小宮主がフンッと鼻を鳴らす。

「そんな人じゃないって？　なら言ってみなさいよ、なんであいつは裁きを恐れて逃げたわけ？　しかも……しかも、あんなことまでして！」

言うなり小宮主は恨めしそうに歯を食いしばり、目の縁を赤くした。

寧嬰嬰《ニンインイン》も負けじと言い返す。

「師尊はそもそも有罪って決まったわけじゃないんだから、何が『裁きを恐れて逃げる』よ？　それに、誰がやったかなんてまだ分からないでしょ。幻花宮が疑り深く、善悪の区別もせずに清静峰の峰主を是が非でも水牢に閉じ込めたことを、蒼穹山はまだ抗議もしてないのに。あんなことをしなければ、ここまでの騒ぎにはならなかったわ！」

（この女同士の戦いの原因は、主人公じゃなくて、俺？）

沈清秋《シェンチンチウ》の手は汗ばんだ。この沈《シェン》なぞのために、またずいぶんとたいそうなことを。

それと同時に、沈清秋《シェンチンチウ》の心にわだかまっていた不吉な予感がますます濃くなった。

この二人のやり取りから推察するに、おそらく沈清秋《シェンチンチウ》が立ち去ったあと、幻花宮でまた何かあったのだ。しかも、どうやら新旧のツケは全部まとめて沈清秋《シェンチンチウ》に回されているらしい。

小宮主はカッとなった――まあ、沈清秋《シェンチンチウ》に言わせれば、小宮主はいつも瞬間湯沸かし器のようにキレ散らかしているが。

「何よその言い方、幻花宮の自業自得だとでも言いたいわけ!?　へえ、なるほどね。蒼穹山ってほんとすごいわ。鼻息荒く好き勝手言いたい放題、被害者の前で謝るどころか、非難するなんていう無作法ができるんだから！　あんたたちのような残念な品性しか持ち合わせてない奴らが、天下一の大派だなんてよく名乗れたものね？　まったく言語道断だわ！」

寧嬰嬰《ニンインイン》はあまりの腹立たしさに唇を歪めた。

「蒼穹山はもとから、天下第一の大派だって公認されてるの。あなたが認めようが認めまいが、これっぽっちも関係ないから。それに、どっちが先に無作法をしたって？　清静峰はこのお店で大人しくご飯を食べていただけなのに、そっちが入ってくるなり絡んできたんでしょ。やれ清静峰全体が土下座して謝罪しろだの、蒼穹山は全員、死者と一緒に埋葬されるべきだの――言語道断なのはどっち？　花月城はあなたたち幻花宮の庭じゃないわ。それとも、この天下全部があなたのお家《うち》なのかしら？」

よく通る愛らしい声でぽんぽん放たれる攻撃的な言葉の応酬に、沈清秋《シェンチンチウ》は呆気に取られた。天真爛漫《てんしんらんまん》でちょっとおバカだったはずの嬰嬰《インイン》が、どうしてここまで口が達者になったのか？　なぜこの小宮主はリードの外れかかった猛獣の如く、人を見かけたそばから噛みついているのだろう？

寧嬰嬰《ニンインイン》は続けた。

「私たち清静峰は元来礼儀正しいの。師尊も礼儀のなってない、身の程知らずな若造は相手にしないようにって、普段から厳しくおっしゃっていたわ。だからここまであなたが何を言っても見逃してあげてたの。それで言いたいことは全部？　満足したんならさっさと帰ってちょうだい。私たちの食事を邪魔しないで。あなたがいるとご飯がまずくなるわ！」

言い終えるなり、寧嬰嬰《ニンインイン》は卓《つくえ》に置かれていた茶杯を掴んで、小宮主の足元に引っ掛けた。

小宮主は避けられず、茶が数滴裙の裾に掛かる。彼女は金切り声を上げた。

「こ、このあばずれ！」

聞き捨てならない言葉に、明帆《ミンファン》は居ても立ってもいられず、箸を投げ出して冷たく笑った。

「自分が老宮主の娘だからって、俺たちが怖気付《おじけ》くと思うなよ。親父がいないと何もできない小娘のくせに。長幼《ちょうよう》の序《じょ》で言ってもまだまだ下っぱ、修為《しゅうい》もないのに、屁理屈《へりくつ》だけは一人前だな。あばずれだと？　お前よりあばずれな奴はここにはいないぞ。幻花宮の恥さらしもいいところだな！」

沈清秋《シェンチンチウ》は驚愕した。

普段、沈清秋《シェンチンチウ》を前にした清静峰の弟子たちは沈清秋《シェンチンチウ》の言うことに唯々諾々《いいだくだく》と従い、余計なことは一つも言えないほどだ。鶏を餌付けしろと命じられ、反抗して犬の散歩に行くような者もいなければ、ご飯を炊いてくれと頼むと大人しく従い、あえてお粥《かゆ》を作ったりもしない。なるほど、外ではずいぶんとのびのびやってるようだな？

小宮主は怒りのあまり顔面蒼白になる。それに秦婉約《チンワンユエ》も言っていたが、自分の目の前に立ちはだかっているこの見るからに男受けの良さそうな少女は洛氷河《ルオビンハー》の長年の同門であり、幼い頃は無邪気に遊び回った幼馴染なのだ。嫉妬と恨みの炎がめらめらと燃え盛り、小宮主はいきなり手を上げると、まるで毒蛇のような黒い影が袖からぬらりと現れた。

（マジかよ、新しい鞭持って来てんじゃん！）

ついに一触即発の雰囲気になり、飲み屋の一階に座っていたほかの客たちはそそくさと退散した。ただ、沈清秋《シェンチンチウ》の横を通り過ぎていく彼らの顔は動じることなく、落ち着いている。花月城の人たちにとっては慣れっこな光景らしい。店の給仕に至っては店を出て行く前に、このうえなく慣れた手つきで柱に勘定書を貼りつけていった。

小宮主はやはり老宮主の愛娘である。その腕前は老宮主が手取り足取り教えたもので、使っている武器も段違いにいいものを与えられている。鞭がしなって、猛烈な一撃が放たれた。一方の寧嬰嬰《ニンインイン》は清静峰でみんなに甘やかされながら育った末っ子ポジションの女弟子だ。これまで危険な目に遭ったことがほとんどなく、実戦経験も乏しい。剣で相手の攻撃をどうにかあしらっているものの、若干劣勢であるのがなんとなく分かる。明帆《ミンファン》は助太刀しようとしたが、精鉄の鞭が作り出す円の中になかなか踏み込めず、焦って見ているしかない。

さすがに見かねて、沈清秋《シェンチンチウ》は足元の植木鉢から緑色の葉っぱを一枚拝借し、ヒュッと飛ばした。

たっぷりと霊力が注がれた柔らかい葉は、精鉄の鞭とぶつかり合う。あろうことか耳障りな金属音が響いた。小宮主は少しも異常を察することなく、ただ、親指と人差し指の間が鞭の振動で痺《しび》れたのを感じた。直後、鞭は彼女の手から離れて、吹き飛んだ。

寧嬰嬰《ニンインイン》も一瞬呆気に取られる。剣で相手の攻撃を迎え撃つつもりだったが、小宮主が応戦できる武器をなくしたと見ると、剣で相手を傷つけてしまわないよう慌てて手を引いた。ところが小宮主はひるむことなく、間を置かずに反応した。掌を返すと、寧嬰嬰《ニンインイン》に平手打ちをしたのだ。

「パンッ！」という音と共に、寧嬰嬰《ニンインイン》は頬に手を当てながら顔を横に向けた。

（ちょ、あんの小娘!!）

寧嬰嬰《ニンインイン》の頬には五本の指の痕がくっきりついていて、早くも顔の半分が腫れあがっている。相手がどれほど遠慮なく本気で打ったのかは一目瞭然だ。沈清秋《シェンチンチウ》は胸がひどく痛んだ。

（俺だってぶったことないのに、お前がぶつなんて!?）

寧嬰嬰《ニンインイン》の秀麗な顔は、小宮主のビンタで片方は腫れあがり、もう片方はなんともないためバランスが崩れ、見る影もない。小宮主はそれを見て鬱憤が晴れたのか、相当に得意げだ。彼女は手首を揉《も》みながら、顎をしゃくって笑みを浮かべる。

「あんたの師尊がしつけないなら、この私がしつけるまでよ。まずはその一、分を弁《わきま》えてしゃべることね」

(俺の代わりに俺の弟子をしつけるとか、お前、何様のつもりだよ!?)

明帆《ミンファン》は剣を抜いて叫んだ。

「このアマァ、舐《な》めくさりやがって！　お前ら、もういい、全力でかかるぞ！」

清静峰の弟子たちはとっくに我慢の限界だった。小師妹がぶたれたのだ、黙っていては清静峰の名折れである。そういうわけで、弟子たちは一斉に鬨《とき》の声を上げ、長剣を引き抜いた。剣光がギラギラと眩《まぶ》しく輝く。

沈清秋《シェンチンチウ》は小宮主に痛い目を遭わせつつ、これ以上の暴力沙汰を避けられて、なおかつ、自分の居場所がバレないような方法はないか、超高速で考えを巡らせた。ふとその時、幻花宮の弟子たちの中に一人、奇妙な振る舞いをしている者がいることに気付いた。怪しい。怪しすぎる。

その人物を二秒ほど観察した瞬間、沈清秋《シェンチンチウ》は内心ドキリとした。まずい。

これではおそらく、ここからあっさりと立ち去るわけにはいかないだろう。

《続く》

非常高兴！我的第一部作品《人渣反派自救系统》在日本和大家见面了！这离不开每一位日本读者的支持，谢谢热情的大家！

渣反是我大学的作品，有些青涩，不过那时我特别轻松快乐。希望手中拿着这本书的你们，也能无忧无虑，开心每一天！

墨香铜臭

とてもうれしいです！
私の最初の作品『人渣反派自救系統』が
日本で皆さんとお会いできました！
これは日本の読者の皆さんの応援なしにはできなかったことです。
情熱的な皆さんに感謝します！
渣反は私の大学の頃の作品で、ちょっと未熟ですが、
当時の私はすごくリラックスしていて、楽しかったです。
この本を手に取っている皆さんも、
憂いも心配事もなく、毎日を楽しく過ごせますように！

墨香銅臭

この物語はフィクションです。現実の社会情勢、職場制度、地理位置、科学理論などは、本編内容と大きく異なりますので、ご注意ください。


本書は、各電子書籍ストアで配信中の『人渣反派自救系統　－クズ悪役の自己救済システム－』の1～23話に加筆・修正をしたものです。

本書の続きを早くお読みになりたい方は、各電子書籍ストアにて連載中です。

詳細はプレアデスプレスの公式Xをご覧ください。

◎作者

墨香銅臭（モーシャントンシウ）

小説家。「中華耽美」の第一人者。

著書に、世界的ブームを巻き起こしている『魔道祖師』、『天官賜福』があり、書籍はもちろんのこと、ドラマ化、アニメ化、ラジオドラマ化、コミカライズなど、多くのメディアミックスで人気を博している。日本でも大きな支持を得ており、その広がりは舞台やコラボカフェなどの催しにまで及ぶ。

◎翻訳

呉聖華（ゴセイカ）

中日翻訳家。

筋トレを趣味とし、全世界の全てのBLをこよなく愛する。

翻訳担当作には『千秋』（日販IPS）、『病案本 Case File Compendium』（すばる舎）などの長編中華BL作品がある。

◎監修

動物　中国在住の翻訳者。日本語を専攻し、普段は特許などの書類を翻訳。友人に『魔道祖師』を紹介したい思いから個人翻訳を始めたのをきっかけに、魔道祖師ラジオドラマ版の制作に関わり、その後、墨香銅臭先生のご信頼をいただき、日本語版『魔道祖師』『天官賜福』小説版の監修を担当。好きなものは、墨香銅臭先生作品、PC組立、遊☆戯☆王、アークナイツ。趣味はイラストを描くこと、作品考察、ゲーム実況観賞等。翻訳・監修では「原作の想いをそのまま届ける」ことを信条とし、最大限忠実な表現を心がけている。社畜ゆえXではあまり呟かないが、気軽に話しかけてください。X: @scent_of_ink

沼落とし妖怪　野生のオタク。BL作品をはじめ、漫画・小説・アニメ・ゲーム・ドラマ・映画・演劇・配信などのジャンルを日々鑑賞、愛好している。この世に生み出される作品に対して、プロアマを問わずその作り手を尊敬し、ファンの活動を応援している。趣味はSNSでいいねボタンを押すこととサイゼリヤの間違い探し。X：@bante_rin

人渣反派自救系統 **クズ悪役の自己救済システム　I**

2025年2月14日　第1刷発行

著　者　墨香銅臭
訳　者　呉 聖華
監　修　動物　沼落とし妖怪
発行者　徳留 慶太郎
発行所　株式会社すばる舎
東京都豊島区東池袋3-9-7 東池袋織本ビル　〒170-0013
TEL 03-3981-8651（代表）　03-3981-0767（営業部）
FAX 03-3981-8638　https://www.subarusya.jp
PLEIADES PRESS
印　刷　ベクトル印刷株式会社

ISBN978-4-7991-1106-2